AM ENDE DER WELT GIBT ES KAFFEE UND KUCHEN

AF178698

Sebastian Niedlich

AM ENDE DER WELT GIBT ES KAFFEE UND KUCHEN

und andere Storys

SCHWARZKOPF & SCHWARZKOPF

INHALT

DER TOD, DER HASE, DIE UNSINKBARE UND ICH

DER TOD UND DER OSTERHASE

Mein Freund Tod liebte es, mich ohne große Vorwarnung in die merkwürdigsten Ecken der Welt zu verschleppen. Und das meine ich nicht im übertragenen »Schickt meine Asche nach meinem Tod um die Welt«-Sinn, sondern ganz buchstäblich.

Als kleines Kind sah ich, wie meine Oma starb. Ich saß an ihrem Bett im Krankenhauszimmer, ohne zu wissen, was eigentlich passierte. Damals habe ich den Tod gesehen, als er den Schmetterling – oder sagen wir lieber die Seele – meiner Großmutter holte. Danach haben der Tod und ich uns angefreundet. Was übrigens nicht heißen soll, dass ich besonders begeistert über die Sache mit meiner Oma war. Wir haben uns angefreundet, obwohl er sie geholt hat. Seitdem haben wir uns schon fast überall auf der Welt mal sehen lassen, weil er sich und mich teleportieren kann.

Unsere Freundschaft ist gewissen Schwankungen unterlegen. Zum einen ist er natürlich immer sehr beschäftigt. Weltweit sterben pro Minute etwas über 100 Menschen. Das sind fast zwei pro Sekunde. Deswegen muss er sich buchstäblich zerteilen, um überall zu sein. Zum anderen hat er die Angewohnheit, in den unpassendsten Momenten zu erscheinen. Außerdem versucht er mich ständig davon zu überzeugen, dass ich nach meinem Tod seinen Job übernehmen soll, was natürlich gar nicht in Frage kommt.

Aber eigentlich will ich auch nicht so weit ausholen. Dies ist nur eine kleine Anekdote aus unserer gemeinsamen Zeit: Ich hatte mal wieder keine Ahnung, wo Tod mich hinschleppen würde. Als wir uns trafen, sagte er nur, dass wir unter Umständen jemandem begegnen würden, den ich interessant finden könnte. Und ich wollte lieber erst gar nicht darüber nachdenken, was das für eine Person sein könnte.

Als wir uns auf dem Linoleumboden materialisierten, war meine Reaktion, abgesehen von dem schon gewohnten Anflug von Übelkeit, recht banal.

»Ein Krankenhaus? Wow. Mal was ganz anderes!«

Tod grinste. »Immer dieser Sarkasmus.«

Ich hielt inne. Zwar war der Gang, der sich vor uns erstreckte, unverkennbar der eines Krankenhauses, aber die bunten Türen und Kinderzeichnungen an den Wänden verrieten mir, dass es sich nur um einen bestimmten Teil davon handeln konnte.

»Kinderkrebsstation?«

Tod nickte.

»Das verspricht ja ein lustiger Abend zu werden.«

»In der Tat ist der Anlass nicht schön. Aber was soll's. Ob-La-Di, Ob-La-Da.«

Ich rollte mit den Augen. Tods Vorliebe für die Beatles äußerte sich des Öfteren darin, dass er ausgerechnet *Ob-La-Di, Ob-La-Da* zitierte, einen der weniger intelligenten Songs des Quartetts, wie ich fand. Immerhin hatte er sich für einen freundlicheren Song entschieden und nicht etwa für *Maxwell's Silver Hammer*, der zwar fröhlich klang, aber von einem Mörder handelte, der seine Opfer mit einem Hammer umbrachte. Von der Handlung her hätte der sicher eher Tods Tätigkeit entsprochen.

Ich folgte ihm in eine Art Besucherzimmer, dessen große Fenster mit Bildern verziert waren, die ganz offenbar aus Kinderhand stammten.

Etwas, das entfernt an eine Giraffe oder einen gelb angemalten Xenomorph aus den *Alien*-Filmen erinnerte, knabberte an einem grünen Etwas, das wohl eine Pflanze darstellen sollte. In einigen kleinen Schränken an der Wand waren Spielzeuge ordentlich in Kisten gestapelt, und eine Couch, die ihre besten Tage hinter sich hatte, stand ihnen gegenüber.

»Wenn du willst, kannst du gerne hier warten, bis ich meine Aufgabe erledigt habe«, sagte Tod.

»Da frage ich mich nur, weshalb du mich überhaupt hergeschleppt hast.«

Tod zuckte mit den Schultern.

»Wenn es dir nichts ausmacht, ja, ich würde gerne hierbleiben. Ich muss nicht irgendeinem Kind dabei zusehen, wie es an Krebs zugrunde geht«, sagte ich.

Tod hob eine Augenbraue.

»Nein«, sagte ich, »so war es nun auch wieder nicht gemeint. Ich weiß nur nicht, ob ich es ertrage, die Kinder leiden zu sehen.«

»Martin, du musst mit dem Anblick des Sterbens deinen Frieden machen. Das ist unumgänglich«, sagte Tod mit sanftem Nachdruck.

Jetzt hob ich eine Augenbraue.

»Schon gut, ich werde damit nicht noch einmal anfangen«, beschwichtigte er gleich wieder.

»Irgendwie bezweifle ich das«, murmelte ich vor mich hin.

Tod verschwand in der Wand. Ich schlenderte durch den Raum und sah mich um. Neben der Couch standen ein paar Stühle aufgestapelt, es gab ein paar Plastikblumen auf dem Fensterbrett und neben den erwähnten Schränken noch Kisten mit Puppen, Spielzeugautos, Puzzles – und einen übergewichtigen Mann im Hasenkostüm, der plötzlich vor mir stand.

Erschrocken sprang ich ein Stück zurück.

»Wat zum Teufel is'n jetzt los?«, fragte der Mann, fast so erschrocken wie ich.

»Sie können mich sehen?«, fragte ich.

»Du kannst *MICH* sehen?!«, fragte er zurück.

Einen Moment lang starrten wir uns nur an. Ich war unsicher, wie ich reagieren sollte.

»Ja, jut, ick schätze, dit könnte jetzt stundenlang so weitergehen«, durchbrach der Mann etwas ungeduldig die Stille.

»Was … wer … was …?«, stammelte ich.

»Ja, nu komm ma wieder auf'n Teppich und hör uff zu stammeln. Wer biste, und wat machste hier?«

»Ich ... mein Name ist Martin, und ich bin mit ... also ... äh ...«

»So mit ganze Sätze hastet nich', wa?«

»Ah, ich sehe, ihr habt euch bereits kennengelernt«, sagte Tod, der wieder durch die Wand gestiefelt kam und nun grinsend etwas abseits von uns stand.

»Ach du Scheiße, die Sensenkutte.«

»Kescherkutte, wenn überhaupt«, sagte Tod und zeigte auf den Stock mit dem Kescher am Ende.

»Wer ist dit dann?«, fragte der Mann im Hasenkostüm, wiederum auf mich zeigend.

»Das ist mein Nach...«, setzte Tod an, stockte aber, als er mein ernstes Gesicht sah. »Das ist ein Freund von mir. Martin ist sein Name«, korrigierte er sich.

Der Mann im Hasenkostüm nickte. »Bin ganz aus dem Häuschen. Ick bin übrigens Georg.«

»Hi«, presste ich mühsam heraus.

»Mit ganzen Sätzen hattert wirklich nich', wa?«

Tod lächelte.

Plötzlich sprudelten die Worte nur so: »Wer bist du? Warum trägst du ein Hasenkostüm? Und was zum Teufel tust du hier?«

Der Mann griff in den geflochtenen Korb, den er auf der einen Seite trug, und holte eine Packung Zigaretten hervor, die er gekonnt aufschnippte, um dann mit dem Mund eine Kippe herauszuziehen.

»Wie ick schon sagte. Mein Name ist Georg. Ick bin der Osterhase.« Mit der einen Hand schüttelte er mir demonstrativ den Korb vor der Nase, mit der anderen steckte er sich die Kippe an und hustete.

»Was?«

»Ick. Bin. Der. Osterhase.« Er pustete Tod den Rauch ins Gesicht. »Dein Kumpel ist nich' der Hellste, wa?«

»Der Osterhase ist ein übergewichtiger, unrasierter Typ im Hasenkostüm?!«, rief ich fassungslos.

Tod zuckte nur mit den Schultern. Der Osterhase nahm einen Zug von seiner Zigarette und schaute gelangweilt.

»Der Osterhase ist ein übergewichtiger, unrasierter Typ im Hasenkostüm, der raucht?!«, rief ich erneut.

»Keule, du musst mir dit mit dem Übergewicht nich' immer unter die Nase reiben«, sagte der Osterhase. »Ick sag dir ja auch nich', dass du aussiehst, als hätte dir einer 'ne Bratpfanne ins Gesicht gehauen.«

Ich schaute verwirrt zu Tod herüber, der allerdings nur dastand und interessiert »Keule« vor sich hinmurmelte.

»Was ist hier los?«, fragte ich ihn.

Tod schien aus seiner tranceähnlichen Faszination für das Wort »Keule« zu erwachen. »Hm?«, machte er. »Das Treffen mit Georg scheint dich mehr zu beeindrucken als unsere erste Begegnung damals«, sagte er und klang überrascht. Dann fügte er »… Keule« hinzu.

»Hör gleich auf damit!«

»Womit?«

»Keule zu sagen. Das macht kein normaler Mensch.«

Tod wollte Einspruch erheben, taxierte aber noch einmal den Osterhasen von oben bis unten und nickte dann.

»Als wir uns damals das erste Mal trafen, war ich ein Kind und hatte das ganze Konzept vom Tod noch nicht so richtig begriffen«, erklärte ich. »Ich bin einfach davon ausgegangen, dass der Osterhase nicht existiert und nur so eine Art Symbolfigur für irgendwas ist. Und dass er, wenn es ihn tatsächlich geben würde, wie ein Hase aussieht! Nicht wie … Georg hier.«

Der Osterhase kratzte sich hinter seinen langen Plüschohren. »Wat is' denn dein Problem, seh ick aus wie ein Känguru, oder wat?«

»Nein, aber wir sind uns ja wohl einig, dass du lediglich ein Mann in einem Kostüm bist.«

»Ja, jut.«

»Der noch dazu auf einer Kinderkrankenstation raucht.«

»Immerhin weißt du jetzt, dass es ihn wirklich gibt«, sagte Tod, während der Osterhase besonders tief und rasselnd hustete.

»Aber heißt das jetzt, dass es alle diese komischen … wie heißt das gleich, antropomorphen Gestalten wirklich gibt?«, fragte ich.

»Wat?«, sagte der Osterhase.

»Na … den Weihnachtsmann zum Beispiel.«

»Is'n Sack. Hat auch einen …«

»Zahnfee?«

»Die hat 'ne Klatsche. Ernsthaft … die sammelt Zähne. Zähne! Wie bekloppt ist dit denn?«

Tod nickte ihm zustimmend zu. Der Osterhase hustete erneut.

»Monster unterm Bett?«, fragte ich zaghaft.

»Haste mal den Film *Monster AG* gesehen? Is'n Dokumentarfilm.«

Ich schaute Tod hilfesuchend an. Der Osterhase zog an seiner Zigarette, was ihn erneut husten ließ. Tatsächlich hatte er einen regelrechten Hustenanfall.

»Hey, geht es dir gut?«, fragte ich.

Der Osterhase winkte ab und presste zwischen den Hustern hervor, dass er sich nur mal kurz hinsetzen müsse. Tod gesellte sich in aller Ruhe zu ihm und schaute ihn interessiert an.

In meinem Bauch machte sich das Gefühl breit, dass in Kürze etwas Unangenehmes folgen würde. Tatsächlich rang der Osterhase plötzlich nach Luft und lief rot an. Er gab noch ein Röcheln von sich, dann rutschte er auf den Boden und blieb liegen. Die Zigarette rollte ihm aus der Hand und kokelte ein Loch ins Linoleum.

Ich stürzte mich auf ihn und klatschte ihm eine Hand links und rechts ins Gesicht, mit der anderen drückte ich die Zigarette aus. »Hey, wach auf!«

»Martin«, sagte Tod ganz ruhig.

Ich begann, den Osterhasen auf den Rücken zu legen, und suchte nach einer Möglichkeit, das Kostüm von ihm herunterzukriegen, fand aber keinerlei Ansatzpunkt.

»Martin«, sagte Tod erneut, diesmal eindringlicher.

»Wir müssen ihm helfen!«, rief ich ihm entgegen.

»Martin, es ist vorbei«, sagte Tod.

Ich bemerkte den Schmetterling, der aus dem Mund des Osterhasen kroch und auf Tod zuflog.

»Aber ... aber ...«, stammelte ich.

Der Kescher leuchtete kurz auf, als Tod den Schmetterling hineinsetzte.

»Der Osterhase ist tot?«, fragte ich ungläubig.

»Offensichtlich«, entgegnete Tod.

»Na, dann frohes Fest«, schoss es aus mir heraus.

»Keine Sorge. Es wird schon einen neuen Osterhasen geben.«

»Wann? Jetzt gleich? Und wie?«

»Das entzieht sich meiner Kenntnis. Aber es gibt immer wieder neue.«

»Sterben die auch immer am Osterwochenende?«

»Nein, ich gebe zu, der Zeitpunkt seines Todes war diesmal besonders unglücklich.«

Mir fiel der Stummel der Zigarette in meiner Hand auf.

»Krebsstange«, sagte Tod.

Ich hörte gar nicht richtig hin. Auf dem nächsten Tisch stand ein kleines Schälchen, in dem ich die Zigarette ablegte. Ich ließ mich auf einen Stuhl fallen und versuchte, meine Fassung wiederzugewinnen. Mittlerweile hatte ich mit Tod schon einiges erlebt, aber das hier war doch etwas viel. Nicht nur war mein tiefer, kindlicher Glaube an den Osterhasen in seinen Grundfesten erschüttert worden, als ebenjener direkt vor mir in sehr unschöner Weise abgedankt hatte, auch hatte mein wesentlich abgeklärteres Erwachsenenweltbild einen deutlichen Knacks bekommen, durch den Fakt, dass es ihn tatsächlich gab. Oder gegeben hatte.

Tod sah mich sorgenvoll an, aber ich winkte ab. Erst jetzt nahm ich den geflochtenen Korb wahr, der an der Seite des Osterhasen lag. »Ob der hier gerade Eier für die Kinder hier verstecken wollte?«

»In Anbetracht der Tatsache, dass der Osterhase genau die eine Aufgabe hat, nämlich Ostereier zu verstecken, würde ich die Wahrscheinlichkeit dieser Intention mit nahezu 100 Prozent bezeichnen.«

»Hast du heute wieder deinen Klugscheißertag?«

»Stelle ich die dummen Fragen oder du?«

Ich rollte mit den Augen. »Was passiert denn jetzt mit dem Leichnam? Verschwindet er wie von Geisterhand? Taucht hier gleich ein neuer Osterhase auf und nimmt den alten hier mit? Oder finden die Kinder morgen einen toten Mann im Hasenkostüm, der noch merkwürdiger riecht, als er es zu Lebzeiten schon tat? Wie habe ich mir das vorzustellen?«

Tod zuckte mit den Schultern. »Ich habe nicht die geringste Ahnung. Vermutlich kommt zumindest irgendwann der neue Osterhase. Die Arbeit muss ja weitergehen.«

Wir schwiegen einen Moment.

»Ja, also, warten wir jetzt hier auf den Neuen?«, fragte ich.

Tod schaute sich um. »Ehrlich gesagt, hatte ich gar nicht weiter darüber nachgedacht.«

Ich nickte.

Wir schwiegen wieder.

»Ich hab noch nie verstanden, warum ausgerechnet ein Hase an dem Tag, an dem Jesus ans Kreuz genagelt wurde, bemalte Eier für Kinder versteckt«, sagte ich. »Erscheint dir das nicht auch irgendwie … unangemessen?«

»An Ostern soll Jesus wiederauferstanden sein. An Karfreitag haben sie ihn ans Kreuz genagelt.«

»Das ist doch wurst. Was hat ein Eier versteckender Hase damit zu tun?«

»Verstanden habe ich das auch nie. Es gibt diesen Brauch aber auch erst seit ein paar Jahrhunderten. Vielleicht gründet er sich auf der Lebenskraft der Hasen.«

»Lebenskraft?«

»Nun, was die Hasen kennzeichnet, ist schließlich ihr Fortpflanzungstrieb. Vielleicht ist der Hase die Versinnbildlichung des auferstandenen Jesus – das neue Leben, das der Hase in die Welt setzt, als Metapher für die Wiederauferstehung.«

»Bei manchen deiner Theorien könnte man denken, dass du mal in Philosophie promoviert hast.«

Tod grinste. »Dr. phil. Thanatos, angenehm.«

Ich schüttelte den Kopf. »Aber davon mal abgesehen, sind es nicht eher die Karnickel, die sich wie Sau vermehren? Es heißt doch auch ›wie die Karnickel‹ und nicht ›wie die Hasen‹. Müsste es dann nicht das Osterkarnickel sein? Und warum Eier?«, fügte ich hinzu. »Obwohl, wenn man analog zu den lebend geborenen Hasenkindern irgendwo Fleischstücke verstecken würde, hätte man vermutlich bald das Gesundheitsamt am Hals. Eier sind da praktischer, nehme ich an.«

»Die Fleischstücke könnten ja gebraten sein«, räumte Tod ein.

»Und angemalt. Aber ich persönlich würde auch keine angemalten, gebratenen Fleischstücke essen, die zwischen den Flusen unter dem Bett gelegen haben.«

»Ist das alles tatsächlich von Belang, solange es Kindern Freude macht?«, fragte Tod.

»Eingestaubte Fleischstücke sollen Kindern Freude machen? Und was wäre dann überhaupt mit Vegetariern?«

»Ich rede von den Eiern, du Narr!«

»Was ist denn das für eine Antwort? Das sind doch alles berechtigte Fragen, über die man anständig reden kann.«

Tod wurde ungeduldig. »Das mögen sie sein, allerdings nur unter euch Menschen. Ich bin der Tod. Ich bin im Thema Eier und Karnickel nicht wirklich bewandert.«

Wir schwiegen.

»Ich hab mir gerade Jesus mit großen Hasenohren vorgestellt«, platzte es aus mir heraus.

»Ich auch«, sagte Tod.

Wir kicherten.

»Also ich hätte ja eigentlich erwartet, dass bald der neue Osterhase erscheinen würde«, sagte ich.

»Vielleicht beginnt er seine Arbeit an anderer Stelle«, warf Tod ein.

Ich stand auf und griff nach dem Korb, der neben dem Osterhasen lag. Darin befanden sich ein Ei und eine Zigarettenschachtel.

»Alles, was ein Kind für eine gelungene Osterüberraschung braucht«, sagte Tod.

Ich nahm das bemalte Ei aus dem Korb und wog es in der Hand. »Scheint ein ganz normales bemaltes Ei zu sein.«

Tod hob verwundert die Augenbrauen und deutete auf den Korb. Neben den Zigaretten lag ein weiteres Ei.

»Was zum …?«

Ich nahm das neue Ei heraus. Ein weiteres erschien an seiner Stelle.

»Ein magischer Eierkorb? Das ist praktisch fürs Frühstück, wenn man gerade keine gekochten Eier dahat.«

»Aber unpraktisch, wenn du Rührei essen willst«, entgegnete Tod.

»Meinst du, wir sollten die Eier verstecken?«

Tod dachte nach. »Ich weiß nicht, ob wir uns in fremde Belange einmischen sollten.«

»Im Zweifelsfall haben wir doch einfach nur geholfen. Und es sieht ja nicht so aus, als würde jeden Augenblick der nächste Osterhase auftauchen.« Die Leiche lag immer noch regungslos zwischen uns.

Tod schaute mich einen Augenblick an. »Du willst zu den Kindern reingehen, die an Krebs zugrunde gehen?«

Ich rollte mit den Augen.

»Das waren deine Worte, nicht meine«, sagte Tod.

»Jaja. Was ist jetzt? Kommst du?«

»Nach dir.«

Wir liefen den Gang hinunter und schlichen uns am Schwestern-zimmer vorbei zu denen der Kinder. Zumindest schlich ich. Durch die Bekanntschaft mit Tod hatte ich zwar die Fähigkeit angenommen, nach Belieben unsichtbar zu werden, Geräusche oder sich öffnende und schließende Türen verursachte ich dennoch. Tod lief einfach durch die Wände – eine Eigenschaft, die offenbar ausschließlich ihm vorbehalten war.

Im ersten Zimmer lag ein Junge, den ich auf ungefähr sechs Jahre schätzte. Er war zwar an keinerlei Geräte angeschlossen, aber der haarlose Kopf verriet, warum er sich auf der Station befand und nicht im eigenen Bett daheim.

Es dauerte einen Moment, bis ich meinen Blick abwenden konnte.

»Worauf wartest du?«, fragte mich Tod.

»Ich habe überlegt, ob ich zulassen will, dass ich erfahre, wie er stirbt.«

Wie Tod konnte ich mittlerweile den Tod eines jeden Menschen vorhersehen. Ich hatte jedoch gelernt, diese Visionen zuzulassen oder zu unterdrücken. In diesem Moment haderte ich mit mir, obwohl ich innerlich hoffte, dass der Junge den Krebs besiegen würde.

»Wie alle Menschen wird auch er sterben«, sagte Tod.

»Ich hatte nicht angenommen, dass er unsterblich ist«, sagte ich schnippisch.

»Ich kann dir versichern, dass er noch ein halbwegs langes Leben vor sich hat.«

»Halbwegs?«

»Willst du es wirklich wissen?«

Ich winkte ab. Stattdessen schaute ich mich im Zimmer um. Der Raum gab nicht viel an Verstecken für Eier her. Es gab einen hohen Schrank, das Bett mit dem Jungen, eine Tür zur Toilette. Neben dem Bett stand ein kleiner, beweglicher Metallschrank mit einer Schublade und einem größeren Fach darunter. Ich stand mit den Eiern in der Hand da und überlegte. Ein paar Spielzeuge standen auf dem Fensterbrett.

»Okay, eins ins Schubfach. Eins unters Bett.« Ich stieg auf einen kleinen Absatz neben dem Bett und langte nach oben auf den Schrank. »Eins oben auf den Schrank.«

Tod hatte auch ein Ei in der Hand und versteckte es gerade hinter dem Vorhang auf dem Fensterbrett. »Sicher?«

»Was?«, fragte ich.

»Ich glaube, Teil des Vergnügens ist es, die Eier auch tatsächlich zu finden«, sagte er ernst. »Möglichst ohne von einer Leiter auf den Infusionsständer zu fallen.«

»Der hat doch gar keinen …«, hob ich an, aber Tod fiel mir ins Wort.

»Das Kind ist drei Köpfe kleiner als du. Wie soll es denn da oben herankommen?«

Ich stieg stöhnend vom Absatz herunter. »Gut, okay, das sehe ich ein.« Ich suchte nach leichter zu erreichenden Verstecken.

»Meinst du, dass wir vielleicht ein oder zwei Eier im Klo verstecken sollten?«

Tod schaute mich irritiert an. »Im Klo?«

»Na ja, so sind die Verstecke etwas besser verteilt.«

»Du regst dich über angestaubte Fleischstücke auf, aber willst die Eier im Klo verstecken? Kennst du irgendjemanden, der dort gerne nach Nahrungsmitteln suchen würde?«

»Ich meine ja nicht das Klo im eigentlichen Sinne, ich meine das Bad. Den Raum halt. Mit dem Klo.«

»Wir haben hier schon vier Eier versteckt. Wie viele soll das Kind denn noch essen?«, fragte mich Tod ruhig.

»Äh«, machte ich und starrte ihn an, als er auf mich zukam, ein neues Ei aus dem Korb griff und dann durch die Wand ins Nachbarzimmer verschwand. Ich öffnete die Tür und schlich ein Zimmer weiter, wo ich Tod schon neben dem Bett eines Kindes stehen sah, welches wirklich an Infusionen hing. Ein ruhiges, aber deutliches Schnarchen war zu hören.

»Das Kind?«, fragte ich entsetzt.

»Die Mutter«, sagte Tod und zeigte auf das andere Bett.

»Die sägt ja wie ein kanadischer Waldarbeiter.«

»Ich stelle dein Wissen um kanadische Waldarbeiter in Frage«, sagte Tod.

Mir fiel die Dekoration des Raumes auf. Bunte Ballons in Herz- und Tierformen hingen an der Decke, und ein paar Glückwunschkarten standen auf dem Beistelltisch.

»Oh, da hat wohl jemand Geburtstag gehabt«, sagte ich.

»Ja, ihren letzten«, entgegnete Tod.

Es war wie ein Schlag in die Eingeweide. Das Mädchen, von dem mehrere Schläuche in irgendwelche Apparaturen um das Bett herum gingen, hatte noch nicht einmal das Schulalter erreicht.

»Das ist nicht gerecht«, sagte ich.

»Was ist schon gerecht?«

Ich hatte schon früher Diskussionen mit Tod darüber geführt, warum kleine Kinder sterben mussten. Ich war stets der Meinung, dass niemand sterben sollte, der noch gar nicht die Gelegenheit hatte, richtig zu leben. Tod hingegen sah das Ganze etwas pragmatischer. Jeder hatte seine Zeit. Nicht mehr und nicht weniger.

»Es ist mir immer wieder ein Rätsel, wie du das aushältst«, sagte ich.

»Ich habe keine Wahl.«

Er legte ein Ei unter das Kopfkissen des Kindes und nahm sich ein neues aus dem Korb.

»Meinst du, wir sollten der Mutter auch etwas dalassen?«, fragte er.

»Ich überlege viel eher, dem Kind noch ein paar Ohrenstöpsel hinzulegen.«

»So laut ist sie nun auch wieder nicht.«

»Könntest du etwa hier drin schlafen?«

»Ich schlafe nicht.«

»Du schläfst nicht?«

Tod sah mich an, als wäre ich schwer von Begriff. Vermutlich war ich das auch.

»Wer würde denn meine Aufgaben übernehmen, während ich schlafe?«, fragte Tod.

»Aber du musst dich doch mal irgendwann ausruhen?«

»Das ist nicht notwendig. Ein Vorteil davon, der Tod zu sein, ist, keinerlei Schlafbedürfnis zu verspüren. Klingt das nicht reizvoll?«

»Lass es. Außerdem ist Schlaf doch eine tolle Sache.«

»Im Gegenteil, es ist ungenutzte Zeit. Ohne Schlaf ist man viel effektiver. Du könntest zum Beispiel deine Fernsehserien am Stück schauen.«

»Vielleicht käme ich dann mal bei *Six Feet Under* hinterher«, überlegte ich laut.

»Zurück zu meiner Ausgangsfrage – wollen wir die Mutter des Kindes nun bedenken oder nicht?«

»Schaden tut es nicht, oder?«

Tod zuckte mit den Schultern, schob ein Ei unter das Kopfkissen der Mutter und wartete darauf, dass ich noch ein paar Eier im Zimmer versteckte.

Die ganze Prozedur wiederholte sich bei den anderen Räumen der Station. Tod versteckte unbewegt die Eier, während mir jeder Anblick eines kranken Kindes erneut einen Stich versetzte.

Wir waren vom Ende des Ganges mittlerweile wieder so weit nach vorne gelangt, dass noch ein Zimmer vor dem Aufenthaltsraum blieb, in dem wir ursprünglich angekommen waren. Als ich nach der Türklinke griff, winkte Tod ab.

»Dort brauchen wir nicht mehr hineinzugehen.«

Ich hielt inne und erinnerte mich. Als wir ankamen, hatte Tod etwas zu erledigen gehabt. »Oh, das hatte ich vergessen.«

»Haben wir dann alles?«, fragte Tod.

»Sieht fast so aus. Obwohl es mir lieber gewesen wäre, wenn wir auch das letzte Zimmer hätten bedienen können.«

Tod hob bedauernd die Hände.

»Ist das nicht ein schönes Gefühl, den Kindern eine Freude zu machen?«, fragte ich.

»Durchaus«, erwiderte Tod. Er schaute auf die Tür, durch die wir nicht gegangen waren, und fügte leise hinzu: »Eine willkommene Abwechslung zu meinen sonstigen Pflichten.«

»Ich frage mich, was der neue Osterhase macht, wenn er nachher vorbeikommt und schon alles fertig ist?«

»Ist dir denn noch gar nicht der Gedanke gekommen, dass möglicherweise derjenige, welcher als Erstes den Korb des Osterhasen aufnimmt, auch dessen Nachfolge antritt?«

»Was?«

»Nun, vielleicht bist du jetzt der neue Osterhase, weil du den Korb genommen hast. Schließlich hast du auch gleich alle Kinder beschenkt. Und, ich mag mich täuschen, aber sind nicht deine Ohren schon deutlich größer?«

»WAS?!« Meine Hände flogen hoch und fühlten nach meinen Ohren.

Tod lachte aus tiefster Kehle.

»Idiot«, sagte ich, grinste aber selbst.

Tods Gesichtszüge entgleisten.

»Hey, schon gut, war nicht böse gemeint«, sagte ich, aber Tod starrte an mir vorbei.

»Was?«, fragte ich und drehte mich um.

Und da sah ich ihn. Den schwarzen Mann. Den schwarzen, über zwei Meter großen Mann. Den über zwei Meter großen, schwarzen Mann mit Schulterblättern wie ein Öltanker. Im Hasenkostüm.

»Was zum …?«

Der Mann fing plötzlich an zu reden wie ein Wasserfall, allerdings in einer Sprache, die zwar entfernt nach Englisch klang, aber so, als würde er wahllos Wörter weglassen oder ersetzen. Tod starrte ihn eine Weile an. Sein Gesicht entspannte sich, von Zeit zu Zeit sagte er »Aha« und »Hm«. Schließlich wandte er sich mir schmunzelnd wieder zu.

»Du hast noch mal Glück gehabt. Darf ich vorstellen: der neue Osterhase.«

»So viel habe ich mir auch zusammenreimen können. Das Hasenkostüm war ein Hinweis.«

»Er heißt Bob Marley und kommt irgendwo aus Jamaika, wenn ich das richtig verstanden habe.«

»Bob Marley. Aus Jamaika.«

»Ja?«, fragte Tod.

»Sieht der Typ für dich aus, als hätte er Rastalocken und würde gleich *Three Little Birds* singen?«

Der Mann im Osterhasenkostüm grinste breit, wippte mit dem Kopf und sagte etwas, das wie »Don' worry 'bout a ting« klang.

»Ich glaube, ich kann im Moment nicht richtig folgen«, gab Tod unumwunden zu.

»Bob Marley ist ein bekannter Reggae-Sänger aus Jamaika. DER Reggae-Sänger schlechthin. Der ist schon seit … was weiß ich … den Achtzigern tot.«

»Und du meinst, dass er nicht Bob Marley sein kann?«

»Mal abgesehen davon, dass er nicht annähernd wie er aussieht, fände ich es irgendwie bedenklich, wenn Leute, die seit zwanzig Jahren oder mehr tot sind, plötzlich reanimiert und zum Osterhasen gemacht werden.«

Tod wandte sich dem neuen Osterhasen zu und sprach ihn im selben sonderbaren Dialekt an. Sie wechselten ein paar Worte, bis Tod sich zu mir umdrehte.

»Er ist nicht der Bob Marley. Tatsächlich ist Bob Marley sein Vorname, den ihm seine Mutter aus Respekt vor, nun, Bob Marley gegeben hat.«

»Ach was«, sagte ich und ergänzte fragend: »Du sprichst Jamaikanisch?«

»So etwas wie Jamaikanisch gibt es streng genommen nicht. Unser neuer Freund hier spricht Patois.«

»Wie auch immer. Du verstehst ihn?«

»Ich bin der Tod, ich verstehe jede Sprache der Welt. Auch wenn dieser junge Mann mir hier mit seinem starken Dialekt doch etwas Mühe bereitet.«

Bob Marley im Hasenkostüm lächelte uns derweil freundlich an.

»Das ist heute schon der zweite Osterhase, der nicht so ist, wie ich ihn mir vorgestellt hätte«, sagte ich.

Aus Bob Marley sprudelte ein Schwall Wörter, von denen ich lediglich »Spliff« und »Ganja« schon einmal gehört hatte. Tods Stirn legte sich in Falten.

»Was? Was ist?«, fragte ich.

»Er hat uns gerade gefragt, ob wir mit ihm einen Joint rauchen wollen.«

»Es gibt so manche Klischees, gegen die schwer anzukämpfen ist, nehme ich an«, sagte ich und grinste.

Tod hatte immer noch eine gekräuselte Stirn.

»Was ist los? Keine Lust auf etwas medizinisches Marihuana?«, fragte ich Tod.

»Vorhin warst du noch der, der sich über das Rauchen im Krankenhaus erbost hat«, sagte Tod schnippisch.

»Vorhin war der Osterhase auch noch weniger cool.«

Bob Marley lächelte uns immer noch erwartungsvoll an. Ich lächelte zurück, schüttelte aber den Kopf. Tod übersetzte unsere Ablehnung in die merkwürdige Sprache und wechselte ein paar weitere Worte mit ihm.

»Bob hätte gerne den Korb, weil er sonst nicht arbeiten kann.«

»Oh!«, sagte ich und reichte dem Riesenhasen den Korb. Er sagte etwas, das wie eine üble Drohung klang, seinem breiten Grinsen nach zu urteilen aber eine Art Danksagung sein musste.

»Er sagt danke«, erklärte Tod.

»Aha«, machte ich.

Der neue Osterhase nahm die Packung Zigaretten aus dem Korb und warf sie unbedacht hinter sich. Dann sagte er etwas, was wie »Mi deh leff, likkle more«, klang, winkte unbeholfen mit der Hand und lief gemächlich den Gang hinunter, um unvermittelt zu verschwinden.

»Der hat deine Verschwindenummer abgezogen«, sagte ich.

Tod zuckte mit den Schultern.

»Ich glaube, für eine Nacht habe ich genug erlebt.«

Tod nickte.

»Übrigens, falls es irgendwie geht, bitte nimm mich nie wieder auf eine Exkursion mit, bei der irgendeine Form von übernatürlichem Wesen den Geist aufgibt. Besonders nicht der Weihnachtsmann.«

»Würdest du den nicht kennenlernen wollen?«

»Nach der heutigen Erfahrung würde es mich nicht wundern, wenn es sich bei ihm um einen zwergwüchsigen Chinesen handelt, der eine unheilbare Krankheit hat und Opium raucht. Ich hätte keine Lust zu sehen, wie er stirbt. Das würde irgendwie den Weihnachtsgedanken zerstören.«

»Du fürchtest ja nur, dass du *Last Christmas* nicht mehr hören kannst, ohne dabei zu heulen.«

»Ich heule höchstens, wenn ich den Song noch einmal hören muss. Was soll der überhaupt? Der handelt doch nicht mal von Weihnachten. Er handelt von zwei Leuten, die sich zu Weihnachten getrennt haben. Rein theoretisch hätten die sich auch zu Pfingsten trennen können.«

»*Last Pfingsten*?«, fragte Tod.

Mich schauderte es. »Und du willst alle Sprachen der Welt kennen?«

»*Last Pentecost* hat irgendwie nicht die gleiche Harmonie wie *Last Christmas*.«

»Auf jeden Fall ist eine Trennung doch nicht unbedingt das, was man gerne mit Weihnachten assoziieren möchte. Ich vermute, George Michael hätte damals auch davon singen können, wie er letzte Weihnachten seinen Blinddarm entfernt bekommen hat, und Leute würden es heute in der Adventszeit trällern.«

»Ich für meinen Teil freue mich auf Weihnachten«, sagte Tod verträumt.

Ich seufzte.

»Frohe Ostern«, sagte Tod.

»Frohe Ostern«, sagte ich.

DER TOD UND DIE UNSINKBARE

Frühling 2006. Es war nicht die beste Zeit in meinem Leben und erst recht nicht das beste Wetter, um sich mit meinem Freund, dem Tod, zu einer Dampferfahrt zu verabreden. Es nieselte leicht, und irgendwie bereute ich schon, ihm zugesagt zu haben. Allerdings hatte ich es ihm dank seiner unnachahmlichen Art auch nicht abschlagen können, zumal er mich in letzter Zeit des Öfteren über meine privaten Probleme hinweggetröstet hatte.

Von der Brücke sah ich auf das flache Schiff hinunter, welches am Ufer festgemacht hatte. Einer der vielen Dampfer, die in Berlin die Havel, Spree und Kanäle befuhren. Ein paar Angestellte der Reederei stahlen sich an Land, um dort schnell mal eben eine Zigarette zu rauchen. Währenddessen rechnete der Kassierer ein paar ältere Damen mit hochtoupierten weißen Haaren ab, die sich aus Angst um ihre Frisur gleich im Bauch des Schiffes verschanzten. Am liebsten hätte ich mich sofort zu ihnen ins Innere des Schiffes gesellt, aber ich wusste, dass die Konversation mit meinem unsichtbaren Freund Tod mich in Gesellschaft wie einen Idioten hätte aussehen lassen, der mit sich selbst spricht.

»Dein Gemüt scheint dem Wetter angemessen«, begrüßte mich Tod, der plötzlich neben mir auf der Brücke stand. Ihm selbst schien es bestens zu gehen, seine Mundwinkel zeigten deutlich nach oben.

»Es regnet«, sagte ich.

»Das ist fein beobachtet.«

»Willst du bei dem Wetter wirklich eine Dampferfahrt machen? Ich meine … wirklich?«

Sein Grinsen erstarb. »Mit dieser Laune sicherlich nicht.«

»Wir können überallhin. Ins Warme. Die Malediven. Sansibar. Costa Rica. Was weiß ich. Und du willst eine Dampferfahrt in Berlin machen?«

»Ich wollte mir mal in Ruhe das Regierungsviertel anschauen.«

»Kannst du das nicht bei einem deiner Jobs einschieben?«

»Entgegen landläufiger Meinung sterben nicht so viele Politiker während ihrer Tätigkeit.«

»Was in der Tat sehr bedauernswert ist.«

Tod seufzte.

»Ist dir diese Dampferfahrt wirklich so wichtig?«, fragte ich, bekam aber keine Antwort.

Tod starrte in die Ferne.

»Also gut. Wenn du dich nun schon so darauf gefreut hast, sitzen wir eben im Regen an Deck von diesem Ding da unten«, ergänzte ich.

»Nein, du hast ja recht. Ist schon in Ordnung.«

Ich konnte allerdings deutlich erkennen, dass das nicht der Fall war. Irgendwas schien Tod zu beschäftigen.

»Was ist los? Stimmt irgendwas nicht?«

»Es ist … nichts. Nicht wirklich. Ich muss nur manchmal an sie … ich werde nur immer so sentimental an diesem Tag.«

»An diesem Tag? Was ist denn heute? Dein Todestag oder so was? Hast du ein Jubiläum? Hätte ich Kuchen mitbringen sollen?«

»Heute ist der 15. April, nicht wahr?«, fragte Tod.

Ich schaute auf meine Uhr. Tatsächlich war ich selbst nicht sicher. »Äh, ja. Wobei ich annehme, dass du es ganz genau weißt, wenn du schon so sentimental bist.«

»Hast du Lust, in New York etwas Seeluft zu schnuppern?«

Ich zögerte. »Als wir das letzte Mal in New York waren, hatten wir beide einen ziemlich beschissenen Tag.«

Tod grübelte. »Du meinst …«

»Ja, meine ich«, sagte ich.

Tod begann wieder zu grinsen. »Und wenn ich dir nun verspreche, dass dort, wo wir hingehen, niemand stirbt, könntest du dich dann mit der Idee arrangieren?«

»Zur Abwechslung wäre das mal nett.«

Tod fragte nicht weiter nach. Ich blickte kurz nach unten zum Dampfer, als die Umgebung anfing zu zerfließen. Der Dampfer verwischte, wie zerlaufende Farbe auf einer glatten Oberfläche, und auch die Brücke bog sich ineinander, um dann eine Pfütze am Boden der Realität zu werden. Kurz danach war mein Blick von Schwärze erfüllt. Nicht die Schwärze, die bedeutet, dass man sich in einer stockfinsteren Höhle befindet. Ich starrte schlichtweg auf eine große, schwarze Wand aus Metall.

Die leichte Übelkeit, die normalerweise mit dem Sprung einherging, ließ mich diesmal völlig kalt. Ich legte nur meinen Kopf in den Nacken und schaute nach oben, um irgendwo ein Ende dieser schwarzen Wand zu finden.

»Was zum Teufel …«, stammelte ich schließlich.

»Darf ich vorstellen: die Queen Mary 2«, sagte Tod.

Ich musste aufpassen, nicht hintenüberzufallen, so sehr verbog ich mich, um ein Ende zu sehen.

»Das ist mal ein verdammt großes Schiff«, sagte ich.

»Das größte. Obwohl … jetzt vermutlich nicht mehr«, ergänzte Tod und beugte sich selbst so, dass er alles erfassen konnte.

»Ist mir eigentlich völlig egal, ob es das größte Schiff ist oder nicht. Es ist auf jeden Fall beeindruckend. Verdammt, da passt ja glatt ein Jumbo-Jet rein.«

»Das Dorf, in dem ich damals lebte – als ich noch lebte –, hätte hier vermutlich mehrere Male reingepasst«, sagte Tod und wurde nachdenklich.

»Geht es darum?«

»Was?«, fragte Tod.

»Na, du meintest doch, dass heute irgendwas passiert wäre, was dich so sentimental werden lässt. Hat es mit deinem Dorf zu tun?«

Tod lächelte. »Nein, nein. Es hat vielmehr etwas mit einer … es hat etwas damit zu tun«, sagte er und breitete seine Arme aus.

»Mit der Queen Mary 2?«

»Mit einem wirklich großen Schiff.«

Ein Stück von uns entfernt begannen plötzlich Leute zu jubeln.

»Was ist da los?«, fragte ich.

»Das Schiff legt bald ab. Vielleicht sollten wir uns lieber an Bord begeben.«

»Lass uns doch besser von einer hohen Position zuschauen, wie es aus dem Hafen fährt. Vom Kai aus oder der anderen Uferseite. Das ist bestimmt ein toller Anblick.«

Erneut zerfloss meine Umgebung. Als sich die Umwelt wieder verfestigt hatte, standen Tod und ich auf einem Gebäude, fern von den Blicken der Menschen, die dem ablegenden Schiff zujubelten. Die Aussicht war atemberaubend. Die Türme Manhattans erhoben sich in der Ferne, und das große schwarz-weiße Schiff stach in See. Es war ein absolut phantastischer Anblick, auch wenn in der Skyline eine schmerzhafte Lücke klaffte.

»Die nennen ihre Schiffe nicht umsonst nach Königinnen«, sagte ich. »Majestätisch ist gar kein Ausdruck.«

»In der Tat. Dennoch … das ist nichts gegen den Anblick von ihr.«

Ich wunderte mich. »Ihr?«

»Die Titanic.«

»Du hast die Titanic gesehen?«, fragte ich. »Ach«, schob ich nach, »was frage ich eigentlich? Selbstverständlich hast du das. Du warst mittendrin.«

»Allerdings«, sagte Tod. »Das war eine der, sagen wir, prägnanteren Begebenheiten in meinem, nun, Dasein.«

»Gab es viele davon?«

»Wovon?«

»Prägnante Begebenheiten.«

Tod nickte versonnen. »Einige. Etliche gar, wenn man so will. Große Unglücke haben es so an sich, dass man sich an sie erinnert. Trotzdem sind es nicht unbedingt die schlimmsten Vorfälle, die mir am besten im Gedächtnis geblieben sind.«

»Was meinst du damit?«

»Nun«, sagte Tod, »das Titanic-Unglück ist sicherlich eines der bekanntesten in der Schifffahrtsgeschichte. Aber es ist weit davon entfernt, das größte Schrecknis gewesen zu sein. Es war vielmehr der Symbolcharakter, der das Ganze so bemerkenswert und erinnerungswürdig gemacht hat.«

»Und Kate Winslets nackte Brüste«, ergänzte ich.

Tod rollte mit den Augen. »Jedenfalls muss ich jedes Jahr zu dieser Zeit an sie … daran denken.« Er räusperte sich. »So, wollen wir noch irgendwo anders hin?«

»Hey, hey, hey«, sagte ich. »Du wolltest gerade von der Titanic erzählen. Nun brich nicht mitten in der Geschichte ab.«

»Ich habe dir lediglich erklären wollen, warum ich an diesem Tag immer sentimental bin. Außerdem hieltest du es für angemessen, den Tod so vieler Menschen auf die sekundären Geschlechtsmerkmale einer Schauspielerin zu reduzieren.«

»Du meine Güte, ich wollte doch nur einen Witz machen. Warum machst du dir denn gleich ins Hemd? Oder in die Kutte. Ich würde wirklich gerne wissen, was du zu erzählen hast. Falls du es erzählen willst.«

Tod sah mich prüfend an. »Können wir die Witze bezüglich eines gewissen Films auf ein Minimum beschränken?«

Ich salutierte. »Jawohl, Sir!«

Tod seufzte, setzte sich dann auf eine der Kanten des Daches und ließ die Beine herunterbaumeln. Er deutete mir mit der Hand, dass ich mich neben ihn setzen sollte. Ich folgte seiner Aufforderung, obwohl mir die Tatsache, dass sich unter uns mehrere Stockwerke bis zum Gehweg erstreckten, ein mulmiges Gefühl in der Magengegend verursachte.

Die Queen Mary 2 hatte mittlerweile Fahrt aufgenommen und war gerade dabei, den Hafen von New York City zu verlassen. Noch hatten wir sie aber gut im Blick.

»Die Titanic war nicht ganz so groß wie die Queen Mary 2«, sagte Tod. »Auch wenn viele immer noch denken, dass sie das größte Schiff aller Zeiten war. Es gibt mittlerweile einige Kreuzfahrtschiffe, die größer sind. Aber ihnen allen fehlt, was die Titanic so einzigartig gemacht hat. Nenne es Flair. Nenne es das gewisse *Je ne sais quoi*. Die Titanic hatte einfach Ausstrahlung.«

»Ich wäre dir übrigens sehr verbunden, wenn du die französischen Floskeln auf ein Minimum beschränken könntest«, sagte ich.

Tod ignorierte mich.

»Wie ich bereits sagte, die Titanic hatte eine gewisse Ausstrahlung. Von Anfang an. Es mag an ihrer Größe gelegen haben, aber gewiss nur zum Teil. Das da vorn«, sagte er und zeigte auf die Queen Mary 2, »ist auch ein großes Schiff, aber es versetzt die Menschen nicht annähernd in die Aufregung, die die Titanic damals auslöste. Vielleicht waren es auch die markanten vier Schornsteine, die kein anderes Schiff so hatte. Abgesehen von den Schwesterschiffen natürlich.«

»Die Titanic hatte Schwesterschiffe?«, fragte ich.

»Ja, die Olympic und die Britannic. Auf beiden war … Beide Schiffe hatten auch nicht viel Glück.«

»Irgendwie wirkst du heute etwas neben der Spur.«

»Ich sagte doch, ich bin etwas sentimental.«

»Bin mir noch nicht sicher, ob es nur das ist.«

Tod regte sich nicht.

»Inwiefern hatten die Olympic und Britannic auch nicht viel Glück?«

»Nun, die Olympic …«, setzte Tod an, unterbrach sich aber gleich selbst. »Weißt du was? Lass mich einfach in Ruhe erzählen.«

»Ist ja gut, ist ja gut«, sagte ich und schaute Tod mit übertrieben gespanntem Gesicht an.

»Wo fange ich an?«, fragte Tod rhetorisch.

»Beim Untergang?«

»Man beginnt eine Geschichte nicht mittendrin! Nein, ich hatte schon viel früher mit der Titanic zu tun. Und der Olympic.«

Wieder hing er einen Moment lang seinen Gedanken nach.

»Oder den Leuten darauf«, ergänzte er plötzlich. »Wie auch immer. Die Olympic war das erste der Schiffe, die in den Docks von Harland und Wolff in Belfast gebaut wurden.«

Ich stutzte. »Belfast? In Irland?«

»Dein Geografielehrer aus der dritten Klasse kann stolz auf dich sein.«

»Aber die Titanic war doch ein englisches Schiff, oder etwa nicht?«

»Dennoch wurde sie nicht in England gebaut. Ihre Gesellschaft, die White Star Line, hatte schon ihre anderen Schiffe in Belfast bauen lassen. Harland und Wolff war eine gut laufende Werft und die Auftragsbücher immer gefüllt. Was in diesem Zusammenhang auch für meine galt.«

»Du schaffst es immer wieder, den Tod von Menschen zu beschönigen.«

»Schlimmer muss man es ja nicht machen, oder?«

Ich nickte und deutete an, dass er weitermachen soll.

»Der Bau von Schiffen war eine dreckige, harte und vor allem gefährliche Arbeit. Immer wieder starben Menschen. Es war nichts Ungewöhnliches. Die Titanic forderte ihr erstes Opfer fast zwei Jahre vor dem eigentlichen Unglück. Ein 15-jähriger Bursche, der den Arbeitern mit den Hämmern die heißen Nieten zuwarf, rutschte auf der Sprosse einer Leiter aus und stürzte zu Tode.«

»Ein 15-Jähriger?«

»Es gab damals so wenige Bedenken gegen Arbeit von Kindern wie Sicherheitsbestimmungen.«

»Scheint so. Und was für ein bescheuerter Tod.«

Tod zuckte mit den Schultern. »Etwa zwei Monate nach dem 15-Jährigen folgte ein 19-jähriger Junge, der von der Helling fiel.«

»Der was?«, fragte ich.

»Helling. Die abfallende Fläche, von der das Schiff später zu Wasser gelassen wird.«

»Was zum Teufel ist denn Helling für ein Wort?«

»Über den Ursprung maritimer Begrifflichkeiten kann ich dir leider keine Auskunft geben, ich bin kein Linguist«, sagte Tod.

»Du bist doch derjenige von uns, der fließend alle Sprachen der Welt spricht.«

Tod schien fast die Geduld mit mir zu verlieren, jedenfalls sah er mich mit Augen an, die mir zu sagen schienen, dass ich ihm besser nicht auf die Nerven gehen sollte.

»Der dritte Tote war ein Bohrarbeiter, der unter einem umfallenden Baumstamm, der als Stütze fungieren sollte, zerquetscht wurde. Während der gesamten Bauzeit waren meine Dienste vor Ort acht Mal erforderlich.«

»Ich kann nicht glauben, dass diese Tode einfach so hingenommen wurden«, erklärte ich kopfschüttelnd.

»Es gab eine Zeit, da habe ich durchschnittlich 16 Leute beim Bau eines Schiffes geholt.«

»Das ist doch Wahnsinn!«

»Es wäre deiner Empörung wohl nicht dienlich, wenn ich erwähnte, dass die meisten Arbeiter dort weniger als zwei Pfund die Woche verdienten«, ergänzte Tod.

Ich sah ihn ungläubig an.

»Leute sind zu vielem bereit, wenn ihre Umstände nichts anderes zulassen. Im Zweifelsfall gebietet ihnen der Hunger ihrer Familie, dass sie alle Vorsicht fahrenlassen. Was würdest du denn für deinen Sohn tun, wenn er nichts zu essen hätte?«

Zugegebenermaßen musste ich darüber nicht lange nachdenken. Selbstverständlich alles, was in meiner Macht stünde. Tod schien das zu ahnen und lächelte mich wissend an.

»Die Olympic war das erste Schiff, welches fertiggestellt und zu Wasser gelassen wurde. Der ganze Stolz der Reederei, weswegen sie nur die attraktivsten Stewardessen auswählten, um dort Dienst zu tun.«

»War das eine offizielle Verlautbarung oder dein eigener subjektiver Eindruck?«

»Ich, äh …«, stammelte Tod.

»Alles klar«, sagte ich.

Tod schaute mich etwas verwirrt an, fuhr dann aber fort: »Im Juni 1911 wurde die Olympic in Dienst gestellt, als erstes Schiff einer Klasse, die nach ihr Olympic-Klasse genannt wurde.«

»Die Titanic gehörte also auch zur Olympic-Klasse?«

»Korrekt.«

»Man könnte meinen, dass die mit der Benamung irgendwas kompensieren mussten und deshalb auch die Schiffe so groß bauten, wenn du verstehst, was ich meine.«

Tod schaute mich lediglich bemitleidend an. »Ernsthaft, Martin?«, sagte er mit leicht tadelnder Stimme.

Ich deutete mit den Fingern an, dass ich meine Lippen versiegelte.

Tod setzte seine Erzählung fort. »Bis zum ersten Unglück, welches die Flotte der Olympic-Klasse heimsuchen sollte – und derer gab es viele, wie man heute weiß –, dauerte es jedoch nur wenige Monate. Das Schiff war einfach so groß, dass durch die enorme Masse ein Sog entstand, der andere Schiffe förmlich in die Olympic zog. Das Kriegsschiff Hawke wurde von diesem Sog erfasst, als die Olympic den Kreuzer überholen wollte. Mit dem Bug voran rammte die Hawke die Seite des Passagierschiffs und riss ein Loch in deren Hülle.«

»Also mit aufgerissenen Hüllen hatten es die beiden Boote wohl. Ist denn die Olympic auch gesunken?«

»Nein, sie hat es geschafft. Der Schaden durch die Hawke war zwar beträchtlich, aber sie ging nicht unter. Allerdings verzögerten sich durch die Reparatur die Bauarbeiten an der Titanic. Man könnte meinen, dass dies einer der ersten Gründe für ihren Untergang war.«

»Was meinst du damit?«

»Nun, hätten die Bauarbeiten nicht länger gedauert, wäre die Titanic vielleicht an diesem Abend nicht an dieser Stelle im Atlantik gewesen. Sie hätte nicht den Eisberg gerammt und wäre nicht gesunken.«

Ich nickte. »Wie viele Leute kamen bei dem Unglück der Olympic ums Leben?«

»Das ist das Faszinierende. Nicht einer.«

»Nicht einer?«

»Die Olympic hatte einen beträchtlichen Schaden, und der Bug der Hawke war praktisch nicht mehr vorhanden, aber sie schafften es beide aus eigener Kraft zurück in den Hafen.«

»Ich verstehe nicht ganz. Wenn da keiner gestorben ist, warum warst du dann da?«

Tods Augen weiteten sich. »Ich … äh …«

»Und versuche dich jetzt nicht damit rauszureden, dass immer irgendwo einer stirbt. Damals starb keiner, wie du gerade sagtest, und hier im Moment auch nicht.«

»Woher willst du das …«

Ich unterbrach ihn. »Red nicht um den heißen Brei herum. Raus damit!«

»Vielleicht war ich einfach von den Schiffen fasziniert«, sagte Tod in der Hoffnung, ich würde nicht weiter nachhaken. Aber ich hatte bereits eine Ahnung.

»Wenn ich mal raten dürfte«, setzte ich an, »hatte es vielleicht etwas mit den attraktiven Stewardessen zu tun, die an Bord der Olympic waren?«

Tod schwieg.

»Und wenn ich noch weiter raten darf, würde ich davon ausgehen, dass es sich um eine ganz bestimmte Stewardess handelte.«

Ich verschränkte die Arme und sah ihn herausfordernd an. Tod schien einen Augenblick zu überlegen.

»Wie kommst du zu diesem Schluss?«, fragte er endlich.

»Du bist schon den ganzen Tag so merkwürdig. Und einige deiner Kommentare deuteten das schon an. Wer war sie?«

Tod seufzte. »Ihr Name war Violet.«

»Hab ich's doch gewusst. Seit wann warst du in sie verliebt?«

»Verliebt?« Tod lachte. »Nein.«

»Nun sei doch einfach mal ehrlich. Wenn du extra da gewesen bist, wo sie zu dem Zeitpunkt war, warst du schon ein wenig in sie verliebt, oder?«

»Na gut, vielleicht ein bisschen«, gab Tod zu. »Aber ich würde es vielmehr als Schwärmerei bezeichnen.«

»Es ist völlig egal, wie du das bezeichnest. Du warst verliebt. Ich finde das toll! Hätte ich dir auf deine alten Tage gar nicht zugetraut!«

»Auch ich habe menschliche Empfindungen.«

»Darüber kann man sich streiten«, meinte ich. »Aber die Tatsache, dass du verliebt gewesen bist, macht dich wirklich etwas menschlicher.«

Tod schnaubte beleidigt.

»Nun erzähl schon«, hakte ich nach. »Wer war sie? Was hat sie gemacht? Wie sah sie aus?«

»Sie … sie war schön«, sagte Tod. Und redete nicht weiter.

»Ja, schön und gut, aber wenn du nicht wie einer dieser billigen Schmökerschreiber rüberkommen willst, dann solltest du sie vielleicht noch etwas näher beschreiben. Auch charakterlich.«

Tod seufzte. »Sie hatte strahlend blaue Augen und dickes, kastanienbraunes Haar, welches sie entweder um den Kopf gebunden oder hochgesteckt trug. So wie es zu der Zeit eben in Mode war.«

»Weiter.«

»Ihre Ausstrahlung war magnetisch. Sie hatte etwas Aristokratisches, obwohl sie ein ganz normales Bauernkind aus Argentinien war und auch nur knapp über 1,60 Meter groß.«

»Napoleon lässt grüßen.«

»Es ist ein bedauerlicher Irrglaube der Menschen, Napoleon sei besonders klein gewesen. Tatsächlich war er fast eins achtund…«

Ich winkte ab. »Erzähl weiter von Violet. Wie hast du sie kennengelernt?«

»Nun, ich sah sie, als ich einen ihrer Brüder holte.«

»Nicht der beste Einstieg für ein Date«, sagte ich.

Tod runzelte die Stirn. »Was glaubst du, was zwischen ihr und mir vorgefallen ist, Martin? Du bist der einzige Mensch, der mich sehen kann, solange ich mich erinnern kann. Unsere Beziehung war also recht einseitig.«

Ich fühlte mich wie ein kompletter Depp. »Entschuldige. Ja, natürlich. Verdammt.«

»Sie war das älteste Kind der Familie. Ihr Vater ein Schafzüchter, die Mutter fuhr auf kleinen Dampfern als Stewardess zur See.«

»Ah, daher hatte sie das also.«

»In der Tat. In ihrer Jugend wäre sie fast einmal an Lungenentzündung gestorben, aber irgendwie schaffte sie es, dagegen anzukämpfen. Vermutlich, weil sie sich um ihre kleinen Brüder und Schwestern kümmern musste und ihr nichts anderes übrigblieb.«

»Sagtest du nicht, ihr Bruder sei gestorben?«

»Nicht nur einer. Etliche ihrer Brüder und Schwestern starben.«

»Etliche?!«

»Du vergisst immer wieder, dass die Zeiten damals anders waren. Wie auch immer. Nachdem auch ihr Vater gestorben war, musste sie sich ganz besonders um die Familie kümmern. Und später, als ihre Mutter krank wurde, entschloss sie sich, die Familie zu ernähren, indem sie das tat, was auch schon ihre Mutter getan hatte.«

»Stewardess.«

»Richtig.«

»Wie kam sie von Argentinien nach England?«

»Sie hatte auf mehreren Schiffen gedient und sich langsam hochgearbeitet. Irgendwann ist sie dann bei der White Star Line gelandet.«

»Und auf der Titanic.«

»Ja, zunächst jedoch auf der Olympic«, korrigierte mich Tod.

»Und auch schon in einen Unfall verwickelt.«

»Korrekt.«

»Mann, die hatte aber echt kein Glück, was?«

Tod kicherte.

»Was?«, fragte ich.

»Du hast keine Ahnung«, sagte Tod und grinste.

»Also in zwei Schiffsunfälle verwickelt zu sein, kann man wohl kaum als glücklich bezeichnen.«

»Lass mich doch einfach erzählen. Du wirst schon sehen.«

»Und da fängt er wieder mit dieser mysteriösen Schiene an.«

»Violet befand sich an Bord der Olympic, als die Hawke das Schiff rammte«, setzte Tod die Geschichte fort. »Aber es war noch jemand anderes an Bord, der später auf der Titanic Dienst tun sollte. Der Kapitän Edward Smith.«

»Wie – den Kapitän haben sie trotz des Unfalls wieder eingesetzt?«

Tod schüttelte beschwichtigend den Kopf. »Die Referenzen des Mannes waren so überzeugend, dass ihm, nachdem die Titanic fertiggestellt war, deren Kommando übertragen wurde.«

»Auch eine weise Entscheidung.«

»Er war kein schlechter Mann oder Kapitän, aber er hatte wirklich kein Glück. Er praktizierte lediglich, was allgemein üblich war, aber das wurde dem Schiff später zum Verhängnis.«

»Woher weißt du überhaupt so viel darüber, wie die Leute von der Reederei dachten? Das fällt doch alles gar nicht in dein Metier. Es werden ja wohl nicht so viele Leute bei irgendwelchen Meetings der White Star Line umgekommen sein, dass du deren Vorträgen lauschen konntest.«

»Nenne es ein Hobby.«

»Hobby?«

Tod seufzte. »Meinst du, ich bin den ganzen Tag nur unterwegs und fange irgendwelche Seelen ein? Gelegentlich brauche ich auch mal eine andere Beschäftigung, damit ich nicht völlig durchdrehe. Ich habe nach dem Titanic-Unglück viel darüber gelesen und recherchiert. Und, ja, ich habe auch den dämlichen Film gesehen. Und um deine nächste Frage gleich vorwegzunehmen: Ja, rein technisch gesehen mache ich natürlich trotzdem keine Pause. Aber ich rede im

Moment ja auch mit dir, obwohl ich anderswo auf der Welt meinem Beruf nachgehe. Insofern bist du gerade meine Zweitbeschäftigung.«

»Zweitbeschäftigung. Hobby. Da fühle ich mich ja richtig wertgeschätzt!«

»Ich schätze unsere Freundschaft sehr, auch wenn du sie gerade arg strapazierst.«

»Schon gut, schon gut«, sagte ich. »Du bist also so etwas wie ein Titanic-Experte.«

»Ich weiß zumindest sehr genau darüber Bescheid. Und ich war außerdem vor Ort. Ich würde denken, dass es mich zu so etwas wie *dem* Experten auf dem Gebiet macht.«

»Dann danke ich bereits im Voraus für die gesammelten Einsichten, Herr Professor.«

»Strapazierte Freundschaft«, sagte Tod nur, und ich winkte beruhigend mit den Händen.

»Wo war ich stehengeblieben?«, fragte Tod.

»Der Kapitän der Titanic arbeitete auch auf dem anderen Schiff, mit dem kompensierenden Namen.«

Tod rollte zwar mit den Augen, begann aber weiterzuerzählen. »Kapitän Smith wurde aufgrund seiner Referenzen als Leiter der Jungfernfahrt der Titanic bestätigt.«

»Gleich zwei Leute von der Olympic auf die Titanic zu übernehmen, erscheint mir wie ein böses Omen.«

»Es waren noch weit mehr von der Olympic auf der Titanic, aber ich dachte, der Kapitän und Violet würden dich am ehesten interessieren. Nebenbei bemerkt, überrascht es mich, dass du so abergläubisch bist.«

»Bin ich nicht, aber im Nachhinein betrachtet, erscheint es doch merkwürdig, findest du nicht?«

Tod zuckte mit den Schultern.

»Wenn es um merkwürdige Zufälle in Bezug auf die Titanic geht, gab es da noch viel mehr. Das Schiff hätte zum Beispiel beinahe nicht auf Jungfernfahrt gehen können.«

»Wie das?«

»Es gab einen Streik der Kohlearbeiter und demnach auch keine Kohle. Der Termin für die Fahrt konnte nur eingehalten werden, weil die Kohle von anderen Schiffen auf die Titanic verladen wurde, darunter die Olympic und die City of New York, einem anderen Schiff, welches in Southampton angelegt hatte. Tatsächlich war besagter Streik einer der wenigen glücklichen Zufälle in Bezug auf die Titanic. Einigen Passagieren war die Anreise mit dem Zug aufgrund des Kohlemangels nicht möglich. Andere dachten, dass die Jungfernfahrt ohnehin nicht zum angestrebten Termin stattfinden würde.«

»Weil sie annahmen, dass die Titanic nichts zum Befeuern der Öfen hätte.«

»Richtig. Deswegen war sie nicht voll ausgebucht. Immerhin war das ein Zufall, der dafür gesorgt hat, dass weniger Leute sterben mussten. Im Hafen wäre dann fast noch ein Unglück geschehen. Du erinnerst dich, dass die Hawke die Olympic gerammt hatte, weil diese einen so großen Sog verursachte?«

»Sicher.«

»Die Titanic legte ab, und die entstehende Sogwirkung sorgte ihrerseits für einen Beinahe-Zusammenstoß mit der City of New York. Die Taue, welche sie an der Kaimauer halten sollten, rissen durch den Zug einfach entzwei. Beide Schiffe verfehlten sich nur um etwas mehr als einen Meter.«

»Wäre das passiert …«, setzte ich an.

»… hätte es eventuell kein Eisberg-Unglück gegeben«, beendete Tod den Satz. »So aber stach die Titanic gegen Mittag zu ihrer Jungfernfahrt in See, bei strahlendem Sonnenschein und dem Jubel der am Kai stehenden Zuschauermenge.«

»Du warst dabei?«

»Ich habe das Ablegen des Schiffes beobachtet.«

»Wieso kann ich mir bloß nicht vorstellen, wie du als fähnchenschwenkender Zuschauer freudig am Ufer standest?«

»Ich sah eher Violet zu.«

»Okay. Unheimlich. Wusstest du da schon, was passieren würde?«

Tod schaute mich traurig an. »Ich hatte bereits ein paar Visionen von Passagieren aufgenommen.«

»Also ja. Hast du versucht, Violet irgendwie zu beschützen?«

»Wie hätte ich das tun können? Sie konnte mich nicht sehen. Nicht hören. Nichts. Und selbst wenn, hätte ich es denn tun sollen?«

»Aber all die Menschen …«, sagte ich.

»Ich war in Kriegen, Martin. Ich habe ganze Städte in Flammen aufgehen sehen. Ich habe Erdbeben miterlebt. Und an der Zahl der Toten gemessen, war das Titanic-Unglück nicht einmal der schlimmste Unfall in der Schifffahrtsgeschichte. Der Untergang der Wilhelm Gustloff war beispielsweise eine viel größere Tragödie. Es liegt nicht in meiner Macht, diese Dinge zu verhindern.«

»Aber macht dich das nicht wahnsinnig? Ich meine, du hast sie doch geliebt«, sagte ich.

Tod lächelte wieder. »Ich sollte das Ganze zu Ende erzählen.«

Ich nickte ihm zu.

»Nachdem die Titanic abgelegt und es in den Ärmelkanal geschafft hatte, ging ich wieder meiner normalen Beschäftigung nach.«

Ich setzte an, um etwas zu sagen, aber Tod hob die Hand, um das gleich im Keim zu ersticken.

»Ich sollte die Titanic erst wieder in der Nacht vom 14. zum 15. April 1912 wiedersehen. Vier Tage später also. Sie war mittlerweile über den Atlantik gefahren und hatte in dieser Nacht per Funk bereits mehrere Warnungen über Eisberge erhalten. Trotzdem fuhr sie mit nahezu voller Geschwindigkeit. Es saßen lediglich zwei Leute im Ausguck und suchten nach Eisbergen im direkten Weg, um die Crew rechtzeitig zu warnen.«

»Ich hab den Film übrigens auch gesehen. Du kannst dir diese unwichtigen Details also sparen.«

»Ich erzähle die Geschichte so, wie ich es für richtig halte. Vielen Dank. Im Übrigen versuche ich dir zu erklären, warum es zu dem Unglück kam.«

»Eisberg!«, rief ich besserwisserisch.

»Ach was, du Schlauberger.«

»Und die Typen im Ausguck waren einfach zu doof, um das Ding rechtzeitig zu erkennen.«

»Sie waren nicht zu doof, es war stockfinstere Nacht und so gut wie nichts zu sehen.«

»Vielleicht hätte man dann erst recht nicht so schnell fahren sollen, wenn man schon nichts sieht. Das ist ungefähr genauso bescheuert wie die Leute, die im strömenden Regen auf der Autobahn rasen, obwohl die Sicht vielleicht gerade mal drei Meter ist.«

»Damals war man schlichtweg davon überzeugt, dass die Titanic, das größte Schiff der Welt, im Zweifel eine Kollision aushalten würde. Ein paar Jahre früher hatte ein deutsches Schiff einen Eisberg gerammt und war trotzdem ohne Probleme wieder in den Hafen eingelaufen. Für die Titanic sollte das also erst recht gelten.«

»Die unsinkbare Titanic«, sagte ich.

»Das war die allgemeine Überzeugung, auch wenn man das nie offiziell verkündet hatte oder gar damit warb. Der Kapitän Smith vertraute bereits bei einem seiner früheren Kommandos darauf, dass die moderne Technologie, also das, was man zu der damaligen Zeit für modern hielt, genug sei, um die Unsinkbarkeit zu gewährleisten.«

»Wie sah das Violet?«

»Sie sah das wie alle anderen auf dem Schiff. Und wie die, die mehr Ahnung von Ingenieurskunst hatten. Der Konstrukteur der Titanic war ebenfalls an Bord, und die beiden hatten in einer ruhigen Minute darüber gesprochen, bei der er ihr glaubhaft versicherte, dass dem Schiff nichts passieren könnte.«

»Hochmut kommt vor dem Fall – und so weiter.«

Tod nickte. »Aber wenn du das Schiff damals gesehen hättest … Würdest du glauben, dass die Queen Mary 2 sinken könnte?«

Ich schaute dem Schiff hinterher, das sich in Richtung Südwest davonmachte. »Nun, heutzutage ist uns die Geschichte der Titanic ein Begriff. Wahrscheinlich würde heute keiner sagen, dass das Sinken eines solchen Schiffs unmöglich wäre. Aber ich gebe zu, so aus der Nähe betrachtet, könnte man annehmen, dass die Queen Mary Eisberge zum Frühstück verputzt.«

»Dann verstehst du, wie der allgemeine Tenor war. Man machte sich schlichtweg keine Sorgen. Und deshalb konnte Violet auch ganz ruhig in ihrem Bett liegen, als das Schiff den Eisberg rammte.«

»Warst du bei ihr?«

»Ein Teil von mir. Ein anderer Teil hatte den wohl besten Platz, den man sich zu der Zeit vorstellen konnte. Ich stand auf dem Eisberg.«

Meine Kinnlade klappte herunter. Tod lächelte kurz, wurde dann aber wieder ernst, als würde er bedauern, was er damals gesehen hatte.

»Der Eisberg war nicht einmal besonders groß, weder über noch unter Wasser. Aber es war, als hätte sich die Natur gegen das technologische Ungetüm, welches die Ruhe der Nacht an diesem verlassenen Ort störte, verbündet. Wie ein Dreizack ragten die von Wind und Wasser abgerundeten Ecken in den Himmel. Gerade so, als ob Poseidon Rache an der Menschheit nehmen wollte, ob ihrer Anmaßung in seinen Gefilden.«

»Den Satz hast du dir doch vorher aufgeschrieben, oder? In so blumigen Metaphern spricht doch keiner aus dem Stegreif«, sagte ich herausfordernd. Tod sah kurz zu mir herüber, dann blieb sein Blick wieder an der verschwindenden Queen Mary 2 hängen.

»Ich beschreibe es so, wie ich es empfunden habe.«

»Na, ich kann ja kaum abwarten, wie du dich noch zu Violet äußern wirst. Ist sie im Bett gestorben?«

»Nein«, sagte Tod.

»Soll das heißen, dass du nur einfach so in ihrer Kabine warst und ihr beim Schlafen zugesehen hast? Das ist verdammt unheimlich, weißt du das? Und zeigt ziemliche Stalker-Tendenzen.«

»Stalker-Tendenzen?«, fragte Tod. Ganz offensichtlich hatte er nicht verstanden, was ich damit sagen wollte.

»Stalker sind Leute, die anderen Leuten hinterherspionieren und in ihre Privatsphäre eindringen, weil sie eine ungesunde Obsession zu der ›gestalkten‹ Person entwickelt haben. Das geht meistens über Belästigung der Person bis zur physischen Konfrontation.«

»Ich habe Violet nie belästigt!«, empörte sich Tod.

»Nein, das ist mir klar, aber in ihrer Kabine zu stehen und ihr beim Schlafen zuzuschauen, ist schon etwas merkwürdig. Wenigstens konnte sie dich nicht sehen.«

»Ich wollte doch nur sichergehen, dass es ihr gutgeht.«

»Ist klar … Spanner.«

»Ich bin kein …«, setzte Tod an, brach aber im Satz ab. »Ich stand jedenfalls auf dem Eisberg und sah die Titanic auf mich zukommen.«

»Und hast dir dabei in die Kutte gemacht.«

»Ist meine Geschichte so langatmig, dass du glaubst, sie mit deinen Albernheiten würzen zu müssen?«

»Nein, nein!«, wedelte ich mit den Armen. »So war das nicht gemeint! Wenn so ein riesiges Schiff direkt auf mich zufahren würde, dann würde ich mir definitiv vor Angst in die Hosen pinkeln.«

»Falls das deine Umschreibung für ›Es war ein ehrfurchtgebietender Anblick‹ ist, pflichte ich dir bei. Ja, das war es.«

»Hattest du keine Angst?«

»Wovor?«, fragte Tod. »Es ist ja nicht so, als könnte mir irgendetwas Schaden zufügen.«

»Aber als das Ding gegen den Eisberg krachte, bist du da nicht heruntergefallen?«

»Das war gar nicht so schlimm. Die Besatzung hatte noch versucht, mit dem Schiff abzudrehen, aber die dreißig Sekunden zwischen der Warnung vom Ausguck und dem Aufprall hatten einfach nicht gereicht. Das Schiff schrammte also direkt am Eisberg entlang …«

»Und du hattest den Logenplatz.«

»Wenn man so will. Dabei hatte ich zu diesem Zeitpunkt noch gar nichts zu tun. Das große Sterben begann erst viel später. Noch schrieb man den 14. April, und es dauerte über eine Stunde, bis die ersten Rettungsboote zu Wasser gelassen wurden. Viele innerhalb des Schiffs haben gar nicht bemerkt, was passiert war. Einige der Besatzungsmitglieder ahnten selbst eine Stunde später noch nicht, dass das Schiff untergehen würde.«

Tod spielte an seinem Kescher.

»Violet lag in ihrem Bett«, sagte er.

»Ja, das weiß ich noch … Spanner.«

»Hör auf damit!«

»Ich sag's nur, wie es ist«, entgegnete ich.

Er fuhr fort: »Sie war zwar schon zu Bett gegangen, hatte aber noch nicht geschlafen. Trotzdem hatte sie den Unfall zunächst nicht zur Kenntnis genommen. Erst als einer der anderen Besatzungsmitglieder ihr den Befehl übermittelte, an Deck zu kommen, erfuhr sie, dass etwas vorgefallen sein musste. Und selbst zu diesem Zeitpunkt herrschte noch relative Gelassenheit an Bord. Ich beobachtete die Offiziere an Deck, die sich darüber stritten, wie jetzt am besten vorzugehen wäre. Also beschlossen sie, den Kapitän zu rufen, der sich bereits im Bett befand. Als er kam, schätzte er, als einer von nur wenigen, die Situation richtig ein. Gegen Mitternacht ordnete er den Funkern an, Notsignale abzusetzen. Allerdings erkannte er offenbar schnell, dass das Schiff die Nacht nicht überstehen würde. Zwanzig Minuten später gab er den Befehl, die Rettungsboote zu Wasser zu lassen.«

»Von denen nicht genügend da waren.«

Tod nickte. »Dieser Umstand ist wohl einer der bekanntesten über die Titanic. Es gab für weniger als die Hälfte der Leute Plätze auf den Rettungsbooten. Dabei war das Schiff durchaus dafür ausgerichtet, noch mehr Rettungsboote aufzunehmen. Allerdings hätte man dazu das Promenadendeck der ersten Klasse nutzen müssen, und das wollte man den betuchten Passagieren nicht zumuten.«

»Wahrscheinlich hätten die gerne auf das Promenadendeck verzichtet, wenn sie gerettet worden wären.«

»Anzunehmen.«

»Wie ist Violet gestorben?«, fragte ich.

Tod lächelte. »Relativ ruhig.«

»Was ist mit ihr passiert?«

»Nun, das Schiff begann zu sinken. Im Funkraum hatten sie mittlerweile Kontakt zu einem weiteren Schiff, der Carpathia, welche der Titanic zu Hilfe kommen wollte. Dummerweise brauchte sie dreieinhalb Stunden, um die Unglücksstelle zu erreichen. Die Titanic sank innerhalb von zwei Stunden.«

»War das den Leuten klar?«

»Einem Teil der Besatzung war es mit Sicherheit klar.«

Ich dachte nach. »Was muss das für ein Gefühl sein, wenn man weiß, dass die Hilfe zu spät kommt?«

»Es rief definitiv sehr unterschiedliche Reaktionen hervor. Einige wurden sehr nervös und steckten damit die Passagiere an, die schließlich auch verstanden, was passieren würde. Andere blieben ganz ruhig, weil sie begriffen, dass sie ihr Schicksal akzeptieren mussten. Letztendlich war es völlig egal. Es kam, wie es kam.«

Ich ließ mir diesen Gedanken noch einmal durch den Kopf gehen. Natürlich kam mir dabei auch meine eigene Sterblichkeit in den Sinn. Die Unabwendbarkeit des eigenen Todes. Ich hatte damit noch nicht meinen Frieden gemacht.

»Violet half den Passagieren, zu den Rettungsbooten zu gelangen«, setzte Tod seine Erzählung fort, »und sollte ihnen ein Exempel dafür sein, wie die Rettungswesten richtig anzulegen waren. Ich sah ihr fasziniert zu, weil sie die Ruhe in Person war, auch wenn ich gelegentlich einen sorgenvollen Blick ihrerseits ausmachen konnte. Sie nahm ihre Aufgabe sehr ernst und half den Umstehenden dabei, die Westen anzulegen, während die Männer versuchten, die Boote ins Wasser zu bringen. Als es daranging, die

Frauen und Kinder auf die Boote zu verfrachten, traute sich zunächst keiner einzusteigen.«

»Was? Aber das Schiff sank denen doch unter den Füßen weg.«

»Zu dem Zeitpunkt wollten viele Leute noch immer nicht wahrhaben, dass die Titanic wirklich sinken würde. Die Rettungsboote schienen das viel größere Risiko zu sein. Es knarzte und knackte überall. Es gab wenig Halt. Viele befürchteten, ins eiskalte Wasser zu stürzen.«

»Aber selbst wenn sie gefallen wären, hätte man sie doch immer noch herausfischen können?«

Tod schaute mich überrascht an. »Du warst doch Rettungsschwimmer und bist Arzt. Dir sollte klar sein, dass die Überlebenschancen im Wasser äußerst gering waren.«

»Ja, wenn man da lange rumpaddelt, sicher. Aber in der Kürze der Zeit …«

»Wer ins Wasser fiel, dem drohte durch den Schock der plötzlichen Kälte ein Herzinfarkt. Glaub mir, etliche Schmetterlinge holte ich genau von solchen Personen. Außerdem war es damals mit größeren Mühen verbunden, die Rettungsboote hinunterzulassen, als du dir jetzt vermutlich vorstellst. Man konnte sie nicht einfach auf das Wasser klatschen lassen.«

Ich schüttelte den Kopf.

»Denk, was du willst, aber das war die Situation. Die Frauen und Kinder mussten überzeugt werden, dass es sicher war, ins Rettungsboot zu steigen.«

»Deswegen sind es ja Rettungsboote!« Ich regte mich ein wenig über so viel Dummheit auf, aber Tod blieb sachlich.

»Einer von Violets Vorgesetzten befahl ihr daher, ins Boot zu klettern, damit die Leute sahen, dass es keine Probleme geben würde. Also tat sie, wie ihr geheißen. Sie half einigen Frauen und Kindern hinein, bevor man das Boot herabließ. Mittlerweile war es an Deck schon wesentlich unangenehmer geworden. Die Schräglage des Schiffes überzeugte nun auch die letzten Zweifler davon, dass die Titanic nicht mehr lange durchhalten würde. Während das Rettungsboot langsam dem Meer entgegensank, reichte jemand aus der Crew Violet ein kleines Bündel. Eine Frau hatte im Trubel an Deck ihr Baby liegenlassen.«

»Eine Mutter hat ihr Kind liegenlassen? Das ist ja ungeheuerlich!«

Tod fummelte an seinem Kescher herum und seufzte. »In Panik tun Menschen seltsame Dinge. Zum Beispiel besetzten sie die Rettungsboote nicht komplett. Manche waren nicht einmal halb so voll, wie sie hätten sein können.«

»Das ist an Idiotie kaum zu überbieten.«

»Interessanterweise hätte am Tag zuvor für die Crew eine Übung zum korrekten Umgang mit den Rettungsbooten stattfinden sollen.«

»Hätte sollen?«

»Der Kapitän hat die Übung aus nicht näher erläuterten Gründen abgesagt. Näheres weiß ich auch nicht. Ich habe das erst viel später erfahren.«

Tod schaute mit großen Augen, wie ich mit offenem Mund neben ihm saß.

»Die Besatzung«, sagte Tod, »wusste schlichtweg nicht genau, wie sie vorzugehen hatte. Deswegen verloren mehr als zwei Drittel aller Menschen an Bord ihr Leben. Na ja, zumindest der große Teil, der vielleicht trotz der zu wenigen Rettungsboote noch hätte gerettet werden können.«

Mir schoss etwas in den Kopf. »Aber … Violet. Violet saß jetzt in einem Rettungsboot? Was zum Teufel ist dann mit ihr passiert?«

»Die Titanic sank immer schneller. Die Rettungsboote versuchten, so weit weg wie möglich zu kommen. Einige der Passagiere, die sich sicher waren, keinen Platz auf einem der Boote zu bekommen, griffen sich irgendwelche schwimmenden Gegenstände und sprangen ins Wasser. Manche sprangen auch nur mit den Sachen, die sie am Leib trugen, über Bord. An Deck spielten ein paar der Musiker noch immer zur Beruhigung der Massen ein paar Stücke. Ich stand neben ihnen, als sie *Alexander's Ragtime Band* vortrugen.«

»Sie haben wirklich bis zum Untergang gespielt? Das ist wirklich passiert?«

»Nun, sie haben so lange gespielt, wie sie konnten. Als das Heck der Titanic sich langsam aus dem Wasser hob, wurde die Schräge einfach zu viel, die Menschen fanden keinen Halt mehr. Einige Musiker stürzten ab. Andere verloren ihre Instrumente. Der Rest versuchte, sich mit den anderen Verbliebenen auf das aus dem Wasser ragende Heck zu retten. Als das Licht ausging, spielte keiner mehr. Selbst mir war es mittlerweile zu unsicher an Bord geworden. Ich hatte mich in die Nähe der Rettungsboote …«

»… und Violet«, ergänzte ich.

»… begeben und schaute dem, was folgte, von weitem zu. Der Rumpf begann zu bersten. Direkt zwischen dem dritten und vierten Schornstein.

Ein grauenvolleres Geräusch habe ich nie gehört. Es klang wie das Stöhnen eines Riesen, der seine Knochen morgens nach dem Aufstehen zurechtknacken lässt.«

Ich rollte mit den Augen. »Du solltest wirklich an deinen Metaphern arbeiten. Das ist ja kaum auszuhalten.«

Tod ignorierte mich. »Der hintere Teil der Titanic stürzte wieder zurück in die Waagerechte. Der vordere Teil versank nun völlig. Der plötzliche Fall des Hecks hatte etliche Leute über Bord geschleudert. Manche waren vorher schon freiwillig gesprungen. Der kärgliche Rest auf dem Heck hatte nur noch wenige Minuten, bis sich der Teil erneut aufstellte und ebenfalls in den Fluten versank. Keine drei Stunden waren seit der Kollision mit dem Eisberg vergangen.

Die Überlebenden in den Rettungsbooten waren schockiert. Violet hatte ihre Hände vor den Mund geschlagen, als wollte sie ihren Schrei im Keim ersticken, um die unheimliche Stille der Nacht nicht zu durchbrechen. Auch ich selbst musste erst mal verarbeiten, wovon ich gerade Zeuge wurde.

Etliche Tote trieben an der Wasseroberfläche der Unglücksstelle. Ein paar Überlebende klammerten sich entweder an ihnen oder an jedem treibenden Gegenstand fest, der in ihrer Reichweite war. Ein paar versuchten, sich an anderen Überlebenden festzuhalten, halfen dadurch aber nur, das Unvermeidliche zu beschleunigen.

Die Stille, die bis dahin geherrscht hatte, wurde nun durch Hilferufe und Schreie unterbrochen. Das Wasser hatte zwei Grad unter null. Ich spürte die Kälte durch meine Schuhsohlen, obwohl ich über das Wasser zur Unglücksstelle lief. Bei einigen dauerte der Todeskampf nur wenige Minuten. Bei anderen zog er sich über eine halbe Stunde hin.«

Mir wurde schlecht bei der Vorstellung, im Eiswasser mein Leben auszuhauchen. »Du sagtest doch, dass die Rettungsboote zum Teil halb leer gewesen wären. Kamen die den Leuten im Wasser denn nicht zu Hilfe?«

Tod schüttelte den Kopf. »Angeblich gab es Leute, die genau das forderten, aber nachdem einige Besatzungsmitglieder argumentiert hatten, dass die Rettungsboote durch die panischen Leute im Wasser eventuell umgekippt werden könnten, entschied das Gros der Überlebenden, lieber in gebührendem Abstand zu bleiben.«

»Aber das ist unterlassene Hilfeleistung!«, empörte ich mich.

»Soweit ich mich erinnere, hast du bei deinem Rettungsschwimmer auch gelernt, dass Eigenschutz vor Fremdschutz geht, oder irre ich mich da?«

»Aber vielleicht hätten sie noch welche retten können!«

»Vielleicht«, sagte Tod. »Vielleicht auch nicht.«

»Dir ist das ja ohnehin egal«, sagte ich resigniert.

»Es ist mir nicht egal. Und das war es mir auch nie. Aber im Gegensatz zu dir verstehe ich, dass man an manchen Situationen einfach nichts ändern kann. Und letztlich hätte es vermutlich ohnehin nichts gebracht, weil die Geretteten später an Unterkühlung gestorben wären.«

»Aber wenigstens Leonardo DiCaprio hättest du retten können.«

»Ah«, sagte Tod, »ich habe mich schon gefragt, wann du wieder von diesem Film anfangen würdest. Wenigstens hast du nicht deinen Humor verloren.«

»Versteh mich nicht falsch, ich finde es immer noch ein Ding der Unmöglichkeit, was die da abgezogen haben. Aber den Gag konnte ich mir nicht entgehen lassen.«

Ich scheuchte ein paar Tauben weg, die sich auf dem Rand des Daches neben uns breitgemacht hatten und für meinen Geschmack viel zu dicht an uns heranrückten. Sie flatterten davon, schlossen sich ein paar anderen an, um dann als Schwarm hinter einer Häuserecke zu verschwinden.

Tod hatte ihnen nachgeschaut und setzte seine Erzählung fort.

»Ich hatte schon eine Weile hier und da Schmetterlinge einfangen müssen, aber nachdem auch der Rest der Titanic untergegangen war, herrschte für eine Weile Ruhe. Zumindest in dieser Hinsicht. Ein paar Minuten lang machten die Überlebenden im Wasser noch reichlich Lärm, aber je mehr sie die Kräfte verließen, umso stiller wurde es. Ich begann mich bereits zu wundern, als irgendwann das Wasser unter mir zu brodeln anfing.«

Ich sah offenbar verwirrt aus, denn Tod machte eine Handbewegung, als ob mir völlig klar sein musste, wovon er sprach.

»Die Schmetterlinge. Die Schmetterlinge bahnten sich ihren Weg an die Oberfläche.«

»Sie brachten das Wasser zum Brodeln?«

»So ist das nun mal, wenn sich 1500 Seelen auf einmal davonmachen wollen.«

»Aber … aber … die Überlebenden müssen das doch bemerkt haben.«

Tod hob die Schultern. »Vermutlich nicht. Normale Menschen sehen die Schmetterlinge ja nicht. Zumindest in den meisten Fällen.«

Dabei schaute er kurz zu mir herüber.

»Nachdem die Schmetterlinge kamen, hatte ich Violet und die anderen für eine Weile aus den Augen verloren«, sagte Tod. »Sie forderten fast meine komplette Aufmerksamkeit. Ich war aber wieder zurück, als Violet von der Carpathia aufgelesen wurde. Fast zwei Stunden später.«

»Sie hat es also überlebt?«, fragte ich.

Tod nickte. »Die Carpathia hatte alle Überlebenden aufgenommen. Alle 706 Personen. Und zwei Hunde.«

»Wenigstens hat auch irgendwer an die Tiere gedacht. Wobei ich mich frage, wer es für eine gute Idee hielt, einen Hund auf eine Schiffsreise mitzunehmen.«

»Reiche Leute«, sagte Tod, als würde das alles erklären.

»Was ist mit dem Baby passiert? Hat Violet es großgezogen?«

»Nachdem Violet auf die Carpathia kam, rannte plötzlich eine Frau auf sie zu, entriss ihr das Kind und rannte dann genauso plötzlich wieder davon.«

»Was zum Teufel?«

»Reiche Leute«, sagte Tod.

Wir schauten beide der Queen Mary 2 hinterher.

»Wow, was für eine Geschichte«, sagte ich schließlich.

Tod sagte nichts. Er lächelte nur und zog das Netz des Keschers zurecht.

»Was?«, fragte ich.

»Ich hab dir noch nicht mal alles erzählt. Später habe ich noch Sachen erfahren, die ich am besagten Abend gar nicht selbst erlebt habe.«

»Die da wären?«

»Die Titanic hatte den ganzen Tag über Eisberg-Warnungen erhalten. Sie hat sogar ihren Kurs korrigiert, um etwas weiter südlich in wärmere Gewässer zu kommen.«

»Und ist damit erst auf den Kollisionskurs mit dem Eisberg gelangt«, sagte ich und fasste mir an die Stirn.

Tod nickte. »Besonders interessant war auch die Tatsache, dass ein anderes Schiff ganz in der Nähe war, als die Titanic unterging.«

»Und die haben nicht geholfen?«

»Sie haben schlichtweg die Funksprüche nicht gehört.«

»Wieso das denn? Haben die geschlafen?«

»Das haben sie in der Tat. Genau zehn Minuten bevor die Titanic den Eisberg rammte, hatte der Funker der Californian sein Gerät ausgemacht und ist ins Bett gegangen.«

»Wie viel Pech kann man denn haben?«

Tod lachte.

»Findest du das lustig?«, fragte ich.

»Ein wenig schon. Wenn man bedenkt … nein, das erzähle ich dir später.«

Ich rollte mit den Augen. »Manchmal glaube ich, dass du der Erfinder der kryptischen Aussagen bist.«

»Willst du wissen, warum der Funker der Californian sein Funkgerät ausgemacht hat?«

»Ich kann's kaum erwarten.«

Tod schaute kurz zu mir herüber und dachte wohl darüber nach, ob er nach der Bemerkung weitermachen sollte, konnte sich dann aber ohnehin nicht bremsen.

»Die Californian und die Titanic befanden sich eine Zeitlang in so kurzer Entfernung zueinander, dass die Funker sich mit ihren Meldungen quasi gegenseitig ins Ohr schrien. Der Funker der Titanic war damit beschäftigt, die Nachrichten der Passagiere ans Festland durchzugeben. Er war damit sogar ziemlich im Rückstand, und ständig kamen Eismeldungen herein. Als er dann auch noch die Funksprüche der Californian ständig im Ohr hatte, war er so gestresst, dass er seinem Kollegen auf dem anderen Schiff einfach befahl, die Klappe zu halten.«

»Du willst mir sagen, dass Hunderte Menschen nicht gerettet wurden, weil sich zwei Funker angemault haben?«

»So was in der Art.«

»Wenn das kein Argument für Freundlichkeit am Arbeitsplatz ist.«

Ich machte Witze, aber eigentlich war ich völlig perplex darüber. Trotzdem ging mir eigentlich nur eine Sache durch den Kopf.

»Deine Freundin hatte wirklich nicht viel Glück, was?«, sagte ich schließlich.

Er kicherte. »Nein, wahrlich nicht.«

»Wie ist es ihr nach dem Unglück ergangen? Ich nehme mal an, dass du ihr weiter nachgestellt hast.«

Tod blickte mich kurz mürrisch an, fuhr aber mit seiner Erzählung fort: »Die Carpathia brachte sie nach New York. Die Reise war ihr allerdings mehr als zuwider. Die Carpathia war für die Menge an Leuten nicht ausgelegt, und die hygienischen Verhältnisse an Bord waren … nun, sagen wir, inadäquat.«

»Mein Gott, sie wurde gerettet, da kann man doch kaum meckern.«

»Violet war eben eine reinliche Frau. Sie ärgerte sich darüber, dass sie ihre Zahnbürste vergessen hatte.«

»Wenn sie sonst keine Sorgen hatte«, sagte ich barsch. So langsam fragte ich mich doch, was Tod so besonders an ihr gefunden hatte. Der saß aber nur da und lächelte versonnen.

»Was würdest du denken, was sie danach gemacht hat?«, fragte er mich.

»Hat reich geheiratet und ist irgendwo ins Landesinnere gezogen, wo sie nie wieder ein Schiff oder Boot betreten musste.«

Tod lächelte noch breiter. »Sie fuhr wieder auf See. Im dritten Schiff der Olympic-Klasse, der Britannic.«

»Also Nerven hatte sie ja, das muss man ihr lassen. Wenn ich die Titanic überlebt hätte, wäre ich vermutlich auf keinem Schiff mehr mitgefahren. Schon gar nicht auf einem, deren zwei Schwesterschiffe in irgendeiner Form havarierten.«

»Und sie war bei *beiden* Unglücken dabei.«

»Ja, das kommt noch dazu«, sagte ich.

»Sie konnte gar nicht anders. Ihr Leben war nun mal das Meer.«

»Ich wette, Hans Albers hätte einen passenden Song dafür.«

Tod überging meine Bemerkung.

»Vier Jahre nach dem Vorfall mit der Titanic war sie als Stewardess des Roten Kreuzes auf der Britannic stationiert. Aufgrund des Krieges hatte man diese in ein Lazarettschiff umgebaut, das in der Ägäis Verwundete abholen und nach Hause bringen sollte.«

»Immerhin kamen so die Soldaten auch mal zu einer Kreuzfahrt, was?«

»Das Schiff brachte über 11 Monate in fünf langen Seereisen insgesamt fast 15 000 Verwundete in die Heimat«, setzte Tod unbeirrt seine Erzählung fort. »Die Uniform des Roten Kreuzes, die Violet zu tragen hatte, machte sie fast noch schöner, als sie schon war. Wie schon auf den anderen Reisen mit der Olympic und Titanic bekam sie spontan Heiratsanträge, die sie alle auf ihre charmante Art ablehnte.«

»Hatte sie kein ... wie soll ich sagen ... Interesse an Männern?«

Tod lachte. »Du fragst, ob sie homosexuell war?«

Ich nickte. »Ist das keine berechtigte Frage? Hätte ja durchaus sein können. Was gibt's denn da zu lachen?«

»Nein ... also ja, die Frage ist berechtigt, aber nein, sie war nicht homosexuell. Sie fand einfach nicht den Richtigen. Und ich hab lediglich über deine Wortwahl gelacht.«

»Wie hätte ich denn sonst fragen sollen?«

»Geradeheraus«, sagte Tod. »Du solltest doch wissen, dass du bei mir ohne Umschweife zur Sache kommen kannst. Warum ist das überhaupt von Belang?«

»Es wäre ja ein ziemliches Problem gewesen, wenn sie auf Frauen statt auf Männer gestanden hätte. Schön für sie, aber blöd für dich.«

»Das wäre einerlei gewesen. Sie konnte mich ja ohnehin nicht sehen.«

Ich rollte mit den Augen. »Warum vergesse ich das immer wieder?«

»Es gibt Mittel gegen Vergesslichkeit, Martin.«

»Toll, jetzt wird mir auch noch unterstellt, dass ich langsam senil werde. Mich würde vielmehr interessieren, wie es bei dir angekommen wäre, wenn sie einen Mann gefunden hätte.«

Tod überlegte einen Moment. »Mich stimmte es in der Regel viel trauriger, dass ich ihr nie sagen konnte, was für eine außergewöhnliche Frau sie war.«

»Oder wie schön sie war?«

»Ich glaube, das hat sie oft genug gehört«, sagte Tod. »Ich hatte den Eindruck, dass sie ihre Schönheit eher als Bürde empfand. Die Aufmerksamkeit der meisten Männer war ihr sicher, aber es war immer nur aufgrund ihres Aussehens. Ich glaube, sie wollte vielmehr dafür geliebt werden, wer sie war.«

»Bei spontanen Heiratsanträgen würde ich auch davon ausgehen, dass ihre Persönlichkeit eine eher untergeordnete Rolle gespielt hat. Wie gut konnten die Leute sie schon kennen?«

»So sehe ich das auch. Nein, sie schien fast ihren Frieden damit gemacht zu haben, dass sie keinen Mann hatte. Und sie hatte auch erst andere Sorgen.«

»Wenn du mir jetzt erzählst, dass sie wieder in ein Schiffsunglück verwickelt wurde, fresse ich einen Besen.«

»Möchtest du gerne eine Beilage zu deinem Besen?«

»Du verarschst mich doch!«

»Ketchup? Mayo?«

»Der dritte Dampfer ist auch untergegangen?«

»Nun, die Olympic ist strenggenommen nie untergegangen. Sie hatte ja lediglich ein anderes Schiff gerammt. Die Titanic und Britannic sind in der Tat gesunken.«

»Und Violet war an Bord?!«

Tod nickte.

»Wie viel Pech kann man haben?«

»Du wiederholst dich«, sagte Tod. »Die Britannic lief im Ägäischen Meer in aller Frühe während eines Schichtwechsels auf eine Seemine. Ich erwähne das, weil die Wasserschutztüren aus Bequemlichkeit zu dieser Zeit nicht geschlossen waren. Das eintretende Wasser lief also gleich in sechs Abteile, und alle Versuche, die Türen wieder zu verschließen, schlugen fehl. Vermutlich hatten sich die Rahmen durch die Explosion verzogen.«

»Denk dir einfach meinen obligatorischen Pech-Kommentar«, schob ich ein.

»Der Kapitän hatte die Situation erfasst und wollte das Schiff auf der nächstgelegenen Insel auf den Strand setzen. Dummerweise drückte die Fahrt nur noch mehr Wasser in den Dampfer, der dadurch schneller sank.«

Ich patschte mir eine Hand an die Stirn.

»Die Britannic ging wesentlich schneller unter als die Titanic. Das schnelle Sinken steigerte natürlich auch die Panik an Bord. Eigentlich blieb nur eine Person relativ gelassen.«

»Violet.«

Tod nickte. »Statt wie die anderen Menschen aufgeschreckten Hühnern gleich über das Promenadendeck zu irren, ging sie zurück in ihre Kabine und holte ihre Zahnbürste.«

»Der Kahn ging unter, und sie hatte Angst um ihre Zähne?«

»Nun, sie war die Situation mittlerweile ja gewohnt. Und so etwas wie auf der Carpathia wollte sie nicht noch einmal mitmachen.«

Ich rollte mit den Augen.

»Als sie zurückkehrte, begann man gerade, die ersten Rettungsboote hinabzulassen.«

»Von denen mittlerweile hoffentlich genug an Bord waren.«

»Waren sie. Allerdings hatte man mit dem Abfieren begonnen, als die Maschinen noch liefen.«

»Ja, und?«

»Die ersten zwei Rettungsboote wurden in den Strudel der sich noch drehenden Propeller gezogen und von diesen zermalmt.«

»Ach du meine Güte.«

»Violet saß in einem dieser Boote, ganz ruhig. Sie bemerkte die Propeller gar nicht, bis die anderen Geretteten über Bord sprangen. Als sie die Gefahr erkannte, sprang sie ebenfalls ins Wasser.«

»Ist jetzt der richtige Zeitpunkt, wieder einen Kommentar bezüglich Pech und so einzustreuen?«

Tod sah nicht amüsiert aus. »Die Propeller zermalmten nicht nur die Boote. Sie zerhackten regelrecht die Menschen.«

Mein Lächeln erstarb mir im Gesicht.

»Rund 30 Menschen starben an diesem Morgen.«

»Was war mit Violet?«, fragte ich besorgt nach.

»Ihr Mantel hatte sich mit Wasser vollgesogen. Sie sank hinab und wurde unter den Kiel der Britannic gedrückt, wo sie sich mehrere Male den Kopf stieß.«

Tod schwieg für einen Moment. Ich ahnte nichts Gutes.

»Hast du sie geholt?«, fragte ich schließlich.

Tod schwieg immer noch. Dann seufzte er.

»Sie hatte einen Schnitt am Bein, der heftig blutete. Und sie war benommen von den Schlägen gegen ihren Kopf. Ich habe sie nicht geholt.«

»Hast du sie einfach leben lassen?«

»Glaube mir, wenn ich die Entscheidung hätte treffen müssen, wäre sie mir sehr schwergefallen. Glücklicherweise musste ich das nicht. Jemand zog sie in eines der anderen Rettungsboote. Sie überlebte, kam aber dem Tod so nah wie nie zuvor.«

»Jetzt redet er schon in der dritten Person von sich.«

»Sie hat später mal gesagt, dass es vermutlich ihr dickes, kastanienbraunes Haar war, das ihr das Leben gerettet hat. Es war quasi der Dämpfer zwischen dem Kiel des Schiffs und ihrem Schädel. Allerdings stellte sich heraus, dass sie tatsächlich eine Fraktur erlitten hatte, die sie zunächst gar nicht bemerkte. Wie dem auch sei … sie lebte. Und fuhr weiter zur See.«

»Sie hat drei schwere Schiffsunglücke mitgemacht und ist trotzdem weiter zur See gefahren?«

Tod zuckte mit den Schultern. »Ihre große Liebe. Sie war sogar noch einmal für eine kurze Zeit auf der Olympic. Später dann auf diversen Postschiffen.«

»Ich dachte, Seefahrer wären abergläubischer. Dass man sie überhaupt noch auf ein Schiff gelassen hat …«

»Sie machte ihre Arbeit gut. Und im Gegensatz zu dir denke ich nicht, dass sie sonderlich viel Pech im Leben hatte. Im Gegenteil, sie hatte außergewöhnlich viel Glück.«

Die Queen Mary 2 war mittlerweile kaum noch zu erkennen.

»Ich hoffe, sie hatte einen schönen Tod. Sie ist nicht in der Badewanne ertrunken oder so was. Oder?«

Tod schüttelte den Kopf. »Sie ist mit 83 Jahren an Herzversagen gestorben. Daheim in ihrem Häuschen in Suffolk. Ihr Schmetterling war genauso schön wie sie. Das war noch, bevor du überhaupt geboren warst.«

»Wie hast du dich dabei gefühlt?«, fragte ich ernsthaft.

»Nun, im Endeffekt sind alle Tode gleich. Sie war seit langer Zeit die erste Person, die mir etwas mehr bedeutete. Vielleicht hielt ich ihren Schmetterling etwas länger als üblich in den Händen. Aber letztendlich habe ich sie gehen lassen.«

Tod schaute zu mir herüber. »Willst du das Witzigste an der ganzen Sache wissen?«

»Sag schon.«

»Sie war zeit ihres Lebens Nichtschwimmerin.«

Tod lachte. Ich war erst überrascht, stimmte dann aber in sein Lachen ein. Allein die Vorstellung, dass eine Nichtschwimmerin drei große Schiffsunglücke überstanden hatte.

»Ich muss dir zustimmen«, sagte ich. »Sie hatte wirklich außergewöhnliches Glück.«

Tod wischte sich die Lachtränen weg. »So, jetzt weißt du, weshalb ich am 15. April immer etwas sentimental werde.«

»Auch wenn sie an diesem Tag gar nicht starb? Ich meine … es ist ja lediglich das Jubiläum der Titanic.«

»Es ist trotzdem der Tag, der mir am eindrücklichsten im Gedächtnis blieb. Vielleicht lag es auch daran, dass ich das Bild nicht aus meinem Kopf bekomme, wie sie mit dem Kind im Arm auf dem Rettungsboot der Titanic sitzt und es zu wärmen versucht.«

Tod schwieg.

»Manchmal vermisse ich sie«, sagte er dann. »Jedes Jahr wird es schwieriger, sich an sie zu erinnern. Es gibt einfach so viel, was die Zeit mir in den Kopf gepackt hat, da ist es wohl unumgänglich, dass auch sie irgendwann aus meinen Gedanken verschwindet.«

»Das wäre aber wirklich schade.«

»Was bleibt mir anderes übrig?«, fragte Tod.

Ein Gedanke schoss mir durch den Kopf. Unwillkürlich musste ich lächeln. Ich sah Tod an und sprach: »Lass uns zu mir nach Hause springen.«

»Was gibt es denn da?«

»Lass dich überraschen!«

Tod runzelte die Stirn, nickte aber.

Nachdem New York sich verflüssigt hatte und den Blick auf meine Wohnung freigab, ging ich mit schnellen Schritten zu meinem Computer.

»Was soll das werden?«, fragte Tod.

»Warte einfach ab«, sagte ich und schaltete Rechner und Drucker an. Nachdem der Rechner endlich hochgefahren war, öffnete ich den Browser und klickte in das Suchfeld von Google.

»Wie war ihr vollständiger Name?«

»Violet Jessop«, sagte Tod.

Ich tippte den Namen in das Suchfeld ein und drückte auf den Reiter *Bilder* der Suchmaschine. Etliche Anzeigen, die alle von derselben Fotografie zu stammen schienen, erschienen auf dem Bildschirm.

Tods Augen weiteten sich. »Das ist sie.« Er beugte sich aufgeregt nach vorne. »Das ist sie!«

Ich suchte mir die größte Aufnahme heraus, fummelte noch etwas an den Einstellungen und druckte es dann aus. Kurz darauf gab ich Tod das Papier mit dem Bild darauf in die Hand. Er war völlig gerührt.

»Ich dachte, dass dir das bei der Erinnerung helfen kann«, sagte ich.

Tod schaute mich mit großen Augen an und setzte an, mir eine Umarmung zu geben, aber der Kescher kam ihm dazwischen. Er hantierte einen Moment daran herum, aber mittlerweile wäre uns die Umarmung einfach nur noch albern vorgekommen. Schließlich sagte er einfach nur »Danke«. Mehr war auch gar nicht nötig.

Mein alter Freund war sichtlich bewegt, als er das Bild betrachtete, schließlich faltete und irgendwo in einer versteckten Tasche seiner Kutte verschwinden ließ.

Mein Telefon klingelte. Die Rufnummernerkennung zeigte mir an, dass Anja am anderen Ende der Leitung war.

»Ich sollte da rangehen«, sagte ich.

Tod nickte nur. »Es wäre vermutlich nicht angebracht, wenn ich ihr einen schönen Gruß ausrichten lassen würde, oder?«

»Eher nicht«, sagte ich. »Vielen Dank für diese fast unglaubliche Geschichte.«

Ich nahm das Telefon und winkte ihm zu.

»Frohe Ostern euch beiden morgen«, sagte Tod.

Und damit war er verschwunden.

Anja erzählte mir am Telefon irgendwelche Dinge, die ich nur halb wahrnahm. Vom Computerbildschirm lächelte mir immer noch die unsinkbare Violet Jessop entgegen.

EIN GOTT, DREI KÖNIGE UND ZWEI MILLIARDEN VERRÜCKTE

DAS FINALE UND WIRKLICH ABSCHLIESSENDE WORT GOTTES ZUM THEMA WEIHNACHTEN

Ich bin der Herr, dein Gott. Ja, DER Gott. Vielleicht nicht unbedingt dein Gott, denn seien wir mal ganz ehrlich: Nicht jeder denkt, dass es mich gibt. Manche glauben, dass das Universum sich von allein erschaffen hat und so weiter. Mitnichten! Da hatte ich überall meine Finger drin. Also rein metaphorisch gesprochen, denn wirklich Finger habe ich ja nicht.

Andere glauben, dass ich nur einer von vielen Göttern bin, acht Arme oder einen Elefantenrüssel oder irgendwas anderes im Gesicht oder am Körper habe. Auch das ist Quatsch. Mich gibt's nur einmal. Ich bin sozusagen ein Unikat. Was mich auch echt einsam macht, wenn man es genau nimmt.

Na toll, jetzt werde ich wieder sentimental.

Also vielleicht bin ich in deinem geistigen Sinne nicht dein Gott, aber irgendwie bin ich schon dein Gott, denn ich bin das nun mal. Verwirrt? Egal.

An anderer Stelle habe ich schon mal erklärt, wie das mit den Propheten ablief. In Kurzfassung: Ich hab die Menschheit gemacht, die haben sich wie Arschlöcher aufgeführt, also hab ich Leute mit den richtigen Ideen ausgesandt, damit die alle auf die rechte Spur bringen.

Ja, ich, GOTT, habe das Wort »Arschloch« benutzt. Kommt drüber hinweg.

Halt, halt, werden jetzt vielleicht einige denken. Warum hat er die Menschen denn als Arschlöcher erschaffen?

Dazu kann ich nur sagen, dass ich nicht perfekt bin, auch wenn das gerne behauptet wird. In erster Linie habe ich bei der Erschaffung von allem – und damit meine ich auch euch – einfach herumexperimentiert, was vielleicht einige der Merkwürdigkeiten bei euch auf der Erde erklärt, zum Beispiel Mücken, Schnabeltiere und Grottenolme.

Ja, es gibt Tiere, die Grottenolm heißen.

Gerade bei euch Menschen habe ich mich aber besonders ins Zeug gelegt. Krone der Schöpfung und so weiter. Ich dachte, dass ich da was ganz Besonderes vollbracht hätte, aber stattdessen hattet ihr wilden Geschlechtsverkehr untereinander, habt euch gegenseitig die Rüben eingehauen und Sachen geklaut, dass Elstern glatt neidisch hätten werden können. Und deswegen dachte ich von Zeit zu Zeit, dass da mal eine kleine Richtungskorrektur nötig wäre, damit so manche Bräuche sich nicht dauerhaft etablieren.

Dummerweise entstanden durch manche Propheten erst Brauchtümer, die sich bis heute gehalten haben. Oder sich bis heute immer weiterentwickelt haben.

Und das beste Beispiel dafür ist wohl Weihnachten.

Halt, halt, werden jetzt wieder einige denken. Wieso dummerweise? Weihnachten ist doch total super, es gibt Geschenke und gutes Essen … Andere werden vielleicht denken: Wie kommt der von Sex, Gewalt und Diebstahl auf Weihnachten?

Gottes Wege sind unergründlich. So. Basta.

Was ich sagen wollte: Weihnachten. Weihnachten war so gar nicht gedacht. Oder geplant. Das hat sich mehr so ergeben.

Etwas über zwei Milliarden Verrückte – damit meine ich generell die Leute, die Weihnachten feiern, also das Gros der Christenwelt und einen Haufen Atheisten – schmücken jedes Jahr einen Weihnachtsbaum, singen Weihnachtslieder, essen, bis sie platzen, bauen Krippen auf, tragen Gedichte vor und beschenken sich mit Sachen, die sie in letzter Minute in irgendwelchen überteuerten Kaufhäusern erstanden haben. Was alles dem Umstand geschuldet ist, dass ein Prophet, der irrtümlich von den meisten Menschen als mein Sohn betrachtet wird, irgendwann mal geboren wurde.

Interessanterweise hat dabei kein Schwein – und das meine ich sprich-, nicht wortwörtlich – gewusst, wann sein Geburtstag eigentlich war.

Die Römer, die sich zunächst lauter interessante Arten einfallen ließen, wie man Christen umbringen konnte, wurden irgendwann selbst zu Christen.

Ironie nennt man so was. Wohingegen irgendwelche Dinge, die eher zufällig passieren, wie es zum Beispiel in einem bestimmten Song einer gewissen kanadischen Sängerin der Fall ist, keine Ironie sind. Hast du das jetzt verstanden, Alanis Morissette?

Ja, ich, GOTT, höre Rockmusik. Kommt drüber hinweg.

Egal, wo war ich?

Römer, Christen. Richtig.

Erst ließ sich Kaiser Konstantin kurz, bevor er ins Gras biss, taufen, damit er noch die Vorteile des Paradieses statt der Hölle mitnehmen konnte. Dann erhob Kaiser Theodosius das Christentum zur Staatsreligion.

Dummerweise ist das immer so eine Sache mit dem, was die Herren in den oberen Gesellschaftsschichten und die in den unteren Gesellschaftsschichten wollen. Bei den Römern sollte sich eigentlich das Christentum durchsetzen, aber das gemeine Volk hing irgendwie an den alten Riten des Mithras-Kults oder Festen wie den Saturnalien zu Ehren des Gottes Saturn Ende Dezember. Und wie verhalten sich Leute, die die Macht in Händen halten? Sie verhängen die Todesstrafe für Leute, die nicht das machen, was sie ihnen sagen. Sehr christlich, das Ganze. Es ist ja nicht so, dass ich in den Zehn Geboten so etwas wie »Du sollst nicht töten!« geschrieben hätte.

Zumindest waren die Leute mit Macht im Römischen Reich nicht ganz doof, denn auch sie wussten, dass man das gemeine Volk nicht allzu sehr ärgern sollte, weil es sonst zu unschönen Revolutionen kommt, an deren Ende immer irgendwelche Leute ihren Kopf verlieren, Mauern eingerissen werden oder Leute stundenlang »Wir sind das Volk!« brüllen. Also hat man kurzerhand Feste erfunden, die denen der Saturnalien oder des Mithras-Kults recht ähnlich waren, und hat sie praktischerweise auch an den entsprechenden Tagen belassen. So zum Beispiel die Wintersonnenwende nach dem julianischen Kalender am 25. Dezember. Natürlich kam die Frage auf, was denn eigentlich gefeiert werden würde, und irgendwer, dem nichts Besseres einfiel, sagte einfach: Der Geburtstag von Jesus!

Alle schauten sich an, zuckten mit den Schultern und dachten »Ja, jut, wie auch immer«, und dann aßen sie, bis sie fast platzten, und besoffen sich am billigen Wein, bis sie kaum noch gehen konnten.

Also eigentlich ist alles seitdem so geblieben, wie es war.

An dieser Stelle möchte ich noch einmal ausdrücklich darauf hinweisen, dass

a) Jesus nicht mein Sohn war.
b) Jesus nicht am 25. Dezember, sondern irgendwann im Spätsommer/Herbst geboren wurde. So genau erinnere ich mich auch nicht mehr daran, denn siehe a).
c) Jesus den ganzen Rummel um seine Person ablehnte und sicherlich blöd gefunden hätte.

So weit zur eigentlichen Herkunft von Weihnachten. Man sollte meinen, dass das der Menschheit gereicht hätte, aber aus irgendwelchen Gründen hat sich das Ganze dann noch weiterentwickelt. So gibt es mittlerweile ja diesen dicken Herrn, der die Geschenke bringt und eine Vorliebe für rot-weiße Kleidung hat. Kurz gesagt: den Weihnachtsmann.

Zu römischer Zeit gab es, wie man sich vielleicht denken kann, den Weihnachtsmann noch nicht. Und wenn jetzt irgendein Schlauberger kommentiert, dass es den da nicht gegeben haben kann, weil erst Coca-Cola ihn erfunden hat, so muss ich leider sagen, dass er da einem Irrtum aufgesessen ist, denn den Weihnachtsmann gab es in der Tat schon weit vor Coca-Cola. Außerdem mag ich Schlauberger nicht. Hier spreche ich, GOTT, also hört lieber zu. Ich sage nur Altes Testament. Da könnt ihr mal sehen, was ich sogar mit Leuten mache, die ich gut fand. Siehe Hiob.

Wo war ich?

Weihnachtsmann. Richtig. Tatsächlich basiert der auf einem Heiligen des vierten Jahrhunderts nach Christus. Nikolaus von Myra.

Meine Güte, warum haben diese Heiligen auch immer so komische Namen. Tarsitius, Cyriakus, Mechthild … ja, es gibt eine Heilige, die Mechthild heißt!

Nikolaus war ein Bischof im Ort Myra, der in der heutigen Türkei liegt. Als junger Mann, bevor er Bischof war, erbte er ein nicht unbeträchtliches Vermögen und verschenkte es an die Armen. Tatsächlich gibt es sogar eine Sage, wonach er den drei Töchtern eines Mannes drei Goldklumpen durchs Fenster warf, da der Vater nicht genug Geld für die Mitgift einer standesgemäßen Heirat hatte. Was an sich eine nette Geste ist, aber man sollte dabei bedenken, dass der Mann vorhatte, seine Töchter mangels Geld zu prostituieren.

Ja, so war das damals. Hatte man nicht genug Geld, schickte man die Kinder eben auf die Straße zur Hurerei. Selbst der alte Lot aus Sodom war ja drauf und dran, seine Töchter dem wütenden Mob zu überlassen, wo sie sicherlich die weniger angenehmen Seiten der menschlichen Sexualität erlebt hätten. Glücklicherweise haben die Engel sie ja noch gerettet. Dafür haben die Töchter dann ihren jüngst verwitweten Vater in einer Höhle vernascht. Biblische Zeiten, ich sage es euch …

Auf jeden Fall waren die drei Töchter wohl froh, nicht mitten in der Nacht von einem Goldklumpen am Kopf getroffen zu werden. Dann hätte es sich mit der Heirat wohl auch erledigt gehabt. Leute behaupten aber auch, dass Nikolaus den Töchtern die Goldklumpen in die Schuhe gelegt hat, was wiederum bedeuten würde, dass der alte Schlingel sich nachts in das Zimmer der Mädchen geschlichen hat. Aber wollen wir ihn mal nicht verurteilen.

Zumindest sollte jetzt klar sein, weswegen man Nikolaus als Gabenbringer ansieht und weswegen er seinen eigenen Feiertag hat. Und warum manche Tochter zu Nikolaus' Zeiten gedacht hat, dass sie lieber ins Kloster geht. Besonders wenn sie Mechthild hieß. Nicht ganz klar ist jedoch, warum nicht jeder am Nikolaustag an Fast-Prostituierte denkt.

Halt, halt, werden jetzt wieder manche einwerfen: Der Nikolaustag ist doch nicht Weihnachten!

Ja, richtig. Geschenke wurden früher zunächst am Nikolaustag übergeben. Aber als dann später Martin Luther und die anderen Protestanten meinten, dass das mit der Heiligenverehrung doch ein bisschen weit ginge, hat man das mit den Geschenken einfach auf Weihnachten verlegt, um vom heiligen Nikolaus ab- und zu Jesus hinzulenken.

Ich bin da übrigens ganz Luthers Meinung und sage zum Thema Heiligenverehrung nur: Mechthild!

Trotzdem hat das mit dem Nikolaus nicht so richtig geklappt. Der war im Volk immer noch populär. Und wie das so mit Völkern ist, habe ich ja schon erläutert. Gut, im Gegensatz zur römischen Zeit hätte vielleicht niemand gleich die Todesstrafe gefordert, aber man beschloss dann irgendwie, aus dem heiligen Nikolaus den nicht ganz so heiligen Weihnachtsmann zu machen, während die Katholiken der Meinung waren, dass an Weihnachten zumindest irgendwas heilig sein müsse, und sie das Christkind als Geschenke-übergeber erfanden.

Kommen noch alle mit? Ja, ist schon alles recht unübersichtlich. Aber damit ist ja auch noch nicht alles gesagt! Mitnichten!

Während die ganze Weihnachtssache jetzt schon anfing, weniger kirchlich und mehr weltlich zu werden, brachten niederländische Siedler ihren Sinterklaas nach Amerika mit. Sinterklaas, was im Grunde nur die niederländische Bezeichnung für den heiligen Nikolaus ist, war zum Beispiel der Schutzpatron der Stadt Neu-Amsterdam, die man heute eher unter dem Namen New York kennt.

Man muss schon sagen, dass New York etwas schmissiger klingt als Neu-Amsterdam, und Frank Sinatra hatte wohl auch mehr Freude, »New York, New York« zu singen als »New Amsterdam, New Amsterdam«.

Im Laufe der Zeit und der doch zunehmend weniger niederländisch und mehr englisch sprechenden Bevölkerung wurde aus Sinterklaas irgendwie Saint Claus. Und daraus wiederum Santa Claus. Und Santa Claus entwickelte sich dann immer weiter zu dem unzweckmäßig proportionierten Kaminkletterer, den wir heute üblicherweise als Weihnachtsmann kennen.

Ja, unter anderem aus der Coca-Cola-Werbung.

Und irgendwie ist es dann dabei auch nicht geblieben. Die Kinder, die sich nicht immer einen Bären aufbinden lassen wollten, wurden über die Jahre immer neugieriger und stellten Fragen, so zum Beispiel, wo der Weihnachtsmann denn eigentlich herkommt. Nun kam komischerweise niemandem in den Sinn zu sagen: Myra, in der Türkei – was vermutlich daran lag, dass der größte Teil der Menschheit nicht so richtig in Religionsfragen bewandert war und ist. Oder man den Kindern vor ein paar hundert Jahren nicht erklären konnte, weswegen der Weihnachtsmann aus einer Gegend kommen sollte, die man im Westen ungerechterweise als unzivilisiert oder barbarisch ansah. Mittlerweile hat sich das ja glücklicherweise geändert, aber das Kind ist nun mal in den Brunnen gefallen.

Stattdessen behauptete man, dass er vom Nordpol käme. Das konnte man damals auch noch gut behaupten, weil da niemand hinkam. Heute ist das schon schwieriger. Das zu behaupten. Hinkommen ist leichter.

An den Weihnachtsmann vom Nordpol glauben jedenfalls die Kinder in Amerika und Deutschland. Andere Länder denken, dass der Weihnachtsmann eher aus Nord-Finnland oder vom Südpol kommt. Einig sind sie sich zumindest, dass es da, wo er wohnt, kalt ist.

Ist schon jemandem aufgefallen, dass es immer weniger um »meinen Sohn« geht? Nun denn ...

Die natürliche Frage, die sich stellt, wenn man behauptet, dass der Weihnachtsmann am Nordpol oder sonst einer abgelegenen Stelle wohnt, ist wohl: Wie, verdammt noch mal, kommt der dann von dort weg?

Die Antwort liefert ein Gedicht von 1823. Darin wird gesagt, dass der Weihnachtsmann einen Schlitten fährt, der von acht Rentieren gezogen wird. Klar ... Nordpol, Schnee, Eis, Schlitten ... Rentiere. Die gibt es zwar so weit nördlich eigentlich nicht, aber was soll's. Klang zumindest verständlicher, als hätte jemand gesagt, dass der Weihnachtsmann am Nordpol wohnt und eine Kutsche fährt, die von Koalabären gezogen wird.

Was allerdings auch nicht erklärt, warum der Weihnachtsmann die ganzen Geschenke in einer Nacht auf der ganzen Welt austrägt. Mit einem Schlitten. Vom Nordpol aus.

Also musste es ein magischer Schlitten sein, der fliegt, weil der Weihnachtsmann ja ohnehin durch die Schornsteine in die Zimmer hüpft und erst mal alles vollrußt, bevor er dann die Geschenke verteilt. Und nicht nur muss der Schlitten fliegen, er muss es auch mit einer affenartigen Geschwindigkeit tun.

Wobei ich mich gerade frage, weshalb es »affenartig« heißt. So schnell sind die doch gar nicht. Viel mehr Sinn würde doch »gepardenartig« haben. Klasse Tier. Schnell wie der Wind. Das habe ich total super hinbekommen.

Äh, ich schweife schon wieder ab.

Habe ich erwähnt, dass die Rentiere anscheinend auch fliegen können? Obwohl sie keine Flügel haben?

So weit könnte man also zusammenfassend sagen, dass an Weihnachten Geschenke wegen eines Propheten übergeben werden, der für den Sohn Gottes – das bin ich – gehalten wird, überbracht von einem Geistlichen aus der Türkei, der drei Mädchen mit Goldklumpen beschenkt hat, damit sie nicht Prostituierte werden, und nun am Nordpol wohnt, von wo aus er mit einem Schlitten, der von fliegenden, flügellosen Rentieren mit mehrfacher Schallgeschwindigkeit gezogen wird, in alle Welt huscht.

Und Leuten fällt es schwer, an mich zu glauben!

Apropos Glauben. Ihr glaubt ja nicht, woher der Weihnachtsbaum stammt.

Auch so ein Brauch, der sich irgendwann entwickelt hat, obwohl er eigentlich so gar nichts mit der Geburt von Jesus zu tun hat. Wie es der Zufall will – oder genauer gesagt irgendwer in der Kirche, der das mal willkürlich festgelegt hat –, fällt auf den 24. Dezember der Gedenktag für Adam und Eva. Ja, der Adam und die Eva, die sich laut Bibel im Paradies danebenbenommen haben und deswegen von mir fortgeschickt wurden. Was natürlich kompletter Quatsch ist. Das würde ja implizieren, dass ich die Menschen tatsächlich so geschaffen hätte, aber die haben sich ja entwickelt aus irgendwelchen Hominiden, die Menschenaffen sehr ähnlich waren.

Ja, Darwin hatte recht. Kommt drüber hinweg.

Adam und Eva waren einfach zwei Menschen, Angestellte auf einem Hof, der zugegebenermaßen recht idyllisch und schön war, so dass man ihn fast »paradiesisch« nennen konnte. Die beiden naschten von den Früchten, die dem Herrn des Gutes gehörten, und, nun ja, machten lieber miteinander unter den Obstbäumen rum, statt sich um die Arbeit zu kümmern. Außerdem hatte der Gutsherr ein Auge auf Eva geworfen, und nachdem er sie mit Adam erwischt hatte, schmiss er beide achtkantig vom Gehöft.

Irgendwann wurde dann aus dem »Herrn des Gutes« einfach nur »Herr«, also ich. Na, vielen Dank auch.

Wie auch immer: So wie es zu Weihnachten heutzutage immer diese Krippenspiele gibt, in denen kleine Kinder Maria, Josef und irgendwelche Hirten spielen, während ihre Eltern so tun müssen, als fänden sie die schlecht gelernten Texte und das gestelzte Gerede schön, gab es in früheren Zeiten Paradiesspiele, in denen Schauspieler die Geschichte von Adam und Eva nacherzählten. Natürlich nicht so, wie es wirklich passierte, sondern in der Bibel-Version.

Diese Paradiesspiele fanden am 24. Dezember statt. Und weil man einen Baum der Erkenntnis beziehungsweise Baum der Versuchung brauchte, von dem Adam und Eva naschen konnten, benutzte man den einzigen Baum, der zu der Jahreszeit noch irgendwie grün war: eine Tanne.

An die Zweige hängte man Äpfel, um die Frucht der Sünde zu symbolisieren. Später kamen auch noch Hostien dazu, um für die Frucht vom Baum des Lebens herzuhalten. Also Äpfel, eine wunderbar schmackhafte Frucht, sollten etwas Schlechtes sein, und so ein merkwürdiges, geschmackloses Kirchengebäck, das keiner mag und den Leib meines »Sohnes« repräsentieren soll, etwas Gutes. Menschen …

Immerhin sollte jetzt klar sein, woher der Brauch mit den Christbaumkugeln (ehemals Äpfeln) und dem Weihnachtsgebäck (Hostien, pfui bäh) kommt. Und weshalb dieses völlig weihnachtsunabhängige Tannenbäumchen weltweit trotzdem zum Weihnachtssymbol wurde.

Dabei waren Äpfel gar nicht die Frucht der Versuchung. Das waren eigentlich Bananen.

Bananen: der Gewinner mit den meisten Stimmen im Wettbewerb »phallusartige Früchte in der Natur«. Noch vor der Aubergine.

Glaubt mir – aber das tut ihr ja sowieso, denn immerhin bin ich GOTT –, dass Eva nicht lasziv an einem Apfel geleckt hat, um Adam zu verführen. Sie hat vielmehr eine Banane genommen und … nun, ich glaube, den Rest könnt ihr euch denken.

Es sähe aber vermutlich auch sehr verwunderlich aus, wenn heute an den Weihnachtsbäumen kleine phallusartige Dinger hängen würden.

Findet ihr die Herkunft von Weihnachtsmann und -baum auch so merkwürdig wie ich? Seid gewarnt: Es geht noch viel, viel merkwürdiger.

Und ich möchte dabei noch einmal betonen, dass ich nichts damit zu tun hatte. Klar, ich habe mir zum Beispiel Tiere wie die Seegurke ausgedacht, die zur Verteidigung ihren halben Verdauungstrakt als Ablenkung auswerfen kann, aber eure Weihnachtsbräuche kommen nicht von mir und erscheinen mir noch viel sonderbarer als zum Beispiel die Seegurke.

Also ganz abgesehen von Weihnachten überhaupt und dem Weihnachtsmann und -baum an sich. Es gibt von Land zu Land Bräuche, die mir zum Teil geradezu respektlos, stellenweise nahezu rassistisch und hier und dort absolut furchterregend erscheinen.

Nehmen wir dabei doch einfach mal die weitgehend übereinstimmende Meinung, dass der Weihnachtsmann Helfer hat. Während das in den meisten Ländern einfach nur irgendwelche Wichtel oder Elfen sind, die an der Geschenkeverpackung oder -herstellung beteiligt sind, gibt es Länder oder Landstriche, in denen Knecht Ruprecht noch recht beliebt ist. Während der Weihnachtsmann oder früher eigentlich eher der Nikolaus die Geschenke zu den braven Kindern brachte, kam Knecht Ruprecht mit einer Rute, also einem peitschenartigen Stock, zu den Kindern, die unartig waren, um ihnen ordentlich den Hintern zu versohlen.

Natürlich ist der Gedanke dahinter der, dass sich die Kinder das Jahr über artig benehmen sollen. Offenbar machte aber niemandem die Vorstellung, dass ein wildfremder Mann nachts ins Haus eindringt, um Kinder körperlich zu züchtigen, irgendwelche Sorgen. Vielleicht dachte man, dass es immerhin nicht die Inquisition ist.

Apropos! Wie die Inquisition kam der Knecht-Ruprecht-Brauch – wie so viele andere merkwürdige Bräuche – aus dem Mittelalter.

Ah, ja … das Mittelalter. Die Zeit, in der die Leute besonders fromm und der Meinung waren, dass sich der Glaube am besten verbreiten und verteidigen lässt, indem man sich immer wirkungsvollere und schlimmere Methoden überlegt, andere zu foltern. Christliche Nächstenliebe wurde da noch großgeschrieben.

Es verwundert also nicht, dass gerade in dieser Zeit viele tolle Gedanken zum Thema »Wie kann ich meine Kinder möglichst stark verängstigen, damit sie nicht unartig sind« entstanden. Die Figuren, die aus diesen Gedanken hervorgingen, sind als sogenannter Kinderschreck bekannt und basieren alle darauf, dass sie bösen oder unartigen Kindern physisches Leid antun. Bestes Beispiel dafür: der Kinderfresser. Da ist der Name wirklich Programm.

In Anbetracht der Tatsache, dass Kindern so etwas erzählt wurde, sollte man sich nicht wundern, dass sie irgendwann gar nicht mehr rausgingen oder irgendwas machen wollten und es zu Phänomenen wie dem Stubenhocker kam.

Aber ich schweife schon wieder ab.

Aus dem Kinderfresser wurde irgendwann ein Mann – Frauen haben offenbar nie etwas Schreckliches getan –, der die Kinder in einem Sack mitnimmt. Und vermutlich dann aß. Auch Knecht Ruprecht soll ursprünglich mal böse Kinder im Sack verschleppt haben. Ob er sie gegessen hat, lasse ich mal so im Raum stehen.

Auf jeden Fall kann man sagen, dass seit jeher Nikolaus und Weihnachtsmann wohl eher die göttliche Hälfte repräsentierten – Geschenke und leichtes Tätscheln auf den Kopf –, während der jeweilige Helfer der beiden eher die teuflische Hälfte darstellte – physische Gewalt bis zur Verspeisung der Kleinen.

Da verwundert es dann auch wenig, dass in manchen Ländern der Helfer des Nikolaus oder des Weihnachtsmanns buchstäblich ein Teufel ist.

Noch heute ist in Süddeutschland und Österreich der sogenannte Krampus, eine Art gezähmter Teufel, Teil des Weihnachtsfestes. Leute ziehen sich die grauseligsten Teufelskostüme an und rennen glockenläutend durch die Gegend, um die Leute zu erschrecken.

Immerhin essen sie keine Kinder.

Aber man stelle sich mal vor, dass man gerade gemütlich durch die Gegend geht, nichts Böses ahnend, und plötzlich taucht ein Fellvieh mit Hörnern vor einem auf, das aussieht, als wäre es direkt der

Hölle entsprungen. Da bleibt schon mal das ein oder andere Herz stehen, und die himmlischen Heerscharen bekommen Zuwachs.

Aber diese Teufelsverkleidungen sind ja halb so wild. Ich persönlich finde viel schlimmer, was zum Beispiel in den Niederlanden in der Weihnachtszeit passiert. Gut, zugegeben, dort wird eher das Sinterklaasfest gefeiert, was auf den Nikolaustag, also den sechsten Dezember, fällt. Trotzdem kommt es dem Weihnachtsfest schon besonders nahe.

Ich habe doch vorhin davon gesprochen, dass der Nikolaus/Weihnachtsmann/Sinterklaas immer so etwas wie die gute Hälfte ist, während sein Helfer immer die böse Hälfte repräsentiert, richtig?

Der Helfer des Sinterklaas ist ein schwarz angemalter Weißer, der früher – ähnlich Knecht Ruprecht – die Kinder mit der Rute malträtierte beziehungsweise in den Sack stopfte und entführte. Er trägt eine Puffhose, Kraushaar, rote Lippen und große Ohrringe, sieht also so aus, wie sich der durchschnittlich ungebildete Westeuropäer im frühen 19. Jahrhundert einen Schwarzen vorstellte.

Also, Westeuropäer und ihre ausgewanderten Nachkommen in Übersee haben wirklich alle eine Tendenz, besonders rassistisch zu sein, nicht wahr?

Dieser Zwarte Piet, also Schwarzer Peter, war zumindest früher nicht nur da, um die Kinder zu gruseln, sondern redete auch sonderbares Zeug, was ihn dumm wirken ließ. Nun, zumindest hatten die Niederländer ein Einsehen und haben ihn über die Jahre so verändert, dass er nicht mehr Kinder quält und dumm ist, sondern der freundliche, schlaue Helfer von Sinterklaas ist. Trotzdem sieht er immer noch aus wie die rassistische Karikatur eines Schwarzen aus dem 19. Jahrhundert. Bedenkt man dann auch noch die Geschichte der Niederlande im Hinblick auf die Sklaverei, sollte einem das ganz besonders zu denken geben. Komischerweise sieht das in den Niederlanden das Gros der Bevölkerung aber anders und besteht auf der Tradition.

Tradition. Das ist so ein Wort, bei dem die Menschheit sich gern mal was zurechtlegt. Tradition ist, wenn man eine Entschuldigung sucht, irgendwas zu tun, was längst überholt ist. Tradition ist, wenn man Neuerungen mit der Äußerung »So haben wir das schon immer gemacht!« abbügeln will. Tradition ist, wenn alle einfach irgendwas machen, aber nicht selbst darüber nachdenken, warum und wieso.

Also genau genommen ist dann das ganze Weihnachtsfest einfach nur Tradition, denn wirklich einen Sinn hat es ja nicht mehr. Außer vielleicht die Taschen der Händler zu füllen. Und wenigstens einmal im Jahr die Familie zu besuchen und den alljährlichen Familienstreit vom Zaun zu brechen.

Menschen … Manchmal frage ich mich wirklich, was ich falsch gemacht habe. Andererseits gibt es auch manche Sachen, bei denen ihr mich einfach amüsiert. Wie zum Beispiel geradezu verrückte Weihnachtstraditionen.

In Spanien – oder zumindest in Katalonien – zum Beispiel wird Anfang Dezember ein abgedeckter Baumstumpf mit aufgemaltem Bild hingestellt, der bis zum Heiligen Abend mit Schokolade und anderen Süßigkeiten »gefüttert« wird. Am Heiligen Abend selbst schlagen die Kinder dann darauf ein, entfernen die Decke und singen dabei ein Lied, welches ungefähr so geht:

Scheiß, tió,
Haselnüsse und Pinienkerne
piss Weißwein
zum Weihnachtsfest.
Jetzt kommt das Fest,
das glorreiche Fest,
wir werden Kaninchen
und Hasen, wenn wir haben, essen.
Scheiß, tió
Scheiß, tió

wenn du nicht scheißen willst,
werde ich dich mit einem Stock schlagen.

(Die Übersetzung habe ich schamlos von Wikipedia geklaut. Tolle Sache, dieses Internet. Das habt ihr gut gemacht.)

Ich spüre praktisch die verwirrten und zum Teil entsetzten Gesichter der Leser, die »Waaaaaaaaaas?« sagen.

Der Tió de Nadal, so heißt der personifizierte Baumstamm, der sich erleichtern soll, ist quasi eine spanische Piñata. Nur dass er eben nicht buchstäblich mit Süßigkeiten gefüllt ist und zum Platzen gebracht wird, sondern diese unter der Decke gelagert werden, damit es so aussieht, als hätte er sie … nun … als hätte er ein Häufchen gemacht.

Irgendwann in der Geschichte muss also irgendjemand mal gedacht haben, dass dies eine angemessene Weihnachtstradition sei, um so den Geburtstag »meines Sohnes« zu feiern.

Man sollte meinen, dass die Traditionen in Bezug auf Weihnachten und Stuhlgang sich lediglich auf den Tió de Nadal und das Entleeren des Darms am Tag nach dem Weihnachtsfestschmaus beschränken. Weit gefehlt!

Wie der Zufall es will – oder auch nicht, man möge sich darüber streiten –, gibt es in Spanien oder zumindest Teilen davon eine weitere Tradition, die ebenfalls mit der Verrichtung eines natürlichen Bedürfnisses zu tun hat.

Der sogenannte Caganer ist eine Figur, die in Krippendarstellungen beliebt ist.

Krippendarstellungen selbst sind ja auch so schon eine merkwürdige Tradition, finde ich zumindest. Da werden kleine Figürchen von Josef, Maria, Baby Jesus, ein paar Schäfern und meistens auch noch drei sogenannten Weisen oder Königen aus dem Morgenland aufgestellt. Das Ganze soll dann angeblich zeigen, was sich damals kurz nach der Geburt von Jesus zugetragen hat. Hat es so nicht.

Schon gar nicht zur Geburt. Wenn überhaupt, dann Tage später, aber auch nicht so, wie es in Krippendarstellungen gezeigt wird.

Und lasst es mich noch einmal ganz deutlich in den Worten von Bill Clinton sagen: Ich hatte keinen Sex mit dieser Frau!

Obwohl Bill Clinton ja zumindest oralen Sex mit seiner Praktikantin hatte. Das hatte ich aber auch nicht.

Ich schweife schon wieder ab.

Eigentlich wollte ich etwas zum Caganer sagen. Der Caganer hat sich in Spanien zu einer Tradition bei Krippendarstellungen entwickelt. Schon sein Name deutet an, was er tut. Einfach gesagt: Die Figur scheißt.

»Waaaaaaaaaas?«, werden jetzt wieder einige sagen, aber es ist einfach so: Der Caganer ist eine Figur, die meist etwas abseits des eigentlichen Geschehens im Stall plaziert wird, irgendwo am Rand des Ganzen. Früher war es einfach nur eine Schäfers- oder Bauernfigur, die die Hosen herunterlässt und sich entleert. Heutzutage sind es oft auch Figuren von bekannten Politikern oder Berühmtheiten, die dort ihr Häufchen machen. Was die ganze Sache natürlich noch weniger korrekt macht, als sie eigentlich ohnehin schon ist. Wenn zum Beispiel Arnold Schwarzenegger als Terminator ein Häufchen in der Ecke eines Krippenspiels hinterlässt, muss man sich doch fragen, wie das rein zeitlich und historisch als korrekt angesehen werden kann. Und ob ein Terminator, der ja eigentlich ein Roboter ist, überhaupt Häufchen macht. Zumindest könnte man beim Terminator noch annehmen, dass er durch die Zeit gereist ist. Vielleicht will er Jesus umbringen, bevor aus ihm der große Anführer wird. Oder vor anderen Terminatoren beschützen. Selbst die typische Aussage des Terminators »I'll be back!« bekommt eine ganz andere Bedeutung, wenn wir ihn uns als Caganer vorstellen ...

Ich schweife schon wieder ab.

Eine Merkwürdigkeit hat sich über die Jahre allerdings so ziemlich überall durchgesetzt. Und damit meine ich die Unsäglichkeit, die sich Weihnachtslieder nennt.

Es reicht ja nicht, dass man ganze Städte aus den falschen Gründen schmückt, man muss das Ganze auch noch musikalisch untermalen. Es hilft auch nichts, dass die Lieder, die zu diesem Anlass geschaffen wurden, fast durchgängig schrecklich sind.

Andererseits … genau genommen ist das mit fast allen Liedern, die einen religiösen Hintergrund haben, so. Und eine ganze Zeitlang gab es fast nichts außer religiösen Themen, über die Komponisten geschrieben haben. Natürlich finde ich es toll, wenn man über mich in den höchsten Tönen schwärmt, jauchzt und frohlockt. Ich bin ja auch ein ziemlich toller Typ. Aber wenn man die ganze Zeit nichts anderes hört, wird man des Ganzen doch etwas müde.

Ganz besonders hervorheben muss ich da Johann Sebastian Bach. Meiner Treu, der hat die Kantaten gleich en bloc ausgeworfen. Weswegen viele auch klingen, als wären es Tonleitern.

Bestimmt regt sich jetzt irgendwer darüber auf, dass ich was gegen Johann Sebastian Bach gesagt habe, aber mal ehrlich: Der hat den lieben langen Tag fast nichts anderes gemacht, als irgendwelche Musik über mich zu schreiben. Und mit seiner Frau zu schlafen. Der Kerl hatte 20 Kinder. Manchmal frage ich mich, wann der eigentlich zum Komponieren kam. Oder dazu, mit seiner Frau zu schlafen. Bei 20 Kindern ist Privatsphäre nicht unbedingt reichlich vorhanden.

Egal, eigentlich wollte ich ja etwas über Weihnachtslieder sagen.

Sicher gab es Weihnachtslieder schon seit dem Mittelalter, aber erst seit Martin Luther mit seiner Reform richtig loslegte und auch mal auf Deutsch statt dem omnipräsenten Latein in katholischen Kirchen sprach und sang, fingen alle möglichen Leute an, Weihnachtslieder zu schreiben. Luther hat zum Beispiel selbst »Vom Himmel hoch, da komm ich her« geschrieben. Ich kann es nicht mehr hören.

Im 18. Jahrhundert ging es dann los, dass daheim an Weihnachten musiziert wurde. Es wurde also nicht mehr nur gesungen, sondern die Kinder durften auf dem Klavier oder der Blockflöte die Melodien üben, um sie dann vor der versammelten Familie aufgrund der Nervosität zu vergeigen. Das ist auch durchaus wörtlich zu nehmen. Es gibt nichts Schlimmeres, als wenn jemand seine Geige nicht richtig spielt. So mancher Elternteil hat beim mittelmäßigen Vortrag der Weihnachtslieder durch die Kinder schon Augenflattern bekommen. Oder sich gewünscht, dass er oder sie so taub wäre wie Opa, der nur selig in die Gegend lächelte.

Ein Jahrhundert später wurde dann »Stille Nacht, heilige Nacht« komponiert. Ganz offiziell ist es mir das mittlerweile unliebste Weihnachtslied. Das könnt ihr ruhig twittern, facebooken, instagrammen oder wie auch immer man das jetzt alles nennt. Es ist ja nicht so, dass das Lied nicht schön ist – das ist es durchaus –, es ist nur mittlerweile in fast alle Sprachen übersetzt und wird dementsprechend oft gespielt. Und da ich als universelle Kraft der Welt nun mal jeden Vortrag davon mitbekomme, krieg ich metaphorische Kopfschmerzen davon.

Außerdem ist es das meistgesungene Lied stockbesoffener Weihnachtstrinker, die damit laut krakeelend durch die Straßen ziehen. Und das widerspricht nun mal der Stille, von der im Titel die Rede ist.

Heutzutage sind viele Musiker aus dem Bereich der Populärmusik dazu übergegangen, für das Weihnachtsgeschäft Platten mit Weihnachtsliedern auf den Markt zu werfen. Meistens nehmen sie dabei einfach die alten Klassiker, wie zum Beispiel »Stille Nacht, heilige Nacht«, und spielen sie auf ihre bestimmte Art. Manchmal komponieren sie aber auch neue Lieder, was ich zumindest ganz angenehm finde, weil es mal etwas anderes ist. Wobei die neueren Weihnachtslieder jetzt auch wieder nicht so anders sind, dass man sie nicht als Weihnachtslieder erkennen und sie weniger nerven würden.

Von den neueren Weihnachtsliedern sticht sicherlich ein Song heraus, der von einem begnadeten Komponisten in Kalifornien geschrieben wurde, während er zur Weihnachtszeit auf die Palmen am Strand starrte und so gar keine Weihnachtsstimmung aufkommen wollte. Und dabei war damals von globaler Erwärmung noch gar nicht die Rede. »White Christmas« von Irving Berlin fängt sogar in der richtigen Fassung mit einem Hinweis darauf an – auf Kalifornien, nicht die globale Erwärmung –, allerdings fehlen selbst bei der bekannten Aufnahme von Bing Crosby die entsprechenden Zeilen. Auf jeden Fall ist es sehr erfrischend, dass es in dem Song mal nicht um mich geht, auch wenn ich gestehen muss, dass ich das Lied inzwischen auch nicht mehr hören kann. Immerhin ist es die meistverkaufte Single aller Zeiten, entsprechend oft wird sie also auch gespielt.

Aber Weihnachtslieder gibt es mittlerweile in allen erdenklichen Formen und Musikrichtungen. Es gibt Calypso-Versionen, Rap-Versionen, Pop-Versionen … es gibt sogar Heavy-Metal-Varianten, zum Beispiel von »Stille Nacht, heilige Nacht«, die allerdings wenig still und auch nicht wirklich heilig klingen. Und immer noch genauso nerven.

Es gibt auch Weihnachtslieder, die davon handeln, wie sehr einem Weihnachten auf den Geist geht. Dummerweise sind die aber auch weihnachtlich. Und größtenteils blöd.

Wie ihr also sehen könnt, gibt es viele merkwürdige Traditionen im Hinblick auf Weihnachten, einem Fest, das es so eigentlich gar nicht geben sollte. Ich erwähnte ja schon, dass »mein Sohn« da gar nicht geboren wurde.

Natürlich gibt es noch viel mehr Merkwürdigkeiten. Adventskalender. Adventskränze. Weihnachtsmärkte. Die jährliche Wiederholung eines der schönsten Filme von Frank Capra überhaupt, »Ist das Leben nicht schön?«. Oder die Tatsache, dass ein paar Länder groß am sechsten Dezember feiern, einige am 24. Dezember, einige am 25. Dezember und einige erst zu Silvester oder am sechsten Januar, wo angeblich die drei Weisen aus dem Morgenland Baby Jesus besucht haben.

Das mit den drei Weisen ist auch so eine Geschichte, die vorne und hinten nicht stimmt. Herodes war schon längst tot, den Kindermord von Bethlehem hat es nie gegeben und den komischen Stern auch nicht.

Aber wenn ihr eine Geschichte hören wollt, die so garantiert nie stattgefunden hat, dann hätte ich da noch was für euch …

ROADTRIP NACH BETHLEHEM

Der Jordan floss gemächlich dahin, während sich über die Kuppe eines nahen Hügels eine Karawane von drei Kamelen ihren Weg bahnte.

Auf dem ersten Kamel saß ein alter Mann mit grauem Haupthaar und Vollbart. Seine Bekleidung bestand aus feinem Tuch, und sein Hut schützte ihn vor der Sonne. Voller Würde saß er auf dem Kamel und schwankte, die Schritte seines Reittiers ausgleichend, auf dem Sitz.

Auf dem hinteren Kamel saß ein gutgekleideter Jüngling mit dunklem Teint und sang munter und fröhlich ein Lied. Er hatte kaum das Mannesalter erreicht, sein Bart wollte noch nicht so recht sprießen, und er betrachtete voller Begeisterung die Gegend um sich herum.

Auf dem Kamel in der Mitte ritt ein Mann mittleren Alters, dessen Bart voll und dunkel war. Dafür war sein Gesicht eine Mischung aus Grün und Weiß, und im Gegensatz zu dem älteren Mann vor ihm hatte seine Art zu sitzen so gar nichts Würdevolles, krallte er sich doch am Knauf des Sitzes fest, als würde er sonst jeden Moment herunterfallen.

»Caspar, kannst du endlich mal mit diesem verfluchten Gesinge aufhören? Ich werde noch verrückt«, sagte der Mann auf dem zweiten Kamel.

»Das ist das Lied des Gewinners von *Antiochia sucht den Superstar!*«, widersprach Caspar.

»Und wenn es vom lieben Herrgott selbst wäre, würde es mir trotzdem auf den Geist gehen.«

Der schwarze Jüngling hörte auf zu singen, woraufhin der Mann mittleren Alters seufzte. Er verdrehte die Augen, als Caspar dazu überging, das Lied jetzt zu summen.

»Ich werde wohl nie Kinder zeugen können«, sagte der Mann auf dem zweiten Kamel, während er auf dem schwankenden Tier hin und her rutschte, um es vielleicht etwas bequemer zu haben. »Balthasar, wann sind wir denn da?«

Er brüllte die Frage zu dem Mann auf dem ersten Kamel, der selig lächelnd den Blick auf den Horizont gerichtet hielt.

»Balthasar! Hallo! Wann sind wir denn da?«

Der würdevolle Mann drehte den Kopf zur Seite. »Bald.«

Der Mann auf dem zweiten Kamel verzog das Gesicht. »Wie bald?«

»Bald.«

»Kannst du dich vielleicht noch etwas kryptischer ausdrücken?«

»Es dauert so lange, wie es dauert, Melchior. Der Stern wird uns den Weg weisen.«

Melchior rollte mit den Augen. »Hast du überhaupt irgendeine Ahnung, wohin die Reise geht? Ich meine, einfach so einem Stern zu folgen, ist nicht unbedingt das, was man gemeinhin als tolle Idee bezeichnen würde.«

»Hab Vertrauen in Gott.«

»In Gott vielleicht, aber mein Vertrauen in einen Reiseführer, der einem Stern folgt, ist eher am unteren Ende der Toleranzskala angesiedelt.«

»Mich wundert der Mangel an Vertrauen in deinen Lehrer, Melchior. Glaube mir, Gott hat den Stern gesandt. Der Stern weist uns den Weg«, sagte der alte Mann immer noch würdevoll.

»Na toll. Du weißt aber schon, dass es helllichter Tag ist, wo man gar keine Sterne sieht, oder? Woher willst du wissen, wo der verdammte Stern gerade ist? Vielleicht sollten wir rasten und in der Nacht weiterziehen. Vielleicht habe ich dann doch noch die Chance, irgendwann Kinder zu bekommen, wenn ich mal meinen Schritt entlaste.«

»Du belastest dich mit zu vielen Fragen, mein Schüler.«

»Ja, aber du bist doch immer der, der sagt, dass wir die richtigen Fragen stellen sollen, weil aus uns sonst nie wirkliche Weise werden.«

»Vielleicht stellst du eben nicht die richtigen Fragen.«

»Was wäre denn die richtige Frage?«, sagte Melchior, und Caspar, der hinter ihm ritt, beugte sich etwas vor, um mehr von der Unterhaltung mitzubekommen.

»Du hättest mich fragen können, warum wir dem Stern folgen«, sagte der Alte auf dem ersten Kamel.

»Ja, und warum nun?«, fragte Melchior ungeduldig.

»Weil er sich ungewöhnlich verhält und wir deshalb davon ausgehen müssen, dass er von Gott stammt. Und zusammen mit ein paar alten Prophezeiungen, von denen du gehört hättest, wenn du alle Bücher gelesen hättest, die ich dir aufgetragen habe zu lesen, gehe ich davon aus, dass er die Ankunft des Königs der Juden verheißt.«

»Dem sollen wir doch die Geschenke mitbringen«, sagte Caspar auf dem hintersten Kamel. »Oder hast du deines etwa vergessen, Melchior?«

Melchior rollte mit den Augen und zeigte seinem Mitschüler eine Grimasse.

»Balthasar, der Melchior macht wieder so ein komisches Gesicht!«

Der Alte seufzte und sagte, ohne sich umzudrehen, dass Melchior damit aufhören solle.

»Olle Petze«, murmelte Melchior in Richtung seines Hintermanns.

»Hast du denn dein Geschenk vergessen, Melchior?«, fragte Balthasar ernst.

»Nein, natürlich nicht, obwohl ich es schon etwas fragwürdig fand, warum ausgerechnet wir bei einem König Audienz erhalten sollten. Was für ein König soll das eigentlich noch mal sein? Der, der uns von den Römern befreit?«

Balthasars Augen leuchteten. »Er ist mehr ein spiritueller König.«

»So wie Horatio, der Weinkönig von Palmyra?«

»Spiritueller König. Nicht spirituosischer«, erklärte Balthasar geduldig.

Melchior schaute, als würde er nicht richtig verstehen. »Ja, wie jetzt? Also kein richtiger König, oder wie? Wenn das wieder einer dieser komischen Typen ist wie letztes Jahr, denen wir erst gehuldigt und die dann später von den Römern gekreuzigt wurden, dann habe ich da keinen Bock drauf.«

Melchior dachte mit Schaudern an die zwei Kreuzigungen, denen er im letzten Jahr hatte beiwohnen müssen, deren Opfer kurz zuvor von Balthasar und ihm gehuldigt worden waren. Der Erste war ein 44-jähriger Mann gewesen, dessen Huldigung darauf basierte, dass er ein Kind gerettet hatte. Dummerweise war danach bei einer Prozession eine Dachschindel seines Hauses heruntergefallen und hätte fast einen römischen Kommandanten getroffen. Das reichte offenbar aus für eine Verurteilung am Kreuz, während Melchior gehofft hatte, der Mann käme mit Dienst auf einer Galeere davon.

Die andere Huldigung und Kreuzigung betrafen einen 22-jährigen Künstler, der kostenlos eine Schule dekoriert hatte. Dummerweise hatte er hinterher auch die Baracken des örtlichen Römerlagers mit wenig schmeichelhaften Sprüchen bezüglich der sexuellen Standhaftigkeit römischer Soldaten dekoriert.

Eigentlich, dachte Melchior, fehlte jetzt noch ein 33-Jähriger, der nach ihrer Huldigung am Kreuz landen würde.

»Das eine hatte mit dem anderen nichts zu tun«, sagte Balthasar und schüttelte den Kopf.

»Na, diejenigen, denen Elijah gehuldigt hat, mussten bisher nicht fürchten, am Straßenrand zu hängen.«

Balthasar entgegnete nichts.

»Gibt es wenigstens Herbergen auf dem Weg?«

Balthasar lächelte und sagte nichts. Er blickte nur weiter würdevoll in die Ferne. Melchior hingegen hing elend in seinem Sitz und schaute enttäuscht, weil er keine Antwort bekam.

»Ich hab die Ausbildung als Weiser angestrebt, weil ich eben nicht mit dem Kamel tagelang durch die Landschaft ziehen wollte.

Sonst hätte ich auch bei meinem Vetter Oenemaus in der Spedition anfangen können. Irgendwas läuft hier entschieden falsch.«

»Du nörgelst zu viel«, sagte Caspar.

»Und du nimmst es einfach so hin, dass wir aus fragwürdigen Gründen durch die Gegend trotten. Hast du das etwa angestrebt, als du die Ausbildung begonnen hast?«

»Ich vertraue unserem Lehrer.«

Balthasar nickte dankend.

»Ich verstehe nicht, warum wir diesem Königskind nicht auch von daheim aus der Bibliothek huldigen können.«

Balthasar drehte sich zu ihm um. »Weil ihr als Weise auch mal hinaus in die Welt ziehen müsst, um Erfahrungen zu sammeln. Das Wissen der Welt findet sich nicht nur in Büchern, sondern auch in der Natur und in den Städten.«

Melchior schaute nicht nur elend, sondern auch skeptisch. »Und das hat nichts mit deinem Konkurrenten Elijah und der Tatsache zu tun, dass der diesen Monat schon drei Huldigungen hatte?«

»Qualität über Quantität, Melchior«, sagte der Alte und drehte sich wieder nach vorn.

»Ich verstehe das mit diesem Huldigen und Lobpreisen immer noch nicht«, murmelte Melchior, aber weder Balthasar noch Caspar gingen darauf ein.

***

Als es langsam dunkel wurde, errichteten sie ihr Lager. Balthasar gab dem Jüngsten, Caspar, zu verstehen, dass er sich um das Feuer und das Essen zu kümmern hatte, Melchior hingegen um die Tiere.

Nachdem Melchior den Tieren Futter gegeben hatte, kam er ins Lager, wo bereits ein Feuer brannte. Balthasar lag seitlich auf einer Decke, schaute ins Feuer und zog genüsslich an seiner Pfeife. Caspar kümmerte sich um die Zubereitung des Hasen, den er gefangen hatte, und wendete das Tier über dem Feuer. Melchior ließ sich gegenüber von Balthasar und neben Caspar auf den Boden fallen und wollte sich gerade ebenfalls auf die Seite legen, als er das Gesicht verzog.

Er schaute Caspar taxierend an und fragte ihn flüsternd, ob er einen fahren gelassen hatte, aber der Jüngling schüttelte nur den Kopf. Dann bedeutete er ihm wortlos mit dem Kopf, ob es Balthasar gewesen war, aber Caspar kicherte nur. Melchior schaute genervt.

»Was gibt es denn zu kichern?«, fragte Balthasar.

»Nichts, schon gut«, sagte Caspar.

Balthasar neigte leicht den Kopf, um Melchior ansehen zu können. »Gibt es ein Problem, Melchior?«

Der wollte nicht wirklich mit der Sprache heraus, sagte aber schließlich: »Irgendwie stinkt es hier.«

»Daran gewöhnt man sich«, sagte der Alte.

Melchior kräuselte die Stirn. »Also ernsthaft, ich weiß nicht, wie man bei dem Gestank was runterkriegen soll. Da vergeht einem doch alles.«

Caspar zuckte mit den Schultern, und Balthasar zog weiter an seiner Pfeife. Melchior rieb sich die Nase und sah sich um. Sie lagen auf einer Ebene, von der man bis in die Berge schauen konnte. Und nirgends war auch nur irgendwas zu erkennen.

»Sagt mal«, fragte er, »wenn ich mich hier so umsehe, dann kann ich nirgendwo irgendwelche Bäume oder gar Sträucher entdecken. Kann mir mal jemand erklären, wie wir eigentlich Feuer machen können, wenn wir kein Brennholz haben?«

»Kameldung«, antwortete Balthasar.

»Was?«

»Ich hab das Feuer aus gesammeltem Kameldung angefacht«, sagte Caspar.

»Du meinst, was hier verbrennt … worauf wir unser Essen kochen … ist Kamelscheiße?«

Balthasar und Caspar nickten. Caspar drehte den Hasen noch ein wenig.

»Ich traue mich fast nicht zu fragen, aber … Caspar, hast du dir die Finger gewaschen, nachdem du den Kameldung gesammelt hast?«

Caspar lachte.

»Ich glaube, ein wenig Fladenbrot genügt mir für heute Abend«, sagte Melchior, nahm sich etwas von dem Brot und rückte ein Stück vom Feuer weg.

Es dauerte nicht lange, bis ihm kalt wurde und er wieder näher ans Feuer rückte, wo Caspar und Balthasar aßen.

»Meine Schüler«, sagte Balthasar, »was habt ihr heute gelernt?«

Caspar schluckte den Bissen herunter, den er gerade genommen hatte, und antwortete, dass er gelernt hatte, dass man Feuer auch aus Kameldung machen konnte.

»Und du, Melchior?«, fragte der Alte.

»Ich hab gelernt, dass es ein lukratives Geschäft sein könnte, wenn ich hier in der Gegend eine Herberge aufmachen würde, wo man keinen Kameldung verfeuert.«

»Melchior, eine ordentliche Antwort, bitte.«

»Also gut, ich hab gelernt, dass ich vermutlich keine Kinder mehr zeugen kann, weil zehn Stunden Gereite auf den Viechern meinen Weichteilen nicht zugutekommt.«

Der Alte seufzte, hakte aber nicht weiter nach.

»Gute Nacht«, sagte er schließlich, und die anderen wünschten ihm das ebenso. Nur Melchior murmelte noch etwas von »Wenn man denn bei dem Gestank schlafen kann«.

***

Als am nächsten Morgen die Sonne ihre ersten Strahlen über die Ebene schickte, luden die drei ihr Gepäck wieder auf. Balthasar und Caspar stiegen auf die Kamele, aber Melchiors Tier war störrisch und ließ sich nicht dazu bewegen, auf die Knie zu gehen.

Melchior zog wie verrückt am Zaumzeug, aber es blieb widerspenstig. Balthasar hieß ihn, mit dem Stock auf den Hals des Tieres zu schlagen, wie es bei den Kameltreibern üblich war, aber Melchior wollte dem Tier nicht weh tun und hatte bereits genug davon, es zu versuchen. Er beschloss zu laufen, nicht ohne noch einmal den Hinweis auf seine Weichteile einzustreuen. So folgte er den anderen beiden Kamelen und versuchte, Schritt zu halten. Für einige Kilometer ging das auch, aber der steinige Boden und die höhere Laufgeschwindigkeit der Tiere ließen ihn bald nach Luft schnappen.

»Wie weit ist es denn noch?«, fragte er und wischte sich den Schweiß von der Stirn.

Balthasar ignorierte ihn.

»Hallo? Wann sind wir denn endlich da?«, fragte er mit wesentlich mehr Nachdruck.

Balthasar schaute entspannt zu ihm herunter, was Melchior schon fast wieder auf die Palme brachte, da er außer Puste war. »Der Stern wird uns den Weg weisen.«

Melchior verzog das Gesicht. »Der Stern, der Stern … Hast du denn letzte Nacht überhaupt mal danach geschaut? Ich kann mich nicht genau erinnern, ich war zu benebelt vom Kameldung.«

Der Alte seufzte. »Melchior, lass es mich so ausdrücken: Wir suchen einen König. Wo wird der wahrscheinlich anzutreffen sein?«

»Was weiß ich? In einem Palast?«

»An welchem Ort, meinte ich.«

»Vermutlich irgendwo südlich von hier, denn in die Richtung latschen wir schließlich.«

»Melchior. Gebrauche deinen Schädel. Wir wollen einen jüdischen König finden. Wo wird uns das wahrscheinlich hinführen?«

Melchior rollte mit den Augen. »Was weiß ich. Könige, wo treiben die sich schon rum? Jerusalem vielleicht.«

»Na, siehst du.«

»Was, ernsthaft? Wir latschen nach Jerusalem?«

Caspar kicherte. »Du latschst vielleicht. Wir reiten.«

Melchior streckte ihm die Zunge raus, und Caspar zog ebenfalls eine Grimasse.

Balthasar schaute weiter ruhig auf die Strecke, die vor ihnen lag, aber Melchior gab nicht auf.

»Jerusalem? Echt jetzt? Da sind wir ja mindestens eine Woche unterwegs, wenn nicht mehr.«

Der Alte lächelte und zuckte mit den Schultern.

»Das heißt, ich verpasse das Saisonende der Streitwagen-Meisterschaften! Hättest du das nicht vorher sagen können?«

»Wieso, was hättest du denn dann getan?«

»Vielleicht hätte ich mich krankschreiben lassen.«

»So wird nie ein weiser Mann aus dir.«

»Sagt mir der, der einem Stern folgt.«

Balthasar seufzte.

Sie hielten kurz an, damit Melchior noch einmal versuchen konnte, auf das Kamel zu steigen. Als er es endlich geschafft hatte, ritten sie weiter.

***

Als erneut die Nacht hereinbrach, wurde wieder das Lager aufgeschlagen. Caspar wollte mit Melchior die Aufgaben tauschen, aber Melchior bestand darauf, dass Caspar als Jüngster der Gesellschaft den Kameldung schon selbst aufsammeln musste. So blieb alles beim Alten: Melchior kümmerte sich um die Tiere, Caspar um das Feuer und das Essen.

Als sie später um das Feuer lagen, fragte Balthasar erneut danach, was sie denn am Tage gelernt hätten.

Caspar schaute zu seinem Lehrmeister und sagte: »Ich habe heute gelernt, dass es manchmal besser ist, schlecht zu sitzen, als gut zu gehen.«

Melchior hob eine Augenbraue.

»Und du, Melchior? Was hast du gelernt?«

»Ich habe gelernt, dass man vielleicht dem Kasper hier ab und zu mal eine über den Schädel geben sollte.«

Caspar und Melchior zogen Grimassen und versuchten, sich gegenseitig zu übertrumpfen, aber Balthasar hieß sie, damit aufzuhören.

»Es ist mir absolut unverständlich, wie zwei Söhne aus guten Häusern wie ihr solch ein Verhalten an den Tag legen könnt. Gerade du, Melchior, in deinem Alter.«

»Hey, so alt bin ich doch noch gar nicht!«

»Alt genug, um eigentlich selbst bereits Weiser zu sein, aber manchmal zweifle ich daran, meine eigene Weisheit an dich weitergeben zu können.«

Melchior verzog das Gesicht.

»Also, was hast du wirklich gelernt?«

»Dass ich das Ende der Streitwagen-Meisterschaften verpasse.«

»Melchior ...«, sagte der alte Mann geduldig.

»Okay, schon gut. Ich habe gelernt, dass es schlauer wäre, wenn man seine Füße in Tuch wickeln und die Sohle etwas verstärken würde. So kämen keine kleinen Steinchen herein. Und die Füße wären dann vielleicht nicht so schnell dreckig.«

Der schwarze Jüngling neben ihm grübelte.

»Es wäre angenehmer zu laufen«, fuhr Melchior fort, »und man sähe auch schicker aus.«

Balthasar zog an seiner Pfeife.

»In meiner Nachbarschaft«, sagte Caspar, »spielen wir immer Springball. Mit seiner Erfindung wäre das vermutlich wesentlich angenehmer.«

»Ja«, ergänzte Melchior, »und vielleicht könnte man an der Seite auch noch Zeichen drauf machen. So ein paar Streifen oder eine geschwungene Linie.«

Sie schauten den alten Mann gespannt an, dessen Reaktion auf sich warten ließ.

»Was denn?«, fragte Melchior. »Kein Kommentar?«

»Ich weiß nicht recht, ob irgendwer so etwas braucht. Nur weil man damit vielleicht besser Springball spielen könnte, erscheint es falsch, für Schuhwerk so viel Stoff zu vergeuden.«

Melchior schmollte.

»Gute Nacht«, sagte Balthasar schließlich, und sie alle legten sich auf die Seite, um zur Ruhe zu kommen.

***

So vergingen auch die folgenden Tage und Nächte. Jeden Abend kümmerte sich Caspar ums Essen, Melchior um die Kamele, und Balthasar fragte sie, was sie gelernt hätten. Melchior schien der ganzen Reise keinerlei Wert abgewinnen zu können. Stattdessen klagte er darüber, dass sie irgendeinen König besuchen und Geschenke mitbringen würden, obwohl der vermutlich reich genug und beschenkt genug wäre. Balthasar erklärte ihm, dass der König nicht notwendigerweise reich sei. Vielleicht wäre er auch nur ein metaphorischer König.

»Was soll das denn wieder heißen?«, fragte Melchior.

»Metaphorisch?«, kam es von Balthasar zurück.

»Ja.«

»Caspar, kannst du das beantworten?«

Der schwarze Jüngling, der auf dem letzten Kamel saß, brüllte nach vorne, dass es so viel heiße wie sinnbildlich.

Melchior drehte sich auf seinem Kamel um, um Caspar anzusehen, der ihm freundlich entgegenlächelte. Melchior sah wesentlich weniger freundlich aus, weil der Jüngere etwas wusste, von dem er keine Ahnung hatte. Als er eine Grimasse schneiden wollte, wäre er allerdings fast vom Kamel gefallen, also richtete er sich schnell wieder auf. Den Jüngling hinter ihm amüsierte das hingegen noch viel mehr.

»Sinnbildlich.« Melchior klang wenig begeistert.

»Das ist korrekt«, gab ihm sein Lehrer zu verstehen.

»Also heißt das, dass er kein richtiger König ist, oder was?«

»Es heißt, dass er vielleicht mal wie ein König angesehen wird.«

»Vielleicht mal?«

»Na, noch ist er ganz offensichtlich kein König. Er ist ja noch ein Kind.«

»Ich überlege, ob ich dann überhaupt das richtige Geschenk mitgebracht habe. Wahrscheinlich könnte die Mutter vielmehr Windeln oder so etwas gebrauchen.«

»Ich habe euch gesagt, dass ihr dem Kind ein Geschenk machen sollt, euch aber nicht vorgeschrieben, was es sein soll.«

»Ja, aber du hast nachdrücklich gesagt, dass es ein König ist, dem wir huldigen und den wir lobpreisen müssen, also habe ich gedacht, dass ...«

Balthasar unterbrach ihn mit erhobener Hand. »Ich habe gesagt, dass wir Geschenke für ein Kind mitbringen, das mal ein König sein wird, und eure Geschenke deswegen angemessen sein sollen.«

Melchior machte ein genervtes Gesicht. »Na ja, es wird schon passen.«

Die Kamele trotteten gemächlich einen Hügel hinauf. Ein paar vereinzelte Höfe waren in der Ferne zu sehen, und eine Handvoll Kinder, die am Rande des Weges gespielt hatten, liefen nun neben den Kamelen her und bettelten um Almosen.

Balthasar zügelte sein Reittier und brachte es zum Stillstand, um die Kinder zu fragen, ob sie von der Geburt eines Königs gehört hätten. Die Kinder kicherten nur und hielten die Hand auf. Balthasar gab ihnen jeweils einen Schekel, aber die Kinder ließen das Kichern nicht und sagten ihnen nur, dass sie, falls sie einen König suchten, zum Palast gehen sollten. Dann rannten sie davon.

Caspar war der Meinung, dass sie sich das Geld hätten sparen können, aber Balthasar lächelte nur und sagte, dass die Kinder es besser gebrauchen konnten als sie.

»Eine Fuß- und Hinternmassage ist das, was ich brauchen könnte. Nicht, dass es irgendwen interessiert«, sagte Melchior.

Balthasar seufzte lediglich.

***

Als sie den Hügel überquert hatten, sahen sie die Stadt Jerusalem vor sich. Zu ihrer Linken erblickten sie auf dem Berg den Tempel, wo eine kleine Rauchwolke darauf hindeutete, dass gerade ein Opfer stattfand. Melchior ließ ein leises »Halleluja!« erklingen und zeigte das erste echte Lächeln, seitdem sie Damaskus verlassen hatten. Caspar und Balthasar sahen ihn merkwürdig an wegen seiner neu gefundenen Spiritualität.

»Was? Ich bin einfach nur froh, dass wir endlich da sind.«

»Noch sind wir nicht da«, sagte der Alte mahnend.

»Was soll das denn wieder heißen? Du hast doch gesagt, dass wir in Jerusalem den König finden.«

»Nein, ich habe gesagt, dass wir dort mit der Suche anfangen.«

»Anfangen?«

»Geduld ist eine Tugend, Melchior.«

»Und weißt du, was eine Tugend sein sollte?«

Der Alte seufzte und schüttelte den Kopf.

»Zu wissen, wohin man eigentlich reitet.«

Caspar schaltete sich ein. »Aber wenn wir dem Stern folgen …«

»Wenn ich noch ein Wort wegen dieses blöden Sterns höre …«, gab Melchior zurück, was Caspar sofort verstummen ließ.

Daraufhin sagten sie alle erst einmal nichts mehr und ritten das Stück bis zur Stadtmauer in Schweigen.

Am Nordtor herrschte geschäftiges Treiben. Händler und Reisende aus aller Herren Länder strömten hinein. Die Wachen am Tor sahen jeden skeptisch an und fragten sporadisch die Leute, was ihr Geschäft in der Stadt wäre. Balthasar und seine Schüler ritten bis kurz vors Tor, stiegen von den Kamelen und führten diese dann zu Fuß weiter. Einer der Wächter musterte sie von oben bis unten mit unbewegter Miene, zuckte mit den Schultern und betrachtete die nächste Gruppe Reisender, als wären sie potenzielle Mörder.

»Entschuldigen Sie bitte«, sagte der Alte zu dem Wächter, der ihn nun erneut inspizierte. »Wir suchen den König der Juden, der hier vor ein paar Tagen geboren worden sein soll. Wissen Sie vielleicht etwas darüber?«

Ein paar der Wächter horchten auf und wandten die Köpfe in Richtung Balthasar und seiner Schüler.

»Ein König?«, fragte der angesprochene Wächter. »Das wäre mir neu. Wir haben doch schon längst einen König. Oder hat der etwa schon wieder ein Kind bekommen?«

Der Wächter schaute einen anderen Wächter an, der allerdings auch nur mit den Schultern zuckte und die Frage an den nächsten Wächter weitergab, der die Frage wiederum weitergab. Als die Nachricht die Runde gemacht habe, bekamen die drei Reisenden nicht mehr als ein Schulterzucken. Sie wurden noch gefragt, wo sie denn unterkommen würden, aber da sie noch nichts Festes ins Auge gefasst hatten, gab ihnen der Wächter den Tipp, bei seinem Schwager zu übernachten, der ihnen einen besonderen Preis machen würde.

Balthasar bedankte sich bei ihm und ging mit dem Kamel in die Stadt hinein. Caspar und Melchior folgten, wobei das Lächeln auf Melchiors Gesicht längst wieder verschwunden war.

»Toller Plan. Erst folgen wir einem Stern, dann fragen wir uns einfach durch. Außerdem dachte ich, dass es nur ein metaphorischer König wäre.«

»Wie ich sehe, hast du das Wort nun gelernt.«

»Ja, das kann ich heute Abend bei deiner Fragestunde dann aufsagen. Mein Punkt war eigentlich, dass doch kein Schwein etwas von dem Typen wissen kann, wenn er noch kein König ist, oder?«

»Da könntest du recht haben.«

»So langsam glaube ich, dass ich das Geld für das Geschenk lieber in ein ordentliches Sitzkissen hätte investieren sollen.«

»Wir werden den König schon finden, Melchior. Der Herr wird uns den Weg weisen.«

»Ich fände es nur schöner, wenn der Herr uns den Weg anhand einer Karte oder so weisen könnte.«

Balthasar seufzte.

Sie liefen durch die geschäftigen Straßen, um zu der Herberge zu gelangen, die der Wächter ihnen genannt hatte. Unterwegs wurden sie dreimal angesprochen, ob sie ihre Kamele verkaufen wollten. Tatsächlich erwog Melchior bei einem der genannten Preise, ob er nicht darauf eingehen sollte, aber Balthasar rief ihn schnell zur Räson.

Sie liefen am Tempelbezirk vorbei und passierten das Theater.

Caspar betrachtete fasziniert das Gebäude. »Haben wir vielleicht die Gelegenheit, dort ein Stück zu sehen?«, fragte er hoffnungsvoll.

Balthasar betrachtete den Bau ebenfalls. »Wir werden sehen. Erst mal suchen wir den König. Vielleicht auf dem Rückweg.«

»Rückweg«, murmelte Melchior. »Da folgen wir bestimmt dem Geruch von irgendwas.«

»Hast du etwas zu sagen, Melchior?«

»Ja, wenn wir schon mal da sind, sollten wir das Amphitheater gleich besuchen. Wer weiß, ob wir auf dem Rückweg tatsächlich hier vorbeikommen.«

»Theater, nicht Amphitheater«, sagte Caspar.

Melchior drehte sich zu dem Jüngling um. »Was willst du denn jetzt? Das Ding ist ein Halbrund. Amphitheater.«

»Nein, Caspar hat recht«, sagte Balthasar. »Ein Amphitheater ist ein Theater, auf das man von beiden Seiten schaut. So wie das Kolosseum. Das sagt doch schon der Name.«

»Häh?«, machte Melchior und warf Caspar einen bösen Blick zu, der das aber lediglich mit einem Schulterzucken quittierte.

»Es kommt von *amphi,* dem griechischen Wort für beide Seiten. Das solltest du eigentlich wissen, Melchior.«

Melchior kratzte sich am Bart und murmelte etwas.

Balthasar drehte sich zu ihm um und musterte ihn eingehend. »Wenn du mit deinen Griechischstudien hinterherhinkst, wird aus dir nie ein weiser Mann, Melchior.«

»Ich persönlich hätte es für weiser gehalten, wenn wir daheim für das Kind gebetet hätten. Das hätte der Herr sicherlich auch toll gefunden.«

»Ich möchte, dass du auf Griechisch bis 20 zählst«, sagte der Alte, und Melchior tat, wie ihm befohlen.

Caspar kicherte.

***

Sie kamen schließlich an der Gastwirtschaft an, von der ihnen der Torwächter berichtet hatte. Der etwas schleimig wirkende Betreiber hatte offenbar nicht die geringste Lust, einen guten Preis zu machen, nur weil sein Schwager, der Wächter, davon gesprochen hatte. So musste Balthasar mit ihm feilschen. Erst nachdem sie sich auf ungefähr die Hälfte des ursprünglich vom Betreiber verlangten Preises geeinigt hatten – was dieser damit kommentierte, dass seine Frau und Kinder nun des Hungers sterben würden –, wurden ihnen ihre Kammern zugewiesen. Die Kamele kamen im Stall unter, wo sie Futter und Wasser erhielten.

Die Schlafkammern waren dunkel und hatten nur eine Ritze, durch die etwas Licht von außen fiel. Aber Melchior war froh darüber, dass er eine Nacht in einem Bett verbringen konnte und nicht auf dem Erdboden in der Wildnis schlafen musste. Er hatte es sich gerade auf der Liege aus Stroh bequem gemacht, als Balthasar ihn und Caspar zu sich rief. Grummelnd ging er ein Zimmer weiter und nahm auf dem Fußboden Platz, da nicht mehr als ein Schemel in den Raum passte, auf dem bereits Balthasar saß. Der zog wie jeden Abend an seiner Pfeife und stellte ihnen die Frage, was sie heute gelernt hätten. Caspar wollte gerade antworten, als es an der Tür der Herberge hämmerte und Wachen Einlass verlangten.

Der Jüngling und Melchior sprangen auf und traten hinaus, um zu sehen, was der Aufstand sollte. Balthasar blieb auf seinem Schemel sitzen und zog weiter an der Pfeife.

Der Herbergsvater öffnete die Tür, und ein paar der Wachen traten ein und fragten ihn nach den drei Männern, die sich auf der Straße nach dem neugeborenen König umgehört hatten.

Caspar und Melchior wechselten einen Blick, als der Gastwirt in ihre Richtung zeigte. Balthasar zog weiter genüsslich an seiner Pfeife und ließ sich nicht aus der Ruhe bringen. Caspar und Melchior schauten deutlich nervöser drein, als die Wachen sich vor ihnen aufbauten.

»Seid ihr die Gruppe, die nach dem neuen König gefragt hat?«, sagte der Größere der beiden Wächter.

Caspar und Melchior blickten verunsichert zu Balthasar, der Rauch aus seinem Mund blies und langsam nickte.

»Herodes will mit euch sprechen.«

»Hat das nicht bis morgen Zeit?«, fragte Balthasar.

»Sofort«, sagte der große Wächter erneut.

Balthasar ließ sich Zeit. Er verstaute die Pfeife und warf sich seine Ausgehsachen über. Caspar und Melchior taten es ihm nach und folgten den Wachen dann aus der Herberge.

Der Gastwirt schaute verstohlen auf die Sachen, die die drei Reisenden zurückließen, aber Melchior bemerkte das und fuchtelte mit einem Finger vor dem Gesicht des Wirts herum.

»Wenn irgendwas davon fehlen sollte, machen wir dich dafür verantwortlich. Haben wir uns verstanden?«

Der Gastwirt machte große Augen und nickte nervös, dann marschierten die drei mit den Wachen davon.

***

Für Melchior fühlte es sich an, als müssten sie durch die halbe Stadt laufen. Was im Grunde auch der Fall war, allerdings war die Stadt nicht so groß, dass es nicht in ein paar Minuten erledigt gewesen wäre.

Als sie den Palast erreichten, nickten Caspar und Melchior beeindruckt, während Balthasar keinerlei Anzeichen machte, irgendwie erstaunt oder überrascht zu sein. Man führte sie durch ein Tor und einen Garten mit einem großen Brunnen in der Mitte. Ein kleines Paradies inmitten der staubigen Stadt. Schließlich erreichten sie den Saal, wo Herodes auf sie wartete.

»Mein erster König«, murmelte Melchior.

»Aber kein richtiger König«, flüsterte Caspar zurück.

»Inwiefern?«

»Der ist Idomäer, kein Israelit. Also erkennen ihn die meisten nicht an. Er ist nur König, weil die Römer es so wollen.«

»Ich dachte, er wäre Jude.«

»Ist er auch, aber eben kein Israelit.«

»Das soll einer verstehen.«

Balthasar zischte sie an, damit sie Ruhe gaben. »Seid am besten ruhig. Manchmal ist es weise, einfach mal nichts zu sagen. Lasst mich reden.«

»Manchmal ist es weise, einfach mal nichts zu sagen«, ahmte Melchior ihn nach. »Aber selber reden wollen.«

Er schaute zu Caspar, ob der ihm zustimmte, aber Caspar versuchte angestrengt, ihn zu ignorieren, weil Balthasars Blick so böse war.

Der König war ein mittelgroßer Mann mit geflochtenem Haar und einem ansehnlichen Bart. Die wachen Augen riefen bei Melchior sofort ein ungutes Gefühl hervor, weil er den Eindruck hatte, jedes falsche Wort könnte sein letztes sein. Insofern beherzigte er Balthasars Ratschlag, so wenig wie möglich zu sagen.

»Seid ihr diejenigen, die in der Stadt nach dem neuen König gefragt haben?« Der König schaute sie durchdringend an.

Balthasar antwortete schließlich: »Ja, das waren wir.«

»Was ist das für ein König? Könnt ihr mir mehr darüber erzählen? Wieso seid ihr deswegen hier?«, fragte Herodes, ging auf und ab und strich sich über den Bart.

»Bitte lass ihn nichts über den Stern sagen, bitte lass ihn nichts über den Stern sagen«, murmelte Melchior, und Caspar warf ihm einen besorgten Seitenblick zu.

»Wir folgten einem Stern«, sagte Balthasar.

»Und wir sind tot«, murmelte Melchior.

Der König blieb abrupt stehen und musterte Balthasar von oben bis unten. »Ihr seid einem Stern gefolgt? Ernsthaft?«

Balthasar lächelte gütig und nickte. Herodes betrachtete nun Caspar und Melchior, und Melchior blieb nichts weiter, als die Augen zu verdrehen und mit den Schultern zu zucken.

»Und wie kommt ihr darauf, dass der Stern irgendwas über einen König der Juden aussagt?«

»Wir sind Weise von weit her und haben die Himmelserscheinung gedeutet«, sagte Balthasar.

Herodes musterte Melchior, der nervös grinste. »Sehr weise seht ihr aber nicht aus.«

»Ich bin noch in Ausbildung«, sagte Melchior. »Aber wegen des Sterns hatte ich auch so meine Bedenken.«

Nun sah ihn Balthasar missmutig an.

»Aber wenn Balthasar das sagt, dann haut das schon hin«, schob Melchior hastig nach.

»Ich wusste nicht, dass Weiser ein Ausbildungsberuf ist. Ich dachte, entweder man ist weise oder eben nicht.« Herodes schaute skeptisch zwischen den dreien hin und her, ließ seinen Blick am Ende aber wieder auf Melchior ruhen.

»Na ja«, stammelte Melchior, »man lernt verschiedene Sprachen, alles Mögliche über Geschichte, Huldigungen und Lobpreisungen, ordentlich Kochen und eben auch Sterndeutung.«

»Das ist … eine sehr merkwürdige Zusammenstellung von Fachgebieten«, sagte Herodes und beäugte nun Caspar, der noch viel nervöser war als Melchior.

»Bist du auch ein Weiser in Ausbildung?«

Caspar antwortete mit einem Nicken und Schulterzucken, das Melchior als »Ja, schon, irgendwie, vielleicht, ich denke doch« interpretierte.

»Also ist er der Weise, und ihr seid die Halbweisen?«, sagte Herodes und lachte über seinen eigenen Witz. Er zog dabei Luft durch die Nase und grunzte.

Die drei Reisenden sahen sich gegenseitig eher gelangweilt an.

»Fandet ihr nicht lustig?«, fragte Herodes und schaute Melchior an, der besonders unbeeindruckt schien.

»Also bei *Damaskus sucht das Super-Talent* ...«

Balthasar räusperte sich, und Melchior schaute betreten an die Decke.

»Was wollt ihr denn überhaupt bei dem Kind, wenn ihr es gefunden habt?«, fragte Herodes und stellte sich wieder vor Balthasar.

»Wir wollen ihm huldigen und es lobpreisen.«

»Macht ihr so etwas öfter?«

»Elijah macht es öfter«, murmelte Melchior und erntete einen ernsten Seitenblick von Balthasar.

»Wir machen das auf Wunsch bei allen wichtigen Persönlichkeiten«, sagte Balthasar.

»Kriegt ihr für so etwas Geld?«, fragte der König irritiert. »Oder warum sollte man das tun?«

»Es ist ein auf Gegenseitigkeit beruhendes Geschäft. Demjenigen, dem gehuldigt wird, wird die Ehre zuteil, und denen, die huldigen, legitimiert es ihren Status.«

Herodes' Augen hatten sich zu Schlitzen verengt, und er neigte den Kopf, als würde er nicht ganz verstehen. Als er zu Melchior und Caspar herübersah, schauten die nur wieder an die Decke.

»Also würdet ihr auch mich lobpreisen?«, fragte der König.

»Natürlich«, antwortete Balthasar und nickte seinen Gefolgsleuten zu, während er sich hinkniete.

Caspar war sofort zu Boden gesprungen und kniete mit gesenktem Kopf, während Melchior noch dastand und versuchte, Balthasar zu bedeuten, dass seine Knie auf dem harten Marmor Probleme machen würden.

Letztendlich kniete er sich aber unter Stöhnen ebenfalls hin, und Balthasar lobpreiste Herodes in einer standardisierten Rede, deren Text zumindest Caspar kannte. Melchior murmelte nur hier und da etwas, wenn er sich an den Text erinnerte. Am Ende sagten sie alle

»Amen« und standen wieder auf, wobei Melchior ganz besonders laut stöhnte. Herodes sah amüsiert und gleichzeitig beeindruckt aus. Er klatschte langsam in die Hände. »Gefällt mir. Gefällt mir wirklich. Ich sollte mich öfter lobpreisen lassen.«

Balthasar nickte ihm zu.

»Und das wollt ihr bei dem Kind machen, wenn ihr es findet?«

»Korrekt«, antwortete der Alte.

Melchior stöhnte erneut.

»Und ihr wollt es wegen eines Sterns finden?«

»Vielleicht zeige ich Euch einfach den Stern, wenn Ihr so sehr an unserer Interpretation zweifelt.«

Herodes hob eine Augenbraue und überlegte kurz. Dann breitete er einen Arm aus und hieß Balthasar, ihm zu folgen.

Sie gingen eine Treppe aus Marmor empor und traten auf einen Balkon, der von reichverzierten Säulen umgeben war. Melchior und Caspar warteten etwas abseits des Balkons, konnten aber ebenfalls die südwestliche Stadtmauer und Teile der Stadt vor sich ausgebreitet sehen. Ein paar Wachen waren gerade dabei, die Fackeln auf der Mauer anzuzünden, da die Nacht schnell hereinbrach. In den Ausläufern der Stadt waren noch geschäftige Leute zu beobachten, während sich die Dunkelheit langsam ausbreitete.

»Zeigt mir euren sagenhaften Stern«, befahl Herodes.

Balthasar deutete auf einen Punkt am Horizont, wo sich etwas befand, das deutlich anders als die anderen Sterne am Himmel aussah. Es war nicht nur ein weißer Punkt am Himmelszelt, es war länglich und irgendwie verschwommen.

Als Herodes die Erscheinung sah, änderte sich sein Gesichtsausdruck schlagartig. Mit aufgerissenen Augen beugte er sich über die Brüstung, um besser sehen zu können. Dann befahl er einem Wächter, die Hohepriester und Schriftgelehrten zu rufen.

Die Wachen führten Balthasar und seine Schüler wieder hinunter und ließen sie auf einer Sitzbank Platz nehmen, während Herodes gedankenversunken auf und ab ging.

»Na, das kann ja dauern«, sagte Melchior. »Was zu lesen wäre jetzt toll.«

Balthasar sah ihn missbilligend an, aber Melchior grübelte.

»Ich meine jetzt gar nicht so etwas wie die dicken Bücher aus der Bibliothek daheim. Mehr so kleine Heftchen mit ein wenig Text für zwischendurch. Zum Beispiel mit Hintergründen zu *Antiochia sucht den Superstar* oder zu den Schauspielern aus dem Theater.«

Caspar sah ihn interessiert an. »Du meinst so etwas wie die kleinen Heftchen, die man in Damaskus im Marktviertel unter dem Ladentisch kriegt? Wo die Zeichnungen von den nackten Frauen drin sind?«

Balthasar beugte sich mit strengem Gesicht vor, um an Melchior vorbei Caspar anzuschauen, der betreten den Kopf zurückwarf und spontan beschloss zu schweigen. Melchior nahm das aber gar nicht richtig wahr und sinnierte weiter.

»Die Skizze einer nackten Frau hier und da wäre vielleicht nicht verkehrt, aber vor allem sollte etwas über die Privatpersonen hinter den öffentlichen Gesichtern erzählt werden. Vielleicht könnte man den Berühmtheiten Schnellzeichner hinterherschicken, die sie dabei skizzieren, wenn sie irgendwas Dummes tun.«

»Wer sollte so etwas sehen wollen?«, fragte Balthasar.

»Na ja«, sagte Caspar, schwieg aber lieber schnell wieder.

»Und diese Hefte«, fuhr Melchior fort, »könnte man dann an Geschäfte vermieten, wo Leute darauf warten müssen, an die Reihe zu kommen. Bei Heilkundigen zum Beispiel. Und dann tauscht man die monatlich oder wöchentlich aus.«

Balthasar schüttelte den Kopf. »Du hättest doch lieber ein Geschäft eröffnen sollen, wie dein Vater.«

Melchior schaute ernst. »Das hätte er nie zugelassen.«

»Vielleicht war das auch die weisere Entscheidung«, sagte Balthasar.

»Dein Mitgefühl wärmt mir jedes Mal wieder das Herz«, antwortete Melchior schnippisch. »Na, immerhin kannst du jetzt vor Elijah angeben, dass du dem König von Jerusalem gehuldigt hast.«

»Es wäre weise, einfach mal den Mund zu halten«, sagte Balthasar.

»Du wiederholst dich«, antwortete Melchior.

»Weil es notwendig ist.« Balthasars Gesichtsausdruck ließ ihn verstummen.

***

Sie warteten fast eine Stunde, bis eine Gruppe von rund zehn Leuten im Saal auftauchte, die zwar würdevoll gekleidet waren, aber ansonsten so aussahen, als hätte ihnen jemand ihr Manna vom Teller geklaut.

Der Sprecher der Hohepriester verlangte eine Erklärung, warum sie zur Abendzeit noch in die Gemächer des Königs geladen wurden. Herodes erzählte ihnen von den drei Weisen, die ihm vom neuen König und dem Stern, dem sie gefolgt waren, berichtet hatten.

Balthasar schaute mit erhobener Augenbraue zu Melchior, der seine Lippen übertrieben zusammenpresste und an die Decke starrte. Herodes zeigte den Würdenträgern besagten Stern und wollte von ihnen wissen, ob in den Schriften irgendwas darüber vermerkt war, wo der neue König geboren werden würde, da die drei Weisen selbst es offenbar nicht wussten.

Der Sprecher der Priester murmelte etwas, das Melchior nicht gut hören konnte, aber es klang für ihn nach »Wie weise können die dann sein?«. Anschließend setzten sich die Priester und Schriftgelehrten auf eine Sitzgruppe am anderen Ende des Saales und beratschlagten sich.

Caspar, der schon seit Stunden nichts mehr gesagt hatte, fragte, wie spät es wohl sei.

»Fühlt sich an wie fünf nach Christi Geburt«, sagte Melchior. Balthasar zischte ihm zu, ruhig zu sein.

Die Priester und Gelehrten hatten sich zum Teil lautstark gestritten, weil sie die Schriften unterschiedlich interpretierten, aber nach einer gefühlten Ewigkeit sagten sie, dass laut Micha, Kapitel 5, der König aus Bethlehem kommen müsse.

Herodes, der die ganze Zeit entweder auf und ab gegangen war oder unruhig auf seinem Stuhl gesessen hatte, zeigte mit dem Finger auf die Reisenden und hieß sie, zu ihm zu kommen. Er sagte, dass sie nach Bethlehem gehen sollten, um zu schauen, ob sie den neuen König fänden. Anschließend sollten sie wieder zu ihm kommen und ihm sagen, wo er zu finden sei, damit auch er ihm huldigen könnte.

»Huldigen«, sagte Melchior und machte mit den Fingern Anführungszeichen in der Luft, was Balthasar und Herodes zugleich mit einer hochgezogenen Augenbraue quittierten. Sofort presste Melchior den Mund wieder übertrieben zusammen.

»Ich werde euch auch dafür belohnen«, sagte Herodes und blickte die drei eindringlich an. Balthasar war wie immer die Ruhe selbst, Caspar standen die Schweißperlen auf der Stirn, und Melchior presste immer noch den Mund zusammen und starrte in die Luft. Dann ließ Herodes sie gehen.

***

Die Wachen brachten die Reisenden zurück in die Herberge, deren Betreiber etwas enttäuscht wirkte, dass sie zurückkamen. Aber in ihren Kammern war noch alles vorhanden, und Balthasar hieß sie, sich auszuruhen, so dass sie am nächsten Tag den König finden konnten.

»Gar kein ›Was hast du heute gelernt‹-Gerede?«, fragte Melchior.

»Caspar hat gelernt, wann er den Mund zu halten hat. Was hast du gelernt?«, sagte Balthasar und machte es sich auf seiner Liege bequem.

»Ich hab gelernt, dass Könige weniger lustig sind, als sie glauben.«

Balthasar hob eine Braue.

»Na schön, ich hab gelernt, dass es vielleicht keine gute Idee war, den aktuellen König nach dem neuen König zu fragen. Oder war ich der Einzige, der den Eindruck hatte, dass er wenig amüsiert war über das Ganze?«

»Darüber sprechen wir morgen. Ruhe dich erst mal aus. Morgen ist ein langer Tag.«

***

Am nächsten Morgen wurde Melchior unsanft geweckt. Caspar schüttelte ihn auf Balthasars Geheiß, weil er einfach nicht aufwachen wollte. Nach der kurzen Nacht fühlten sich allerdings alle drei etwas neben der Spur.

Sie saßen an einem Tisch in dem, was der Besitzer der Herberge liebevoll Eingangshalle nannte. Melchior hatte eher den Eindruck, dass es bloß ein etwas größerer Raum war, zumal er in der Nacht zuvor im Palast von Herodes eine wirkliche Halle gesehen hatte.

Der Besitzer, ebenfalls übermüdet und noch immer enttäuscht darüber, dass er nicht die Besitztümer seiner Gäste hatte plündern können, servierte ihnen ein paar Schüsseln, die eine undefinierbare braune Masse enthielten.

Caspar machte sich darüber her, als hätte er seit Tagen nichts gegessen. Balthasar griff nach etwas Fladenbrot und tunkte es in die Masse, um es sich dann gemächlich in den Mund zu schieben. Melchior hingegen starrte in seine Schüssel und verzog das Gesicht. Er konnte einige Gewürzkörner erkennen, etwas, das wie Überreste eines Salats aussah, ein paar zerfaserte Fleischstückchen sowie ein paar teigige Brocken.

»Was ist das?«

»Ein bisschen was von allem«, sagte der Gastwirt.

»Was genau ist denn mit ›allem‹ gemeint?«

»Na, alles, was gut für einen ist.«

Balthasar hob eine Augenbraue und sah Melchior an, der zurückblickte, den Kopf schüttelte und die Schultern hochzog, als wollte er sagen: »Was denn?«

»Vielen Dank«, sagte Balthasar zum Gastwirt, der froh war, verschwinden zu können. »Iss einfach«, sagte er dann zu Melchior, aber der zog nur skeptisch mit einem Stück Brot Furchen in die Masse.

»Manchmal frage ich mich, ob es irgendwas in diesem Land gibt, das nicht braun ist. Das Land, die Leute, die Steine, der Staub und jetzt auch das verdammte Essen.«

Melchior hatte noch eine Weile mit dem Essen zu kämpfen, auch nachdem Caspar und Balthasar längst fertig waren. Der Gastwirt, der später kam und sich erkundigte, ob alles in Ordnung sei, schaute zu Melchior, der nach einem scharfen Blick von Balthasar mit vollem Mund »Wumbaba!« sagte und das Gesicht verzog. Tatsächlich brauchte er so lange, dass Balthasar bereits die Formalitäten mit dem Gastwirt erledigt hatte, als er endlich fertig war. Caspar holte die Tiere aus dem Stall, und Melchior schleppte ihr Gepäck vor die Tür der Herberge. Gemeinsam verstauten Caspar und Melchior das Hab und Gut auf den Rücken der Kamele, und als Balthasar seine Pfeife beendet hatte, gingen sie Richtung Südtor, um die Stadt zu verlassen.

Melchior hatte diesmal keine Probleme mit seinem Kamel und behauptete felsenfest, dass es daran lag, dass er ihm lange in die Augen geblickt hatte, um ihm seine Dominanz zu zeigen. Caspar war beeindruckt oder tat zumindest so, während Balthasar, der vorneweg lief, nur den Kopf schüttelte.

»Wie weit ist es denn nach Bethlehem?«, fragte Melchior.

Balthasar atmete tief durch. »Geht die Diskussion schon wieder los?«

»Jetzt, wo wir ein Ziel haben, dachte ich, dass man zumindest annähernd abschätzen kann, wie lange das ist. Ein Tag? Zwei Tage? Drei Wochen?«

»Es ist nicht weit. Wenn nichts dazwischenkommt, sollten wir in wenigen Stunden da sein.«

Caspar und Melchior sahen sich an und grinsten.

»Heißt das, dass wir morgen wieder nach Hause reiten?«

»Wir werden sehen. Immerhin geht es hier um einen König.«

Caspar und Melchior seufzten.

»Außerdem«, setzte Balthasar hinzu, »müssten wir danach zu Herodes zurück.«

Melchior riss die Augen auf. »Das haben wir doch nicht wirklich vor, oder? Ich meine, bin ich der Einzige, der den Eindruck hatte, dass er mit ›huldigen‹ eher ›den Löwen zum Fraß vorwerfen‹ gemeint hat?«

»Ah, du bist vielleicht doch weiser, als ich dachte.«

»Das klang nicht wirklich nett.«

»Ich sage ja, du bist vielleicht doch weiser, als ich dachte.«

Melchior schaute skeptisch, während Caspar anfing zu lachen.

Balthasar sprach weiter. »Die Entscheidung, zu Herodes zurückzukehren oder nicht, ist keine einfache. Mir ist durchaus bewusst, was er mit dem König der Juden vorhat, wenn er erst einmal weiß, wo er ihn findet. Er ist allgemein nicht sehr berühmt für seine Barmherzigkeit. Er hat immerhin seine Frau und die Söhne, die er mit ihr hatte, umbringen lassen.«

»Und so einen haben wir gelobhudelt?«

»Gelobpreist«, korrigierte ihn Balthasar.

»Wie auch immer«, murmelte Melchior und mutmaßte eine Weile weiter, welch liebenswürdiger Mensch Herodes doch sein müsse. Caspar schaute einfach nur verängstigt.

»Die eigentliche Frage ist jetzt«, sagte Balthasar, »ob wir mit der Konsequenz seiner Taten leben können, wenn wir nicht zu ihm gehen.«

»Was meinst du damit?«, fragte Caspar.

»Glaubst du, Herodes wird es damit auf sich beruhen lassen?«

Melchior grübelte. »Also ist die eigentliche Frage, ob wir ihn das eine Kind oder eventuell eine ganze Reihe von Kindern umbringen lassen.«

Caspar riss entsetzt die Augen auf. Balthasar hingegen nickte bedächtig.

Sie erreichten das Tor und gingen hindurch. Die Wachen überprüften vor allem die Neuankömmlinge in der Stadt, aber Melchior hatte plötzlich das Gefühl, als würde ihn alles und jeder beobachten. Er sah sich mehrere Male um, als er auf das Kamel stieg. Balthasar und Caspar, die bereits ein Stück geritten waren, riefen nach ihm.

Den weiteren Weg versuchte Balthasar dem nun etwas paranoiden Melchior zu erklären, dass sie nicht verfolgt wurden. Es bestünde dazu keine Veranlassung, da Herodes ja durchaus wusste, wohin sie ritten. Daraufhin fiel die Paranoia zwar von Melchior ab, aber um das ein oder andere Neugeborene in Bethlehem machte er sich schon Sorgen.

»Was sollen wir denn den Eltern sagen, wenn wir bei denen ankommen? Herzlichen Glückwunsch, Sie haben den Heiland geboren, aber der wird bald von Herodes umgebracht und Sie vermutlich auch?«

»Ich würde vielleicht nicht dieselben Worte benutzen, aber etwas in dem Sinne vermutlich schon.«

»Das wird ja ein wirklich amüsanter Besuch.«

Sie ritten schweigend weiter. Alle drei hatten die Köpfe gesenkt und dachten darüber nach, was sie tun sollten, wenn sie die junge Familie fanden.

Es dauerte nur wenige Stunden, da lag das Dorf vor ihnen. Bethlehem war, ganz im Gegensatz zu Jerusalem, nur ein kleiner Ort mit kleinen Hütten ohne große Befestigungsanlagen. Die Leute, die aus dem Dorf kamen oder hineingingen, waren eher von der einfachen Sorte und schauten die drei mit ihren Kamelen verwundert an. Meistens mit offenen Mündern und schlechtem Gebiss. Caspar und Melchior wechselten einen Blick und waren sich wortlos darin einig, dass sie in nächster Zeit keine hochgeistigen Gespräche mit der ländlichen Bevölkerung zu erwarten hatten.

Es dämmerte bereits, und der Stern, der ihnen den Weg gewiesen hatte, hing leuchtend über der Stadt und funkelte, so dass Melchior den Eindruck hatte, dass sie am Ziel angekommen waren.

»Wir müssen uns einigen«, sagte Balthasar, nachdem er sein Kamel gestoppt hatte und seine beiden Begleiter neben ihm gehalten hatten. »Wie wollen wir vorgehen?«

»Reiten wäre mir am liebsten«, sagte Melchior.

»Ich meinte, was wollen wir nun in Bezug auf die Bedrohung durch Herodes tun?«

Melchior schüttelte den Kopf, als wäre die Frage dämlich. »Wir warnen alle mit Neugeborenen.«

»Aber woher willst du wissen …«, fragte Caspar, kam aber nicht weiter, weil Melchior ihn unterbrach.

»Wir fragen herum, da wir ja ohnehin die richtige Familie finden müssen. Und allen, die Neugeborene haben, sagen wir, dass sie fliehen sollen. Wie viele können das schon sein? So groß ist der Ort ja nun auch wieder nicht.«

Balthasar sah ihn ruhig an. »Meinst du denn, dass sie dir glauben werden?«

Melchior zuckte mit den Schultern. »Das ist mir relativ egal. Zumindest muss ich mir dann nicht selber vorwerfen, dass ich es nicht versucht hätte.«

Balthasar und Caspar schauten sich an. Caspar zuckte ebenfalls nur mit den Schultern.

»Dann ist es beschlossen«, sagte Balthasar. »Aber wir bleiben zusammen, damit wir uns nicht aus den Augen verlieren.«

Beinahe wäre nun noch eine Diskussion ausgebrochen, weil Melchior meinte, dass sie getrennt schneller vorankämen, aber Balthasar wollte seine Schüler im Auge behalten.

Sie ritten zur Dorfmitte und dem überschaubaren Marktplatz, wo der Dorftrottel lautstark versuchte, Mitspieler für ein selbsterfundenes Spiel namens Welpenweitwurf zu finden, allerdings nahm ihm eine ältere Frau den ramponierten, schlecht geflochtenen Korb mit Hundewelpen gleich wieder ab und versetzte ihm eine schallende Ohrfeige. Der Dorftrottel ließ sich weinend neben der Eingangstür der Taverne nieder.

Balthasar hieß sein Kamel, in die Knie zu gehen, damit er absteigen konnte. Melchior und Caspar taten es ihm nach und ließen dabei den Dorftrottel nicht aus den Augen.

»Wir fragen lediglich, wo es Neugeborene gibt«, sagte Balthasar. »Wir müssen ja nicht gleich damit ins Haus fallen, dass der König sie potentiell umbringen will.«

Caspar und Melchior nickten, dann gingen sie in die Taverne und fragten nach Familien, die kürzlich Nachwuchs bekommen hatten. Allerdings waren die Leute in der Taverne nicht bereit, mit ihnen zu reden. Wenn überhaupt, starrten sie sie merkwürdig an, manche pulten dabei in ihren wenigen Zähnen. Der Tavernenbesitzer fragte sie, was sie das überhaupt anginge, und als ihnen darauf keine schlaue Antwort einfiel, gingen sie wieder hinaus.

»Na, das war ja erfolgreich«, sagte Melchior.

»Dann müssen wir eben von Haus zu Haus gehen«, sagte Balthasar.

»Wen oder was sucht ihr denn?«, fragte eine Stimme neben ihnen. Der Dorftrottel hockte auf der Erde und kratzte sich hinter dem Ohr, während seine langen Zähne in der Abendsonne gelblich leuchteten. Bei näherem Hinsehen war sich Melchior nicht so sicher, ob für die Farbe wirklich die Sonne verantwortlich war.

»Wir suchen Familien aus Bethlehem, die Neugeborene haben«, sagte Balthasar.

Der Trottel, der kurz mit dem Kratzen aufgehört hatte, fuhr damit fort: »Wollt ihr ihnen die Neugeborenen abkaufen, sie wie Puppen anziehen und auf Jahrmärkten ausstellen?«

Caspar, Balthasar und Melchior wechselten Blicke untereinander. Balthasar murmelte: »Gottes Wege sind unergründlich«, während

Melchior das mit »Verrückte offenbar auch« quittierte. Caspar hatte derweil ein paar Schritte weg vom Dorftrottel gemacht und seine Mitreisenden zwischen sich und den Trottel gebracht.

»Schamir weiß, welche Frauen niedergekommen sind. Schamir kann euch zeigen, wo sie wohnen.«

»Jetzt redet er auch noch in der dritten Person von sich«, seufzte Melchior, aber Balthasar gab ihm ein paar Schekel und sagte, dass er sie führen solle. Wie von einer wilden Natter gebissen, sprang der Dorftrottel auf und rannte in eine der Gassen, die vom Marktplatz abgingen. »Kommt, kommt!«, rief er und winkte ihnen zu.

Balthasar zögerte nicht und lief ihm hinterher, Melchior und Caspar schauten sich unsicher an, aber dann ging auch Melchior, und Caspar trottete ihm nach.

***

Sie hatten wenig Glück. Zwar brachte Schamir sie zu vier Frauen, die alle innerhalb weniger Wochen Kinder bekommen hatten, aber die meisten von ihnen wollten nicht mal mit ihnen reden. Und die zwei Frauen, die ihnen zumindest zuhörten, tippten sich nur mit dem Finger an die Stirn, als die Reisenden ihnen zu erklären versuchten, dass ihre Kinder in Gefahr waren, von Herodes umgebracht zu werden.

So fanden sie sich nach etwas über einer Stunde auf dem Marktplatz wieder.

»Und du bist ganz sicher, dass es keine weitere Frau in Bethlehem gibt, die schwanger gewesen ist?«

Der Dorftrottel grinste verrückt. »Davon weiß Schamir nichts!«

Die drei schauten sich enttäuscht an.

Caspar schien verzweifelt. »Aber sie müssen doch hier sein!«

Melchior murmelte etwas von Prophezeiungsquatsch.

»Es gäbe natürlich noch die Familie im Stall«, sagte Schamir. »Aber die ist nicht aus Bethlehem. Die ist nur zu Besuch.«

»Familie im Stall?«, fragte Balthasar. »Bring uns hin.«

Der Dorftrottel sprang auf und huschte in eine Gasse neben der Taverne. Die Reisenden liefen ihm nach. Caspar griff nach den Stricken der Kamele und zog sie hinter sich her.

Sobald sie aus der Gasse auf den kleinen Hof traten, wo sich der Stall der Taverne befand, war ihnen klar, dass sie am richtigen Ort waren. Eine Frau saß an einer Krippe, aus der ein sonderbares Licht kam. Ein Mann mittleren Alters saß ein ganzes Stück weiter vorn am Eingang des Stalls auf einem Schemel und sah ungehalten aus.

Der Stern, dem Balthasar gefolgt war, stand aus diesem Blickwinkel direkt über dem Stall.

»Endlich sind wir da!«, entfuhr es Melchior, der dabei gen Himmel schaute. »Warum hast du die Familie nicht gleich erwähnt?«, fragte er Schamir, der, den Kopf leicht hin und her wippend, auf einem Fass saß und lächelte.

»Ihr wolltet zu Familien aus Bethlehem. Die Familie ist nicht aus Bethlehem.«

»Verdammter Idiot«, sagte Melchior, während Balthasar und Caspar weiter in Richtung Stall gingen.

Schamir hörte auf zu grinsen, und sein Gesicht verlor auf einmal sämtlichen Irrsinn, der zuvor darin zu sehen gewesen war.

»Also ehrlich, Kumpel, ich lasse ja eine Menge mit mir machen, aber bei Beleidigungen ziehe ich einen Schlussstrich«, sagte der Dorftrottel.

»Was zum Teufel?«, entfuhr es Melchior.

»Ich bin staatlich anerkannter Dorftrottel und denke, dass ich meine Rolle ziemlich gut gespielt habe, aber ich habe auch Gefühle, weißt du.«

»Du bist gar kein Trottel?«

»Ich bin der offizielle Dorftrottel, also darf es keinen anderen Dorftrottel geben. Ich unterhalte die Dorfbewohner und Reisenden, aber wenn du wissen willst, ob ich in Wirklichkeit nicht alle beisammenhabe, dann muss ich dich leider enttäuschen.«

»Du rennst freiwillig so rum?« Melchior beäugte ihn von oben bis unten. Der offizielle Dorftrottel trug einen dreckigen Überwurf, der mit diversen Körperflüssigkeiten verunreinigt war.

»Hey, wenn ich im feinen Zwirn durch die Gegend laufen würde, nähme mich doch keiner ernst.«

Mittlerweile hatten auch Balthasar und Caspar bemerkt, dass hinter ihnen eine Diskussion stattfand. Sie schauten den beiden zu, und die Frau und der Mann aus dem Stall taten dasselbe.

»Verrückt!«, sagte Melchior.

»Eben nicht. Das ist ja der Punkt«, sagte Schamir und hielt die Hand auf.

»Was denn jetzt?«

»Ich hab einen ziemlich guten Job gemacht, denn anscheinend hast du mich ja wirklich für vertrottelt gehalten. Außerdem hast du mich beleidigt und denkst nicht mal daran, dich zu entschuldigen. Ich denke, dass ich mir ein Trinkgeld verdient habe.«

Schamir sah Melchior erwartungsvoll an und zeigte mit der anderen Hand noch einmal deutlich, dass er etwas für seine ausgestreckte Hand erwartete.

Melchior sah sich zu Balthasar und Caspar um. Caspar hatte die Augen aufgerissen und zuckte mit den Schultern. Balthasar nickte und wedelte mit der Hand.

Murrend öffnete Melchior sein kleines Geldsäckel und nahm ein paar Münzen heraus. Er entschuldigte sich bei Schamir dafür, dass er ihn einen verdammten Idioten genannt hatte, aber der grinste auf einmal wieder vertrottelt und hüpfte auf einem Bein von dannen.

»Ich glaube, ich kann Bethlehem nicht leiden«, sagte Melchior, als er sich den anderen wieder angeschlossen hatte.

Der Mann, der die ganze Zeit auf dem Schemel gesessen hatte, war mittlerweile aufgestanden und kam auf sie zu.

»Darf ich fragen, was ihr hier wollt?«, sagte er etwas ruppig. Er schien ziemlich übernächtigt zu sein.

»Wir sind drei Weise, die von weit her gekommen sind, um dem neuen König zu huldigen«, sagte Balthasar.

»Weiße? Willst du mich verarschen? Der Typ ist doch schwarz, du alter Rassist«, sagte der Mann zu Balthasar und deutete auf Caspar, der unsicher zurückstarrte.

»Weise«, sagte Balthasar ruhig.

»Ach, Entschuldigung, Weise. Ich bin etwas schwerhörig. Waise im Sinne von elternlos oder Weise im Sinne von echt schlau und so?«

»Letzteres«, sagte Balthasar und legte die Stirn in Falten.

»Na ja, wäre auch etwas merkwürdig, wenn ihr durch die Gegend zieht und euch überall als elternlos vorstellen würdet, was? Vor allem würde man das in deinem Alter ja erwarten«, sagte der Mann und boxte Balthasar in die Seite. Balthasar versuchte zu lächeln, aber Melchior sah, welche Anstrengung ihn das kostete.

»Aber wenn ich recht überlege, ist es auch merkwürdig, durch die Gegend zu laufen und zu behaupten, echt schlau und so zu sein.«

Balthasar schien darüber nachdenken zu müssen.

»Genau genommen sind wir zwei noch Weise in Ausbildung«, ergänzte Melchior und deutete auf sich und Caspar.

»Hab ich mir schon gedacht«, sagte der Mann. »Sehr weise war das mit dem Dorftrottel ja nicht.«

Melchior rollte mit den Augen.

»Ach, übrigens, ich bin der Joseph, und das dahinten ist meine Frau, die Maria. Und das Ding da in der Krippe ist unser Sohn Joschua. Na ja, zumindest *ihr* Sohn.«

Melchior und Caspar sahen sich fragend an und formten mit dem Mund das Wort »Ding?«.

»Wir sind gekommen, um dem Kinde zu huldigen«, sagte Balthasar.

»Ich bin zwar etwas schwerhörig«, sagte Joseph, »aber das habe ich schon beim ersten Mal verstanden. Heißt das, es gibt Geschenke und so?«

Die drei Reisenden sahen sich an. Dann antwortete Balthasar: »Ja, durchaus.«

»Na prima, dann immer rein in die gute Stu–, den Stall und immer forsch los mit dem Huldigen. Da kriegen wir langsam Übung drin.«

»Wie darf ich das verstehen?«

»Ach, vor euch waren auch schon ein paar Bauern und Schäfer hier. Die haben allerdings keine Geschenke gebracht. Die wollten nur Joschua anstarren, und das hat Maria ein bisschen kirre gemacht. Aber mit Geschenken sieht sie das vielleicht anders.« Er boxte Balthasar erneut spielerisch in die Seite.

Melchior überlegte, ob der Mann versuchte, Schamir seine Stelle streitig zu machen.

Balthasar nickte zunächst irritiert, bedeutete dann aber seinen Schülern, die Geschenke zu holen. Also traten die drei an ihr jeweiliges Kamel und holten ihre reichverzierten achteckigen Schachteln hervor.

»Wie wir es geübt haben«, sagte Balthasar.

»Was? Was genau meinst du?«, fragte Melchior.

»Die Prozession und die Huldigung. Es soll doch feierlich sein«, erwiderte Balthasar, und Caspar nickte ihm zu.

»Wovon zum Teufel sprecht ihr?«

Balthasar erinnerte ihn daran, dass sie hintereinander auf das Kind zutreten und dann ihren Huldigungsspruch kniend vor ihm aussprechen wollten. Allerdings konnte sich Melchior überhaupt nicht mehr daran erinnern und beschwerte sich, dass das auf der Reise kein einziges Mal erwähnt worden war. Balthasar schaute grimmig und kündigte an, dass Melchior auf dem Rückweg auf Griechisch bis tausend zählen müsste, und verbannte ihn ans Ende der Prozession. Melchior war daraufhin echt sauer und hätte es am liebsten an Caspar ausgelassen, indem er ihm in die Hacken trat, aber Balthasar schaute ihn ein weiteres Mal durch schmale Augenschlitze an, und Melchior gab es auf.

Sie schritten gemächlich auf die Krippe zu, neben der Maria saß und sie skeptisch beäugte. Joseph versuchte, ihr zu erklären, was die drei Weisen tun wollten, aber sie schien davon nicht begeistert zu sein. So stoppten die drei für einen Moment und wurden Zeuge, wie das Ehepaar stritt. Sie hörten zwar nicht, was gesagt wurde, aber Joseph deutete auf die Geschenke, woraufhin die Frau pathetisch die Arme in die Luft warf und in einer Stimme, die Melchior an Kreide auf Tafel erinnerte, rief: »Na schön!«

Joseph nickte Balthasar zu, der Caspar und Melchior bedeutete, ihm feierlich und gemächlich zur Krippe zu folgen. Maria saß da und trampelte ungeduldig mit einem Fuß auf den Boden.

»Macht mal keine Menkenke, her mit die Geschenke!«, sagte sie, und Joseph seufzte lautstark.

Wenn es nach Melchior gegangen wäre, hätte das Ganze auch schneller ablaufen können. Aber er passte sich der Geschwindigkeit von Balthasar und Caspar an, bis sie vor der Krippe mit dem sonderbaren Licht knieten.

»Nicht so lange anstarren. Und Anfassen ist nicht«, krächzte die Mutter.

Melchior hatte noch keinen Blick auf das Kind werfen können, und er fragte sich, wo das Licht herkam. Aber Balthasar und Caspar machten keine Anstalten aufzuschauen, also zwang er sich ebenfalls zur Geduld. Außerdem starrte ihn die Mutter des Kindes mit funkelnden Augen an.

Als sie endlich knieten, stimmte Balthasar die Lobpreisung an, bei der Caspar mitsprach. Melchior hingegen murmelte nur ab und an ein Wort.

»Wir beten dich an, o Joschua, der du der Herr über uns alle bist. Gelobet seist du, o Joschua, und der gütige Herr, unser Vater. Amen!«

Die drei standen wieder auf. Die Mutter des Jungen starrte sie an und krächzte, ob das etwa alles an Lobhudelei gewesen sei.

»Lobpreisung«, korrigierte Balthasar sie.

»Jetzt komm mir bloß nicht komisch, alter Mann!«, kreischte die Frau in einem Ton, der bei Caspar ein nervöses Zittern des Augenlids auslöste.

Melchior nutzte die Gelegenheit, endlich einen Blick in die Krippe zu erhaschen, wo er ein kleines Baby sah, das einen dicken Heiligenschein hatte, von dem das sonderbare Licht ausging. Er starrte wohl etwas zu lange, denn Caspar und Balthasar waren schon dabei, Joseph die Geschenke zu überreichen, während die Mutter des Kindes die Augenbraue hob und sich räusperte. Melchior erwachte aus seiner Trance und bemerkte, dass alle auf ihn warteten. Er hastete herüber zu Joseph und drückte ihm seine Schachtel in die Hand, die der fast fallen ließ.

»Oh, das ist aber schwer. Was ist denn da drin?«, fragte der Nicht-Vater des Kindes.

»Gold«, antwortete Melchior.

Die Augen von Joseph und seiner Frau leuchteten auf.

»Na, endlich bringt einer mal was Gescheites mit«, krächzte die Frau.

Balthasar und Caspar sahen Melchior an, als hätte er ein Kamel auf den Mund geküsst.

»Was?«, fragte Melchior.

»Du hast Gold verschenkt?«, fragte Caspar.

»Ja. Balthasar hat uns doch gesagt, dass wir dem neuen König ein angemessenes Geschenk machen sollen, und da habe ich gedacht, dass Gold wohl am ehesten passen würde. Hab fast ein Jahrestaschengeld dafür ausgegeben.«

Balthasar lächelte und nickte. »Das ist sehr anständig von dir.«

Aber irgendwie wurde Melchior das Gefühl nicht los, dass seine Gefährten darüber amüsiert waren. Besonders als Caspar sich mit verzogenen Mundwinkeln umdrehte.

»Halt, wartet mal. Was habt ihr ihm denn geschenkt?«

»Weihrauch«, sagte Balthasar und lehnte sich gegen einen Balken des Stalls.

»Weihrauch? Was zum Teufel soll denn das Kind damit anfangen? Oder soll das den Geruch der Windeln überdecken?«

»Das wollte ich auch schon fragen«, krächzte die Mutter.

Balthasar schaute ihn ruhig an.

»Teufel auch«, sagte Melchior und drehte sich zu Caspar um, der draußen auf dem Hof stand und versuchte, nicht zu lachen. »Und was war dein Geschenk?«

»Myrrhe«, sagte er und lachte, verstummte aber schnell wieder, als der Blick der Mutter ihn traf.

Melchior sah aus, als wäre er von einem der Juroren von *Antiochia sucht den Superstar* beschimpft worden.

»Myrrhe? Ich weiß nicht mal, was Myrrhe eigentlich ist. Hast du das, was immer es auch ist, umsonst bekommen, weil deine Familie mit diesem ganzen merkwürdigen Kram handelt, Caspar?«

Der schwarze Jüngling lächelte und zuckte mit den Schultern.

»Was zum Teufel, Balthasar?«, setzte Melchior fort. »Du sagtest, dass wir ein königliches Geschenk machen sollen.«

Balthasar schaute ganz ruhig zu ihm herüber. »Ich habe gesagt, dass wir dem spirituellen König ein angemessenes Geschenk machen sollen, entsprechend eurer Möglichkeiten. Deine Familie ist reich, und wenn du meinst, dass dein Jahrestaschengeld angemessen ist, dann ist das so.«

»Aber ich bin Fünfter in der Erbfolge. So dicke habe ich es also auch nicht! Wenn mein großer Bruder den Laden übernimmt, was bleibt mir dann? Was meinst du, weswegen ich diese Ausbildung mache?«

Balthasar seufzte und schaute gen Himmel, als hätte er sich genau diese Frage ebenfalls schon hundertmal gestellt.

Melchior blickte zu der Schachtel hinüber, die er Joseph gegeben hatte, aber der ließ sie gleich hinter seinem Rücken verschwinden.

»Geschenkt ist geschenkt!«, sagte der Mann und schaute ihn mit aufgerissenen Augen an, während seine Frau ihm die Schachtel entriss und hinter der Krippe versteckte.

Melchior atmete tief durch. »Weihrauch … Myrrhe. Myrrhe!«

»Beruhige dich, Melchior«, sagte Balthasar. »Wahrscheinlich kann die Familie dein Geschenk in naher Zukunft sehr gut gebrauchen.«

»Ja, könnte ich auch. Ich hätte mir damit genug Wein kaufen können, um die Schwielen am Hintern und diese ganze Reise zu vergessen.«

Balthasar seufzte.

»Was ist dieses Myrrhe-Zeug eigentlich?«, fragte Maria, und sowohl Melchior als auch Joseph schauten interessiert zu Balthasar hinüber.

»Es ist ein wertvoller Balsam, der für Salböle verwendet wird.«

»Wertvoll, hä?«, krächzte Maria. »Habt ihr noch die Quittung? Vielleicht können wir das umtauschen.«

Caspar schüttelte vehement den Kopf, und Maria schaute enttäuscht zu ihrem Mann, dann zuckten beide mit den Schultern.

»Na, ich hoffe, ihr habt viel Spaß damit. Vor allem damit, die Salbe bei dem da mit dem Heiligenschein anzubringen«, sagte Melchior, schaute noch einmal in die Krippe, schüttelte den Kopf und stürzte dann aus dem Stall, um sich irgendwo am Zaun niederzulassen und zu schmollen. Seine Mitreisenden ließen ihn in Ruhe, vermutlich weil sie wussten, dass jedes Wort ihn nur noch mehr aufregen würde. Er sah, dass Caspar sich um die Kamele kümmerte, während Balthasar den Eltern erklärte, dass sie in Kürze von Herodes gejagt werden würden. Joseph schien das mit wachsendem Entsetzen zur Kenntnis zu nehmen, seine Frau hingegen wurde zunehmend ausfallender in ihren Kommentaren.

Mittlerweile war es stockfinster bis auf das Licht, das aus dem Stall kam. Melchior hatte Mühe, die kleinen Kieselsteinchen, die er zum Zeitvertreib quer über den Hof warf, zu sehen, als plötzlich Joseph vor ihm stand, winkte und sich neben ihn setzte.

»Ich, äh, wollte mich bedanken«, sagte der Mann von Maria und schaute ängstlich, ob Melchior gleich über ihn herfallen würde.

Aber Melchior tat nichts dergleichen. Er schmollte einfach nur weiter.

»Dein Lehrer hat uns erzählt, was vermutlich geschehen wird, wenn wir hierbleiben. Und da wir fast kein Geld haben, kann es durchaus sein, dass dein Geschenk uns das Leben rettet.«

»Ja, super«, sagte Melchior. »Ich faste dann so lange.«

Joseph verzog das Gesicht. »Mal ganz ehrlich, wenn du das Gold nicht weggeben wolltest, warum hast du es dann getan? Ich meine, du musst doch auf dem Weg hierher gewusst haben, dass du es weggibst. Was regt dich so auf?«

Melchior schaute ihn an. »Ich dachte, dass ich ein *wertvolles* Geschenk machen müsste. Stattdessen hätte ich auch – was weiß ich – ein bisschen Zimt oder Olivenöl mitbringen können.«

»Mann, deine Sorgen möchte ich haben.«

»Was soll das heißen?«

»Das soll heißen, dass du kaum einen Grund hast, so rumzuheulen. Alles, was dir passiert ist, ist doch halb so wild. Du bist etwas Geld los, na und?«

»Na und? Du hast gut reden. Zu mir kommen keine Leute und bringen Gold als Geschenk mit.« Etwas kleinlauter schob er hinterher: »Und Weihrauch. Und gottverdammte Myrrhe.«

»Ach, denkst du, ich finde das alles super hier? Ist dir mal aufgefallen, dass meine Frau und ich momentan in einem Stall hausen? Einem Stall! Da hat sie das Kind bekommen.«

Melchior verzog die Mundwinkel. Er musste zugeben, dass Joseph einen berechtigten Punkt ansprach, und nickte bestätigend.

»Vor knapp einem Jahr, da war alles super. Ich hab auf dem Bau gearbeitet, ordentliches Einkommen, verlobt mit einer schönen Frau, die nur leider die Sache mit dem Kein-Sex-vor-der-Ehe sehr genau nimmt. Egal, denke ich, die Hochzeit soll ja bald sein. Fünf Tage vor der Hochzeit kommt sie plötzlich an und erzählt mir, dass sie vom Heiligen Geist geschwängert worden ist.«

Melchior schaute ihn skeptisch an.

»Ja, so habe ich auch geschaut, und ich so zu ihr: Waaaaaaas? Mich erst nicht ranlassen und mir dann erzählen wollen, dass der liebe Gott mit ihr und so, weißt du? Und ich war schon drauf und dran, zu sagen: Nee, ohne mich!, aber da erscheint mir so ein Engel im Traum und sagt: Ey, das Kind ist wirklich vom lieben Gott, und es wäre echt gut, wenn du die trotzdem heiraten würdest und so.«

»Ein Engel?«, fragte Melchior mit hochgezogener Augenbraue.

»Ich verarsch dich nicht. Ich schwöre! Auf jeden Fall denke ich so: Mensch, denke ich, wenn du die jetzt sitzenlässt, dann quatschen wieder die Nachbarn, und die sind echt schrecklich bei uns. Außerdem wusste ich nicht, wie ich das meinen Eltern erklären sollte und so, weißt du? Na ja, und da habe ich mir gedacht: Scheiß drauf, habe ich mir gedacht, die heiratest du jetzt trotzdem. Die ist ja deswegen nicht schlecht oder so. Und immer noch jung und knusprig ... wenn auch manchmal etwas impulsiv. Also habe ich sie geheiratet, ein Haus gebaut und da unser ganzes Geld reingesteckt. Ich kann dir sagen, die Grundsteuer frisst mich auf. Egal, auf jeden Fall kam dann diese Volkszählung, weswegen ich in meinen Geburtsort sollte – Bethlehem –, und natürlich passiert das genau zu der Zeit, wo sie niederkommen soll. Dann kommen wir her und – batsch – haben die doch glatt das Hotel überbucht. Sagt der uns, wir könnten ja im Stall schlafen. Na ja, was sollten wir machen? Und siehe da, ausgerechnet da setzen die Wehen ein.«

Melchior starrte ihn an. »Ja, das ist wirklich ...«

»Na, warte mal, es geht ja noch weiter. Und wie Maria da so das Kind rauspresst, flutscht es plötzlich raus und hat einen Heiligenschein, der den ganzen Stall erleuchtet. Na ja, habe ich gedacht, zumindest ist das der Beweis, dass es wirklich das Kind von Gott ist, was?« Er boxte Melchior in die Seite, der nur verunsichert nickte.

»Und dann sitzen wir da so rum, und plötzlich kommen alle möglichen Leute und huldigen dem Kind, bringen Geschenke und so. Ich denke noch: Ey, denke ich, so schlecht ist das gar nicht, wenn man das Kind vom lieben Gott großzieht. Aber dann kommt ihr und erzählt uns, dass Herodes uns und das Kind um die Ecke bringen will, weswegen wir dann fliehen müssen und ich das Haus, in das ich all mein Geld gesteckt habe, zurücklassen muss. Nicht, dass ich das Geld hätte, um überhaupt irgendwohin zu fliehen. Aber sicher, dir geht es wegen dem Gold richtig schlecht, nicht wahr?«

Melchior sah ihn schweigend an. In seinem Kopf drehten sich die Gedanken. In der Tat schienen seine Probleme gegen die von Joseph relativ nichtig zu sein. Und irgendwie machte der Gedanke, dass das Gold, was er ihnen geschenkt hatte, zumindest dabei helfen würde, sie eine Zeitlang über Wasser zu halten, alles etwas besser. Trotzdem nervte Joseph ihn.

»Weißt du«, sagte Melchior schließlich, »ich verstehe, dass du ein echt schweres Los gezogen hast, aber musst du dich deswegen mir gegenüber wie ein Arsch verhalten?«

»Hey, pass mal auf, wenn du das blöde Gold wieder zurückhaben willst, dann nimm es dir.« Joseph zeigte in Richtung seiner Frau, die gerade dabei war, in die Schachtel mit dem Gold zu schauen.

»Ich denke nicht. Ich hab Angst vor deiner Frau.«

»Mit Recht. Aber dann hör bitte auf zu schauen, als hätte dir jemand Ziegenkot auf den Kamelsitz geschmiert.«

Melchior rollte mit den Augen, nickte dann aber. »Behaltet das Gold. Ihr könnt es in der Tat viel besser gebrauchen als ich.«

»Halleluja!«, rief Joseph und stand auf. »Pennst du mit den anderen zusammen bei uns im Stall, oder willst du dir hier draußen den Tod holen?«

Melchior zuckte mit den Schultern.

»Joseph!«, schrie Maria mit krächzender Stimme. »Dein Kind muss gewickelt werden!«

»Aber es ist doch gar nicht mein Kind!«, schrie Joseph über den Hof.

»Komm jetzt gefälligst her, oder ich zieh dir die Ohren lang!«, schrie Maria, und Melchior konnte sehen, wie Caspar drüben bei den Kamelen das Augenlid zuckte.

»Seit sie vom lieben Gott geschwängert wurde, meint sie, alles bestimmen zu können«, sagte Joseph und bot Melchior eine Hand, um ihm aufzuhelfen. Melchior ergriff sie und folgte Joseph zum Stall, wo Balthasar ihn schon erwartete.

»Hast du dich wieder beruhigt?«, fragte ihn der Alte.

Melchior knurrte.

Caspar hatte das Bettzeug für Melchior bereits ausgebreitet und lächelte ihn an. »Ich dachte, dass du heute dafür keinen Kopf mehr hast.«

Melchior bedankte sich bei ihm und legte sich hin. Balthasar und Caspar nickten sich überrascht zu ob seiner Dankbarkeit, die sie nicht gewohnt waren.

»Myrrhe …«, flüsterte Melchior und schloss die Augen.

Caspar und Balthasar lächelten und betteten sich ebenfalls.

Fünf Minuten später richtete sich Melchior noch einmal auf. »Kann vielleicht irgendeiner bei dem Kind mal den Heiligenschein ausstellen? Ich kann bei dem Licht nicht schlafen.«

»Wehe, einer fasst das Kind an!«, krächzte Maria.

»Ist ja gut«, sagte Melchior.

»Na, dann kennst du jetzt ein weiteres meiner Probleme, Kumpel«, sagte Joseph.

***

Am nächsten Morgen beluden sie die Kamele. Melchior war in keiner guten Stimmung, da er so schlecht geschlafen hatte, aber auch Caspar schien etwas neben der Spur. Balthasar gähnte gemütlich und schlug vor, Joseph und Maria ein Kamel zu überlassen, damit sie nach Ägypten reiten könnten.

»Mein Kamel kriegen sie aber nicht, es sei denn, ich kriege stattdessen eine Sänfte«, sagte Melchior. Auch Caspar zeigte sich wenig begeistert ob der Aussicht, zu zweit auf einem Kamel reiten zu müssen.

»Ach, sollen der Sohn Gottes und seine Mutter zu Fuß reisen, ja? Erst mitten in der Nacht lobhudeln …«

»Lobpreisen«, korrigierte Balthasar.

»Mund halten, alter Mann!«, kreischte Maria. »Erst mitten in der Nacht lobpreisen und dann kein Kamel abgeben wollen.«

»Aber der Vorschlag kam doch von ihm«, sagte Joseph und deutete auf Balthasar, der einen Schritt von Maria weg getan hatte und sie von oben bis unten taxierte.

Joseph redete einen Moment auf seine Frau ein und erklärte ihr, dass die Kamele ohnehin nicht gut für sie wären und sie vielleicht lieber einen Eselskarren kaufen sollten. Seine Frau war zwar nicht begeistert, stimmte aber zu.

»Schon gut, schon gut«, sagte Joseph. »Behaltet mal eure Tiere. Mit dem Gold sollten wir uns schon irgendwas zum Reisen beschaffen können.«

Melchior verzog das Gesicht.

Da umarmte Joseph ihn plötzlich. Melchior wusste nicht, wie ihm geschah. »Vielen Dank noch einmal, Kumpel.«

Er wollte erst zurückweichen, umarmte ihn aber schließlich auch und wünschte ihm viel Glück. Die Szene wiederholte sich mit Caspar und Balthasar, während Maria, das Kind im Arm haltend, ihnen nur zuwinkte, was aber eher so wirkte, als würde sie eine Fliege verscheuchen.

»Wollt ihr wirklich nach Ägypten?«, fragte Melchior.

»Was ist denn jetzt an Ägypten nicht in Ordnung?«, krächzte Maria, woraufhin Joseph sie erst mal beruhigen musste und erklärte, dass Melchior es bestimmt nicht böse meinte.

»Na ja, ich dachte nur, Ägypten war ja zu den Juden nicht gerade gut, oder? Also diese ganze Moses-Geschichte.«

»Moses-Geschichte?«

»Sklaverei. Die ganzen Plagen. Die Teilung des Roten Meeres. Die Zehn Gebote.«

»Ach, *die* Moses-Geschichte. Na ja, das ging ja noch mal gut aus.«

Melchior wusste nicht recht, was er dazu sagen sollte, also ließ er es.

Balthasar und seine Schüler stiegen auf die Kamele und winkten Joseph und Maria zum Abschied zu, bevor sie hinter einem kleinen Hügelkamm verschwanden.

***

»So, meine Schüler, gestern Abend sind wir nicht mehr dazu gekommen, deswegen holen wir es heute nach. Was habt ihr denn gestern gelernt?«

»Ich habe gelernt, dass es hilft, zu Fremden freundlich zu sein, denn sie könnten dein Leben retten wollen«, sagte Caspar und bezog sich damit auf den Versuch, die Eltern von Neugeborenen vor Herodes zu warnen.

»Ja, in der Tat schade, dass sie nicht auf uns hören wollten«, sagte Balthasar. »Beten wir für sie, dass sie es trotzdem schaffen.«

Balthasar und Caspar beteten während des Ritts, Melchior war zu sehr damit beschäftigt, eine angenehme Sitzposition zu finden.

»Was hast du gelernt, Melchior?«

»Ich hab gelernt, dass Dorftrottel leicht reizbar sind.«

»Melchior«, sagte Balthasar tadelnd.

»Gut, also, ich hab gelernt, dass man als Ziehvater eines göttlichen Kindes nicht viel zu lachen hat.«

»Melchior«, sagte Balthasar erneut.

»Irgendwas mit Myrrhe?«

Caspar fing an zu kichern. Aber Balthasars Schweigen bedeutete, dass er auch mit dieser Antwort nicht zufrieden war.

»Ja, gut, dann … habe ich eben gelernt, dass Geben seliger ist denn Nehmen.«

Balthasar war so erstaunt, dass er sich umdrehte und ihn überrascht ansah. »Sehr gut, Melchior.«

»Darf ich trotzdem eine Frage stellen?«

Balthasar nickte wohlgefällig.

»Hätten wir das Huldigen nicht wirklich von daheim aus machen können? Das hätte uns Herodes, den Dorftrottel und Maria erspart.«

»Aber du hättest die Erfahrung nicht machen können, Melchior.«

Melchior rollte mit den Augen. »Hätte ich auch drauf verzichten können.«

Balthasar lächelte. »Aber so können wir Elijah mit Stolz entgegenblicken und sagen, dass wir dem neuen König der Juden gelobhudelt haben und er nicht.«

»Gelobpreist«, korrigierte Melchior.

»Ich sehe, du hast doch etwas gelernt.«

Zum ersten Mal, seit sie losgeritten waren, lächelte Melchior, aber dann kratzte er sich am Kopf.

»Was denkst du, Balthasar, schickt uns Herodes irgendwelche Leute hinterher, weil wir ihn hintergehen und nicht zu ihm zurückkehren?«

Der Alte zupfte sich am Bart. »Ich halte das für unwahrscheinlich. Er wird seine Soldaten nach Bethlehem schicken, und wir sind längst weg.«

Melchior verscheuchte eine Fliege, die ihn nervte, und fuhr dann fort: »So König zu sein, ist vermutlich auch ziemlich blöd.«

Caspar stutzte. »Wie meinst du das?«

»Na ja«, sagte Melchior, »man muss alle Leute bei Laune halten, damit sie nicht aufmüpfig werden. Die Verwandtschaft trachtet einem nach dem Leben, weil sie denken, dass sie einen viel besseren König abgeben würden als du. Rom fordert Tribut, und du musst machen, was die sagen, weil du sonst am Kreuz landest. Und dann kommen noch irgendwelche Leute zu dir, die davon sprechen, dass einer Weissagung nach der eigentliche König gerade geboren wurde und dir vermutlich die Herrschaft entreißt. Da kann man doch schon mal schlechte Laune kriegen.«

»Du hast doch auch andauernd schlechte Laune, und dich plagen keine dieser Sorgen«, sagte Caspar, woraufhin Balthasar kicherte.

Melchior versuchte, sein Kamel näher an Caspar zu lenken, um ihm eine mit der Reitgerte überzuziehen, aber als er an den Zügeln zog, verlor er fast den Halt und beruhigte sich bei dem Versuch, wieder Herr über das Tier zu werden.

»Caspar hat durchaus recht«, sagte Balthasar, und Melchior grummelte nur vor sich hin. »Außerdem klingt es, als hättest du Mitleid für Herodes.«

»Ich würde es nicht Mitleid nennen«, sagte Melchior, »aber ich kann das schon nachvollziehen. Trotzdem ... ich glaube, ich wäre ein besserer König als er.«

»Du? König?«, fragte Caspar.

»Ja, und?«

»Balthasar vielleicht, aber du?«

»Balthasar wäre auf jeden Fall ein guter König«, sagte Melchior, und Balthasar nickte ihm dankend zu. »Aber ich hätte auch so meine Ideen.«

»Zum Beispiel?«, fragte Caspar.

»Keine Lobpreisungen während der Streitwagen-Meisterschaften.«

Balthasar seufzte.

»Also, wenn ich König wäre ...«, sagte Caspar und erntete ein Schnauben von Melchior, »... würde ich Springball im Kolosseum spielen lassen.«

Melchior schaute skeptisch und zuckte dann mit den Schultern. »Vielleicht sollten wir alle drei Könige sein, dann könnten wir unsere besten Ideen zusammen angehen.«

Balthasar sah sich zu seinen Schülern um. »Ein Triumvirat? Das hat die letzten beiden Male schon nicht sonderlich gut geklappt.«

»Und mir wird immer gesagt, ich sei negativ!«, raunte Melchior.

Keiner ging darauf ein, während sie langsam weiterritten.

»Vielleicht wird sich ja irgendwer mal an unseren Ritt erinnern und uns fälschlicherweise als Könige bezeichnen. *Das* würde mir gefallen.«

»Wieso sollte denn das passieren?«, fragte Balthasar.

»Na, wenn das Kind wirklich so ein großer König wird, wie du sagst, dann kommen wir vielleicht auch in der Geschichte vor. Und vielleicht verplappert sich mal einer, und schwups, sind wir plötzlich auch Könige statt Weise.«

Balthasar grübelte darüber nach, schüttelte aber irgendwann den Kopf, da ihm dieser Gedanke zu abwegig erschien.

»Mein Hintern wird sich auf jeden Fall an diese Reise erinnern.« Melchior rutschte auf seinem Sitz herum und stöhnte.

Sie überquerten den Jordan und ließen gerade das Westufer hinter sich, als Melchior ein Gedanke durch den Kopf schoss. »Wir reiten gerade ganz anders, als wir gekommen sind. Umgehen wir Jerusalem?«

»Das hast du gut beobachtet, Melchior. In der Tat werden wir über Amman reisen, um Herodes aus dem Weg zu gehen. Vorsichtshalber.«

»Dauert die Reise deswegen länger?«

»Ja, vermutlich ein paar Tage, vielleicht eine Woche.«

Melchior stöhnte. »Ich werde nie Kinder zeugen können.«

Caspar fing an, ein Lied zu singen.

»Hör gleich wieder auf damit!«, rief Melchior, aber Caspar ließ sich davon nicht abbringen.

Melchiors Gezeter war noch zu hören, als sie längst den nächsten Hügelkamm überquert hatten.

DAS ENDE DER WELT IST AUCH NICHT MEHR, WAS ES MAL WAR

DIE BALLADE VOM TRAURIGEN EINHORN

Gott sprach zu Noah einst: »Pass auf!
Hier kommt der Programmablauf.«
Regnen soll es 40 Nächte,
bis das Wasser Tod ihm brächte.

Noah dachte: »Ist schon klar,
ich bau 'ne Arche, wunderbar.
Damit mein Leben ich nicht verliere,
auch die Familie und die Tiere.«

Gott sprach: »Knorke, tolle Sache.
So klappt das dann mit meiner Rache.
Die Menschheit wird hinweggefegt,
und hinterher wird neu gepflegt.«

So kamen die Tiere von überall ran
und halfen mit beim großen Plan.
Nur dem Einhorn schien's zu dumm,
es machte keinen Finger krumm.

Die anderen Tiere wunderten sich,
und fanden das Ganze ärgerlich.
»Warum stehst du nur faul daneben,
willst du denn nicht auch überleben?«

»Noah sagte, es gibt nur mich,
keine Frau, wie fürchterlich!

Drum darf ich nicht mit auf die Reise
und bleib bedauerlicherweise.«

Die anderen Tiere wurden böse
und machten nur noch mehr Getöse.
»Helfen kannst du aber doch,
sonst fliegst du hochkant ab ins Loch.«

So kam's, aus Worten wurde Streit,
sind alle Tiere für Gewalt bereit.
Das Einhorn, das gar nicht kämpfen wollte,
tat es, weil ihm jeder grollte.

Das Einhorn spießte mit dem Horn,
so manches Tier direkt von vorn
mitten in den Bauch hinein
und auch mal direkt ins Gebein.

Es starben erst die süßen Hasen,
die Tiger bluteten durch die Nasen,
Mäuse, Hamster und Kojoten
waren einige der pelz'gen Toten.

Auch Elefanten fielen nieder,
begruben unter sich Gefieder,
Eidechsen, Frösche und auch Schlangen,
selbst Löwen ist es schlecht ergangen.

Als Noah sah, was war geschehen,
erhob er ein wehklagendes Flehen.
»Lieber Gott, schau, was verbleibt,
die meisten Tiere sind entleibt!«

Das Einhorn aber lebte trotzig,
und sagte dann zu Noah protzig:
»Wenn alle anderen weg sind nun,
kannst mich ja in die Arche tun.«

Doch Noah fand das gar nicht witzig,
holt seine Söhne, die noch schwitzig
mit der Schnur das Einhorn fingen
und es an den Baume schlingen.

Dort stand es nun und sah mit an,
wie neue Tiere liefen ran,
die Arche füllten bis zum Kopf.
Der erste Regen kam – tropf, tropf.

Das Wasser stieg schnell immer höher,
das Einhorn wurde immer blöder.
»Ich glaub, das ist das End' der Welt
hätt ich mich nur dazugesellt.«

Als alles unters Wasser sank,
auch das Einhorn bald ertrank
und fand sich in der Hölle gleich,
ganz ohne Muskeln oder Fleisch.

Das Einhorn aber lauthals schreit:
»Was für eine Ungerechtigkeit!
Ich hab mich doch nur selbst verteidigt,
sonst hätten die mich doch beseitigt!«

Dem Teufel war das ziemlich schnuppe,
er holte trotzdem eine Gruppe

Menschen, die seit Kurzem tot,
und machte ihm ein Angebot.

»Hör mal, Einhorn, wie wäre es,
du machst was ganz Besonderes.
Zum Beispiel Leute mit dem Horn aufspießen,
könnt'st du das vielleicht genießen?«

Das Einhorn konnt sich nicht entscheiden,
die Leute aber auch nicht leiden
und zuckte schließlich mit den Knochen:
»Na gut, dann hätten wir das besprochen.«

So nimmt es denn seit Noahs Zeiten
mangels anderer Möglichkeiten
die Leiber der Sünder voll aufs Korn
und spießt sie blutig mit dem Horn.

Drum, Leute, passt gut auf im Leben,
es ist seit Langem vorgegeben:
Bist du nicht immer gut und freundlich,
wartet schon das Einhorn auf dich.

AM ENDE DER WELT GIBT ES KAFFEE & KUCHEN

Lucy bog mit ihrem Kleinwagen auf das Gelände neben dem Diner, das von ihrem Chef liebevoll »Parkplatz« genannt wurde. Eigentlich war es nur eine Fläche aus festgefahrenem Sand neben der Straße, wo jede Bewegung, sei es von Füßen oder Rädern, derart viel Staub aufwirbelte, dass das Atmen schwerfiel. Der Motor stotterte kurz, als sie den Schlüssel herumdrehte und der Wagen ausging. Die Warnlampe, die die ganze Fahrt über leuchtete und ihr sagen wollte, dass der Wagen zur Inspektion musste, ignorierte sie schon seit Wochen. Dafür hatte sie keine Zeit. Und nicht das Geld.

Sie griff nach der schweren Tasche voller Bücher auf dem Beifahrersitz und stöhnte leicht, als sie sie anhob. Als sie die Tür öffnete, hustete sie, da die Staubwolke, die ihr Wagen hinterlassen hatte, sich noch nicht gelegt hatte. Hastig schloss sie den Wagen ab, und ein kurzer Blick auf den Parkplatz zeigte, dass bereits Gäste da waren. Außer ihrem Auto standen dort noch der Pick-up ihres Chefs, der vollgepackte Kombi von Leuten, die offenbar auf der Durchreise waren, ein Motorrad und ein großer Laster, der Paul, einem Stammgast, gehörte. Sie lief die Straße zum Eingang des Diners entlang und hielt sich rechts auf der Seite, die aus der Stadt hinausführte, aber vermutlich hätte sie auch mitten auf der Straße gehen können, da sich kaum je eine Seele hier hinaus verirrte. Die Ortschaft hinter ihr lag zwar noch in Sichtweite, war aber so weit weg, dass sie wie eine Fata Morgana am Horizont wirkte. Und aus der Richtung, in die sie schaute, weg von der Stadt, kamen noch seltener Besucher.

Außer ihr störte kein Mensch oder Tier das leise Rauschen des Windes, der die rollenden Strauchgewächse durch die Prärie schob.

Ihre Tasche polterte gegen die Glastür, als sie eintrat. Sofort traf sie der Blick von Maurice, ihrem knapp zwei Meter großen, schwarzen Chef, der hinter dem Tresen mit der Kaffeemaschine kämpfte. Und sein Blick war nicht freundlich.

»Verdammt, Mädchen! Hast du eigentlich mal auf die Uhr gesehen?«

Natürlich regte Maurice sich auf. Er hätte sich aber auch aufgeregt, wenn sie nur zwei Sekunden zu spät gekommen wäre. Sie vermutete, dass das an seiner Armee-Vergangenheit lag, wo Pünktlichkeit immer großgeschrieben worden war. »Ja, ich habe auf die Uhr gesehen und festgestellt, dass sie stehen geblieben ist. Aber wie es der Zufall will, kann ich mir keinen neuen Wecker leisten, weil mein Chef mir zu wenig zahlt.«

»Vielleicht zahlt dein Chef dir zu wenig, weil du nicht pünktlich kommst.«

»Na, wenn man das nicht als die Zwickmühle des Lebens bezeichnen möchte«, sagte Lucy und ließ ihre Tasche hinter dem Tresen auf den Boden poltern. »Aber im Ernst, es tut mir leid, Maurice, aber ich musste noch meine Unterlagen für die Uni zusammenkramen.«

Maurice seufzte und wischte sich die Finger an einem Tuch ab. »Mädchen, deine Schicht beginnt um halb neun. Nicht Viertel nach neun. Du kannst nicht fast eine Stunde später kommen, ohne vorher mal Bescheid zu geben.«

Sie stemmte ihre Hände in die Hüften. »Und wenn du mal ein Telefon anschaffen würdest, das in dieser gottverlassenen Gegend auch funktioniert, hätte ich dir vielleicht rechtzeitig Bescheid geben können.«

»Verdammt!«, rief Maurice. Seine Stimme überschlug sich fast dabei. Er verschwand in der Küche. »Nun wirf dir schon die Schürze über und fang an. Wir haben Gäste, und ich kann nicht die Küche und die Bedienung übernehmen.«

Lucy nahm die Schürze vom Haken und streifte sie über. Sie nickte Paul, dem Truckfahrer, auf seinem Stammplatz am kurzen

Ende der Theke zu. Er fasste sich ans Basecap und lächelte sie mit den paar Zähnen an, die ihm verblieben waren, bevor er sich wieder dem Fernseher hinter dem Tresen zuwandte, in dem Sport gezeigt wurde.

Lucy schlang die Bänder der Schürze einmal um den Bauch und verknotete sie. »Schätze, meine späte Ankunft hat dich heute schon eine halbe Million Umsatz gekostet, Boss«, sagte Lucy laut, damit Maurice in der Küche sie durch die Durchreiche hören konnte.

»Wir haben genug Gäste, um die du dich kümmern könntest«, sagte er und fing an, Zutaten zu sortieren.

»Tu doch nicht so, als ob hier so viel zu tun wäre. Wir sind mitten im Nirgendwo, Maurice. Morgens würdest du auch mal eine Stunde ohne mich auskommen«, sagte sie, während sie die Kaffeemaschine nachfüllte.

»Mädchen, wenn du denkst, dass ich den Laden hier morgens allein schmeißen kann, sollte ich vielleicht dein Gehalt kürzen.« Er drehte ein paar Eier auf der Bratfläche. »Oder dich vielleicht gleich feuern, mit dieser Attitüde.«

»Hast du schon wieder ein neues Wort gelernt?«, fragte sie ihn.

»Was hast du denn jetzt schon wieder?«

»Attitüde. Offenbar.«

Sie sah, wie Maurice den Kopf schüttelte. »Ich sollte mich wirklich nach einer neuen Bedienung umsehen. Erst zu spät kommen und dann auch noch Widerworte geben.«

»Ja, aber eigentlich findest du mich total witzig und süß und bist dankbar, dass ich wenigstens etwas Trinkgeld für uns beide raushole«, sagte sie, und er grunzte nur zur Antwort. »Außerdem weißt du ganz genau, dass du hier draußen so schnell keine andere Bedienung findest. Und ich brauche den Job.«

»Pünktlichkeit gehört dazu, Mädchen. Jetzt kümmere dich einfach um die Gäste«, sagte er, schnappte sich ein Messer und begann, Paprika zu schneiden, als müsste er sie umbringen.

Lucy ging um den Tresen und schaute nach den Gästen, die weiter hinten saßen. Wer auch immer das Diner mal gebaut hatte, wollte die Bedienung wohl damit ärgern, dass sie immer den weitesten Weg zu den Kunden nehmen müsste. Die Öffnung des Tresens war vorne in der Nähe der Eingangstür, sodass Lucy am langen Ende des Tresens erst auf der Küchenseite, dann auf der Kundenseite entlangmusste. Neben dem Eingang, vor dem großen Frontfenster, befanden sich fünf Sitznischen, bevor der Gang eine Biegung machte, welcher der Tresen ebenfalls folgte. An diesem kürzeren Ende des Diners gab es ebenfalls ein großes Seitenfenster, eine etwas geräumigere Sitzecke zwischen den beiden Fenstern und zwei weitere Sitznischen. Am kurzen Ende des Tresens standen drei Hocker, von denen einer im Grunde immer für den einzigen Stammgast des Diners reserviert war, der hier sein Frühstück zu sich nahm.

In der Ecke zwischen dem großen Frontfenster und dem Seitenfenster, dort, wo die einzigen drei Pflanzen des Diners standen, saß eine Familie: Vater, Mutter, zwei Kinder. Ein Junge und ein Mädchen. Die Eltern studierten die Speisekarte. Die Kinder tranken Cola und starrten auf den zweiten Fernseher, der etwas abseits von ihnen an der Decke hing und auf den Nachrichtenkanal eingestellt war. Ist wohl egal, was da läuft, dachte Lucy. Sobald irgendwo ein Fernseher an ist, schauen die Kinder hin.

Der vollgepackte Kombi, ging es Lucy durch den Kopf. Sie behielt die Eltern einen Moment im Blick und dachte, dass der Vater vermutlich in der IT-Branche tätig war und seine Kinder sonst kaum sah. Er hatte diese typische Blässe von Leuten, die den ganzen Tag nur vor dem Bildschirm hockten und kaum die Sonne sahen. Die Mutter war etwas bieder gekleidet und vermutlich Teilzeitkraft in der Sachbearbeitung. Bei einer Versicherung oder so. Vielleicht hatten sie sich sogar in der gleichen Firma kennengelernt.

Vielleicht war er aber auch Killer bei der Mafia und sie die Tochter einer verfeindeten Familie, die sich während der Arbeit kennen- und lieben gelernt hatten und sich nun mit den Kindern in einen anderen Staat absetzen wollten, um auf normale Familie zu machen. Lucy stellte sich vor, dass man da bestimmt einen Film draus machen könnte.

In der letzten Ecke, ganz hinten, am weitesten entfernt vom Eingang, saß die Motorradfahrerin, wie man unschwer an ihrer Lederkluft erkennen konnte. Lucy stellte sich vor, dass sie eine Karrierefrau war, die sich gerade eine Auszeit von ihrer Arbeit und ihrer Beziehung genommen hatte, um die Welt zu erkunden und sich selbst zu finden. Was auch immer dieses »sich selbst finden« heißen mochte. Oder sie war eine Polizistin, die suspendiert worden war und nun auf eigene Faust einen Killer suchte. Vielleicht hatte sie eine heiße Spur zum Familienvater geführt, und nun beschattete sie ihn.

Lucy sah ein paarmal zwischen der Familie und der Motorradfahrerin hin und her, aber beide Parteien kümmerten sich nur um ihren eigenen Kram. Lucy lächelte und zuckte mit den Schultern, dann ging sie zunächst an den Tisch der vierköpfigen Familie. »Kann ich Ihnen irgendwas bringen?«, fragte sie in die Runde und lächelte speziell die Kinder an, die aber gar nicht so richtig Notiz von ihr nahmen.

»Wir hatten vor ein paar Minuten Kaffee bestellt«, sagte der Vater.

Lucy seufzte. »Ich habe gerade frischen Kaffee aufgesetzt. Bitte gedulden Sie sich noch einen Moment. Vielen Dank.«

»Ansonsten hatten wir Ihrem Kollegen schon gesagt, was wir essen möchten. Allerdings hätten wir gerne noch eine zweite Portion Pancakes. Sonst streiten die Kinder«, sagte der Vater.

»Natürlich«, antwortete Lucy und lächelte weiterhin freundlich. Sie nahm dem Vater die Speisekarte ab und ging weiter zur Motorradfahrerin, die über einer Landkarte hing und verwirrt schaute.

»Haben Sie schon bestellt?«, fragte Lucy.

Die Bikerin schreckte hoch.

»Oh, entschuldigen Sie, ich wollte nicht …«

»Schon gut«, sagte die Motorradfahrerin, »ich war nur gerade in Gedanken.«

»Verfahren, was?«

»Ich weiß es nicht. Ich dachte, ich wäre auf der richtigen Straße, aber ich bin mir nicht mehr hundertprozentig sicher. Ich kann diesen Ort hier nicht finden.«

»Ja, ich glaube, dass die wenigsten Kartenhersteller dazu neigen, ›Ende der Welt‹ auf ihre Produkte zu schreiben.«

Die Motorradfahrerin sah sie skeptisch an.

»Na ja, machen wir uns nichts vor«, erklärte Lucy. »Wir sind hier mitten in der Einöde. Das Diner gibt es nur, weil es früher an der großen Durchgangsstraße lag, aber seit die Interstate gebaut wurde, damit die Laster noch schneller irgendwelchen Technikmüll aus China quer durchs Land fahren können, ist das hier quasi alles, was es in der Gegend gibt. Yay, der amerikanische Traum.«

Die Frau schaute immer noch skeptisch.

»Lassen Sie mich mal sehen.« Lucy nahm die Karte und warf einen Blick darauf. Dann nickte sie und zeigte der Motorradfahrerin die Stadt, die ein paar Meilen entfernt lag. Sie fuhr mit dem Finger eine dünne Straße entlang und markierte mit dem Fingernagel, wo sie sich gerade befand. Ein nicht näher gekennzeichneter Punkt an einer Straße, die durch ein erstaunlich großes Nichts führte, wenn man die Stadt außer Acht ließ, über die sich aber selbst die Einwohner kaum Gedanken machten. Die Bikerin sah sie erleichtert an und dankte ihr.

Lucy war neugierig geworden. »Wenn ich fragen darf, was verschlägt Sie denn in unsere blühende Metropole?«

»Ach, ich bin einfach nur auf der Durchreise. Ich will einmal die Staaten von Ost nach West durchqueren. Das war schon ein Traum von mir, als ich noch ein kleines Mädchen war. Ganz allein, mit dem Motorrad.«

»Da müssen Sie aber eine Menge Zeit mitbringen. Und Sitzmuskeln. Das ist ein ganz schöner Weg.«

Die Frau lächelte, aber hinter dem Lächeln schien ein gewisser Grad Traurigkeit zu stecken. »Ich habe mir mal eine Auszeit vom Job gegönnt. Habe die letzten Jahre fast nur gearbeitet, da kann ich mir auch mal was gönnen.«

Bingo, dachte Lucy. Voll ins Schwarze. Aber das sagte sie natürlich nicht, sondern fragte nur, ob die Frau denn keine Angst davor hatte, dass ihr unterwegs irgendetwas zustoßen könnte.

»Was soll mir schon passieren? Ich sitze ja nicht erst seit gestern auf der Maschine. Und es ist ja auch nicht überall so einsam wie hier.«

»Nirgends ist es so einsam wie hier, würde ich sagen.« Lucy lächelte sie an.

»Außerdem vertraue ich auf Gott«, sagte die Frau und zog eine Kette mit einem Kreuz aus ihrem Ausschnitt.

»Schade nur, dass Jesus offenbar kein Navigationssystem ist, was?«, scherzte Lucy, aber die Frau musterte sie plötzlich, als hätte sie vor ihren Augen mit dem Teufel geschlafen.

Lucy, die aus einer jüdischen Familie stammte, aber sich nie wirklich mit Religion beschäftigt hatte, lächelte freundlich und zeigte ihren kleinen Notizblock, um die Frau daran zu erinnern, weswegen sie eigentlich da war.

»Haben Sie vielleicht irgendwas Veganes?«, sagte die Motorradfahrerin.

»Äh, wir …«, Lucy musste einige Momente nachdenken, »… wir haben einen vegetarischen Burrito, glaube ich. Vielleicht schauen Sie einfach in die Karte.«

Die Frau starrte auf die in Leder gebundene Karte und verzog das Gesicht. »Ist das echtes Leder?«

Lucy stutzte erneut. »Ehrlich, keine Ahnung.«

»Vielleicht erzählen Sie mir einfach, was Sie so haben, damit ich nicht das tote Tier berühren muss, das für diese Karte sein Leben lassen musste.«

Nun zog Lucy eine Augenbraue hoch. »Sie sind sich schon bewusst, dass Sie einen Anzug aus Leder tragen, oder?«

»Das ist Kunstleder.«

»Also, wenn ich mir die Karte hier so anschaue, bezweifle ich, dass auch das echtes Leder ist. Aber selbst wenn, tragen Sie ja nicht die Verantwortung dafür, dass die Haut des Tieres dafür verwendet wurde.«

»Aber ich würde damit das Problem unterstützen.«

Lucy hatte keine Lust, sich auf eine solche Diskussion weiter einzulassen, weil sie das zu gut von ihren Kommilitonen kannte. Im Zweifelsfall würde sie nur bockig reagieren und somit die Kundin verärgern. Also grübelte sie, welche Speisen vielleicht passend waren.

»Wie wär's mit etwas Rührei?«

»Ich bin Veganerin! Und Sie bieten mir Eier an?«

»Entschuldigung, ich hab für einen Moment nur überlegt, was wir an fleischlosen Gerichten haben. Und ich dachte zum Frühstück, da wäre …«

»Keine Eier!«

»Ja, schon gut. Wie wäre es mit dem vegetarischen Burrito, den ich erwähnt habe?« Aber die Frau schüttelte den Kopf.

»Salat?«

»Nein, ich will etwas Ordentliches.«

»Was genau soll ich mir darunter vorstellen?«

»Werden Sie etwa schnippisch?«

»Ich will lediglich wissen, was Sie essen möchten.«

»Fragen Sie mich doch nicht, was ich will, sondern sagen Sie mir, was Sie haben.«

Lucy war mittlerweile genervt von der Frau, versuchte aber, freundlich zu bleiben. »Wie wäre es denn mit einem einfachen Brot und Butter?«

»Butter ist nicht vegan.«

»Dann eben Margarine.«

»Ist es denn vegane Margarine?«

Lucy hob die Schultern. »Tut mir leid, ich weiß wirklich nicht, was ich Ihnen anbieten soll. Vielleicht haben wir einfach nicht das Richtige für Sie.«

Die Frau rümpfte die Nase und nahm dann einfach einen Kaffee, in der Hoffnung, dass der zumindest vegan hergestellt war.

»Was soll denn beim Kaffee nicht vegan sein? Der ist doch aus Bohnen, oder etwa nicht?«

»Aber manchmal werden die Bohnen mit tierischen Produkten behandelt«, antwortete die Bikerin.

Lucy konnte nur mit der Schulter zucken und notierte die Bestellung auf ihrem Zettel. Aber bevor sie gehen konnte, bestellte die Frau noch einen Apple Pie, sofern der ohne Butter gebacken war. Lucy wollte nachfragen, klemmte sich die Speisekarte unter den Arm und ging.

Während sie an der großen Fensterscheibe vorbeilief, die zur Straße zeigte, sah sie skeptisch in die Ferne der Prärie. Dort war etwas Dunkles, Schemenhaftes am Horizont zu erkennen, aber die Umrisse waren noch zu verschwommen, als dass sie hätte sagen können, ob das ein Mensch, ein Panzer oder ein Flugzeugträger war.

Hinter dem Tresen spießte sie die Zettel, die Maurice mitteilten, was er zubereiten sollte, auf eine Nadel. »Einmal noch Pancakes für die Familie, Maurice!«

»Eins nach dem anderen!«, polterte er. »Ich kann mich nicht zerreißen.«

»Wäre auch kein schöner Anblick, vermute ich mal. Aber wenn du schon bei den paar Leuten, die momentan im Diner sind, in der Küche verzweifelst, was wird dann, wenn die Bude mal voll ist?«

»Mach du deine Arbeit, ich mach meine. Ich quatsche dir ja auch nicht rein.«

Lucy schüttelte den Kopf und lächelte.

»Hast du irgendeine Ahnung, ob wir veganes Essen haben?«, fragte sie.

»Salat?«, sagte Maurice und zuckte mit den Schultern.

»Es sollte schon etwas Ordentlicheres sein.«

»Was genau soll das denn bedeuten?«

Jetzt zuckte Lucy mit den Schultern. »Ich weiß auch nicht so genau.«

»Wir haben den Veggie-Burrito. Aber wenn ich genau darüber nachdenke, ist da Käse drin. Ob der Käse allerdings je eine Kuh aus der Nähe gesehen hat, ist die Frage. So billig, wie der ist, könnte es glatt ein Rest aus einer Reifenfabrik sein.«

»Erinnere mich daran, hier nichts mehr mit Käse zu essen«, sagte Lucy.

»Ansonsten … weiß ich jetzt auch nicht. Meinst du, wir brauchen mehr vegane Gerichte auf der Speisekarte?« Maurice schien darüber nachzudenken, ob mehr Speisen mit Tofu den Laden in einen Publikumsmagneten verwandeln würden. Lucy stand dem eher skeptisch gegenüber.

»In den fast zwei Jahren, die ich nun hier bin, ist das das erste Mal, dass jemand explizit nach veganem Essen fragt. Ich würde sagen, dass sich die Nachfrage in Grenzen hält. Und meiner Meinung nach ist Tofu widerwärtig und sollte höchstens als Straßenbelag verwendet werden, aber vermutlich ist es dafür als Ersatz ebenso wenig geeignet wie für Fleisch.« Sie stellte sich vor, wie eine Kolonne von Autos versuchte, auf der wabbeligen, weißen Tofumasse zu fahren, während die Insassen alle seekrank wurden. Ihr schauderte es.

Maurice nickte. Dann wandte er sich wieder dem Essen zu.

»Sind die Kuchen eigentlich mit Margarine oder Butter gebacken?«, fragte Lucy.

»Margarine.«

»Und ist die vegan?«

Maurice griff sich die Margarine-Büchse und sah sich die Bestandteile an. »Soweit ich das erkennen kann, ja.«

»Na, dann kann ich der Veganerin zumindest einen Pie hinstellen.«

Sie griff sich einen Teller und legte ein Stück Apple Pie darauf. Paul, der Trucker, sah ihr geistesabwesend zu und hielt sich an seiner Kaffeetasse fest.

»Kannst mir später auch so ein Stück geben, Lucy.«

Sie stellte ihm den Teller, den sie gerade fertig gemacht hatte, hin.

»Paul, wenn du irgendwas willst, bekommst du es natürlich sofort.«

Er tippte sich ans Basecap, und sie nahm einen neuen Teller, packte ein Stück darauf, griff nach dem Kaffee und ging um den Tresen. Sie servierte der Motorradfahrerin den Pie, versicherte ihr, dass der vegan wäre, und goss ihr Kaffee ein. Die Eltern der Familie am anderen Tisch bekamen ebenfalls Kaffee und die Versicherung, dass das Essen nicht mehr lange auf sich warten lassen würde. Auf dem Rückweg zum Tresen schaute Lucy erneut aus dem Fenster.

Der dunkle Umriss war mittlerweile näher gekommen. Jetzt konnte sie erkennen, dass es ein Reiter war. Sie runzelte die Stirn, weil Reiter in dieser Gegend eine sehr ungewöhnliche Sache waren. Es gab weit und breit nichts, wohin es sich lohnen würde zu reiten. Mit Ausnahme des Diners vielleicht, aber das war so abgelegen, dass der Ritt vom nächsten Ort einfach albern gewesen wäre, zumal es in der Stadt überhaupt keine Pferde gab.

Sie stellte die Kaffeekanne zurück in die Maschine und fragte Maurice, was die Pancakes machten.

»Mädchen, hetz mich nicht!«

»Hast du schon mal den Begriff ›Fast Food‹ gehört?«

»Das ist Frühstück und kein Fast Food.«

Sie schüttelte den Kopf. »Sag mal, Maurice, hast du hier schon mal Reiter in der Gegend gesehen?«

Maurice unterbrach seine Arbeiten am Herd. »Reiter? Meinst du Cowboys? Nein. Zum Teufel, was sollten denn die hier wollen?«

»Ich glaube, dass da gerade einer kommt.«

Er beugte sich aus der Durchreiche. »Mädchen, nimmst du Drogen?«

»Nur das harte Zeug.«

Er schaute sie eindringlich an.

»Maurice, du weißt ganz genau, dass ich so was nicht machen würde.«

»Bei euch Studenten weiß man nie! Erst redet ihr davon, dass ihr die Welt verändern wollt, dann nehmt ihr Drogen und hängt nur noch Pizza essend vor der Glotze.«

»Glaubst du wirklich, ich würde Drogen nehmen und Pizza essend vor der Glotze hängen?«

»*Du* bist heute zu spät gekommen, sag du es mir!«

Sie stemmte die Fäuste in die Hüften. »Ja, genau. Ich hab mich gestern richtig zugedröhnt und dann mit zwei Typen eine Tankstelle überfallen. Hinterher haben sie es mir beide noch richtig besorgt, während wir Pizza essend ferngesehen haben. Oder habe ich noch ein paar Klischees vergessen?«

»Mädchen, was stimmt nicht mit dir?«

»Wenn du es genau wissen willst, habe ich die halbe Nacht gelernt, weil ich nächste Woche eine Prüfung habe, aber vielen Dank, dass du gleich davon ausgehst, dass ich ein Junkie bin.«

»Mädchen, ich hab nur Angst um dich.«

»Ich hänge durchaus Pizza essend vor der Glotze«, sagte Lucy. »Drogen habe ich deswegen aber noch nicht genommen.« Sie zeigte aus dem Fenster, wo der Reiter mittlerweile deutlich näher gekommen war. »Kannst du den dahinten sehen?«

Maurice öffnete die Küchentür, um heraussehen zu können. »Verdammt!« Seine Stimme überschlug sich wieder. »Was zum Teufel?«

»Na, zumindest siehst du, dass ich nicht halluziniere.«

»Ist ja gut, Mädchen. Entschuldige.«

»Was ist jetzt mit den Pancakes?«

»Eins nach dem anderen!«

Sie schüttelte den Kopf und hob stöhnend ihre Tasche auf den Hocker, der hinter dem Tresen stand. Sie zog ein paar Bücher hervor und legte sie auf die lange Seite des Tresens, wo sie niemandem im Weg waren.

Paul sah sie neugierig an. »Jetzt kennen wir uns schon eine Weile, und ich habe dich nie gefragt, was du eigentlich studierst.«

»Männliche Kommilitonen«, sagte Lucy trocken und ohne aufzusehen.

»Häh?«, fragte Paul.

»Umwelttechnik«, sagte sie diesmal ernsthaft.

»Ah, willst die Welt retten, was?«

Sie drehte sich zu ihm um. »Und? Wäre etwas falsch daran?«

»Nein, nein«, beschwichtigte der Trucker. »Ich wundere mich nur, warum du dann hier arbeitest.«

»Auch ich muss irgendwie meinen Lebensunterhalt verdienen. Dummerweise ist Weltrettung unterbezahlt, es sei denn, man ist ein ehemaliger Vizepräsident, der sich mit Powerpoint-Präsentationen auskennt.«

Paul schien über ihre Antwort nachzudenken, aber zu keinem Ergebnis zu kommen.

»Trucks fahren ist auch unterbezahlt«, sagte er schließlich und stopfte sich ein weiteres Stück Kuchen in den Mund.

»Ich hoffe, das heißt nicht, dass ich kein Trinkgeld bekomme!«, sagte Lucy spielerisch, woraufhin Paul schräg grinste und den Kopf schüttelte. Dann wandte sie sich wieder ihrer Studienlektüre zu und er sich dem Fernseher.

**

Es dauerte keine zwei Minuten, bis sie die Augen verdrehte bei dem, was sie da las. Mathematik und physikalische Formeln.

»Das lerne ich doch nie«, sagte sie. »So eine Scheiße.«

»Lucy!«, rief Maurice aus der Küche. »Nicht vor den Gästen.«

»Ja, entschuldige, aber irgendwie ist es nicht das, was ich mir bei dem Studium vorgestellt habe.« Sie ließ den Kopf hängen.

Maurice kam aus der Küche und sah ihr über die Schulter. »Was ist denn das Problem?«

»Zu viel technischer Scheiß.«

»Lucy!«

»Zu viel Technik-Mist.«

»Bei einem Studiengang zum Thema Umwelttechnik wunderst du dich über die technischen Anteile?«

Sie breitete die Arme aus, ließ sie dann aber wieder fallen. »Ich hab halt gedacht, dass ich irgendwelchen Leuten helfen kann, indem ich Brunnen baue oder denen ein paar Solarzellen aufs Dach packe. Momentan helfe ich aber gar keinem. Und wenn das Studium so weitergeht, werde ich wohl für immer Kellnerin bleiben. Und damit ist dann wirklich niemandem geholfen.«

»Auch Kellnerinnen sind wichtig«, sagte Maurice.

»Wenn mich das gerade aufbauen sollte, hat es nicht geklappt. Ich will nicht wie meine Mutter enden, die mit Ende 50 beim Bedienen immer noch von Truckern begrabscht wird und mit ›Yo, Flo‹ gerufen wird.« Sie wandte sich Paul zu. »Nichts gegen Trucker, Paul«, aber der sah nur kurz weg vom Fernseher, schüttelte den Kopf und zuckte mit den Schultern. Sie fuhr fort: »Oder mir von irgendeinem Trottel ein Kind machen lassen, der dann unser ganzes Erspartes in Schnaps umsetzt, sodass ich Afrika nur auf der Landkarte werde entdecken können. Die einzige Möglichkeit, irgendwas zu bewegen, wäre dann, dass ich den hiesigen Pennern ab und an mal einen Kaffee ausgebe.«

»Und ein Wechsel?«, fragte Maurice.

»Des Studiums? Meine Eltern bringen mich um. Und wenn die es nicht tun, dann die Studiengebühren. Was meinst du, weswegen ich hier arbeite?«

»Wegen dem netten Chef?«

»Das auch, Maurice.«

»Wenn ich dir irgendwie helfen kann?«

»Ich will auf den Arm«, sagte Lucy kindisch.

Maurice drückte sie kurz an sich. »Du schaffst das schon.«

Aus der Küche kam ein scharfer Geruch, und ein wenig Qualm drang durch die Öffnung.

»Maurice, ich glaube, die Pancakes sind jetzt Bierdeckel.«

»O verdammt!«, rief er und polterte durch die Küchentür.

Lucy wandte sich wieder ihrer Lektüre zu, aber nach ein paar weiteren Absätzen schaute sie hoch und rieb sich die Schläfen. Dann warf sie einen kurzen Blick aus dem Fenster – und erschrak: Auf der anderen Straßenseite stand das Pferd mit dem Reiter. Und was für Gestalten das waren.

Der Reiter trug einen breiten Hut, der ihn vor der Sonne schützte. Allerdings hatte der Anblick fast etwas Komisches, weil sein Gesicht so eingefallen und verhärmt war, dass der Hut aussah, als wäre er ihm drei Nummern zu groß. Er wurde buchstäblich von den abstehenden Ohren gehalten. Auch der Rest des Mannes sah unförmig und grotesk aus. Seine Kleider waren zu weit, und auch seine Stiefel schienen sich nur aus reiner Willenskraft an den Füßen zu halten. Der Staub der Prärie ließ sie alt und abgenutzt aussehen, aber als sie genauer hinschaute, erkannte sie, dass sie eigentlich völlig in Ordnung waren.

Nein, was sie wirklich erschreckte, war der Anblick des Pferdes. Passend zu seinem Reiter war der Schimmel bis auf die Knochen abgemagert. Tatsächlich machte sie sich mehr Sorgen um das Pferd als um den Reiter. Tiere konnten zumeist nichts dafür, wenn sie misshandelt wurden.

Nachdem der Reiter langsam links und rechts die Straße hinuntergeschaut hatte, drückte er kurz die Beine zusammen, und das Pferd schritt gemächlich über den Asphalt. Vorbei am großen Fenster, und am Eingang hielt es schließlich an der Laterne, die neben dem Diner nachts den Parkplatz spärlich beleuchtete.

Lucy war unbewusst hinter dem Tresen vorgetreten und dem Tier gefolgt und sah nun durch die Scheibe zum Parkplatz, wie der Reiter abstieg und den Schimmel an der Laterne festband. Er strich noch einmal liebevoll über die Nase des Tieres, bevor er sich umdrehte, um die paar Stufen zum Eingang zu nehmen.

Als er eintrat, stand Lucy unbewegt an der Scheibe und starrte ihn an. Er nickte ihr kurz zu, bevor er den Blick durch das Diner schweifen ließ. Dann schritt er gemächlich den Gang entlang, wobei seine Stiefel bei jedem Schritt ein dumpfes *Klack* verursachten. Er schien den Raum zu studieren, blickte die Familie in der einen und die Motorradfrau in der anderen Ecke an und setzte sich dann in die mittlere Nische vor dem großen Frontfenster, sodass er den Eingang im Blick hatte. Er richtete seine Aufmerksamkeit einen Moment lang nach draußen, als würde er den Horizont nach etwas absuchen, dann drehte er den Kopf nach vorn, verschränkte die Finger und lächelte Lucy an. Die starrte ihn immer noch an.

Sie löste sich aus ihrer Trance, schaute kurz zum Pferd und verzog das Gesicht. Es tat ihr weh, ein Tier so unterernährt zu sehen. Sie riss sich aber zusammen, schnappte sich ihren Notizblock und eine Speisekarte vom Tresen und trat an die Nische des seltsamen Reiters, um die Bestellung aufzunehmen.

»Hallo, ich bin Lucy, hier ist die Speisekarte.« Sie gab ihm die, wie sie mittlerweile annahm, in falsches Leder gebundene Karte und spulte den Rest des Standardprogramms für die Kunden herunter. »Möchten Sie vielleicht gleich einen Kaffee?«

Der Mann nahm ruhig die Karte entgegen. »Vielen Dank. Ein Kaffee wäre schön. Und vielleicht gleich mal ein Stück von den Kuchen.« Er zeigte auf die Kuchenauslage, in der etwa fünf verschiedene Sorten Kuchen und Pies standen.

»Okay, und welchen davon?«

»Von allen.«

Lucy stutzte. »Sie wollen von jedem Kuchen ein Stück?«

Der Mann nickte. Und plötzlich knurrte sein Magen laut.

»Na, Sie scheinen ja solchen Hunger zu haben, dass Sie glatt ein Pferd essen könnten, was? Nur Ihres scheint dafür denkbar ungeeignet zu sein.«

Der Mann sagte nichts weiter, hielt nur ruhig die Karte in seinen Händen.

Lucy war eigentlich der Meinung, dass ihre Anspielung nicht sehr subtil gewesen war, aber da der sonderbare Mann nicht darauf reagierte, stellte sie ihm noch eine Frage. »Ihr Pferd hat schon bessere Tage gesehen, oder?«

Der Mann lächelte. »Nicht wirklich. Finden Sie, dass es nicht gesund aussieht?«

»Sieht aus wie kurz vor Seife, würde ich sagen. Ich frage mich, ob Sie sich auch wirklich darum kümmern.«

»Glauben Sie mir, dem Tier mangelt es an nichts.«

»Wahrscheinlich kann man da geteilter Meinung sein«, sagte Lucy schnippisch, aber sie wollte keinen zahlenden Kunden vergraulen, und wahrscheinlich würde die Polizei ohnehin nichts unternehmen, wenn sie bei denen anrief.

»Wenn Sie sich solche Sorgen um mein Pferd machen«, sagte der Mann, »können Sie ihm gerne etwas Wasser rausbringen. Ich schätze, Pferdefutter haben Sie nicht, oder?«

Sie schaute ihn skeptisch an. »Schätze, wir sind jetzt offiziell ein Saloon. Oder eine Pferdetränke. Ich werde mal sehen, was ich tun kann.«

Sie ging hinter den Tresen und fragte Maurice durch die Durchreiche, ob er vielleicht irgendwas hatte, was man Pferden zu fressen geben könnte. Maurice wäre daraufhin fast ein Pancake heruntergefallen.

»Sieht das hier aus wie ein Saloon? Sind wir in der Zeit zurückgereist und plötzlich im Wilden Westen? Wenn ja, dann werde ich als Afro-Amerikaner bestimmt bald aus der Stadt gejagt. Oder verkauft.«

»Ah, das ist also, was man schwarzen Humor nennt, was?«

Maurice sah sie mit gerunzelter Stirn an.

»Nun sei nicht gleich so theatralisch. Kannst du vielleicht wenigstens einen Eimer oder so mit Wasser füllen, damit ich den dem Tier draußen hinstellen kann?«

»Sind wir jetzt eine Pferdetränke?«

»Könnte sein, dass das vielleicht das Besondere war, was dem Diner bisher gefehlt hat.«

Ihr Chef schaute gen Himmel, als würde er den Herrn um irgendwas bitten wollen, aber er bewegte sich nicht, und deswegen sang sie halb seinen Namen.

»Mau-ri-hi-ce!«

Er schüttelte den Kopf. »Schon gut, ich schau mal, was ich finde.«

»Danke, du bist das Musterbeispiel eines Tierfreundes«, erwiderte Lucy und trat an den Schrank mit dem Geschirr, um ein paar Kuchenteller herauszunehmen.

Paul saß weiter ruhig auf seinem Platz, beobachtete das Geschehen und aß langsam und genüsslich seinen Apple Pie. »Großbestellung?«

Lucy nickte in Richtung des Reiters.

»Der muss aber Hunger haben«, sagte Paul.

Lucy nickte und packte von den verschiedenen Kuchenplatten jeweils ein Stück auf die Teller. Dann stapelte sie die Teller auf ihren Unterarmen und ging damit zum Tisch des Reiters, der noch immer die Karte studierte.

»Und da sind Ihre Kuchen.« Sie stellte die Teller ab. »Da wünsche ich Ihnen und Ihrem Bandwurm guten Appetit. Kann ich Ihnen noch etwas bringen?«

»Den Kaffee, den Sie mir bereits angeboten haben«, sagte der Mann und lächelte.

Lucy fasste sich an die Stirn. »Entschuldigen Sie bitte, ich war völlig in Gedanken. Kommt sofort.«

Sie wollte weggehen, als der Mann plötzlich »Moment, da wäre noch was« sagte.

Sie wandte sich ihm wieder zu – und bemerkte im Augenwinkel etwas im großen Fenster. Mit gerunzelter Stirn sah sie in der Ferne einen weiteren dunklen Fleck.

Der Mann folgte ihrem Blick und kommentierte das lediglich mit einem »Hm«.

»Ist das dahinten ein Freund von Ihnen?«, fragte Lucy, noch immer aus dem Fenster starrend.

»Oder eine Freundin. Je nachdem, wer zuerst ankommt.«

»Sind Sie hier mit mehreren Freunden verabredet? Kommen die alle mit Pferden?«

»Ja, wahrscheinlich schon.«

Lucy wunderte sich. »Ich fand ja einen Reiter in der Gegend schon merkwürdig, aber dass jetzt gleich mehrere kommen. Sind Sie ein Club oder so etwas?«

Der Mann dachte kurz darüber nach. »Im weitesten Sinne könnte man das wohl so bezeichnen.«

Lucy wusste nicht recht, ob der Mann einfach maulfaul war oder schlichtweg nicht reden wollte. »Na, wenn noch mehr wie Sie kommen, reicht der Kuchen vielleicht nicht.«

Der Mann sagte nichts.

»Gut, dass wir darüber geredet haben«, sagte Lucy und trat langsam zurück. »Entschuldigen Sie bitte die vielen Fragen, aber Reiter kommen hier sonst einfach nicht vorbei, und vielleicht bin ich ein wenig zu neugierig, was Sie hier machen. Ich wollte Sie nicht belästigen.«

»Kein Problem«, sagte der Mann lächelnd. »Aber ich würde gerne noch etwas bestellen.«

Lucy stoppte. »Wollen Sie nicht erst mal den Kuchen essen? Wer weiß, ob Sie hinterher noch Hunger haben.«

Das Lächeln verließ das abgemagerte Gesicht des Mannes nicht. »Ich bin mir ziemlich sicher, dass ich noch etwas vertragen könnte.«

Lucy zückte ihren Notizblock und trat wieder an den Tisch. »Ihren Metabolismus hätte ich gern«, murmelte sie, bevor sie in normaler Lautstärke sagte: »Solange Sie bezahlen, soll es mir recht sein. Was darf es denn sein?«

Der Mann blätterte noch einmal kurz durch die Karte. »Ich hätte gerne einmal die Eier mit Bacon, danach einen Teller Pancakes und dann einen Double-Cheeseburger mit Fritten.«

Lucy hielt ihren Block vor sich, schrieb aber nicht. »Sind Sie wirklich sicher, dass Sie das alles essen wollen?«

»Ich bin mir wirklich, wirklich sicher, dass ich das alles essen will.«

»Wirklich, wirklich?«

Wie zur Bestätigung knurrte der Magen des Mannes in einer Lautstärke, die Lucy so nie zuvor gehört hatte.

»Falls ich es nicht schaffe, können ja meine Freunde davon etwas abhaben.«

Lucy schaute ihn skeptisch, aber beeindruckt an. Dann zuckte sie mit den Schultern und schrieb seine Bestellung auf den Zettel. »Ich bringe gleich den Kaffee.«

»Vielen Dank«, antwortete der Mann.

Hinter dem Tresen pikte Lucy den Zettel an der Durchreiche auf und teilte Maurice die Bestellung mit. Er wiederum deutete auf den mit Wasser gefüllten Eimer in der Küchentür. Gerade als Lucy den Eimer hochnehmen wollte, knurrte ihr Magen lautstark.

»Ach du meine Güte«, entfuhr es ihr.

»Warst du das gerade, Mädchen?«

Sie nickte. »Hätte wohl heute Morgen doch was essen sollen.«

»Du hattest noch kein Frühstück? Mädchen, hat dir schon mal jemand gesagt, dass du in einem Restaurant arbeitest?«

»Und ich hab mich schon die ganze Zeit gewundert, warum so viel Licht in der Eisenmine ist.«

»Kannst du eigentlich auch mal ernst sein?«

»Wenigstens hast du mich nicht gefragt, ob ich einen Clown zum Frühstück hatte, denn wie du weißt, hatte ich ja gar keins.«

»Ich haue dir ein paar Eier und etwas Speck mit auf den Grill.«

»Danke, Maurice.«

Er winkte ab. »Ohne Frühstück zur Arbeit gehen, wirklich …«

Lucy nahm den Eimer und schleppte ihn mit beiden Armen hinter dem Tresen entlang. Paul, der sah, wie sie sich abmühte, bot ihr Hilfe an, aber sie sagte ihm, dass sie ohnehin ihre Muskeln trainieren wollte. Dummerweise fehlte Paul das Verständnis für Ironie, also musste sie den Eimer tatsächlich allein tragen. Sie schleppte ihn die Stufen hinunter und ging ums Haus zur Laterne, wo das weiße Pferd angebunden stand.

Aus der Nähe betrachtet sah das Tier fast noch schlimmer aus, als es durchs Fenster gewirkt hatte. Lucy überlegte erneut, ob sie die Polizei wegen Tierquälerei benachrichtigen sollte, wollte aber keinen Ärger, zumal sie jetzt wusste, dass Freunde des Reiters kommen würden. Sie wollte erst mal abwarten und sehen, ob die Pferde der anderen ebenso aussahen. Im Zweifelsfall hatten alle anderen ohnehin mehr Ahnung von Pferden als sie. Trotzdem hatte sie das Gefühl, dass dieses Pferd nicht gesund aussah.

Sie stellte den Eimer Wasser ab, und das Pferd steckte seine Nase hinein. Einen Augenblick überlegte sie, das Tier zu streicheln, aber irgendwie war ihr das nicht geheuer, deswegen ging sie wieder zurück ins Diner, zumal die Gäste auf ihre Bestellungen warteten.

***

Maurice hatte mittlerweile die Pancakes und den Rest des Essens für die Familie fertig. Sie griff es sich und die Kaffeekanne gleich mit.

Der Vater hatte seine Tochter auf dem Schoß sitzen und strich ihr liebevoll über den Kopf, als Lucy die Bestellung absetzte. Sie füllte gleich noch den Kaffeebecher der Mutter nach, die ihrem lesenden Sohn ein Wort erklärte, das er nicht verstand. Dann ging sie wieder zum Reiter und wollte ihm nachschenken, aber sie erschrak, als sie durch die Scheibe die Figur auf der anderen Straßenseite bemerkte.

»Ach du meine Güte«, entfuhr es ihr. »Sind wir jetzt eine Abdeckerei geworden?«

Der Reiter folgte ihrem Blick. »Ah, Maladie.«

»Wie bitte?«, fragte Lucy.

»Maladie ist gekommen«, sagte der Mann und zeigte mit seinen knochigen Fingern nach draußen.

Das Pferd war nicht so hell wie das seine. Es hatte eher die blasse Farbe von Eiter, dachte Lucy und schauderte. Es war nicht ganz so abgemagert, aber gesund sah es deswegen nicht aus. Auch die Reiterin, die in ihrem Kleid unpassend auf dem Tier wirkte, machte den Eindruck, als könnte sie jeden Moment vom Pferd fallen. Und wie zur Bestätigung hustete sie so stark, dass sie sich am Sattel festkrallen musste. Dann sah sie die Straße hinunter, zuckte kurz mit den Beinen, und das Pferd trabte gemächlich zu seinem am Laternenmast angebundenen Freund.

Lucy starrte der Reiterin hinterher. Erst das erneute Knurren des Magens ihres Gastes weckte sie aus der Trance. »Oh, entschuldigen Sie bitte«, sagte sie und goss ihm den Kaffee ein. Dabei fiel ihr Blick auf die Kuchenteller. »Sagen Sie bloß, Sie haben schon fast alles aufgegessen?«

Der Reiter lächelte. Vor ihm stand nur noch die Hälfte eines Kuchens. »Hunger«, sagte er kurz angebunden.

»Meine Güte! Sie sollten am Schnelless-Wettbewerb teilnehmen«, sagte sie, als sie die Teller aufeinanderstellte, um sie zur Küche zu tragen.

Draußen stieg gerade die Frau namens Maladie vom Pferd und band es am Laternenmast an.

»Maurice«, sagte Lucy an der Durchreiche, wo sie die Teller abstellte, »du wirst es nicht glauben, aber da steht ein zweiter Reiter vor der Tür.«

»Was? Wenn noch mehr Pferde kommen, baue ich wirklich noch eine Tränke. Übrigens ist dein Essen gleich fertig.«

»Du hast dich doch hoffentlich erst einmal um die Bestellungen der Gäste gekümmert.«

»Quatsch. Erst einmal sorge ich dafür, dass es meinen Angestellten gut geht.«

»Aber es heißt doch, dass der Kunde König ist, Maurice.«

»Kunden kommen und gehen. Wenn die Angestellten zufrieden sind, überträgt sich das auch auf die Kunden. Insofern kümmere ich mich erst einmal um meine Angestellten. Das sollten viel mehr Unternehmen so handhaben.« Er klang dabei so gewichtig, als wäre er mindestens Vorstandsvorsitzender eines Weltkonzerns, nicht der Besitzer eines Diners am Ende der Welt.

Lucy lächelte. »Ich hätte nie gedacht, dass dieser Satz mal über meine Lippen kommt, aber du bist ein Schatz.«

Maurice lud Eier und Bacon auf einen Teller und hielt ihn ihr hin. »Da, Mädchen. Du fällst mir ja sonst noch vom Fleisch.«

Lucy griff sich eine Gabel und nahm einen Bissen, als die Tür aufging und die Reiterin eintrat, die der Mann Maladie genannt hatte. Sie trug ein Kleid, das fast so bleich aussah wie sie und durch den Staub schon beinahe ins Gräuliche ging. Vermutlich wäre es nicht unpraktischer gewesen, damit zu reiten, wenn sie noch mit einer Tuba jongliert hätte, dachte Lucy.

Wie der andere Reiter ließ auch Maladie den Blick erst durch den Raum schweifen. Lucy hatte den Eindruck, als ginge es ihr nicht gut. Ihre Augen hatten den Ausdruck von jemandem, der an einer Grippe litt und alles in Zeitlupe wahrnahm. Und tatsächlich hustete die Frau in ihre Hand.

Der erste Reiter lächelte und winkte ihr mit seinen dünnen Fingern zu. Maladie hingegen musste sich erst von ihrem Hustenanfall erholen. Dann stolperte sie vorwärts. Lucy dachte, dass die beiden wirklich ein merkwürdiges Pärchen abgaben.

»Ach, Fames«, sagte Maladie, als sie sich dem Reiter gegenüber auf die Sitzbank fallen ließ und erneut hustete. »Ich fühle mich so schwach. Wo sind denn die anderen?«, presste sie zwischen den Hustenanfällen hervor.

»Kommen schon noch.« Er steckte sich ein Stück Kuchen in den Mund und sah dabei so aus, als wäre es das beste verdammte Stück Kuchen, das er jemals gegessen hatte. Und endlich hatte Lucy seinen Namen erfahren: Fames.

»Ich frage mich, weshalb wir uns in dieser gottverlassenen Gegend treffen müssen. Du hast nicht zufällig Taschentücher dabei, oder?«

Fames lächelte und schüttelte den Kopf. »Nein, leider nicht. Und wir treffen uns hier, um uns vor unserer Aufgabe ein wenig zu stärken und nicht gleich eine große Anzahl von Menschen einzubeziehen.«

Maladie massierte ihre Nasenwurzel. »Was irgendwie ziemlicher Schwachsinn ist, wenn man bedenkt, was wir hinterher tun, oder?« Sie machte ein brummendes Geräusch, als ob das ihre Nebenhöhlen reinigen würde.

»Meinst du wirklich, dass es diesmal so weit ist?«

»Ich nehme an, dass wir das bald erfahren werden.« Maladie hustete erneut und seufzte hinterher.

Lucy hatte mittlerweile den Teller leer gegessen, und Paul, der Trucker, kommentierte beeindruckt, dass das Rekordzeit gewesen sein musste. Sie antwortete lediglich, dass sie wirklich, wirklich Hunger gehabt hatte.

Sie stutzte.

»Was?«, fragte Paul.

»Déjà-vu«, sagte sie, aber Paul sah sie nur fragend an. »Ich hatte die gleiche Konversation fast wortgleich eben mit dem Reiter.«

Paul kommentierte das mit einem kurzen Brummen, was wohl so viel wie »Ist ja unglaublich interessant« bedeuten sollte. Lucy zuckte mit den Schultern und stellte den Teller in die Durchreiche, schnappte sich den Kaffee und eine Speisekarte und lief um den Tresen.

Soweit sie es im Vorbeigehen durch das Fenster neben der Eingangstür erkennen konnte, starrten die beiden Pferde draußen ruhig vor sich hin. Der Eimer, der vor den Tieren stand, schien noch genug gefüllt, dass sie sich darum keine Gedanken machen musste. Dann trat sie an den Tisch der Reiter.

»Hallo, ich bin Lucy, hier ist die Speisekarte. Möchten Sie gleich etwas Kaffee?«

Die kränkliche Frau sah sie mit ihren Grippeaugen an. »Ach, Kind, hätten Sie vielleicht einen Anis- oder Malventee? Wegen meines Hustens, wissen Sie?«

»Ich, äh … bin mir nicht sicher«, stammelte Lucy. »Ich glaube, wir haben, wenn überhaupt, nur Pfefferminztee.«

»Dann bringen Sie mir doch bitte so einen. Danke.«

»Möchten Sie etwas essen? Noch besteht die Möglichkeit, bevor Ihr Kollege alles verputzt oder gegebenenfalls für den Winter vergraben hat.«

Die kränkliche Frau überlegte kurz und starrte den letzten Kuchenteller an, der noch vor Fames auf dem Tisch stand. »Nein, ich glaube, er hier isst schon genug für uns alle. Außerdem fühle ich mich nicht so toll. Haben Sie vielleicht Taschentücher? Und eine Schmerztablette? Diese Koooopfschmerzen.« Wie zur Bestätigung zog sie die Nase hoch und hielt ihren Handrücken an den Kopf.

Lucy fand es nicht sehr angenehm, wenn Leute ihren Rotz hochzogen, und musste sich konzentrieren, um nicht ein angewidertes Gesicht zu machen. Dann sagte sie, dass sie leider keine Taschentücher hätten, aber ob ein Stapel Papierservietten vielleicht ausreichen würde? Maladie bedankte sich und strich sich theatralisch mit der Hand über den Hals, um zu zeigen, wie schlecht sie sich fühlte.

Die Frau sah wirklich krank aus, und Lucy kam ihr Exfreund in den Sinn, der bei jeder Erkältung so maßlos stöhnte und keuchte, als stünde er kurz davor, ins Grab zu fallen. Wenn sie eine Erkältung hatte, wollte sie einfach nur herumliegen und schlafen. Gelegentlich gelang es ihr, sich vom Fernseher berieseln zu lassen, auch wenn sie nicht wirklich aufnahmefähig war. Ihr Exfreund – und auch Maladie, so schien es – liebten offenbar die große Schau. Warum, war Lucy nicht ganz klar. Um Aufmerksamkeit zu erhaschen? Mitgefühl zu bekommen? Jedenfalls griff Lucy in den Serviettenspender hinter der Theke und reichte Maladie eine Handvoll.

»Danke«, sagte Maladie und schnäuzte wie ein wild gewordener Elefant in das Tuch, zerknüllte es und warf es auf den Tisch, was Lucy noch viel widerwärtiger fand.

Auch Fames verzog das Gesicht, als die vollgerotzte Serviette verdächtig nahe an seinen Kuchenteller rollte. »Maladie, wir sind hier Gäste. Das ist keine angemessene Art, sich zu benehmen.«

Maladie seufzte theatralisch und nahm die benutzte Serviette wieder in die Hand, um sie dann Lucy hinzuhalten. »Könnten Sie das vielleicht entsorgen?«

Lucy wollte schon zugreifen, als Fames sein Gegenüber scharf anblickte. »Maladie, lass das.«

Die Frau sah ihn mit glasigen Augen an. »Was denn?«

»Noch nicht«, sagte der Reiter.

Lucy wusste nicht, was er damit meinte. Sie wollte die verschmutzte Serviette gerade nehmen, als Fames sich zu ihr drehte und eine Hand hob.

Lucy zuckte zurück. »Ich will echt hoffen, dass sie nichts Ansteckendes hat, denn wenn die uns deswegen den Laden dichtmachen oder ich in ein paar Tagen die Prüfung verpasse, weil ich krank bin, schlafe ich gegebenenfalls mit irgendwelchen Schlägern, die wie Liam Neeson aussehen und Ihnen dann die Beine brechen.«

Fames lächelte wieder und bat sie um einen Mülleimer, da Maladie vermutlich noch mehr Servietten benutzen müsste und Lucy sich ja nicht alle Naselang die Hände waschen könnte.

Lucy überlegte kurz, lief um den Tresen und nahm den Papierkorb, der sonst für die alten Bestellzettel benutzt wurde. Sie stellte ihn neben den Tisch und erklärte Maladie, dass sie ihn während ihres Aufenthalts benutzen könnte.

Fames nickte ihr dankbar lächelnd zu. Maladie hingegen warf die Serviette mit leicht nach unten gezogenen Mundwinkeln in den Korb, als Lucy wieder gehen wollte.

»Eine Sache noch«, rief Fames ihr hinterher.

»Ja?«, fragte Lucy.

Er zeigte auf den dritten Fernseher des Diners, der gegenüber dem Eingang hing. »Könnten Sie den vielleicht anmachen? Ich würde gerne die Nachrichten sehen.«

Maladie schüttelte den Kopf und hustete.

»Natürlich, kein Problem. Einmal Mord und Totschlag, kommt sofort«, sagte Lucy und suchte nach der Fernbedienung.

Lucy nahm die Pancakes aus der Durchreiche und brachte sie der Familie. Sie entschuldigte sich, dass die Bestellung so lange gebraucht hatte, und erklärte, dass dem Koch ein Malheur passiert war. Die Leute schien das aber nicht weiter zu interessieren. Sie machten sich sogleich über die Pancakes her und schienen die ganze Flasche Ahornsirup aufbrauchen zu wollen. Lucy hatte fast Lust, selbst zuzugreifen.

Maladie beobachtete sie ganz genau und schnäuzte jedes Mal, wenn sie vorbeiging, demonstrativ in eine Serviette. Auch als Lucy kam, um ihr den Tee hinzustellen, beäugte Maladie sie skeptisch, und das machte sie zunehmend nervös, aber sie sagte sich, dass die merkwürdige Reiterin nur ein vorübergehender Gast war. Sie würde sich vielleicht eine Stunde im Diner aufhalten, und danach sähen sie sich nie wieder. Zumindest war das ihre Hoffnung.

Nachdem sie wieder hinter den Tresen getreten war, sah sie Paul in den Resten seines Kuchens herumstochern, als wäre er aus Asbest gemacht.

»Schmeckt's dir nicht, Paul?«, fragte Lucy.

»Doch, doch«, antwortete der alte Trucker. »Ich weiß nur, dass ich wieder losmuss, und solange ich mit dem Kuchen nicht fertig bin, habe ich eine Entschuldigung, hier noch etwas zu sitzen.«

Lucy grinste.

»Außerdem scheine ich heute gar nicht richtig satt zu werden. Ich könnte noch so'n Stück vertragen.«

»Willst du wirklich noch eins?«, fragte Lucy und bemerkte selbst, dass ihr Magen immer noch knurrte, obwohl sie doch Maurice' Essen verdrückt hatte.

Paul nickte ihr zu und rieb sich die Schläfen. »Ich hole das nachher schon wieder auf. Ich hoffe nur, ich habe mir nichts eingefangen.«

Der Familienvater in der Ecke nieste plötzlich in einer Lautstärke, als hätte er einen Armeechor verschluckt. Die Kinder und seine Frau schraken auf, selbst die Motorradfahrerin in der anderen Ecke schaute, als hätte sie jemand beleidigt.

»Entschuldigung«, rief der Mann.

Lucy holte noch etwas Kuchen hervor und beobachtete dabei die beiden merkwürdigen Reiter, die quasi direkt vor ihr saßen. Maladie kratzte sich an der Nase, und Fames starrte auf die letzten Kuchenkrümel auf seinem Teller. Irgendwie wurde sie nicht schlau aus den beiden.

Normalerweise spielte sie in Gedanken bei jedem Kunden ein Spiel: Was ist sein Beruf? Sie überlegte sich immer zwei Optionen. Zum einen den wahrscheinlichsten Beruf, den sie sich für die Person vorstellen konnte, und dann noch die merkwürdigste Variante, die ihr in den Sinn kam. Manchmal, wenn es sie wirklich interessierte, fragte sie die Leute, was sie denn beruflich machten, aber meistens fand sie das zu aufdringlich und ließ es bleiben. Bei den anderen Kunden im Diner war sie sich ziemlich sicher, dass sie mit ihrer ersten Vermutung recht gehabt hatte. Natürlich hatte die Familie nicht bestätigt, was sie vermutet hatte, aber die Motorradfahrerin schien genau das zu sein, was Lucy als Erstes in den Sinn gekommen war. Und Paul … nun ja, von Paul wusste sie ja, was er tat. Das Mysterium hielt sich in Grenzen, wenn der Beweis – ein tonnenschwerer Mack-Pinnacle-Truck – direkt vor einem stand.

Bei den beiden Reitern aber zog sie völlig blank. Natürlich, irgendwas mit Reiten wäre naheliegend gewesen, aber weder die Reiter noch die Pferde sahen so aus, als wären sie für die typischen Arbeiten auf einer Farm geeignet. Speziell Maladie machte den Eindruck, als wäre sie in ihrer Rolle der kranken Frau so gefangen, dass sie schlichtweg überhaupt nicht in der Lage wäre, einem normalen Beruf nachzugehen, ohne dauerhaft krankgeschrieben zu sein. Und Fames sah zu schwach aus, um überhaupt irgendeiner Tätigkeit nachzugehen. Im Grunde wunderte sie sich, dass er es schaffte, die Kuchengabel zum Mund zu führen. Sie fragte sich, wie er überhaupt auf das Pferd gekommen war.

Die Pferde machten ihr allerdings Sorgen. Ihr innerer Trieb zur Weltrettung schlug Alarm, aber sie fürchtete, dass Maurice es ihr übel nähme, wenn sie sich zu sehr einmischte und damit eventuell Kunden vergraulte, auch wenn sie nicht den Eindruck hatte, dass die Reiter aus der Gegend stammten und deshalb öfter vorbeikommen würden. Außerdem schien dieser Fames, so merkwürdig er aussah und so merkwürdig er sich gab, freundlich zu sein. Kaum vorstellbar, dass dieser Kerl sein Pferd misshandelte. Die Art und Weise, wie er mit dem Tier umgegangen war, als er eintraf, ließ darauf schließen, dass es kein Fehlverhalten seinerseits gab.

Eigentlich hatte sie vor, fürs Studium zu lernen, während die meisten Gäste versorgt und die restlichen Bestellungen in Arbeit waren. Aber mit den beiden Reitern direkt vor der Nase fiel es ihr schwer, sich zu konzentrieren. Sie kamen ihr nicht nur so vor, als wären sie aus einer völlig fremden Welt, sie sprachen auch so merkwürdig, als würden sie eine große Sache planen. Und Fames schaute immer wieder seufzend auf den Fernseher, wo über Kämpfe im Mittleren Osten berichtet wurde. Außerdem hatte es irgendwo einen Bombenanschlag gegeben, und ganz nebenbei wurde erwähnt, dass es zu einem Unfall mit einem Öltanker gekommen war. Maladie achtete einfach auf nichts außer auf ihre Krankheit. Mit ihrem sonderbaren Kleid wirkte sie zeitlich deplatziert. Die Eindrücke fügten sich einfach nicht zu einem Bild.

***

Maurice riss Lucy aus ihren Gedanken, als er die kleine Klingel an der Durchreiche betätigte. Die Bestellung, die Fames aufgegeben hatte, stand warm und appetitlich da. Am liebsten hätte Lucy selbst zugegriffen, so viel Hunger hatte sie. Aber sie riss sich zusammen und brachte die Bestellung an den Tisch, wo Fames inzwischen auch die letzten Krümel vom Teller geklaubt hatte.

»Und hier ist auch schon Ihre Bestellung«, sagte sie, als sie alles vor Fames abstellte. Maladie beobachtete sie von der Seite, während sie eine neue Serviette nahm, um sich die Nase zu schnäuzen. Lucy wollte gerade den Teller mit dem Burger absetzen, als sie plötzlich niesen musste. Genau in Richtung von Fames – und dem Essen.

»O mein Gott«, sagte sie. »Das ist mir so peinlich! Das tut mir unendlich leid.« Sie hielt sich die Hand vor Nase und Mund, weil sie fürchtete, der nächste Nieser käme gleich hinterher. Fames aber schien ihr gar nicht böse zu sein. Er schaute vielmehr das Essen an, als wolle er prüfen, ob irgendwas von Lucys Nieser darauf gelandet war.

»Schon gut«, sagte er. »Lassen Sie es einfach stehen.«

»Ich sage der Küche, dass Sie kostenlosen Ersatz bekommen. Das tut mir wirklich sehr leid, ich …«

»Ich sagte doch, schon gut.« Fames klang kurz angebunden und schaute nicht einmal zu Lucy auf, sondern zu Maladie, die sich die Stirn rieb und schniefte. Sein Blick war vorwurfsvoll.

Als Maladie ihn bemerkte, sagte sie nur: »Was denn? Ich hab doch gar nichts gemacht. Du weißt, dass ich nichts dafür kann.«

Fames verzog das Gesicht, blickte endlich Lucy an und bekräftigte noch einmal, dass der Nieser kein Problem war.

Lucy hingegen fand es fast schade, dass er das Essen nicht zurückgab. Sicher, Maurice hätte gestöhnt und sich aufgeregt, weil das zweite Essen gratis war, aber sie hätte sich über den Burger und den Rest hermachen können. Ihr war auch nicht klar, warum sie auf einmal so einen Hunger hatte. Sie wollte wieder gehen, als die Motorradfahrerin sie zu sich rief und einen Burrito bestellte.

»Ich weiß aber nicht, ob der wirklich vegan ist«, sagte Lucy.

»Ach, das ist mir jetzt auch egal«, sagte die Bikerin und schaute fast so überrascht drein wie Lucy.

Auch die Familie in der Ecke bestellte zwei weitere Omeletts. Und als sie an der Durchreiche die Zettel auf den Piker steckte, sah sie, dass Maurice selbst gerade am Essen naschte.

Als er die neuen Bestellungen sah, schaute er grübelnd durch die Öffnung. »Ist mir was entgangen? Ist die Bude auf einmal voll? So viel hatte ich ja in Monaten um die Uhrzeit nicht zu tun.«

Ihr Magen knurrte, als sie sich umsah. Paul starrte auf die Kuchen in der Auslage und schien das Wasser, das ihm im Mund zusammenlief, im Zaum halten zu müssen. Die Motorradfahrerin dachte wohl, dass niemand bemerken würde, wie sie sich den Zucker aus dem Glas direkt in den Hals kippte. Eines der Kinder am Tisch der Familie quengelte, weil es solchen Hunger hatte. Und Fames ... Fames stopfte das große Büfett in sich hinein, das sie ihm eben gebracht hatte.

Nur Maladie schien gegen den allgemeinen Fresswahn immun und damit beschäftigt zu sein, sich elend zu fühlen.

Dann fing Paul an, durch die Nase zu schnauben. Maurice hustete. Die Mutter am Tisch der Familie klagte lautstark über Kopf- und ihre Tochter über Ohrenschmerzen. Die Motorradfahrerin hielt sich den Rücken. Und Lucy konnte buchstäblich fühlen, wie ihre Nebenhöhlen zuschwollen.

Irgendwas stimmte nicht.

Irgendwas stimmte ganz und gar nicht.

Und dann stand plötzlich das rote Pferd draußen vor der Tür.

***

Es war ein gewaltiges Pferd. Das genaue Gegenteil der beiden anderen. Lucy hatte nicht viel Ahnung von Pferden, aber sie wusste, dass Warmblüter eher diese dünnen, sportlichen Tiere waren, die man bei Pferderennen oder beim Kunstreiten sah. Die Pferde von Fames und Maladie machten den Eindruck von kranken Warmblütern. Kaltblüter waren, soweit sie wusste, riesige Tiere, die für schwere Lasten benutzt wurden und meistens dicke Beine hatten.

Daher war das Tier, das nun vor der Tür stand, mit Sicherheit ein Kaltblüter, obwohl es Lucy nicht gewundert hätte, wenn es plötzlich angefangen hätte, Feuer zu speien. Es überragte die anderen beiden Tiere, schnaubte und stampfte auf den Boden. Außerdem hatte es eine absolut unrealistische Farbe. Lucy kannte Pferde, die man mit etwas Fantasie als rotbraun bezeichnen konnte. Dieses hier war am ehesten blutrot zu nennen.

Sie hatte nicht bemerkt, dass ein weiterer Reiter gekommen war, und offenbar hatten auch die anderen es bisher nicht wahrgenommen, aber sämtliche Köpfe im Diner gingen in Richtung der Eingangstür, als die sich plötzlich öffnete und ein korpulenter, kleiner Mann in Lederklamotten eintrat, der so aussah, als hätte er wirklich schlechte Laune und würde nur nach einem Grund für Streit suchen.

»Was ist das hier nur für ein verkommenes Kaff?«, sagte er mit einer Stimme, die klang, als wäre er Sänger in einer Death-Metal-Band, und seine Stimmbänder hätten schon vor langer Zeit den Normalbetrieb eingestellt.

Obwohl er kaum größer war als die Kinder in der Ecke und Lucy ihn um fast zwei Köpfe überragte, hatte sie das Gefühl, dass der Typ Ärger machen würde. Sie konnte ihn spontan nicht leiden.

»Hallo, Wojna«, sagte Fames freundlich, wie es seine Art zu sein schien. »Wir haben dich gar nicht kommen sehen.«

»War ja auch der Sinn der Sache«, sagte Wojna unwirsch und schlug plötzlich um sich, als er zum Tisch von Maladie und Fames stapfte. Dann klatschte er in die Hände. »Erwischt!«, sagte er triumphierend. »Schon schlimm genug, dass ich überhaupt herkommen muss. Und dann noch diese verfluchten Wespen.« Er sah zu Lucy, die ihm mit den Augen folgte, und rief: »Was gibt's denn da zu glotzen?«

»Nichts, ich … ich … ich habe nur Ihr Pferd bewundert«, stammelte Lucy, während sie sich gleichzeitig fragte, wo die Wespen hergekommen sein mochten; außer Fliegen verirrten sich selten Insekten ins Diner.

Der kleine Mann machte ein Geräusch, das Lucy als »Grmpf« oder so ähnlich wahrnahm, bevor er dann neben Maladie stand und sie aufforderte durchzurutschen.

»Aber du kannst doch …«, setzte Maladie an, wurde allerdings sofort durch Wojnas unwirsches »Beweg dich!« unterbrochen. Sie hatte kaum Zeit zu rutschen, bevor er seinen Bauch zwischen Tisch und Bank quetschte und sie mit der eigenen Körpermasse wegdrückte.

»Du hast da ...«, setzte Fames an und deutete auf eine Beule an Wojnas Hals, aber der unterbrach ihn.

»Wespenstich. Bescheuerte Viecher.«

Er kratzte sich am Hals, und als Fames etwas sagen wollte, schaute Wojna ihn nur streng an, und Fames schwieg.

»Habt ihr eine Ahnung, was der Quatsch hier soll?«, fragte Wojna in die Runde.

Maladie zuppelte ihr Kleid unter Wojnas Hintern hervor, der wiederum keine Anstalten machte, ihr dabei behilflich zu sein.

»Fames meint, es sei zur Stärkung vor der Aufgabe und um möglichst wenig Leute zu involvieren. Meinst du, dass es heute losgeht?«

Wojna lachte. »Ich hab schon seit Jahren das Gefühl, als wäre es losgegangen.«

Maladie schaute genervt an die Decke. Fames sah zu ihr herüber und lächelte weiterhin.

»Trotzdem«, sagte Wojna. »Elendes Kaff.« Dann drehte er sich um und rief barsch: »Kellnerin!«

Lucy schreckte auf. Sie hatte an ihrem Platz gestanden und die drei belauscht. »Komme!«, rief sie, schnappte sich eine Speisekarte, eine Tasse und die Kaffeekanne. Sie sagte ihr übliches Sprüchlein auf, ihren Namen und ob er schon mal Kaffee wolle.

»Selbstverständlich will ich Kaffee. Ich schlafe sonst noch ein in diesem Kaff.«

Lucy wäre sicherlich die Erste gewesen, die den Ort als genau das bezeichnet hätte, trotzdem gab es eine freundlichere Art, so etwas auszusprechen. Wie Wojna es sagte, war es definitiv nicht liebevoll gemeint. Und aus irgendeinem Grund provozierte sie das.

Sie goss ihm Kaffee ein. »Möchten Sie schon etwas zu essen bestellen, oder soll ich gleich noch mal wiederkommen, wenn sich Ihr Blutdruck beruhigt hat?«

Wojna sah sie an, als wäre es unter seiner Würde, mit ihr zu sprechen. »Ich melde mich schon, wenn ich was will.«

»Sie haben immerhin gerade nach mir gebrüllt, insofern dachte ich, dass Sie etwas wollen.«

»Sie sind ja nicht auf die Idee gekommen, mir gleich Kaffee zu bringen, da musste ich eben etwas nachhelfen. Und jetzt … schusch.« Beim letzten Wort machte er eine Handbewegung, ein unmissverständliches »Mach, dass du wegkommst«.

Lucy stand da mit der Kaffeekanne in der Hand und spürte Zorn in sich aufsteigen. Für den Bruchteil einer Sekunde dachte sie darüber nach, ob sie den Restinhalt der Kanne über dem Mann ausgießen sollte. Aber der verzog das Gesicht zu einem gemeinen Grinsen, als ob er wüsste, was sie vorhatte, und nur darauf wartete, dass sie es tat.

Fames sprach sie an. »Was mein Kollege hier sagen will, ist … vielen Dank für den Kaffee.«

Lucy gelang es, sich etwas zu beruhigen, zumindest schaffte sie es, dem Impuls, Wojna zu schaden, nicht nachzukommen. Ihr Magen knurrte erneut, und auch das trug nicht zum Heben ihrer Stimmung bei. Sie ging zurück hinter den Tresen und knallte die Kaffeekanne mit einem lauten *Klonk* in die Maschine. Paul schreckte auf, und selbst Maurice rief aus der Küche und fragte, ob alles in Ordnung sei.

Sie stützte sich an der Durchreiche ab. »Ach, da ist gerade ein extrem unfreundlicher Gast.«

»Solange du selbst freundlich bleibst. Selbst gemeine Gäste sind zahlende Gäste.«

»Ja, ich weiß schon«, sagte Lucy. »Nur macht der Typ mich irgendwie sauer. Und ich glaube, er legt es fast darauf an, dass irgendwas passiert.«

Maurice runzelte die Stirn. »Wenn er dir wirklich Ärger macht, sag Bescheid, und ich schmeiße ihn raus. Zahlende Gäste schön und gut, aber Störenfriede will ich hier nicht haben.«

»Ach, das wird schon gehen. Ich hätte mich nur für einen Moment fast vergessen.«

Maurice lachte und stopfte sich ein Stück Rührei in den Mund. »Das hätte ich gerne gesehen.«

»Du lachst vielleicht, aber normalerweise bringt mich niemand so schnell aus der Fassung. Bei dem Typen allerdings … und es war noch nicht mal richtig schlimm. Es ist ja nicht so, dass er mich begrabscht oder beleidigt hätte.«

Maurice kam näher an die Öffnung. »Wen meinst du denn?«

Lucy zeigte unauffällig auf den Tisch mit Fames, Maladie und Wojna. Die drei waren wirklich merkwürdig.

»Leute gibt's«, sagte Maurice und verschwand mit dem Kopf wieder in der Küche.

»Also, falls der Typ gleich eine Bestellung aufgibt, hast du meine Erlaubnis, ihm ins Essen zu spucken«, sagte Lucy.

»Hier wird nirgends gespuckt!«, sagte Maurice.

»Ist ja gut. War nur ein Witz.«

»Hier wird, wenn überhaupt, ordentlich versalzen und zu stark gepfeffert. Du weißt vielleicht gar nicht, wie oft ich schon Zucker und Cayennepfeffer verwechselt habe … rein zufällig, versteht sich …«

***

Lucy stand hinter dem Tresen und überlegte. Sie hatte nicht das Gefühl, dass sie sich auf die Studienlektüre, die sie mitgebracht hatte, konzentrieren konnte. Paul war drauf und dran, zu gehen, die anderen Gäste waren zwar noch nicht versorgt, aber zumindest waren ihre Bestellungen aufgenommen. Und direkt vor ihr saßen drei Leute, deren Art und Weise, sich zu unterhalten, irgendwie konspirativ war. Lucy zählte nicht zu der Art Amerikaner, die bei jeder Kleinigkeit in Panik ausbrachen. Natürlich war auch sie ab und an der Schwarzmalerei der Medien auf den Leim gegangen und

dachte, dass der Terror nur darauf wartete, in ihrer Umgebung aus-
zubrechen, aber dann überlegte sie noch einmal in Ruhe und beruhigte sich wieder. Diese drei merkwürdigen Leute würden sicher
nicht ausgerechnet in dem Diner, in dem sie arbeitete, einen Terror-
anschlag verüben. Oder irgendwo in der Nähe. Denn überall gab es
bessere Ziele als hier im Umkreis von mehreren Hundert Meilen.

Sie hatte offenbar nicht bemerkt, wie lange sie die drei Reiter an-
gestarrt hatte, denn diese starrten nun sie an.

»Ich glaube, sie weiß es«, sagte Maladie.

»Das würde ich auch sagen«, meinte Wojna.

»Vielleicht ist sie auch einfach nur neugierig, was für sonderbare
Gestalten wir sind«, ergänzte Fames.

Lucy entschuldigte sich dafür, gestarrt zu haben, und wandte
sich wieder ihren Büchern zu, als plötzlich der Vater, der zu Beginn
ihrer Schicht noch so nett zu seinem Sohn gewesen war, ihn auf
einmal wegen irgendwas ohrfeigte. Der Sohn, überrascht von der
heftigen Reaktion, fing an zu weinen. Daraufhin brüllte die Mutter den Vater an, was ihm denn einfiele. Die Motorradfahrerin in
der Ecke rief verärgert über die Tische hinweg, ob die Familie ihre
Streitigkeiten nicht auch in Ruhe regeln könnte. Der Vater brüllte
zurück, dass sie sich um ihren eigenen Scheiß kümmern sollte. Paul
saß da, schüttelte verärgert den Kopf und stand kurz davor, selbst
in den Streit einzusteigen, überlegte es sich dann aber anders und
verlangte die Rechnung.

Lucy versuchte, im Kopf zu überschlagen, was er schuldig war.
Aber der plötzliche Lärm machte ihr zu schaffen, also brüllte sie zur
Familie und zur Motorradfahrerin hinüber, dass sie endlich ruhig
sein sollten. Maurice steckte daraufhin den Kopf aus der Küche und
fragte, ob sie verrückt geworden sei, die Gäste so anzubrüllen, was
wiederum Lucy unheimlich ärgerte. Immerhin war es für einen
Moment wirklich ruhig, und sie konnte Paul die Summe mitteilen,
woraufhin dieser sein Portemonnaie hervorkramte und zahlte. Er
fasste sich ans Basecap und stieg vom Hocker. Er war gerade dabei,

um die Kante des Tresens zu gehen, als Wojnas Blick ihn erfasste. Als Paul den Tisch der Reiter erreichte, war Wojna bereits aufgestanden und baute sich vor ihm auf. Zumindest *stand* der ziemlich grimmig schauende Wojna vor Paul – und sah zu ihm auf, weil der ihn um einiges überragte.

»Hinsetzen«, befahl ihm der kleine Mann.

Paul stutzte, schüttelte dann den Kopf und versuchte, an Wojna vorbeizugehen. Der aber stellte sich ihm erneut in den Weg.

»Hinsetzen«, sagte Wojna erneut. »Wenn du dich nicht gleich hinsetzt, gibt es KRIEG!«

Der kleine Mann war plötzlich sehr laut geworden, und Paul schreckte zurück. Auch die Blicke der anderen Gäste gingen in Richtung Wojna. Nur Maladie sah ein wenig gelangweilt aus. Lucy, die ohnehin nicht gut auf Wojna zu sprechen war, ging um den Tresen herum und an ihm vorbei, um sich ihm nun selbst entgegenzustellen und ihm die Meinung zu sagen.

»Lassen Sie gefälligst die anderen Gäste in Ruhe.«

Der kleine Mann hob eine Augenbraue. »Niemand verlässt den Laden hier, bis wir wieder gehen.« Er sah jeden Gast an. Selbst die Eltern und ihre Kinder streckten die Köpfe aus der Ecke hervor, um herauszufinden, was vor sich ging.

»Sie können unseren Gästen nicht vorschreiben, was sie zu tun und zu lassen haben«, schimpfte Lucy. »Und wenn Sie sich nicht zu benehmen wissen, muss ich Sie bitten zu gehen, sonst hole ich die Polizei.«

Und wieder sah sie den kleinen Mann unangenehm grinsen. »Tun Sie das nur. Aber eines kann ich Ihnen sagen, dann gibt es KRIEG!«

Während er das letzte Wort aussprach, stampfte er wie ein bockiges Kind auf den Boden, und irgendwie fühlte es sich tatsächlich so an, als würde der Boden ein wenig schwanken. Selbst die Pferde draußen machten plötzlich Geräusche. Besonders das große rote Pferd scharrte mit den Vorderhufen. Lucy hatte nun endgültig genug von dem kleinen Mann und wollte ihn gerade am Schlafittchen packen und aus dem Diner werfen, als Maurice aus der Küche trat und um den Tresen gelaufen kam, um sie zu unterstützen.

»Sind denn heute alle verrückt? Was soll dieses Theater hier?«, fragte er und schaute ernst, wobei seine Autorität dadurch untergraben wurde, dass er sich mit der Zunge etwas Ei aus dem Mundwinkel leckte.

»Schneewittchens Kumpel hier hat versucht, unseren Stammgast Paul einzuschüchtern, und wollte ihn am Gehen hindern«, sagte Lucy und erntete einen scharfen Blick von Wojna.

»Das hier ist mein Diner, und ich dulde keinen Ärger.« Maurice wandte sich an Paul. »Hast du irgendwas gemacht, um den Herrn hier zu verärgern?«

Paul zuckte mit den Schultern. »Ich hab kein Wort mit dem gewechselt. Ich wollte nur zu meinem Truck und auf Tour gehen.«

»Also«, sagte Maurice und sah hinunter zu Wojna. »Was ist Ihr Problem?«

»Mein Problem ist, dass hier keiner den Laden verlässt, bis wir fertig sind, denn sonst gibt es KRIEG!«

Er stampfte wieder auf den Boden, und das blutrote Pferd draußen reagierte erneut. Lucy sah, dass Maladie mit den Augen rollte und Fames den Kopf schüttelte.

»Wojna«, sagte Fames, so ruhig er konnte, »nun setz dich doch wieder. Was soll denn der Aufstand?«

»Wir können den nicht einfach gehen lassen, du Skelett«, sagte Wojna und schaute aufmerksam zu Paul und Lucy auf der einen und Maurice auf der anderen Seite.

»Und warum nicht?«

»Er darf niemanden warnen.«

»Ist dir nicht klar, wie irrelevant das ist, wenn es tatsächlich losgeht?«

»Das wissen wir doch noch gar nicht.«

Lucy und Maurice wechselten einen Blick und schüttelten simultan die Köpfe. Paul stand einfach nur verunsichert da.

»Was genau soll losgehen?«, fragte Lucy. »Sie reden schon den ganzen Morgen so merkwürdig daher.«

»Siehst du«, sagte Wojna. »Sie hat zugehört. Und deswegen können wir hier niemanden am Leben lassen.«

Lucy und die anderen Leute im Diner rissen die Augen auf.

»Halt, halt, halt«, sagte Maurice. »Jetzt nichts überstürzen. Was wollen Sie?«

Nun war auch Fames aufgestanden, während Maladie weiterhin dasaß und sich die Stirn rieb, als hätte sie eine Migräne.

»Bitte, beruhigen Sie sich doch alle.« Er blickte zu Wojna. »Und ganz besonders du.«

»Wenn sie Krieg wollen, bekommen sie KRIEG!«

Maladie stöhnte und brüllte plötzlich: »Könnt ihr vielleicht alle mal ruhig sein und euch hinsetzen? Ich kriege Kopfschmerzen von dem Mist!«

Das war der Moment, in dem sie das Räuspern von der Tür hörten.

Alle Köpfe gingen in Richtung Eingang, wo ein Mann mit eingefallenen Wangen und undefinierbarem Alter stand. Wie schon bei Fames, Maladie und Wojna wusste Lucy nicht, was sie von ihm zu halten hatte. Auf den ersten Blick schien er zwischen 40 und 50 zu sein, aber es gab Züge an ihm, die ihn älter machten, und andere, die ihn jünger wirken ließen. Er hatte Ansätze von Grau in seinem Haar, das aber ansonsten ein perfektes Schwarz abgab. Seine Kleidung war ebenfalls schwarz, aber merkwürdig jugendlich für jemanden in seinem Alter: ein Kapuzenpulli, dessen Haube heruntergeklappt war, und schwarze Jeans sowie schwarze Trekking-Stiefel. Hätte er sich noch mit schwarzem Lippenstift geschminkt, hätte er als alternder Goth durchgehen können. Und trotz seines eingefallenen Gesichts schien er vor Kraft zu strotzen, was bei seiner enormen Körpergröße auch kaum verwunderlich war. Lucy schätzte ihn auf über zwei Meter, mit Schultern wie ein nordischer Gott. Er war also körperlich das genaue Gegenteil von Wojna. Wäre er etwas jünger und sie etwas älter, hätte sie bei ihm wohl weiche Knie bekommen. Aber im Moment war sie ohnehin viel zu angespannt, um wirklich darüber nachzudenken.

Ihr fiel die kleine lederne Tasche an seiner Seite auf, die fast so aussah wie eine Scheide für ein Messer. Allerdings war das, was darin steckte, irgendwie anders geformt. Gebogen. Sie wusste nicht, was das sein sollte.

»Kann man euch nicht mal zehn Minuten allein lassen, ohne dass Wojna gleich versucht, alle umzubringen?«, sagte die Gestalt.

»Hallo, Mawet«, sagte Fames freundlich, aber deutlich respektvoll.

Wojna verzog das Gesicht und murmelte ein Hallo. Maladie schien in ihrem Sitz zu versinken. Ihre Geräusche waren nicht identifizierbar.

Der Mann, den Fames als Mawet vorgestellt hatte, machte ein paar Schritte nach vorn auf die Gruppe von Menschen zu. Seine Trekking-Stiefel gaben auf dem Resopalboden nicht einen Laut von sich. Hätte Lucy nicht gesehen, dass sie den Boden berührten, hätte sie annehmen müssen, dass er schwebte. Außerdem wunderte sie sich über den Namen, der irgendwas in ihrem Kopf zum Klingeln brachte, aber sie kam einfach nicht drauf, was das war.

»Setz dich, Wojna. Wir haben viel zu bereden. Fames, du auch, bitte.« Er runzelte die Stirn. »Wojna, du hast da was am Hals …«

»Verfluchter Wespenstich. Ich weiß. Hör mir bloß auf damit.«

Wojna grummelte noch etwas und ließ sich mit dem Hinsetzen Zeit. Er beäugte Lucy, Maurice und Paul abfällig, bevor er sich endlich auf den Platz fallen ließ. Fames nickte Mawet lediglich zu und kam seiner Bitte nach.

Dann stand Mawet vor den dreien, die sich Wojna widersetzt hatten, und lächelte sie an. »Ich entschuldige mich für meinen Kollegen hier, der die Tendenz hat, recht schnell aufbrausend zu werden. Allerdings liegt das in seinem Naturell begründet, er kann also nichts dafür, deswegen bitte ich um Nachsicht.«

»Äh, okay«, sagte Maurice, während Paul sich am Basecap kratzte.

Lucy war trotzdem skeptisch. »Also kann Paul jetzt endlich gehen?«

Der Hüne wandte sich ihr zu und blickte sie an. Irgendwie waren seine Augen merkwürdig. »Tut mir leid, dafür ist es zu spät.«

Maurice streckte seinen Rücken gleich wieder durch, war aber trotzdem deutlich kleiner als der Mann in Schwarz, der ihm nun seine Aufmerksamkeit widmete.

»Was soll das genau heißen?«, fragte Maurice.

»Das heißt«, sagte Mawet, »dass niemand dieses Diner verlässt, bis wir mit unserer kleinen Runde fertig sind.«

»Das ist ein freies Land und mein Diner. Ich glaube, Sie verlassen jetzt besser mein Geschäft und sehen zu, dass Sie verschwinden.« Maurice krempelte die Ärmel hoch.

Wojna kicherte. »Der war im Krieg, Mawet. Ich wäre vorsichtig.«

»Ich weiß«, sagte der schwarz Gewandete. »Und er hat dort durchaus für Arbeit gesorgt.«

Lucy und Maurice wechselten einen verwirrten Blick. Gerade Maurice machte den Eindruck, als verstöre ihn jedes weitere Wort von Mawet nur noch mehr. Mawet jedoch legte den Kopf schief, als erwarte er Maurice' nächsten Schritt. Der wiederum stand nur da und schien sich zu fragen, wen er als Erstes körperlich über-wältigen müsste.

»Wenn Sie nicht auf der Stelle mein Diner verlassen, hole ich die Polizei.«

»Nun«, sagte Mawet, »wir wollen die Situation doch nicht eska-lieren lassen und noch mehr Leute darin verwickeln. Bitte lassen Sie uns doch einfach unsere kleine Diskussion führen. Danach ver-schwinden wir auch wieder.«

»Ich werde nicht einfach danebenstehen, wenn meine Gäste be-lästigt und bedroht werden.«

»Aber wer bedroht denn hier wen? Haben Sie Wojna oder mich mit einer Waffe gesehen? Wir wollen nur reden. Und wir bitten alle Anwesenden, sich so lange zu gedulden. Wir können das wie zivilisierte Leute regeln.«

»Wenn Sie das zivilisiert regeln wollen«, warf Lucy nun ein, »dann könnten Sie auch einfach verschwinden und Paul endlich seinem Job nachgehen lassen.«

Mawets Kopf bewegte sich langsam in ihre Richtung. »Sehen Sie, genau das können wir eben nicht. Es tut mir herzlich leid, dass wir, oder besser gesagt ich, dieses Etablissement für unsere Konversation ausgesucht haben, aber ich habe das getan, weil wir zum einen wenige Menschen involvieren und zum anderen etwas gutes Essen genießen wollen. Gestehen Sie uns das zu?«

Fames schnaubte.

Mawet sah kurz zu ihm herüber. »Na gut, genau genommen hast *du* das Restaurant ausgesucht.«

Maladie und Wojna sahen Fames skeptisch an, als wollten sie ihn anklagen, sie in diese trostlose Gegend geführt zu haben.

»Sie tun so, als hätten wir Sie nicht wie normale Gäste behandelt, dabei haben Sie doch angefangen und Streit gesucht. Also nicht Sie, aber er.« Lucy zeigte auf Wojna.

»Das wundert mich nicht«, entgegnete Mawet. »Aber ich nehme an, dass er seine Gründe hatte.«

Beide schauten Wojna an, der die Augen verdrehte. »Sie weiß es. Deswegen wollte ich keinen gehen lassen. Außerdem, was macht es für einen Unterschied?«

»Sie weiß es?«, fragte Mawet mehr sich selbst als irgendwen sonst.

Maurice starrte Lucy an. »Was weißt du? Und warum hast du mir nichts gesagt?«

Aber Lucy runzelte nur die Stirn. »Von was redet ihr überhaupt?«

Mawet musterte sie. »Mein Gefährte hier ist der Auffassung, dass Sie das eigentliche Naturell unseres Wesens durchschaut haben, und war deswegen der Meinung, er müsste jeglichen Publikumsverkehr dieses Etablissements unterbinden. Obwohl ich, Ihrer Reaktion nach zu schließen, feststellen muss, dass dies nicht der Fall ist und es ohnehin jeglicher Grundlage entbehrt, den anderen Herrn, um den es bei diesem Streit eigentlich ging, hier festzuhalten. Der scheint mir, wenn ich das mal so ausdrücken darf, noch weniger als Sie in der Lage, unsere eigentlichen Beweggründe zu entschlüsseln.«

Wojna grummelte vor sich hin, während Maurice und Lucy sich verdutzt anblickten und Paul verunsichert seinen Dreitagebart kratzte.

»Reden Sie immer so geschwollen?«, fragte Lucy.

»Die Höflichkeit gebietet mir das.«

»Och, Leute, kommt zum Punkt, ich habe Kopfschmerzen«, brüllte auf einmal Maladie in einer Lautstärke, dass alle Blicke zu ihr gingen. »Wollen wir den ganzen Tag hier in der Einöde verbringen? Ich würde gerne endlich *los*legen oder mich wieder *hin*legen.«

Maurice hatte die Schnauze voll. »Auch wenn ich keine Ahnung habe, über was gerade gesprochen wird, aber wenn dann jetzt alles geklärt ist, würden Sie endlich verschwinden?«

»Ich kann meine Aussage nur dahin gehend wiederholen, dass meine Kollegen und ich hier unser kleines Meeting fortsetzen werden. Und gegebenenfalls werden wir mit unseren Kräften dafür sorgen, dass wir das tun können.«

Maurice, Lucy und Paul runzelten die Stirn.

Mawet lächelte. »Falls ich mich undeutlich ausgedrückt haben sollte: Das war tatsächlich eine Drohung.«

»Jetzt habe ich aber genug«, sagte Maurice und wollte Mawet gerade packen, als dieser in einer unmenschlich schnellen Bewegung an seine Seite fasste und aus der Scheide eine Sichel zog, die sich dann plötzlich quer über Maurice' Kehle befand.

Maurice schluckte, und der Rest der Anwesenden zog hörbar die Luft ein. Die Eltern, die mit den Kindern in der Ecke saßen, nahmen sie in den Arm und versuchten, die Augen der Kleinen zu bedecken. Lucy sprang über den Tresen und rannte in die Küche. Mawet folgte ihr mit interessiertem Blick, bis sie kurz darauf wieder mit einem Gewehr in der Hand in der Küchentür erschien. Sie zielte auf Mawet.

»Sofort das Messer weg!«, brüllte sie.

Mawet bewegte sich kein Stück. Er lächelte weiter freundlich, während er Maurice mit der Sichel festhielt, dessen Augen entsetzt nach unten starrten, um zu erkennen, mit was Mawet ihn da überrumpelt hatte.

»Wenn ich Sie korrigieren dürfte … es handelt sich bei dem Schneidwerkzeug in meiner Hand nicht um ein Messer, sondern um eine Sichel. Gut erkennbar an der geschwungenen Form des Schnittbereichs.«

»Sofort die Sichel weg, Klugscheißer.«

»Sehen Sie, ich bin durchaus geneigt, Ihrer Forderung nachzukommen, zumal hier Kinder anwesend sind. Allerdings wäre es mir viel lieber, wenn Sie vorher dieses Ding weglegen würden. Zumal Ihre Drohung etwas albern wirkt, da das Gewehr offensichtlich mit Schrot gefüllt ist, der bei Betätigung des Abzugs mit Sicherheit auch Ihren Freund hier treffen würde.«

Sobald er das gesagt hatte, war Lucy klar, dass er recht hatte. Einen Moment lang überlegte sie, ob sie die Waffe auf Wojna richten sollte, aber der saß weiterhin am Tisch mit Fames und Maladie und grinste hämisch.

»Sie bringt das ohnehin nicht fertig«, sagte er.

In Lucy wallte Ärger auf. Am liebsten hätte sie ihn nur für diese Bemerkung abgeknallt, aber sie wusste, dass er damit nicht falschlag. Sie konnte niemanden umbringen. Also senkte sie den Gewehrlauf.

»Ich denke, dass das gut genug ist«, sagte Mawet und nahm die Sichel von Maurice' Hals. »Vielleicht sollten Sie lieber ihm die Waffe geben«, ergänzte er und zeigte auf Maurice. »Er weiß definitiv, wie man damit umzugehen hat, und würde auch nicht zögern.«

»Aber …« Lucy wunderte sich. Auch Maurice starrte nun Mawet an, als hätte der den Verstand verloren.

»Nur zu«, sagte Mawet und winkte Maurice, während er einen kurzen Blick auf den Fernseher gegenüber dem Eingang warf.

Maurice ging langsam zum Tresen, und Lucy reichte ihm die Waffe hinüber, die er sofort in der Hüfte in Anschlag nahm, während er Paul bedeutete, in den hinteren Bereich des Diners zu treten. Weg von Mawet, weg vom Tisch der anderen Reiter.

Mawet drehte sich wieder zu ihm um und lächelte. »Fühlen Sie sich jetzt sicher?«, fragte er ruhig. »Ich meine, Sie haben jetzt eine Waffe, zielen damit auf mich. Ist das für Sie akzeptabel?«

»Ja?«, sagte Maurice, wobei es eher wie eine Frage klang als eine konkrete Aussage.

»Möchten Sie sich vielleicht zu Ihren Freunden gesellen?«, fragte Mawet in Richtung Lucy, die verunsichert hinter dem Tresen stand und zwischen dem Gewehr und dem Mann, der sie gerade angesprochen hatte, hin- und herblickte.

Um zu Maurice zu kommen, hätte sie über den Tresen klettern oder an Mawet vorbeilaufen müssen. Beides fand sie in diesem Moment irgendwie inakzeptabel.

»Maurice«, sagte sie, »was jetzt?«

Der große Schwarze, der die Schrotflinte nervös, aber sicher hielt, schien in seinem Kopf alles abzuwägen und zu keinem Ergebnis zu kommen. »Werden Sie jetzt gehen?«, fragte er schließlich.

Mawet kratzte sich die Stirn. »Ich habe Ihnen die Waffe überlassen, damit Sie sich des Gefühls der Sicherheit hingeben können. Falsche Sicherheit, aber immerhin. Wie ich bereits sagte: Wir gehen nirgendwohin und werden unser Gespräch zu Ende führen. Allerdings hat sich durch die Neugier Ihrer Mitarbeiterin und diese unglückliche, an Gewalt grenzende Situation, die mein Kollege zu verantworten hat, die Möglichkeit ergeben, dass Sie alle mitdiskutieren können. Sofern Sie Interesse daran haben.«

»Ich richte eine geladene Waffe auf Sie!«, rief Maurice.

Mawet blickte ihn verwundert an. »Ja, und?«

»Tun Sie, was ich sage!«

»Nein.«

»Nein?«

»Nein.«

»Wie nein?«

»Ganz einfach nein. Sie haben die Waffe nur erhalten, damit Sie sich vermeintlich in Sicherheit wiegen können. Außerdem wollte ich nicht, dass Ihre Angestellte dort drüben«, er zeigte auf Lucy, »gegebenenfalls etwas tut, was sie später bereuen würde. Sie können gerne auf mich schießen, wenn Ihnen das hilft. Allerdings möchte ich darauf hinweisen, dass dadurch vermutlich Ihre Einrichtung beschädigt wird, und das wäre doch sehr schade.«

Maurice hob die Waffe an die Schulter und zielte nun genau auf Mawet. »Verlassen Sie mein Restaurant.«

»Aber bitte, darüber sind wir doch längst hinaus«, sagte Mawet. »Außerdem möchte ich noch einmal darauf hinweisen, dass Kinder anwesend sind. Aber ich sage Ihnen etwas. Dahinten stehen ein paar Blumen. Ich werde etwas mit diesen Blumen anstellen, was ich auch mit Ihnen anstellen könnte. Einfach so.« Er schnippte mit den Fingern. »Mir ist klar, dass Sie nicht den Blick von mir nehmen werden, aber vielleicht kann Ihnen Ihre Kollegin berichten, was sie sieht. Vielleicht hören Sie auch die Reaktion der anderen Gäste dort am Tisch.« Er lächelte. »Bereit?«

Lucy schaute zwischen Maurice und Mawet hin und her.

»Hinsehen, bitte«, sagte Mawet ruhig und zeigte auf die Blumen.

Die Familie, die Motorradfahrerin, Lucy und Paul schauten alle in die Ecke. Dann schnippte Mawet. Lucy traute ihren Augen kaum: Die Pflanzen verdorrten auf der Stelle, welkten und zerfielen. Die Eltern erschraken und zogen ihre Kinder aus der Ecke, um im hintersten Sitzbereich bei der Motorradfahrerin Zuflucht zu suchen, die in Schockstarre verfallen war und sich nicht bewegte. Paul schaute hin und her, als wüsste er nicht, was er da gerade gesehen hatte. Lucy hatte die Augen aufgerissen. »Das nenne ich eine gute Nummer. Wie haben Sie das gemacht?«, fragte sie.

Mawet lächelte. »Ein Zauberer bin ich jedenfalls nicht. So viel kann ich Ihnen verraten.«

»Was? Was ist passiert?«, fragte Maurice, der noch immer mit der Flinte auf Mawet zielte und nicht hingeschaut hatte.

»Die Blumen sind tot«, sagte Lucy.

»Besser hätte ich es nicht ausdrücken können«, sagte Mawet.

Lucy hatte schon die ganze Zeit eine böse Vorahnung gehabt, was diese Reiter anging, aber jetzt kam ihr ein Gedanke, den sie einfach nicht wahrhaben wollte.

»Sie sagten, wir könnten mitdiskutieren, falls wir Interesse daran hätten. Worüber genau würden wir denn diskutieren?«

Mawet breitete die Arme aus. »Über das Ende der Welt natürlich!«

Maurice schaute kurz zu Lucy, die geschockt dastand.

Paul kratzte an seinem Dreitagebart. »Also kann ich jetzt gehen, oder was?«

Maurice und Lucy sagten simultan: »Paul, setz dich hin!«

Lucy ergänzte: »Und halt am besten deinen Mund.«

Paul schnappte ein paarmal nach Luft, setzte sich dann aber auf seinen Stammplatz und schaute der Gewohnheit halber hoch zum Fernseher.

»Was genau meinen Sie, wenn Sie vom Ende der Welt sprechen?«, fragte Lucy.

Mawet lächelte gütig. »Ich meine es so, wie ich es sage. Das buchstäbliche Ende der Welt. Zumindest so, wie Sie sie kennen.«

Fames mischte sich ein. »Mawet, ich glaube nicht, dass wir …«

»Schon gut, alter Freund«, sagte der große Mann. »Jetzt können wir es auch durchziehen, oder etwa nicht?«

»Aber…«, setzte Fames an, doch Wojna schlug auf den Tisch, sodass Maladie einen Satz machte, um sich dann gleich an die Stirn zu fassen.

»Ich bin kein Freund vieler Worte«, sagte Mawet, aber seine Gefährten sahen ihn skeptisch an, und auch Lucy kam nicht umhin zu glauben, dass er sich da wohl irrte.

»Jedenfalls«, fuhr Mawet fort und blickte in die Runde, »haben Sie vielleicht schon bemerkt, dass Sie heute etwas merkwürdig reagiert haben. Der ein oder andere hatte vielleicht mehr Hunger als sonst. Vielleicht fühlen Sie sich auch, als würden Sie eine Erkältung kriegen. Oder haben den dringenden Wunsch, jemanden zu schlagen.«

»Ich verspüre den dringenden Wunsch, gleich jemanden zu erschießen«, sagte Maurice, aber Lucy hielt eine Hand hoch, um ihm zu zeigen, dass er warten sollte. Sie ging ans Ende des Tresens und schaute nach draußen, wo sie zum ersten Mal das vierte Pferd stehen sah. Das von Mawet. Fast so gewaltig wie das von Wojna. Nur schwarz. Tiefschwarz. So schwarz, als würde es das Licht schlucken.

»Maurice«, sagte sie, »nimm die Waffe runter.«

»Was? Nur weil der Typ zaubern kann …«

Sie unterbrach ihn. »Maurice, nimm die Waffe runter. Das hat keinen Zweck.«

Mawet lächelte sie an. »Jetzt weiß sie es.«

»Weiß was?«, brüllte Maurice, immer noch die Waffe im Anschlag.

In Lucys Kopf purzelten die Gedanken durcheinander. Fames. Das klang ähnlich wie »famine«, die Hungersnot. Maladie? War das nicht Französisch? Irgendwie brachte sie es mit Krankheit in Verbindung. Wojna sagte ihr nichts. Das klang irgendwie osteuropäisch. Aber dieser andere Name, Mawet. Sie kannte das Wort. Ihre Großmutter hatte es manchmal gesagt, wenn sie Hebräisch sprach. Tod. Es bedeutete Tod …

»Das sind die apokalyptischen Reiter«, sagte Lucy.

Die Motorradfahrerin stieß einen spitzen Schrei aus und bekreuzigte sich.

»Was?« Maurice schaute kurz zu ihr herüber. »Du meinst diese Typen aus der Bibel? Ende der Welt und so?«

»Ja, genau die«, sagte sie und schaute Mawet an, der nun direkt neben ihr stand. »Und Sie sind …« Ihr stockte der Atem.

Mawet lächelte. »Ich bin das Omega.«

Lucy musterte ihn von oben bis unten. »Aber das ist unmöglich.« Sie streckte vorsichtig die Hand aus und wollte prüfen, ob sie sich das alles einbildete. Ob wirklich diese Gestalt vor ihr stand.

Mawet trat einen Schritt zurück. »Das würde ich an Ihrer Stelle lieber lassen.«

Ihre Hand zuckte zurück. Mawet trat beiseite und wies sie mit dem Arm an, zu den anderen zu treten.

»Vielleicht können wir dann jetzt wie zivilisierte Leute diskutieren«, sagte Mawet, und Wojna schnaubte. Fames und Maladie schüttelten die Köpfe.

***

Ein paar Minuten später hatte sich die Familie wieder in ihre Ecke gesetzt, auch wenn die Mutter andauernd auf die toten Blumen starrte, als könnten sie ihr etwas antun. Die Motorradfahrerin und Paul steckten in der hintersten Ecke, wobei Paul noch immer nicht so recht verstanden hatte, weshalb er das Diner nicht verlassen konnte. Lucy und Maurice saßen in der Nische zwischen den beiden anderen, und allesamt starrten sie auf die apokalyptischen Reiter, die sich nun an den Tresen gestellt hatten. Maurice hatte die Schrotflinte auf den Tisch vor sich gelegt und platzierte seine Hand darauf.

»Warum können wir denn nicht sitzen?«, klagte Maladie. »Ich fühle mich so schwach.«

»Und vielleicht könnte uns der Besitzer noch etwas zu essen machen, bevor wir anfangen«, sagte Fames.

»RUHE!«, rief Wojna, und wohl oder übel musste Mawet ihm dafür danken. Dann verwies er seine Kollegen auf die Barhocker, auf denen sie Platz nahmen. Mawet und Wojna blieben stehen.

»Was genau wollen Sie denn bezüglich des Endes der Welt diskutieren?«, fragte Lucy.

»Eine gute und berechtigte Frage«, antwortete Mawet. Er breitete die Arme aus und deutete auf seine Mitstreiter. »Wir treffen uns von Zeit zu Zeit und diskutieren, ob die Menschheit noch eine Daseinsberechtigung hat oder nicht. Es schien an der Zeit, dass wir mal wieder eine kleine Zusammenkunft haben, bei der wir das besprechen können.«

»Was heißt denn von Zeit zu Zeit?«, fragte Maurice. »Warum denn ausgerechnet jetzt und nicht schon früher, etwa im Jahr 2000, oder erst in 200 Jahren?«

»Ungewöhnlich, diese Frage als erste zu stellen, als gäbe es zuvor nichts Wichtigeres zu klären. Wir kommen dann zusammen, wenn uns gesagt wird, dass es mal wieder an der Zeit ist. Das letzte Mal ist etwas über 60 Jahre her. Davor waren es etwas über 100 Jahre. Davor ein paar 100 Jahre. Ehrlich gesagt, ist dies hier erst unsere vierte Zusammenkunft. Seit Anbeginn der Zeit, wohlgemerkt.«

Maurice machte ein Geräusch, das wohl andeuten sollte, dass er die Antwort so hinnahm.

»Soll das heißen, dass die Abstände kürzer werden?«, hakte Lucy nach.

»Offenbar ist das so. Es scheint, dass es öfter notwendig wird«, sagte Mawet ruhig.

»Warum hier?«, fragte Lucy. »Warum findet es ausgerechnet hier statt? Warum werden wir da hineingezogen? Haben wir uns irgendwas zuschulden kommen lassen?«

»Warum glauben immer alle, dass es irgendwas mit ihnen persönlich zu tun hat?«, polterte Wojna. »Der Ort wurde einfach nur ausgesucht, weil er abgelegen ist und sich nicht viele Leute hierher verirren. Und gegebenenfalls nicht viele Menschen sterben müssen, was ich persönlich ja für halb so wild halten würde.«

»Warum muss irgendwer sterben?«, fragte die Motorradfahrerin.

»Falls Sie zum Beispiel Ihre Klappe nicht halten können«, maulte Wojna. »Denn dann gibt's KRIEG!« Dabei haute er so fest auf den Tresen, dass die Kaffeetassen im Schrank klapperten.

Mawet ermahnte ihn, dass die anwesenden Personen durchaus ihre Meinung kundtun durften. Ihnen deswegen Strafe anzudrohen, würde den Sinn des Ganzen untergraben. Er wandte sich wieder an die Sterblichen. »Um es ganz deutlich zu sagen … bei jedem unserer Treffen findet eine Diskussion statt. Es werden Fragen gestellt und Abwägungen getroffen. Am Ende gibt es eine Abstimmung. Fällt die Abstimmung zuungunsten der Menschheit aus, wird sie vom Antlitz der Erde getilgt.« Er wartete einen Moment, bis alle Anwesenden das verdaut hatten. »Es geht also nicht nur darum, was *hier* geschieht. Es geht tatsächlich um die gesamte Menschheit.«

»Sie meinen also«, sagte Lucy, »dass wir im Grunde so eine Art Gerichtsverhandlung durchführen, bei der wir die Verteidigung der Menschheit übernehmen und Sie die Ankläger spielen?«

»Es heißt ja nicht umsonst das Jüngste Gericht.« Mawet lächelte.

Fames' Magen knurrte lautstark. »Apropos Gericht …«

»Jetzt nicht, Fames.«

»Aber«, fuhr Lucy fort, »wenn das hier eine Art Gerichtsverhandlung ist, warum suchen Sie sich nicht tatsächliche Anwälte, Richter und so etwas, die viel besser argumentieren könnten als wir?«

»Eine gute Frage. Eine schlaue Frage«, sagte Mawet. »Es geht uns nicht darum, in möglichst geschwollenen Gerichtsfloskeln einen professionellen Diskurs zu führen.«

Maladie verdrehte die Augen, einige der Menschen auch.

»Wir wollen ganz normale, durchschnittliche Menschen befragen und sich ein Urteil bilden lassen.«

»Hast du das gehört, Maurice? Wir sind Durchschnitt«, sagte Lucy, doch Maurice zuckte nur mit den Schultern.

»Aber ist nicht Gott der Richter?«, fragte die Motorradfahrerin und hielt den Kreuz-Anhänger ihrer Kette fest umklammert.

Mawet schüttelte den Kopf, und die Bikerin schien darüber enttäuscht zu sein. Zumindest sackte sie etwas zusammen und ließ die Mundwinkel hängen.

»Aber wer ist dann Richter? Wer entscheidet?«, fragte sie zaghaft.

»Wir alle!«, sagte Mawet.

»Ist das dann nicht eher so etwas wie ein Konklave?«, fragte Lucy. Die Reiter schauten sich verwirrt an.

»Wir wählen doch keinen Papst«, sagte Wojna.

»Aber wir sind quasi in einem abgeschlossenen Raum und stimmen ab, insofern …«, fügte Fames hinzu.

»Es ist zwar nicht abgeschlossen, aber zumindest können wir davon ausgehen, dass keiner mehr kommt«, sagte Maurice. »Manchmal frage ich mich auch, weshalb ich das Diner gekauft habe.«

Lucy schaute in die Runde. Die apokalyptischen Reiter waren zu viert, so viel war klar. Aber auf der menschlichen Seite zählte sie acht. »Ihr seid vier, wir sind acht. Wie kommt ihr darauf, dass die Abstimmung jemals zu euren Gunsten ausfällt?«

»Kinder unter 18 Jahren dürfen natürlich nicht mit abstimmen.«

»Also sechs gegen vier«, sagte Lucy. »Von mir aus können wir gleich abstimmen.«

Mawet schaute Wojna herablassend an. »Es stimmen immer fünf Menschen und wir vier ab. Und wenn jemand ordentlich gezählt hätte, wäre das auch überhaupt kein Problem gewesen, und wir hätten uns eine Menge Ärger erspart.«

Wojna schaute verärgert zu Boden und grummelte irgendwas, was keiner verstand.

Lucy sagte: »Aber auch bei einer Abstimmung fünf gegen vier sorgt das Verhältnis doch sicherlich dafür, dass die Menschheit gewinnt.«

»Ja, es ist so ausgelegt, dass im Zweifelsfall die Menschheit gewinnt. Aber glaube mir, die Abstimmungen waren durchaus spannend. Die Menschheit wäre schon fast einmal vom Antlitz der Welt getilgt worden, hätte nicht einer von uns für euch gestimmt.« Mawet schaute den lächelnden Fames an.

Lucy überlegte. »Du willst sagen, dass Menschen gegen die Menschheit gestimmt haben?«

»In der Tat.«

»Aber das ist doch Irrsinn! Ich meine, warum sollte irgendwer …«

»Du unterschätzt die Grausamkeiten, die manchen Menschen zugefügt wurden. Überlege bitte, was deine Großmutter während des Holocaust durchmachen musste.«

In der Tat stammte Lucy aus einer jüdischen Familie, die allerdings schon zu Zeiten ihrer Großmutter mit der Religion kaum noch etwas am Hut gehabt hatte. Trotzdem wusste sie natürlich, dass ihrer Großmutter Schlimmes widerfahren war.

»Demnach darf einer von euch nicht mitdiskutieren und abstimmen«, sagte Wojna. »Also kommt gar nicht auf die Idee zu schummeln, denn sonst gibt's KRIEG!«

Alle schauten ihn an.

»Beruhige dich doch mal«, sagte Mawet. »Immer musst du gleich mit Krieg drohen.«

»Ich bin nun mal der personifizierte Krieg, verdammt noch mal!«

Maladie rieb sich die Schläfen. Fames starrte derweil die Kuchenreste im Glaskasten auf der Theke an und fragte noch einmal zaghaft, ob er nicht noch ein Stück Kuchen oder ein Sandwich haben könnte.

Lucy zögerte. Sie wollte unbedingt an dieser Diskussion teilnehmen, immerhin hatte sie das Gefühl, hier einen wichtigen Beitrag leisten zu können. Aber sie war nun mal die Bedienung des Diners und musste demnach den Wünschen der Gäste nachkommen. »Da wir einer zu viel sind, setze ich also aus und werde mich um das Catering kümmern, während ihr diskutiert«, sagte sie und wollte schon Kuchen für Fames holen, aber Maurice hielt sie am Arm fest.

»Wenn ich mich hier so in der Runde umschaue, bist du die Gescheiteste von uns. Außerdem studierst du etwas, das der Welt tatsächlich helfen sollte. Wenn jemand von uns mitdiskutieren sollte, dann du.«

Paul hob die Hand und sah sich unsicher um. Mawet fragte ihn, was er denn wolle, woraufhin Paul erklärte, dass er freiwillig auf die Abstimmung verzichte, da er ja normalerweise schon in seinem Truck säße und auf Tour sei. Außerdem hatte er das alles sowieso noch nicht richtig verstanden.

»Gut, dann wäre das ja geklärt«, sagte Mawet. »Sollen wir beginnen?«

Maladie stöhnte, weil sie dachte, es hätte längst begonnen.

Die Motorradfahrerin winkte. »Ich bin der Meinung, dass nur Gott dieses Urteil fällen darf. Wenn er der Meinung ist, die Menschheit sei des Todes, dann ist das so. Wir sollten uns seinem Willen beugen.«

Lucy überlegte, ob nicht lieber Paul bei der Abstimmung bleiben sollte, aber der war bereits aus der Nische gerutscht, um hinter den Tresen zu treten und die Bedienung zu übernehmen. Fames fragte ihn nach dem Kuchen. Mawet erklärte der Bikerin, dass die Findung der Jury nun abgeschlossen sei, woraufhin die Frau versprach, im Sinne Gottes zu handeln, was ihr ein paar skeptische Blicke der anderen Menschen einbrachte.

Lucy versuchte vor Beginn der Versammlung, Paul noch schnell zu erklären, wie er den Kaffee zu machen hatte. Er war jedoch zuversichtlich, weil er ihr so oft dabei zugesehen hatte, dass er es vermutlich blind hinbekam. Er reichte Fames einen Teller mit Kuchen über den Tresen, bevor er sich der Kaffeemaschine zuwandte. Alle beobachteten ihn, aber er schaute nur ungeduldig zurück. Sie sollten sich etwas beeilen, damit er endlich weiterfahren konnte.

Fames biss genüsslich in den Kuchen, Maladie schnäuzte sich und stöhnte, Wojna hatte mit verschränkten Armen auf Pauls Sitz Platz genommen, und Mawet stand vor der Bar und räusperte sich.

»Eine Frage noch«, sagte Lucy.

»Ja?«, fragte Mawet.

»Wie lange geht diese Verhandlung? Werden wir wirklich über alles diskutieren, oder gibt es ein Zeitlimit?«

Die Köpfe der Reiter gingen in Richtung Mawet, der kurz auf seiner Lippe kaute, schließlich in Richtung Fames schaute und dann wieder zu Lucy.

»Erfahrungsgemäß dauert es so lange, bis Fames den ganzen Kuchen aufgegessen hat«, sagte der dunkel gekleidete Riese.

Fames schaute noch einmal auf die Kuchenauslage, verzog den Mund und zuckte mit den Schultern. Dann nickte er.

»Aus Erfahrung kann ich sagen, dass das nicht sehr lange dauern wird«, sagte Lucy und starrte Fames an. »Sie müssen auch mal genießen und nicht nur schlingen.«

Fames überlegte kurz und nickte dann.

»Dann sollten wir uns vielleicht etwas beeilen.« Mawet räusperte sich. »Eine Sache wäre allerdings noch zu klären.«

»Ah, es folgt das Kleingedruckte, das am liebsten niemand gelesen hätte«, sagte Lucy zu Maurice, der nur die Reiter ansah und gar keine Notiz von ihr nahm.

»Im Zuge der völligen Offenlegung unserer Absichten und um einen fairen und ausgewogenen Prozess zu gewährleisten, muss ich nicht ohne Scham zugeben, dass ein Überleben der anwesenden Menschen am Ende der Verhandlung nicht vorgesehen ist.«

Lucy runzelte die Stirn. »Äh, wie bitte?«

»Kann das mal einer übersetzen?«, sagte Maurice und klammerte sich am Gewehr fest, während die Motorradfahrerin sich bekreuzigte und die Eltern in der Ecke ihre Kinder in den Arm nahmen.

»Hinterher sterbt ihr alle«, sagte Wojna laut und deutlich. Die anderen Reiter sahen ihn tadelnd an, aber er fand, dass er das noch mal ganz deutlich machen musste, um auch ja keine Zweifel aufkommen zu lassen.

Alle Menschen im Diner, mit Ausnahme von Paul, begannen durcheinanderzureden. Natürlich war kein Wort zu verstehen, weil alle brüllten und protestierten. Auch Lucy beschimpfte Mawet, aber schneller als den anderen wurde ihr klar, dass alles Gezeter nichts bringen würde. Ihr knurrender Magen, ihre leicht verstopften Nebenhöhlen und das unterschwellige Gefühl, jemanden schlagen zu müssen, sagten ihr außerdem, dass der Mann mit dem hebräischen Namen wahrscheinlich einen ähnlichen Effekt auf sie haben würde wie seine Kollegen.

»Aber unsere Kinder!«, rief die Mutter aus der Ecke, nachdem der Lärm etwas abgeebbt war.

»Die kratzen auch ab«, sagte Wojna.

Mawet ermahnte ihn, den Mund zu halten.

»Es gibt so Tage, da wünschte man, man hätte sich morgens krankgemeldet«, sagte Lucy in Richtung Maurice, der das Gewehr näher zu sich heranzog.

»Kann ich denn jetzt vielleicht gehen?«, fragte Paul.

Alle drehten sich zu ihm um und schüttelten die Köpfe. Er zuckte mit den Schultern und starrte wieder auf den Fernseher.

»Euch ist schon klar«, sagte Lucy, »dass ihr mit der Aussicht, dass wir hinterher alle in die ewigen Jagdgründe einfahren, nicht gerade einen Motivationsschub auslöst, oder? Vielleicht solltet ihr mal ein Verkäufertraining besuchen, denn eure Skills lassen echt zu wünschen übrig, wenn ich das so sagen darf.«

»Es sollte der Fairness dienen. Es lag mir fern, es euch als *angenehm* zu verkaufen. Uns ist klar, dass ihr das nicht so seht.« Mawet schaute Lucy an.

Sie dachte einen Moment nach. Maurice umklammerte das Gewehr immer fester, die Bikerin nuschelte ein Gebet nach dem anderen, und die Eltern argumentierten, dass ihre Kinder doch gar nichts Böses getan hatten und am Leben bleiben sollten. Schon nach kurzer Zeit drehte sich die ganze Diskussion nur noch darum, dass alle gehen dürfen sollten, wenn sie an der Abstimmung teilgenommen hatten, denn immerhin hätten sie ja etwas dafür geleistet. Komischerweise sagte Paul gar nichts dazu, obwohl er als Allererster hatte gehen wollen. Er schaute weiter Nachrichten und ab und an mal zur Kaffeemaschine, hielt sich aber ansonsten heraus.

Die Motorradfahrerin argumentierte, dass sie einen Platz im Himmel sicher haben müsste, wenn sie schon eine so wichtige Rolle in Gottes Plan einnahm, woraufhin sich Fames fast an einem Stück Kuchen verschluckte und Maladie mit den Augen rollte.

Die Eltern in der Ecke hatten, solange die Bikerin sprach, untereinander getuschelt, und die Mutter wies nun darauf hin, dass sie sich nicht beteiligen würden, immerhin ginge es ja um die Kinder und Kindeskinder der Menschheit, und sie sähen nicht ein, dass nur ihr Nachwuchs keine Zukunft haben sollte.

»Es geht aber nicht nur um Ihre Sprösslinge«, warf Maurice ein, doch die Eltern ignorierten ihn und tätschelten die Köpfe der Kleinen.

»Sie würden die ganze Menschheit dran glauben lassen, nur weil keine Rücksicht auf Ihre Kinder genommen wird?«, fragte Maurice nach.

»Unsere Kinder sind uns eben das Wichtigste auf der Welt«, sagte der Vater.

»Meinen Sie nicht, dass man auch für die Menschheit einstehen muss, ohne einen eigenen Nutzen daraus zu ziehen?«

»Ruhe!«, rief Wojna auf einen Fingerzeig von Mawet hin, und plötzlich war alles mucksmäuschenstill.

»Interessanterweise«, sagte Mawet zu Lucy, »haben Sie sich bis jetzt gar nicht geäußert. Soll ich das als Resignation deuten?«

»Nein«, antwortete Lucy. »Ich denke nur, dass es müßig ist, über einen Punkt zu diskutieren, der gar nicht zur Diskussion steht.«

Maurice und die anderen sahen sie an.

»Was?«, fragte sie. »Er hat doch klipp und klar gesagt, dass wir alle sterben werden. Er hat nicht gesagt, dass wir für unsere Teilnahme irgendwie belohnt werden.«

»Du betrachtest das merkwürdig nüchtern«, sagte Maurice.

»Ich sehe es nur realistisch. Ich meine, vor uns sitzen die vier apokalyptischen Reiter. Der da«, sie zeigte auf Mawet, »ist der verfluchte Tod. Wenn er sagt, es ist Schicht im Schacht, dann muss ich wohl davon ausgehen, dass es so ist. Ich fände es ja auch schön, wenn es anders wäre, aber momentan mache ich mir mehr Sorgen um die Welt als um mich selbst. Und deswegen sorge ich lieber dafür, dass ich meine letzte Aufgabe so gut wie möglich erfülle, anstatt darüber zu streiten, ob ich oder meine Kinder«, sie schaute die Eltern in der Ecke an, »davon etwas haben oder nicht.«

»Ich möchte aber trotzdem nicht sterben!«, rief Maurice und ballte die Faust um das Gewehr.

»Wer will das schon?«, sagte Lucy. »Aber wenn wir sterben müssen, können wir es wenigstens mit Stil und Anstand tun.«

In der Ecke jammerten die Eltern nur immer wieder: »Unsere Kinder, unsere Kinder.« Die anderen hingegen blieben bemerkenswert ruhig. Nach dem initialen Aufschrei hatte nun offenbar keiner mehr die Kraft, weiter herumzubrüllen. Die Reiter sahen erst Lucy an und wechselten dann kurz Blicke unter sich.

»Möchte zu diesem Thema noch jemand etwas sagen?«, fragte Mawet. Er sah sich noch einmal um, dann nickten ihm die anderen Reiter zu, und er begann. »Die Menschheit ist angeklagt, sich ungebührlich gegenüber sich selbst, den Tieren und dieser Welt im Allgemeinen verhalten zu haben. Grundlage der Anklage ist das Verhalten der Menschheit in den letzten 61 Jahren. Der Menschheit wird zur Last gelegt, unablässig Krieg geführt, nichts gegen den Hunger in der Welt getan, Krankheiten verbreitet und somit den Tod von Milliarden verursacht zu haben.«

Lucy schaute skeptisch in die Runde. Die Familie saß in sich zusammengekauert da und war mit sich selbst beschäftigt. Die Motorradfahrerin hatte die Finger verschränkt, als würde sie beten, und schüttelte den Kopf. Maurice schien nachzudenken und sah nicht so aus, als käme er in angemessener Zeit zu einem Schluss.

Schließlich antwortete Lucy selbst. »Was ihr uns vorwerft, ist sicherlich richtig, aber doch sehr abstrakt. Es kann doch nicht angehen, dass der Menschheit allgemein vorgeworfen wird, Kriege zu führen. Es wird auch keiner abstreiten, dass es Hunger auf der Welt gibt. Oder anderes Leid, wie zum Beispiel Krankheiten. Genauso gut könnte ich sagen, dass noch niemals in der Menschheitsgeschichte so viel gegen all diese Probleme unternommen wurde. Also frage ich mich, warum die Menschheit sterben soll, wenn sie sich doch so sehr bemüht, das zu verbessern.«

Wojna beugte sich vor. »Man kann der Menschheit sehr wohl vorwerfen, in den letzten 61 Jahren viele Kriege geführt zu haben. Um nur einige zu nennen: Vietnamkrieg, die Golfkriege, die Jugoslawien-Kriege, die Kriege im Kongo und in Darfur.«

»Was haben wir Amerikaner denn mit dem Krieg in Darfur zu tun?«, fragte die Motorradfahrerin.

Wojnas Kopf schoss herum. »Nichts. Aber es sind ja hier auch nicht die Amerikaner angeklagt, nicht wahr? Es geht um die gesamte Menschheit.«

»Aber«, wollte die Motorradfahrerin protestieren, doch Mawet hob die Hand, um Wojna und alle anderen zu beruhigen.

»Länder und Grenzen sind nur ein Konstrukt der Menschen, um untereinander in Konkurrenz zu treten und sich zu messen. Wir denken nicht in diesen Dimensionen. Uns geht es um das Ganze.«

»Aber der Vietnamkrieg und der Golfkrieg …«, setzte die Bikerin erneut an, um wieder von Wojna unterbrochen zu werden.

»… sind amerikanische Kriege? Wollten Sie das sagen?« Wojna blickte sie aus Augenschlitzen an. Sie kauerte sich unsicher in die Ecke.

»Nur weil die Amerikaner seit dem Zweiten Weltkrieg quasi im Dauerzustand Kriege führen, geht es hier nicht um sie. Es geht, wie gesagt, um die Menschheit an sich.« Mawet lächelte. »Und macht keinen Fehler. Nur weil wir zufällig dieses Mal in Amerika sind, heißt das nicht, dass ihr deswegen irgendwie besser, schlechter oder die Führer der Welt seid. Wir könnten ebenso in einer Teestube in Bhutan über diese Kriege reden, aber wir haben uns entschieden, dieses Mal eben die Neue Welt auszuprobieren.«

Fames stopfte sich den letzten Rest des Kuchens in den Mund und schien zu überlegen, ob er den Teller ablecken sollte. Maladie wirkte, als wäre sie kurz davor, sich zu übergeben.

Lucy räusperte sich. »Also irgendwie finde ich es unverschämt, dass der Menschheit vorgeworfen wird, Krieg zu führen, als wäre das irgendwie unsere liebste Freizeitbeschäftigung, wenn die Ursache ganz offensichtlich hier vor uns sitzt.« Sie deutete auf Wojna.

Der sprang vom Hocker und baute sich vor ihr auf. Was etwas merkwürdig aussah, war er doch stehend immer noch kleiner als die aufrecht sitzende Lucy. »Willst du mir etwa die Schuld geben?«

»Sie *sind* nun mal der personifizierte Krieg, oder etwa nicht?«, entgegnete Lucy ruhig.

Mawet zog Wojna am Kragen zurück zu den Barhockern.

Lucy sprach weiter. »Oder wollen Sie mir etwa sagen, dass ich mir das vorhin eingebildet habe, als alle plötzlich Hunger bekamen, krank und aggressiv wurden?«

»Das bestreitet keiner«, sagte Wojna, nicht mehr ganz so aufgebracht.

»Also sind Sie doch dafür verantwortlich und tragen die Schuld daran«, fuhr Lucy fort.

Wojna wirkte plötzlich eher traurig als aggressiv. Die Köpfe der anderen Reiter wandten sich ihm zu.

Lucy hakte noch einmal nach. »Also?«

Wojna verzog das Gesicht. »Na toll, reiten Sie nur darauf herum.« Ihm traten Tränen in die Augen. »Als ob ich das immer freiwillig tue.«

Die anderen Reiter sahen ihn betreten an. Lucy schaute zu Maurice, der nur mit den Schultern zuckte. Die anderen Menschen wussten ebenfalls nicht so recht, was auf einmal los war.

»Was habe ich denn Falsches gesagt?«, fragte Lucy.

»Ja, in meiner Umgebung werden alle aggressiv. Versuchen Sie mal jahrhundertelang zu leben, und überall, wo Sie hinkommen, gibt es Stress. Jede Frau, die ich kennenlerne, wird früher oder später handgreiflich. Ich hab ja selbst bei Tieren keine Ruhe. Wie oft ich schon von Hunden angegriffen wurde. Oder andauernd von diesen bescheuerten Wespen. Ich sehe aus, als hätte ich die Beulenpest.«

Maladie inspizierte Wojna, schüttelte aber nur den Kopf. Die anderen Reiter wechselten Blicke untereinander und nickten.

Fames sagte, dass er, vom Hunger getrieben, schon alles gegessen hatte, buchstäblich alles, weil der Hunger einfach nie verging. »Außerdem habe ich angefangen zu backen und sammle Kuchenrezepte, was mich im Hinblick auf Kuchen ein wenig zu einem Snob hat werden lassen.« Er schaute auf das Stück in seiner Hand. »Dieser hier ist übrigens gekauft und nicht selbst gemacht. Er schmeckt ein wenig trocken, und das Obst hat von seinem natürlichen Geschmack eingebüßt.«

»Wird uns jetzt noch vorgeworfen, dass ich nicht alle Kuchen selber backe?«, fragte Maurice leicht aggressiv.

»Nein, nein. Ich sage ja bloß«, beschwichtigte Fames.

Mawet verschränkte die Arme vor der Brust. »Könnten wir vielleicht beim Thema bleiben? Wir haben gerade über den Krieg gesprochen.«

Wojna wischte sich eine Träne ab. »Ja, und dass ich alle aggressiv mache.«

Der Familienvater schaute betroffen seine Kinder an und tätschelte der Tochter den Kopf. Fames hielt Paul den leeren Kuchenteller hin und gab ihm zu verstehen, dass er noch etwas drauf packen sollte.

»Die Sache ist die«, sagte Mawet, »wir verstärken nur die Eigenschaften, wo es nötig ist. Wir selbst zetteln zum Beispiel keine Kriege an.«

»Wo es nötig ist? Deswegen haben sich also vorhin alle mit hochrotem Kopf angebrüllt und wären sich am liebsten an die Kehle gegangen? Weil es nötig war?« Lucy regte sich auf. »Wie können Sie sich anmaßen, über die Menschheit zu urteilen, wenn Sie alle offensichtlich zum Teil dafür verantwortlich sind? Diese Verhandlung«, sie hob die Finger, um Anführungszeichen anzudeuten, »ist eine Farce.«

Maladie schnäuzte in ein Taschentuch. »Netter Versuch.«

Fames nahm den Kuchenteller von Paul entgegen. »In der Tat. Aber Sie sind nicht die Erste, die sich dieser Argumentation bedient.«

Wojna verzog das Gesicht, als er sah, dass Fames schon wieder aß.

Mawet erklärte weiter. »Entschuldigen Sie, aber das können wir als Argument nicht durchgehen lassen. Sie weisen sämtliche Schuld der Menschheit von sich. So einfach kommen Sie uns nicht davon.«

Lucy verzog das Gesicht. »Nun tun Sie mal nicht so gönnerhaft. Das klingt ja, als würde ich in einer Klassenarbeit ein Pünktchen fürs Bemühen bekommen.«

Maurice fasste ihr dankbar und wohl auch ein wenig zur Beruhigung an die Schulter. So richtig wollte sie sich mit der Aussage der Reiter nicht zufriedengeben, aber sie sah auch ein, dass sie kaum etwas dagegen ausrichten konnte. Immerhin saß sie vier Wesen gegenüber, die es ihrem Weltbild nach gar nicht geben durfte.

Wojna ergriff wieder das Wort und zählte allerlei Gräueltaten auf, die während der verschiedenen Kriege verübt worden waren. Von einigen der Konflikte, die er aufzählte, hatte Lucy noch nie etwas gehört. Und den Gesichtern der anderen nach zu urteilen, die auch nicht. Es war müßig, darüber zu diskutieren, dass sie alle mit diesen Kriegen nichts zu tun hatten, egal, ob sie von ihrem Land ausgingen oder nicht. Allerdings wollte Lucy, die sich bisher immer für eine informierte, intelligente und politisch aktive Studentin gehalten hatte, die Wahl ihrer Nachrichtenquellen überdenken.

»Der überwiegende Teil«, setzte Wojna fort, »entstand aus niederen Beweggründen, so zum Beispiel religiösen oder finanziellen Motiven.«

»Ja, wir danken dem lieben Gott für die Religion«, murmelte Lucy und wurde dafür von der Motorradfahrerin schräg angesehen. »Aber aus finanziellen Gründen fängt doch niemand einen Krieg an. Dafür sind Kriege viel zu teuer.«

Wojna hob eine Augenbraue. »Die Kleine hier ist noch naiver, als ich dachte.«

Lucy war verärgert, blieb aber besonnen. »Nennt mich ruhig naiv, aber es kann durchaus gute Gründe geben, um einen Krieg anzufangen, oder etwa nicht? Sie werden ja wohl nicht bestreiten, dass der Krieg gegen Hitler-Deutschland gerechtfertigt war. Oder der Krieg gegen den Terror.«

Wojna prustete vor Lachen. »HAHAHAHA, der Krieg gegen den Terror, HAHAHAHA!« Dann wurde er wieder ernst. »Erst die Monster erschaffen und dann vor ihnen Angst haben, was? Ihr Menschen seid so …«

»Schluss, Wojna«, unterbrach ihn Mawet. »Beleidigungen bringen uns nicht weiter. Wenn deine Meinung gefestigt ist, ist das eine Sache, aber gib ihnen wenigstens die Chance, darauf zu antworten.«

Lucy wusste nicht so recht, was sie sagen sollte. Maurice sprang an und wiederholte das Argument, dass es durchaus Kriege gab, die gerechtfertigt waren.

»Und dummerweise haben Sie in keinem davon gedient«, sagte Wojna, woraufhin Maurice in sich zusammensackte.

»Vielleicht waren die Kriege, in denen ich gekämpft habe, nicht gerecht. Aber wir haben versucht, den Menschen zu helfen. Sie vor Unterdrückung zu schützen. Dafür zu sorgen, dass sie Wasser und Nahrung und Unterschlupf haben. Und nicht von den Leuten, die sich über sie erhoben hatten, wahllos hingerichtet oder missbraucht wurden.«

»Ein echter Wohltäter«, spottete Wojna.

»Die Kriege, in denen ich gekämpft habe, wurden vielleicht aus den falschen, vorgeschobenen Gründen geführt, aber wir haben den Menschen Hoffnung gegeben. Und nichts, was Sie sagen, kann da irgendwas dran ändern. Ich weiß noch sehr genau, wie sich Familien bei mir bedankt haben. Ich kann mich sehr genau daran erinnern, wie ich Mädchen und kleine Kinder befreit habe, deren Schicksal es gewesen wäre, älteren Männern zu Willen zu sein.«

Wojna sah ihn unbeeindruckt an. »Und hatte irgendwas davon Bestand, nachdem Ihre Armee sich zurückgezogen hat? Sind die Leute, die Sie erschossen haben, deswegen zur Einsicht gekommen? Oder haben Sie dadurch nur noch mehr Hass geschürt?«

»Willkommen zum moralinsauren Wohlfühlvormittag in Ihrem Diner«, murmelte Lucy.

Maurice war kurz abgelenkt, fand aber schnell seine Worte wieder. »Keiner meiner Jungs hat gekämpft, weil er einfach nur Leute abschlachten wollte. Meine Jungs haben gedacht, dass sie das Richtige tun. Das Land befreien und den Menschen helfen. Das ist, was zählt.«

»Und denken Sie jetzt immer noch, dass Sie das Richtige getan haben?«, fragte Wojna.

Maurice machte den Eindruck, als hätte er am liebsten ausprobiert, wie Wojnas Gesicht mit seiner Faust darin aussehen würde.

»Ihrer Meinung nach sollte man also anderen Leuten nicht helfen, wenn sie in Not sind? Sie Durst und Hunger oder der Willkür von Diktatoren überlassen?«

Wojna lächelte. »Sie merken gar nicht, dass Sie für mich argumentieren, oder? Die Menschheit verursacht die Tyrannei, die Kriege hervorbringt.«

Maurice hielt sich verärgert an der Schrotflinte fest.

»Glaubt irgendwer von Ihnen«, fragte Lucy, »dass ein Leben in absoluter Friedfertigkeit möglich wäre? Auch bei den Tieren finden Kämpfe um Nahrung oder Unterschlupf statt. Es handelt sich nicht um eine Laune der Menschen, sondern um eine angeborene Eigenschaft aller Tiere.« So richtig konnte Lucy nicht glauben, dass sie gerade Kriege rechtfertigte, aber in Anbetracht der Lage argumentierte sie lieber so als gar nicht.

Maladie schnäuzte sich. »Wollen Sie wirklich damit argumentieren, dass Tiere und Menschen gleich sind, obwohl Menschen untereinander kommunizieren können und Tiere nicht?«

Lucy überlegte kurz, ob sie etwas gegen diesen Punkt sagen sollte, da er technisch gesehen nicht korrekt war, aber Maladie hatte natürlich insofern recht, dass Tiere nicht verbal miteinander kommunizierten.

»Oder einfach nur ihr Jagdgebiet, das sie für ihre Ernährung brauchen, verteidigen?«, setzte Mawet hinzu.

Fames hob plötzlich die Hand, um anzuzeigen, dass er etwas sagen wollte, obwohl er noch Kuchen im Mund hatte. »Wir sollten nicht außer Acht lassen, dass Krieg in vielen Regionen zu Hunger führt.«

»Was wiederum zu Krankheiten führt«, sagte Maladie.

»Und zum Tod«, sagte Mawet.

Lucy rollte mit den Augen. »Ja, Doktor Offensichtlich und seine Helfer haben wieder zugeschlagen. Vielen Dank für den Hinweis. Trotzdem kann man ja kaum die gesamte Menschheit dafür verantwortlich machen.«

»Na, wen denn sonst?«, fragte Wojna. »Wer, abgesehen von Menschen, führt denn sonst noch Krieg auf dieser Welt?«

Darauf wusste Lucy allerdings auch keine Antwort.

»Krieg ist eine Folge der Ungerechtigkeiten, welche die Menschen sich untereinander antun. Da gibt es nichts zu beschönigen. Die Menschheit ist eindeutig schuldig«, fuhr Wojna fort.

Lucy sah, wie die Motorradfahrerin nickte. Sie versuchte, ihr nonverbal mitzuteilen, dass sie nicht die Gegenseite unterstützen sollte, aber die Bikerin fand, dass es an der Aussage nichts zu rütteln gab. »Immerhin zwingt ja niemand die Menschheit dazu, Krieg zu führen.«

»Ja, lasst uns einfach all die Stellen in den heiligen Schriften vergessen, in denen irgendein Gott zum Krieg aufruft, besonders wenn irgendwelche übernatürlichen Wesen aus einer dieser Schriften direkt vor einem sitzen«, konterte Lucy. »Ich bin sicher, der hat das alles gar nicht so gemeint, und natürlich sind nur die Menschen schuld.«

Sie lächelte und klimperte mit den Augen in Richtung Mawet, der unsicher schaute, aber dann schließlich meinte, dass sich die Diskussion nun vielleicht auf den Hunger verlagern sollte, der in der Welt herrschte. Daraufhin stand Fames auf, stopfte sich noch schnell etwas Kuchen in den Mund und reichte den Teller an Paul, der ihm einen neuen gab. Fames nickte ihm dankbar zu, bevor er endlich schluckte und sich an die Leute in den Sitznischen wandte. Viel Kuchen war nicht mehr in der Vitrine.

Fames beschuldigte die Menschheit, den Hunger in der Welt nicht ernst genug zu nehmen und in den vergangenen Jahrzehnten nicht genug dagegen getan zu haben. Noch immer wären Hunderte Millionen Menschen auf der Erde von Hunger betroffen, und die Unterernährung von Kindern in diesen Gebieten würde ihre körperliche Entwicklung hemmen.

»Oh, Hunger bekämpfen. Sie meinen so etwas wie als Armee den Hilfsbedürftigen Nahrung bringen, während andere auf einen schießen, weil sie das nicht wollen?«, sagte Maurice sarkastisch.

Lucy war geneigt, ihm zuzustimmen, aber sie wusste, dass die Reiter wieder nur damit argumentieren würden, dass die Unterdrücker ebenfalls Menschen waren und somit sein Einwand hinfällig wäre. Aber irgendwie ignorierten die vier den Kommentar und starrten stattdessen sie an. Diesmal würde sie sich nicht unterbuttern lassen, dachte Lucy. Dafür wusste sie zu viel darüber. Das war ihr Metier. »Aber die Menschheit hat den Welthunger in den letzten Jahren erfolgreich bekämpft«, sagte sie.

»Wollen Sie damit sagen, dass es keinen Hunger mehr gibt? Wenn ja, dann muss ich Sie leider enttäuschen«, antwortete Fames.

»Nein, das wollte ich damit nicht sagen. Natürlich gibt es immer noch Hunger auf der Welt. Seit Sie da sind, knurrt mein Bauch ja auch die ganze Zeit. Vielen Dank übrigens dafür.«

Fames verzog das Gesicht.

»Natürlich muss weiterhin etwas dagegen getan werden, aber immerhin ist es der Menschheit gelungen, in den vergangenen zwei Jahrzehnten die Anzahl der Hungernden drastisch zu senken. Und das alles, obwohl zwei Milliarden Menschen hinzugekommen sind. Diese Entwicklung kann man doch nicht von der Hand weisen.«

»Aber Tatsache ist doch, dass immer noch Hunderte Millionen Menschen hungern. Und durch die steigende Weltbevölkerung wird es nicht besser.«

Die Mutter aus der Ecke schaltete sich ein. »Neulich waren wir im Supermarkt, und da waren die Cocoa Crispy Charm Crunches ausverkauft. Ich dachte, das kann doch nicht wahr sein, womit soll ich denn meine Kinder ernähren?«

Alle starrten sie an. Lucy hingegen schaute an die Decke und war sich nicht ganz sicher, ob sie lachen oder weinen sollte. Sie beschloss, die Bemerkung einfach zu ignorieren. »Die Menschheit bemüht sich redlich, diese Ungerechtigkeit zu beheben.« Sie wandte sich in Richtung der Mutter. »Und damit meine ich überraschenderweise nicht das Frühstücksflockenproblem, sondern den Welthunger.« Sie drehte sich wieder zu Fames. »Sollte die Menschheit nicht eher dafür belohnt werden, dass sie dieses Problem erkannt hat und auf einem guten Weg ist, es zu beseitigen?«

»Aber die Menschheit hätte das Problem gar nicht, wenn die reichen Gegenden nicht so sehr auf sich selbst fixiert wären und den ärmeren Regionen aushelfen würden.«

»Tun wir doch!«, sagte Maurice und hob die Hände. »Davon habe ich doch bereits gesprochen.«

»Sie haben nur wieder vom Krieg gesprochen«, sagte Fames. »Ich rede ganz einfach davon, dass die reichen Länder sich nicht um den Hunger in armen Ländern kümmern.«

Lucy deutete mit dem Finger an, dass sie das so nicht stehen lassen konnte. »Das ist das ›Auf der Welt gibt es genug zu essen, es ist nur nicht richtig verteilt‹-Argument. Das stimmt schon, aber man kann eben nicht alles überall hinbringen.«

»Komischerweise funktioniert das in die eine Richtung aber ganz gut. Obst aus Israel wird in die ganze Welt verschifft. Fische aus dem Indischen Ozean landen auf den Tellern Europas. Die einen stopfen sich die Bäuche voll und kümmern sich nicht um den Rest der Welt, der derweil verhungert.«

Lucy sah Fames schräg an, der von Paul einen weiteren Kuchenteller entgegennahm. »Es fällt mir schwer, solche Vorwürfe zu hören, während vor meinen Augen ein Kuchen nach dem anderen vertilgt wird. Der Menschheit vorwerfen, dass sie sich nur für ihre eigenen Bäuche interessiert, und sich selbst den Bauch vollschlagen.«

»Ich habe eine Entschuldigung«, sagte Fames und stopfte noch schnell etwas Kuchen in den Mund. »Iff bin gar kein Menf!«

Lucy seufzte.

Maurice schaltete sich ein. »Ich würde gerne übrig gebliebenes Essen an die Hungernden in Afrika geben, aber wie soll ich das machen? Selbst wenn ich das Geld hätte, um die Fracht zu bezahlen, käme es ja nie rechtzeitig an, um nicht bereits verfault zu sein. Sie verlangen das Unmögliche.«

Fames schluckte. »Aber Sie müssen auch nicht mehr einkaufen, als Sie brauchen. Oder nur Dinge, die hier aus der Gegend stammen. Stattdessen bieten Sie Kuchen mit exotischen Früchten an, die nicht hier wachsen.« Er hielt den Teller hoch.

»Das ist Apfelkuchen«, sagte Lucy.

»Mit ein wenig Ananas drin«, entgegnete Fames.

»Die Ananas könnte aus Kalifornien sein«, warf Maurice ein.

»Ist sie aber nicht«, sagte Fames.

»Und woher wollen Sie das wissen? Haben Sie irgendwelche übernatürlichen Fähigkeiten, die … oh.«

»Und das ist mein Punkt«, sagte Fames. »Die Menschheit beklagt sich, dass es zu teuer oder unmöglich sei, alle Hungernden der Welt zu speisen, ist aber munter dabei, Milliarden dafür auszugeben, Lebensmittel um die halbe Welt zu transportieren, damit diese auf die Teller derer kommen, die bereits genug zu essen haben.«

»Dann geben sie Milliarden aus, um diejenigen mit Waffen auszustatten, die nicht genug zu essen haben, damit sie darum kämpfen können«, sagte Wojna. »Nur um hinterher den Vorwand zu haben, dort einzugreifen, wenn die Kämpfe dazu führen, dass das Essen, das Öl oder sonst etwas, das die Reichen wollen, knapp wird.«

Plötzlich war es totenstill im Raum. Lucy und Maurice schauten sich an und überlegten, was sie sagen könnten. Die Motorradfahrerin hielt sich immer noch an ihrer Kette mit dem Kreuz fest, und die Familie saß zusammengekauert in der Ecke.

»Ich glaube, ich habe meinen Teil gesagt«, meinte Fames und schielte auf die Kuchenauslage.

»Ich glaube ja, dass die ganzen Fleischesser an der Misere schuld sind«, schaltete sich plötzlich die Motorradfahrerin ein.

»Wie bitte?«, fragte Lucy.

»Wenn nicht so viel Fleisch auf der Welt konsumiert würde, gäbe es auch nicht so viel Hunger«, sagte die Bikerin und nickte Fames zu.

»Sie wissen schon, dass Sie eigentlich für unsere Seite argumentieren sollten, oder? Ganz abgesehen davon, dass Ihr Standpunkt irgendwie blödsinnig ist.«

Die Frau schaute sie abwertend an. »Das ist gar nicht blödsinnig. Wenn nicht die ganzen Ackerflächen für die Rinderhaltung missbraucht würden, gäbe es mehr Platz für Gemüse oder Korn. Kein Tier müsste mehr leiden, und die Welt hätte genug zu essen.«

Lucy rieb sich die Stirn. »Läuft das jetzt darauf hinaus, dass alle Veganer super sind und alle Leute, die sich normal ernähren, Idioten oder so?«

Sie schaute zu den Reitern hinüber. Wojna hielt sich eine Hand vor die Augen, Mawet eine Hand vor den Mund. Maladie hatte zwei Finger in die Ohren gesteckt und stocherte darin herum, weil sie sich offenbar nicht wohlfühlte. Fames beobachtete die anderen und kratzte sich unschlüssig am Kopf.

»Die vegane Ernährungsweise wäre das Beste für die Menschheit«, blökte die Motorradfahrerin.

»Ja, die ist so super, dass von Ärzten abgeraten wird, sich vegan zu ernähren, wenn man schwanger ist«, schoss Lucy dagegen. »Allein das sagt mir schon, dass es offenbar doch nicht ganz so super ist. Natürlich ist es eine gute Idee, wenn die Menschheit insgesamt weniger Fleisch isst. Aber das ganz abzuschaffen, wäre schlecht, gerade auch für die Entwicklung von Kindern.«

»Gerade Kinder sollten kein Fleisch essen!«, echauffierte sich die Bikerin und starrte Lucy an. »Man sollte früh anfangen, es ihnen zu erklären.«

»Kinder brauchen aber eine ordentliche Ernährung, um zu wachsen. Der Mensch kann im Erwachsenenalter vielleicht auf gewisse Dinge verzichten, aber in der Kindheit eben nicht. Der Mensch ist entwicklungshistorisch immer noch ein fleischfressendes Tier, das gewisse Dinge fürs Wachstum braucht, besonders im jungen Alter. Und da können Sie sich auf den Kopf stellen. Es können eben nicht alle vegan leben. Insofern ist Ihr Argument haltlos.«

Die Reiter schauten die beiden Frauen an.

»Ja, interessant«, sagte Fames.

»Diese Kooooopfschmerzen«, sagte Maladie.

Die Motorradfahrerin holte tief Luft. »Der Herr hat die Menschen im Paradies auch nur Früchte essen lassen.«

Die Reiter wechselten Blicke. Fames zuckte mit den Schultern und meinte, dass er sich daran erinnern konnte, dass der Mensch laut Bibel alles essen sollte, was sich regt.

»Herabfallende Steine werden damit wohl nicht gemeint sein.« Lucy war genervt. »Wer weiß, vielleicht würde das Hungerproblem dadurch tatsächlich etwas geringer, aber allen Menschen Veganismus aufzuzwingen, ist jetzt nicht der Punkt, der diskutiert werden sollte. Das ist keine tragbare Ernährungsweise für die gesamte Menschheit. Wenn jemand sich ausschließlich vegan ernähren will, kann er oder sie das ja tun, sollte aber nicht missionieren. Wir haben jetzt Wichtigeres zu klären.«

Die Motorradfahrerin verschränkte die Arme vor der Brust und murmelte »Verfluchte Fleischesser« vor sich hin.

Lucy platzte der Kragen. »Wissen Sie, woran man einen Veganer erkennt? Warten Sie drei Minuten, dann erzählt er es von allein.«

Maurice legte seine Hand beruhigend auf ihre. »Bleib bei der Sache.«

Lucy lehnte sich schmollend zurück und atmete geräuschvoll aus. »Läuft das jetzt bei Ihnen beiden auch so ab?« Sie schaute Maladie und Mawet an. »Ich meine, klar, es gibt Krieg, Hunger und Krankheiten auf der Welt. Das wird sich wahrscheinlich auch nicht so schnell ändern, aber Fakt ist doch, dass die Menschheit sich bemüht. Es gibt immer weniger davon. Sollte das nicht honoriert werden?«

Fames schaute verständnisvoll und drehte sich zu Paul, um ihm zu zeigen, dass er noch einen Kuchen vertragen könnte. Wojna hingegen verschränkte die Arme und schnaubte verächtlich. Mawet hatte einen völlig neutralen Gesichtsausdruck, und Maladie schnäuzte erneut in ihre Serviette.

»Also kann ich dann zusammenfassend sagen, dass die Menschheit sich untereinander das Essen streitig macht und …«, Fames zögerte, »… zu viel Fleisch isst?«

»Das ist alles, was Sie aus der Diskussion mitgenommen haben?«

Lucy seufzte und flüsterte Maurice zu, dass sie nicht viel Hoffnung hatte. Sie deutete ein Nicken in Richtung der Motorradfahrerin an, die, ihren Kreuzanhänger fest umklammernd, die Reiter anstarrte, als wären sie Rockstars.

»Maladie«, sagte Mawet, aber die stöhnte nur und fragte, ob sie wirklich eine Rede halten musste, wo sie sich im Moment doch so schwach fühlte.

»Du fühlst dich immer schwach«, sagte Wojna in einem abwertenden Ton.

»Ich bin nun mal krank«, entgegnete Maladie und wischte sich mit der Serviette über die Nase. »Aber danke, dass man sich so um mich sorgt.«

Wojna grunzte verärgert und schaute mit vor der Brust verschränkten Armen demonstrativ in die andere Richtung.

»Maladie«, sagte Mawet mit etwas mehr Dringlichkeit in der Stimme.

»Ist ja gut, ist ja gut.« Sie fasste sich an den Nasenrücken. »Also schön. Die Menschheit tut nicht genug gegen Krankheiten. So, bitte.«

Fames schaute sie von der Seite an und nickte amüsiert.

»Maladie, ernsthaft!«, sagte Mawet.

»Was?«, fragte Maladie.

»Das soll deine Anklage sein?«

»Ist doch völlig ausreichend. Wir kommen her, sagen unseren Spruch auf und argumentieren so, dass die Menschheit keinen Stich sieht. Machen wir uns doch nichts vor, es ist allerhöchste Zeit, dass die Menschheit abgeschafft wird. Warum das ganze Herumgerede? Es gibt immer wieder eine neue tödliche Krankheit, sobald sie denken, die letzte gut im Griff zu haben.«

Diesmal schaute Wojna beeindruckt, zuckte aber zurück, als Maladie lautstark nieste.

»Das ist es also?«, fragte Lucy. »Wir dienen hier nur eurer Belustigung, während das Ende dieser sogenannten Verhandlung bereits feststeht?«

»Nein, so ist das nicht«, sagte Mawet.

»Ach, hör doch auf«, polterte Wojna. »Wenn es nach uns ginge, hätten wir die Menschen längst plattgemacht.«

»Aber der Chef besteht auf einer Verhandlung«, sagte Mawet.

Die Motorradfahrerin horchte auf. »Reden Sie von Gott?« Sie hatte die Hand noch immer fest um ihr Kreuz gekrallt. »Will Gott die Welt vom Übel befreien?«

Mawet wandte sich ihr zu. »Wir sind an gewisse Regeln gebunden. Zum Beispiel an diese Abstimmung. Er sagt nicht einfach, dass wir die Erde zerstören sollen. Diesen Jähzorn hat er schon vor Jahrhunderten aufgegeben.«

»Aha, ich verstehe«, sagte die Bikerin und lehnte sich wieder zurück. Ihr Gesichtsausdruck war voller Entschlossenheit.

»Ich hab da ein ganz mieses Gefühl bei der Sache«, sagte Lucy zu Maurice. Der schaute zur Motorradfahrerin hinüber und nickte wortlos.

»Maladie«, rief Mawet, »jetzt bring endlich ein ordentliches Argument in die Diskussion.«

»Gut. Fein. Die Menschheit ist dabei, einen riesigen Schritt rückwärtszugehen, was die Weltgesundheit angeht, weil Eltern ihre Kinder nicht mehr impfen lassen.«

Lucy prustete und schüttelte den Kopf. »Das sind doch nur einige wenige Leute, die Impfungen nicht verstehen. Das kann man nicht verallgemeinern.«

Aus der Ecke, wo die Familie saß, war plötzlich Gemurmel zu hören.

»Sie haben Ihre Kinder doch hoffentlich geimpft?«, fragte Lucy. Die Eltern sahen sich an und schüttelten die Köpfe.

Lucy war außer sich. »Warum nicht? Wollen Sie etwa, dass Ihre Kinder krank werden und andere Kinder anstecken?«

Die Frau sagte: »Wir haben Angst vor den Nebenwirkungen. Wir wollen nicht, dass unsere Kinder Autismus kriegen.«

Lucy ballte die Fäuste und hätte am liebsten in die Tischkante gebissen. Maurice legte seine rechte Hand auf ihren Arm und versuchte, sie zu beruhigen.

»Leute wie Sie«, fauchte Lucy, »sorgen dafür, dass Krankheiten wie Masern, Windpocken, Mumps oder auch Diphtherie zurückkommen. Wenn Sie nur Ihre eigenen Kinder gefährden würden, könnte ich das ja akzeptieren, aber Sie spielen mit dem Leben anderer, weil so die Herdenimmunität nicht mehr funktioniert.«

»Aber wenn das Kind nun Autismus …«, sagte die Mutter, wurde aber von Lucy unterbrochen.

»Und dieser Autismusquatsch, der jeglicher wissenschaftlichen Grundlage entbehrt. Als Nächstes kommen Sie noch mit den chemischen Elementen an, die angeblich in den Impfstoffen stecken. ›Würden Sie Ihrem Kind Quecksilber spritzen?‹ oder so ein Mist. Weil Sie keine Ahnung haben, wie Chemie funktioniert.«

»Aber ich will keine Chemie in meinem Kind!«, rief die Mutter.

»Ihr ganzes Kind ist Chemie!«, rief Lucy. »Aus was, meinen Sie, besteht Ihre Haut? Ihre Organe? Ihr ganzer Körper? Selbst die Bausteine des Lebens, die DNS, besteht aus Chemie. Herrgott, das Ding heißt Desoxyribonuklein*säure*. Vermutlich wollen Sie auch keine Säure in Ihrem Kind. Etwas mehr gesunder Menschenverstand würde Ihnen guttun.«

Lucy fühlte sich schwach, als würden ihre Kräfte sie langsam verlassen. Wieder drückte Maurice ihren Arm.

»Ja …«, sagte Maladie und trötete in ihr Taschentuch. »Diese Diskussion würde ich als durchaus interessant bezeichnen.«

Mawet schaltete sich wieder ein. »Soll das alles sein, was zum Thema Krankheiten diskutiert wird, Maladie?«

Maladie rieb sich die Stirn. »Diese Kooooopfschmerzen.«

»Haben wir noch irgendwo Kopfschmerztabletten, Maurice?«, fragte Lucy.

»Also wenn, dann nur am üblichen Platz.«

Lucy erklärte Paul, wo er den Medizinschrank fand. Er kam kurz darauf wieder und reichte Maladie ein paar Tabletten, von denen sie sich eine Handvoll einwarf.

»Ich glaube nicht, dass man davon mehr als eine nehmen sollte«, sagte Lucy.

»Passt schon. Vielen Dank!«, sagte Maladie. »Wenn die Menschheit in den letzten Jahrzehnten etwas entdeckt hätte, was gegen Schnupfen hilft, aber nein …«

Paul reichte ihr postwendend ein Schnupfenspray, das er ebenfalls im Medizinschrank gefunden hatte. Maladie riss es ihm praktisch aus der Hand und schob es sich direkt in die Nase, noch bevor

Lucy protestieren konnte, dass es nicht sehr hygienisch war, wenn das mehrere Leute benutzten.

»Aaaaah«, machte Maladie. »Frei durchatmen.«

»Also ist es doch nicht so schlecht, was die Menschheit auf die Reihe bekommt?« Lucy lächelte. Maladie wackelte nur mit dem Kopf. Dann wandte sich Lucy an die Eltern in der Ecke. »Ihre Kinder dürften solche Medikamente natürlich nicht nehmen. Die sind ja voller Chemie und verursachen wahrscheinlich Klumpfüße.« Sie wandte sich wieder an die Reiter. »Wenn alle Menschen so dämlich sind, dann kann ich Ihren Wunsch, die Menschheit zu vernichten, durchaus nachvollziehen.«

Maurice schaute sie ärgerlich an. »Wenn ein paar Leute ihre Kinder nicht impfen oder irgendwo Krieg anzetteln, bedeutet das nicht, dass die Menschheit gleich ausgelöscht gehört«, sagte er. »Dafür machen die Menschen zu viele schöne Dinge.«

Fames und Maladie warfen einen Blick zu Mawet, während der Hauch eines Lächelns über Wojnas Gesicht schlich. Lucy waren die Blicke nicht entgangen, und sie runzelte die Stirn.

»Was sollte das gerade?«, fragte sie.

»Bitte?«, fragte Mawet.

»Diese Blicke von Ihren Kollegen, als Maurice meinte, dass er nicht vorhat zu sterben. Das sah merkwürdig aus. Ich weiß, dass wir hier sterben müssen, aber das war irgendwie unangenehm.«

Mawet sah zu Fames und Maladie, die ihr Bestes taten, möglichst unauffällig zu wirken. »Nun, ich schätze, sie hatten ihre Gründe.«

Lucy sah sich um. Die Kinder hatten die Augen geschlossen und schienen zu schlafen. Ihre Eltern hielten ihre Hände und streichelten sie schwach. Die Motorradfahrerin in der anderen Ecke lümmelte mittlerweile mehr, als dass sie saß. Maurice wirkte erschöpft, und sie selbst fühlte sich kraftlos. Paul schaute auf den Fernseher, schien sich aber kaum darauf konzentrieren zu können, denn sein Kopf sackte ein paarmal herunter, als wäre er kurz davor, einzuschlafen.

Lucy hatte eine Ahnung, was diese plötzliche Erschöpfung verursachte und was für eine Konsequenz daraus zu ziehen war, aber sie schob den Gedanken beiseite. Im Fernseher lief ein Bericht aus einem Flüchtlingslager, in dem Helfer dabei waren, Kinder zu impfen, Essen auszuteilen und allgemein freundlich zu den Hilfsbedürftigen zu sein.

»Schauen Sie mal«, sagte sie und zeigte auf den Fernseher. »Wenn die Welt so schlecht ist, wie Sie sagen, warum passiert dann so etwas?«

»Weil es da Krieg gibt«, sagte Wojna.

»Und die Leute krank sind«, sagte Maladie.

»Und sie vor Hunger fast umkommen«, ergänzte Fames.

»Und sie dann sterben«, sagte Mawet.

Einen Moment lang sagte niemand etwas. Lucy schaute sie einfach nur an, um dann den Kopf zu schütteln.

»Sie sind alle mehr so die ›Das Glas ist halb leer‹-Typen, oder? Natürlich gibt es Elend und Ungerechtigkeit auf der Welt, aber so etwas«, sie deutete auf den Fernseher, »zeigt uns, wie die Menschen wirklich sind. Besorgt umeinander. Hilfreich. Liebenswürdig. Und das wollen Sie vernichten?«

Die Reiter wechselten Blicke.

»All die schönen Dinge, die die Menschheit erschaffen hat, wollen Sie auch vernichten?«, fragte Maurice.

»Der Mörder spricht«, sagte Wojna, und Maurice sah ihn an, als würde er die Richtigkeit dieser Aussage am liebsten sofort beweisen, aber er hielt sich zurück. Stattdessen führte er seinen Punkt weiter aus.

»Sie reden nur von den negativen Dingen. Gibt es zu Ihnen auch jeweils ein Gegenstück? Frieden? Sättigung? Gesundheit und Leben? Warum hat ein Gott«, er schaute die Motorradfahrerin an, »so etwas wie Sie erschaffen, aber nicht das positive Gegenteil? Es gibt so viel Schönes auf der Welt.«

Maladie hustete. »Zum Beispiel?«

Maurice schaute unsicher drein.

Lucy lächelte und flüsterte: »Nur zu.«

Er kratzte sich am Kopf. »Na, zum Beispiel … Eiscreme.«

Fames horchte auf. »Eis? Eis ist schon toll, aber es hilft wenig gegen den Welthunger.«

»Das ist ja gar nicht mein Punkt. Ich meine ja nur, dass die Menschheit schöne Sachen geschaffen hat, auch wenn sie vielleicht gar keinen praktischen Nutzen haben. So wie Eiscreme eben. Oder … oder vielleicht auch Drachensteigen.«

Die anderen Menschen im Diner beugten sich vor. Lucy flüsterte ihm Mut zu.

»Drachensteigen hat auch keinen praktischen Nutzen, aber es ist eine total schöne Sache. Kinder«, er schaute in die Ecke, »lieben es, und auch Erwachsene. Nun, zumindest ich.«

Mawet blickte seine Kollegen an. Wojna schien Maurice' Worte als Generve abtun zu wollen. Fames schaute gespannt. Maladie schnäuzte in ihr Taschentuch, war aber ansonsten ganz Ohr.

»Oder … oder Surfen!«, platzte es aus Maurice heraus. »Oder … oder Vergnügungsparks. Mit Achterbahnen, Karussells und Auto-Scooter. Oder einfach nur ein Garten, den irgendwer angelegt hat, weil er schön aussieht.«

»Oder irgendwelche tollen architektonischen Bauten«, unterstützte Lucy ihn.

»Genau. Der Taj Mahal, die Kathedrale von Notre-Dame … die Pyramiden.« Maurice schaute die Reiter an. Keiner gab einen Laut von sich. Immerhin schien Mawet zu grübeln. »Jedenfalls wollte ich das nur mal gesagt haben.«

Lucy fasste ihn am Arm, lächelte und sagte: »Danke.«

»Ihnen ist schon klar, dass die Pyramiden in Sklavenarbeit entstanden sind, oder?«, sagte Mawet ohne einen Funken Ironie in der Stimme.

Maurice sackte in seinem Sitz zusammen. »Ich wollte doch nur, dass Sie auch mal die positiven Seiten der Menschheit sehen.«

»Sklaverei?«, fragte Mawet.

Maurice hob die Hand, als ob er etwas wegwischen wollte, dann fiel er zurück in seinen Sitz und resignierte.

»Na, Sie haben ja echt ein Gespür dafür, wie man es schafft, dass Leute so richtig schön scheiße drauf sind«, sagte Lucy.

Die Reiter verzogen die Gesichter.

»Eins ist mir noch nicht ganz klar«, sagte Lucy. »Sie drei repräsentieren Krieg, Krankheit und Hunger. Dinge, auf die der Mensch einen Einfluss hat. Etwas, wogegen man etwas unternehmen kann. Aber Sie«, sie zeigte auf Mawet, »sind der Tod. Der ist unausweichlich. Was wollen Sie uns vorwerfen? Dass wir sterben? Dafür können wir doch wirklich nichts.«

»Möchten Sie damit andeuten, dass es nicht der menschlichen Natur entspricht, sich gegenseitig umzubringen?«, fragte Mawet.

»Ja, sicher gibt es Mörder. Aber im Grunde ist der Tod ja mehr eine Konsequenz aus den drei … Dingen, die Ihre Kollegen da repräsentieren.«

»Sie möchten demnach sagen, dass meine Anwesenheit hier einer Grundlage entbehrt? Ist es das?«

»Am Ende bringen Sie uns alle um, das habe ich so weit verstanden. Sei es aktiv oder passiv, so wie wir wegen Fames Hunger haben. Aber ansonsten?«

Fames schaute bedrückt, als würde er nicht wollen, dass wegen ihm alle Hunger hätten. Dann schluckte er das Stück Kuchen herunter.

»Ich bin in der Tat dazu da, Sie alle auf Ihrem letzten Weg zu begleiten. Und natürlich dafür zu sorgen, dass alles seine Richtigkeit bei der Abstimmung hat.«

»Ich will nicht sterben!«, brüllte Maurice, auch wenn er mittlerweile etwas kraftlos wirkte, als hätte er endlich begriffen, dass es aussichtslos war.

Mawet schaute ihm in die Augen. »Ich kann verstehen, dass das gerade für Sie sehr frustrierend sein muss. Sie haben Ihre

Waffenbrüder sterben sehen. Oder kleine Kinder. Diesen Selbstmordattentäter, der das Auto, das vor Ihrem gefahren ist, gesprengt hat.«

Maurice sah ihn mit weit geöffneten Augen an.

»Super, damit hätten wir dann auch das posttraumatische Stress-Syndrom wieder getriggert. Besten Dank dafür«, sagte Lucy zu Mawet.

Maurice schaute zwischen ihr und Mawet hin und her. Tränen stiegen ihm in die Augen. »Ich will nicht sterben!«

»Trotzdem führt kein Weg daran vorbei«, sagte Mawet und schaute in die Runde.

Die Eltern nahmen sich und ihre Kinder in den Arm, obwohl die Kinder nicht mehr reagierten. Die Motorradfahrerin betete leise, und Lucy konnte hören, wie sie irgendwas von Paradies faselte. Paul stand unbeteiligt hinter dem Tresen und schaute zum Fernseher hoch.

Lucy bemerkte, wie sich Maurice' Hand zum Gewehr bewegte und sich darum schloss. Sie legte ihre Finger auf seine.

»Maurice, mach keinen Quatsch. Bitte leg das Gewehr beiseite.«

»Was tust du da?«, fragte er unter Tränen. »Ich will uns doch nur retten.«

»So schaffst du das nicht. Das Problem ist nicht mit Waffengewalt zu lösen. Wir haben etwas viel Wichtigeres zu tun. Wir müssen diese Abstimmung gewinnen.«

»Aber wir werden sterben.«

Lucys Magen grummelte wieder, und sie sah die Verzweiflung in Maurice' Augen. Maladie stöhnte erneut wegen ihrer Koooopfschmerzen, und Paul reichte ihr die Pillen.

»Wenn du jetzt wieder damit herumfuchtelst, verdammst du die ganze Menschheit. Die da«, sie zeigte auf die Reiter, »würden gewinnen. Das willst du doch nicht, oder? Wir kommen hier nur auf eine Art raus. Wir können aber dafür sorgen, dass es bei uns bleibt. Hilfst du mir dabei, Maurice?«

Maurice liefen immer noch die Tränen über die Wangen, seine Finger fest am Gewehr. Aber sie sah, dass der Ärger in seinen Augen langsam verschwand. Und die Spannung, mit der er das Gewehr hielt, ließ nach. Sie legte eine Hand auf den Lauf und nahm ihm die Waffe aus der Hand.

»Danke, Maurice.«

Sie trat an Mawet vorbei, reichte Paul das Gewehr und trug ihm auf, es einfach neben die Spüle in der Küche zu stellen – und nicht auf die Idee zu kommen, irgendwas Dummes damit zu tun. Er nickte etwas geistesabwesend, tat aber, wie ihm aufgetragen war. Dann setzte sie sich wieder zu Maurice in die Nische.

Mawet und Wojna hatten den beiden gespannt zugehört und schauten sich nun an, als wären sie beeindruckt, wie Lucy Maurice zugeredet hatte. Aber dann flog um Wojna eine Wespe, die er zu erschlagen versuchte, und seine Stimmung kippte wieder. Maladie schien gelangweilt und machte nicht den Eindruck, als hätte sie überhaupt aufgepasst. Fames saß lächelnd auf seinem Hocker. Lucy war sich nicht sicher, ob er wegen ihres Monologs lächelte oder weil Paul aus der Küche zurückkam und ihm noch ein Stück Kuchen reichte.

»Das ist übrigens das letzte«, sagte er. »Will vielleicht jemand einen Kaffee?«

Einen Moment lang herrschte Stille im Raum. Nur das leise Brodeln und Zischen der Kaffeemaschine lieferte eine kleine Geräuschkulisse, während alle nachdachten, beteten oder mit ihrer inneren Panik kämpften.

Schließlich war es Mawet, der das Schweigen unterbrach. »Wir haben alle Argumente gehört. Alles diskutiert. Es wird Zeit, die Abstimmung zu beginnen.«

»Alles diskutiert. Ja, genau«, spuckte Lucy förmlich aus. »Ich habe das Gefühl, wir haben kaum zehn Minuten gesprochen, geschweige denn das Ganze in der Tiefe abgehandelt, die es verdient hätte. Weil keiner darauf vorbereitet oder vom Wissen her überhaupt in der Lage war, entsprechend zu argumentieren. Ich komme mir vor wie eine Zehnjährige, die ihrem Opa die Relativitätstheorie erklären sollte und dabei nicht mehr als ›Licht ist wirklich schnell‹ gesagt hat.«

»Die Relativitätstheorie hätte iff irgendwann auch gerne mal erklärt bekommen«, sagte Fames, das letzte Stück Kuchen in der Hand, das vorletzte im Mund.

Mawet forderte Paul auf, eine Schüssel, ein paar Zettel und Stifte zu holen. Bald hatte jeder einen Kellner-Notizblock vor sich liegen und schrieb etwas auf ein Blatt, um es dann sorgfältig zu falten.

Lucy ließ den Blick über die Gesichter der Leute schweifen. Die Familie, die sich an der Diskussion kaum beteiligt und sie fast zur Weißglut getrieben hatte, saß einfach in der Ecke. Die Eltern hielten die Kinder fest und schienen mit ihren Gedanken ganz weit weg zu sein.

Lucy wandte sich an Mawet. »Könnte man nicht wenigstens die Kinder gehen lassen?«

Mawet schüttelte den Kopf. »Alle hier sitzen in einem Boot. Keine Ausnahme.«

»Der Menschheit wird vorgeworfen, dass sie Kinder verhungern, in Kriegen sterben oder durch Krankheiten umkommen lässt, aber für euch Reiter gelten wohl andere Gesetze.«

Mawet sah sie unbewegt an, aber die anderen Reiter, die gerade dabei waren, ihre Stimmzettel auszufüllen, schauten hoch. Wojna verdrehte nur die Augen, aber zumindest Maladie und Fames hielten einen kurzen Moment inne, bevor sie ihre Wahl auf den Stimmzettel schrieben.

Die Motorradfahrerin bekreuzigte sich, warf ihren Stimmzettel schwungvoll in die Schüssel, als Paul herumging, und betete weiter.

»Wenn ich noch eine Frage stellen dürfte«, unterbrach Fames. Alle schauten ihn an, und er wandte sich an Maurice. »Wenn es möglich wäre, hätte ich gerne das Rezept von den Kuchen, die Sie

selbst gebacken haben. Ich glaube, es waren der Schokostreusel-
und der Apfel-Ananas-Kuchen.«

»Wenn ich das tue, bleiben wir dann am Leben?«, fragte Maurice, und Lucy krampfte sich zusammen, weil sie ahnte, was kam.

Fames sah zu Mawet, aber der hob nur die Schultern.

»Dann zur Hölle mit Ihnen«, sagte Maurice und schrieb seine
Entscheidung auf den Zettel.

Fames sah enttäuscht aus. Der Stift in seiner Hand schwebte über
dem Blatt, auf das er noch nichts geschrieben hatte. Lucy sah ihn
nervös an und flüsterte Maurice zu, seine Haltung vielleicht noch
mal zu überdenken, aber der setzte sich schmollend hin, nachdem
er den Zettel in die Schüssel geworfen hatte.

Die Blicke von Fames und Lucy trafen sich. Fames zog die Mundwinkel nach unten, schrieb sein Urteil auf den Zettel und legte ihn
in die Schüssel. Lucy hatte plötzlich einen Krampf in der Schreib-
hand. Alle anderen hatten nun ihre Zettel abgegeben, nur sie war
noch übrig.

Sie plädierte für die Menschheit. Tatsächlich aber war sie während der Diskussion immer unsicherer geworden, ob das auch wirklich die richtige Entscheidung war. Irgendwie hatten die paar Menschen im Diner es geschafft, einige der schlechten Eigenschaften
ihrer Art hervorzuheben. Eigensinnigkeit, Stolz, Engstirnigkeit,
Trotz.

Lucy war sich ziemlich sicher, dass Maurice und die Familie ebenfalls für die Menschheit gestimmt hatten. Die Motorradfahrerin war die große Unbekannte in der Gleichung. Es war ihr
immer noch völlig unklar, wie man als Teil der Menschheit gegen
sie stimmen konnte, aber die Frau schien sich fast zu freuen, dass
es zu Ende ging. Lucy nahm einfach an, dass sie darauf spekulier-
te, endlich vor ihren Gott zu treten und ins Paradies einzukehren.
Die Gegenwart von Gestalten, die diese Theorie durch ihre bloße
Anwesenheit unterstützten, half der Bikerin natürlich bei ihrer Entscheidung. Lucy selbst, die eigentlich an gar nichts glaubte, wusste

nicht so recht, was sie nach dem Tod erwartete. Sie würde es ja früh genug erfahren. Zum jetzigen Zeitpunkt machte sie sich hauptsächlich Gedanken über die Abstimmung, da eine Stimme der Menschen verloren schien. Also konnte sie nur hoffen, dass einer der Reiter für die Menschheit gestimmt hatte.

Ihr war klar, dass Wojna niemals dazu bewegt werden könnte. Maladie schien dem Ganzen gleichgültig gegenüberzustehen, aber trotz der Hilfe, die sie und Paul ihr gewährt hatten, schätzte Lucy, dass sie im Zweifelsfall eher auf der anderen Seite stand. Mawet und Fames waren da weniger klar. Am ehesten vermutete sie Fames auf ihrer Seite. Aber Maurice' letzte Reaktion hatte das schon wieder unwahrscheinlich gemacht. Mawet, als Personifikation des Todes, schien völlig neutral zu sein. In gewisser Weise, dachte sie, hatte er genug von all dem Sterben und wollte es vielleicht ein für alle Mal beenden, aber andererseits schien er auch viel zu interessiert an der Menschheit und ihrem Treiben, um das tatsächlich umzusetzen. Generell hatte sie den Eindruck, dass die Reiter viel enger zusammenhielten als die kleine Schar Menschen in diesem Raum. Und das machte ihr Angst.

Paul stand da mit der Schüssel in der Hand, in der sich nun alle Zettel befanden, und fragte, was er jetzt tun sollte. Mawet sagte, er solle die Zettel auf Lucys Tisch auszählen, also trat er an sie heran.

»Ich gehe davon aus«, sagte Lucy, »dass wir sterben müssen, weil wir für den Fall, dass wir die Auszählung gewinnen, niemandem davon erzählen dürfen, richtig?«

Mawet nickte.

»Aber wie soll die Menschheit erfahren, dass sie sich bessern soll, wenn wir das nicht weitertragen dürfen? Stattdessen werden sie hier im Diner Leichen finden, von denen sie nicht wissen, wie sie gestorben sind.«

»Die Menschheit soll sich von allein entwickeln und nicht, weil sie sich bedroht fühlt oder das Gefühl hat, irgendetwas tun zu müssen, was ein höheres Wesen ihr aufträgt. Freier Wille ist der

Grundsatz, der die Menschheit auf all ihren Wegen begleiten soll. Sei es der Pfad der Vernichtung oder der zur Erleuchtung. Die Menschheit muss ihren eigenen Weg gehen und sich am Ende dafür verantworten. Und was die Frage Ihrer Leichen angeht, so wird man vermutlich annehmen, dass sie durch ein Gasleck gestorben sind.«

»Mir fällt gerade auf, dass wir wesentlich mehr hätten diskutieren können, wenn Sie nicht immer in Bandwurmsätzen sprechen würden. Weniger Worte hätten es doch auch getan, oder?«

»Aber das entspricht nicht meinem Naturell und dem Gebot der Höflichkeit.«

»Sehen Sie, ein einfaches ›Nein‹ hätte gereicht.« Lucy fiel es mittlerweile schwer zu sprechen. Die ganze Kraft schien ihren Körper zu verlassen, trotzdem zwang sie sich weiterzureden. »Ganz abgesehen davon ist das mit dem freien Willen irgendwie Blödsinn, wenn man gezwungen wird, ohne große Sachkenntnis zu diskutieren, und als Dankeschön stirbt. Macht mir euren Boss nicht unbedingt sympathischer.«

Die Motorradfahrerin sah auf und schien etwas sagen zu wollen, fiel aber erschöpft zurück in die Ecke. Und Mawet wollte mit der Auszählung beginnen.

Paul nahm ein Blatt nach dem anderen heraus und führte eine Strichliste, bis die Schüssel leer war. Dann stand das Ergebnis fest.

***

Die Reiter traten durch die Tür ins Freie, stiegen langsam die Treppe hinunter und gingen zu ihren Pferden. Wojna trat grummelnd an sein Reittier, band es los und schwang sich sofort hinauf. Er wehrte eine Wespe ab und fluchte kurz. Dann nickte er den anderen zu und ritt ohne ein weiteres Wort davon.

Maladie ergriff ebenfalls die Zügel ihres Pferdes, und Fames half ihr in den Sattel, weil sie kaum die Kraft hatte hinaufzukommen.

Sie bedankte sich artig, hustete unaufhörlich und ritt ebenfalls über die Straße, ab in die Prärie.

Fames wollte sich gerade auf sein Pferd schwingen, als er sah, dass Mawet still auf das Diner starrte und keinerlei Anstalten machte, sein Pferd zu besteigen.

»Was ist los?«

Mawet schüttelte den Kopf. »Ach, nichts. Ich hab nur nachgedacht.«

»Über die Leute da drin? Wirst du auf deine alten Tage noch sentimental?«

Mawets Mund deutete ein Lächeln an. Aber es sah eher traurig als freundlich aus. »Manchmal mag ich meine Arbeit ganz und gar nicht, weißt du?«

Fames schaute betreten zu Boden. »Die Kleine hatte schon was, oder?«

»Das ist es nicht.« Mawet verschränkte die Arme vor der Brust. »Es ist vielmehr, dass … sie es alle nicht verdient haben. Sie waren einfach noch nicht dran.«

Fames grübelte. Dann sagte er: »Aber andere Leute haben es doch auch nicht verdient. Es gibt genug, die Hunger leiden und es nicht verdient haben. Oder krank sind. Oder mitten in einem Krieg. Oder die allergisch auf Kuchen sind.«

»Keiner ist allergisch auf Kuchen. Höchstens auf Milch oder eine andere Zutat.«

»Es beruhigt mich zu wissen, dass niemand auf Kuchen verzichten muss.«

Mawet runzelte die Stirn. »Was ich meinte, war, dass im Gegensatz zu den von dir aufgezählten Dingen die Sache eben final war.«

Fames dachte einen Moment darüber nach. »Aber Hunger kann zum Tod führen, der dann final ist.«

»Das stimmt schon, aber dann hat der Tod eine Ursache. Diese Leute hier hätten allesamt noch Jahre zu leben gehabt. Sie sind nicht durch Hunger, Krankheit oder Gewalt gestorben. Der einzige Grund, weswegen sie sterben mussten, ist, dass sie zufällig mit uns gesprochen haben. Bei allen anderen Menschen hat der Tod immer eine Ursache. Bei ihnen nicht. Und das macht mich traurig.«

Fames verzog das Gesicht. Aber kurz darauf lächelte er wieder. »Aber sie haben die Menschheit gerettet. Insofern hatte ihr Tod doch einen Sinn, oder etwa nicht?«

»Aber niemand wird je erfahren, dass sie die Welt gerettet haben. Oder wie kurz die Menschheit davorstand, vernichtet zu werden.«

»Aber das macht doch nichts.«

Mawet schaute skeptisch. »Warum?«

Fames nickte in Richtung des Diners. »*Sie* wussten es.«

»Aber sie mussten trotzdem sterben.«

»Aber sie starben in der Gewissheit, die Menschheit gerettet zu haben. Nicht der schlechteste Gedanke, den man beim Sterben haben kann, oder?«

Mawet schaute Fames an und machte lediglich »Hm«. Dann streichelte er sein Pferd, griff die Zügel und schwang sich hinauf.

Fames winkte ihm zu, als er an den Zügeln zog und davonreiten wollte, doch Mawet bedeutete ihm, einen Moment zu warten.

»Du hast für sie gestimmt, oder?«, fragte Mawet.

Fames lächelte. »Natürlich.«

»Warum?«

Das Grinsen auf Fames' Gesicht wurde breiter. »Erinnerst du dich, dass die Frau vorhin zu uns sagte, wir seien ›Glas halb leer‹-Typen?«

Mawet nickte.

»Sie hatte recht. Wir sind so darauf fixiert, immer nur das Schlechte der Menschheit zu sehen, dass wir uns nicht auf die Dinge konzentrieren, die das Leben schön und lebenswert machen. Natürlich hat das eine Menge mit unserem Naturell zu tun, aber ich denke, dass gerade wir auf die Dinge achten sollten, die auf unserem jeweiligen Gebiet positiv sind. Außerdem hat sich doch gezeigt, dass die Menschen hier voller Mitgefühl und Liebe waren. Und das, finde ich, sollte der Hauptgrund sein, warum wir sie leben lassen.«

»Die Menschen da drin waren voller Mitgefühl und Liebe? Wie kommst du denn darauf? Bestenfalls kann man das von einer Person behaupten.«

»Die Eltern hatten vor allem Liebe für ihre Kinder, das stimmt vielleicht. Doch sie stellten das Wohl von anderen, auch wenn es ihre eigenen Kinder waren, über ihr eigenes. Der Soldat mit dem Gewehr hatte natürlich auch sein eigenes Leben im Sinn, trotzdem hätte er es dafür gegeben, um alle anderen zu beschützen. Und über die Kellnerin brauchen wir wohl nicht zu diskutieren.«

»Und die andere Frau? Die in der Ecke? Ihr Mitgefühl schien sich in Grenzen zu halten. Der Mann hinter dem Tresen hinterließ bei mir ebenfalls den Eindruck, dass ihn die anderen nicht kümmerten.«

»Der Mann war außen vor und verstand nicht, was überhaupt passierte. Was die Frau angeht … nun, manchmal sind die, von denen man das meiste Mitgefühl erwarten würde, die mit dem geringsten.«

Mawet war skeptisch. »Zwei von sechs ist keine gute Quote, findest du nicht?«

Fames zuckte mit den Schultern. »Besser als umgekehrt, oder? Deswegen sage ich doch: Lass uns auf die positiven Aspekte schauen.«

»Du meinst, ich soll mehr auf die Lebenden als die Toten achten? Mein Augenmerk mehr auf das Wunder des Lebens und die Freude, die es bringt, lenken, als nur das traurige Ende eines kurzen Daseins aus Fleisch und Blut?«

Fames kicherte. »Die Frau hatte recht, als sie sagte, dass du zu viel und zu geschwollen redest.«

Mawet verzog das Gesicht. »Als ob du weniger quatschen würdest. Du hast nur immer den Mund voll.«

Fames schluckte den letzten Kuchenrest, den er in einem Mundwinkel gefunden hatte.

»Der Mann hat sich geweigert, dir die Rezepte zu geben. Ich hätte gedacht, dass du ihm das nicht verzeihen würdest.«

Fames zuckte mit den Schultern.

»Das war nicht das erste Mal, dass du für die Menschheit gestimmt hast, oder, Fames?«

»Korrekt.«

»Warum?«

»Ah, es klappt ja doch mit den kurzen Sätzen. Ich sehe, dass du lernst.«

»Beantworte einfach die Frage, Fames.«

Fames hatte nun sein freundlichstes Lächeln auf den Lippen und strich seinem Reittier über die Mähne. »Ganz einfach. Ich freue mich jedes Mal auf den Kaffee und den Kuchen.«

Fames setzte seinen Hut auf, tippte mit den Fingern an die Krempe und drückte leicht die Beine zusammen. Sein Pferd setzte sich in Bewegung und galoppierte schließlich über die Straße.

Mawet schaute ihm einen Moment nach, bis auch er gedankenverloren losritt. Weg von der Stadt, in die Ruhe der Prärie, wo keine Menschenseele um seine Aufmerksamkeit buhlte.

Aber kurz darauf hielt er das Pferd an und drehte sich ein letztes Mal zum Diner um. Alles, was er erkennen konnte, waren die verdorrten Pflanzen im Fenster, an denen er seine Macht demonstriert hatte.

Natürlich starben Menschen in seiner Gegenwart. Sie steckten sich mit dem Tod an, wie sie sich mit Fames' Hunger oder einer Krankheit von Maladie ansteckten. Aber er war anders, nicht wahr? Der Tod war viel unberechenbarer und viel mächtiger als seine Kollegen. Sie sollten auf die positiven Aspekte schauen, hatte Fames gesagt. Seit Ewigkeiten hatte er das Gefühl, dass die Menschheit ausgemerzt gehörte, damit endlich Ruhe wäre. Was er erst jetzt realisierte, war, dass er die Menschen mochte. Er wollte es zu Ende bringen, damit die Qual für sie ein Ende hatte. Die Qual, zu leben und zu sterben, ohne zu begreifen, was das Ganze eigentlich sollte. Aber die Leute im Diner schienen ihren Sinn gefunden zu haben: Kinder, eine weite Reise, die Gewissheit, im Krieg etwas Gutes vollbracht zu haben, oder die Aussicht darauf, Menschen zu helfen. Mawet fühlte sich plötzlich, als hätte er ihre Leben dieses Sinns beraubt.

Was war also das Schlimmste, was passieren konnte? Sie würden herumerzählen, was mit ihnen passiert war. Und wer würde ihnen glauben? Würde man sie nicht einfach nur für verrückt halten? Vermutlich würde jeder eine andere Erklärung finden.

Er lächelte. Dann schnippte er mit dem Finger. Als er davonritt, beschloss er, Wojna beim nächsten Mal bei seinem Wespenproblem zu helfen. Maladie würde er etwas Nasenspray und Kopfschmerztabletten mitbringen. Und mit Fames würde er ein Stück Kuchen und etwas Kaffee genießen.

Mawet war nur noch eine Staubwolke am Horizont, als die Blumen im Fenster des Diners sich wieder aufrichteten und blühten.

DAS ENDE VON »DIE WELT«

Zeitungen gibt's in Deutschland viele,
hier nur einige Beispiele:
Bild und Handelsblatt und FAZ,
Süddeutsche und auch die TAZ.
Selbst Neues Deutschland bringt noch Geld,
und es gibt auch noch »Die Welt«.

In aller Regel steht ganz vorne
Wichtiges über die Konzerne,
Politik und Weltwirtschaft,
auch mal was zur Wissenschaft.
Und auch der Sport schafft es ganz häufig
auf den Titel, doch nicht zwangsläufig.

Und was ist mit der letzten Seite?
Man denkt doch, dass sie dazu leite,
allen Quatsch dort abzudrucken,
der sonst niemanden scheint zu jucken.
Doch manchmal ist das Allerletzte
das am meisten unterschätzte.

Bei »Die Welt« heißt der Bereich
Panorama und ist facettenreich.
Ein großer Text steht meist noch oben,
ein paar kleinere verschoben
an den Rand und dann auch klein,
die Storys soll'n nicht länger sein.

Unter der Überschrift »Kompakt«
stehen die Geschichten da entschlackt
auf die wichtigen Bestandteile,
dass man nicht zu lange dort verweile,
denn am Ende braucht man nicht
alle Details in dem Bericht.

Ein Airbus kam in Turbulenzen,
Leute sind bei Papst-Audienzen,
Waldbrände in Kanada,
ein neuer Typ wird Superstar,
Hühner werden nachts geraubt,
ein Werbespot wird nicht erlaubt.

Unter den Teil »Kompakt« gesetzt
gibt es noch »Zu guter Letzt«.
Dort wird in ein paar Zeilen kurz
berichtet über irgend'nen Murks.
So Leute, die mit Böllern werfen,
wenn Kinder sie durchs Spielen nerven.

Das Wetter folgt dann ganz zum Schluss
und Werbung für so manchen Stuss.
Im Ganzen doch ganz amüsant,
kurzweilig und interessant.
Ob man's mag oder es missfällt:
Das ist das Ende von »Die Welt«.

AM ENDE DER WELT
IST PFINGSTMONTAG

Wenn man in einem Flugzeug sitzt, das gerade dabei ist, abzu-stürzen, kann man sich nicht auf den Bordfilm konzentrieren. Man will es auch gar nicht. Im Grunde ist man genug damit beschäftigt, sich am Sessel festzukrallen und darüber nachzudenken, ob das nun wirklich alles gewesen sein soll. Außerdem ging mir durch den Kopf, dass der Absturz nur das Ende einer Pechsträhne war, die nun zu ihrem krönenden Abschluss kommen sollte. Mein letztes Jahr war wirklich nicht gut verlaufen. Mit einer Ausnahme vielleicht.

Einige Wochen zuvor hatte ich im Lotto gewonnen. Kein Lottogewinn, wie ihn Hinz und Kunz ab und an mal machten. Nein, ich hatte 30 Millionen Euro gewonnen. Das ist schon eine Hausnummer. Da kann man schon mal überlegen, ob man sich nicht gleich zwei teure italienische Sportwagen kauft und sie rosa lackiert und dann kleine Einhörner drauf malen lässt, damit Sportwagenliebhaber aus aller Welt in Tränen darüber ausbrechen, wie man das so einem Auto antun kann. Als ob es irgendwie lebendig wäre. Oder eine Seele hätte.

Man sollte meinen, 30 Millionen Euro im Lotto zu gewinnen, wäre nichts, was man als Pech bezeichnen könnte. Andere Leute würden dafür ihre Lieblingsoma umbringen und sich trotzdem darüber freuen, als wären sie von den fünf schönsten Models der Welt zum Gruppensex eingeladen worden. Bei 30 Millionen fliegen schon mal Skrupel oder gesunder Menschenverstand aus dem Fenster hinaus. Nicht bei mir natürlich, aber ich kann durchaus verstehen, wenn das bei anderen passiert. Ich muss zugeben, dass ich mich über das Geld auch erst sehr gefreut habe. Aber im Grunde hat es erst dazu geführt, dass ich in diesem Flugzeug saß, das irgendwo im Pazifik abstürzte.

Im Jahr zuvor …

***

Der jüngere, schwarze Offizier, der dem Namensschild über seiner linken Brust nach »Smith« hieß, klopfte mit dem Kugelschreiber auf den Tisch des karg eingerichteten, metallischen Raums und riss mich damit aus meinen Gedanken. »Das Alien. Wir wollen, dass Sie uns von dem Alien erzählen.«

»Und natürlich von dem Raumschiff und der Technik, die da drin war«, sagte der ältere, weiße Offizier, der ein wenig so aussah, als hätte ihm am Morgen jemand in den Kaffee gespuckt. Seinem Namensschild nach hieß er »Jones«.

Die weißen Uniformen der beiden machten den Eindruck, als wären sie von der Navy, obwohl nirgends nautische Abzeichen zu sehen waren. Mein erster Gedanke war, dass sie vom Traumschiff kamen.

»Sie wollen, dass ich ganz hinten mit der Geschichte anfange, aber so läuft das nicht. Außerdem müssten Sie doch wissen, was am Ende der Geschichte passiert ist, immerhin haben Ihre Leute ja erst dafür gesorgt, dass alles so aus dem Ruder gelaufen ist. Und ich kann meinen Anteil nur erzählen, wenn ich erkläre, wie es überhaupt dazu gekommen ist«, sagte ich voller Überzeugung.

»Interessiert uns nicht«, sagte Jones. Seine Stimme hallte in dem leeren metallischen Raum von den Wänden wider.

»Herr Br… Herr Brische… Herr …«, versuchte Smith, meinen Namen auszusprechen.

»Brzęczyszczkyiewicz, so schwierig ist das doch nicht«, sagte ich lächelnd. Mir war klar, dass das für die meisten Leute ein Zungenbrecher war.

Der ältere Offizier sah den jüngeren skeptisch an, der ihm daraufhin den Zettel, auf dem mein Name abgedruckt war, hinhielt. Jones hob eine Braue und sah mich skeptisch an. »Ist das ein deutscher Name?«, fragte er verwirrt.

»Polnisch. Meine Familie stammt von dort.«

Beide bewegten die Lippen, als sie still versuchten, den Namen irgendwie auszusprechen.

»Könnten wir Sie vielleicht einfach Peter nennen?«, fragte Smith schließlich.

»Sicher«, sagte ich schmunzelnd.

»Peter ... das Alien. Was war mit dem Alien?«, wiederholte Smith.

»Na, mit Ihnen möchte ich nicht am Lagerfeuer sitzen und Ihren Geschichten lauschen. Erzählen Sie da etwa auch die Pointe zuerst?«

»Sie wollten gerade berichten, was ein Jahr zuvor passiert ist. Das ist aber irrelevant.«

»Für mich nicht«, sagte ich. »Also wollen Sie nun die Geschichte hören oder nicht? Ich versuche ohnehin, mir selbst gerade darüber klar zu werden, wie ich überhaupt in diese Lage gekommen bin.«

Smith und Jones sahen sich an. Jones machte eine Handbewegung, die wohl »Na gut, dann erzählen Sie eben weiter« bedeuten sollte. Also erzählte ich weiter.

***

Im Jahr vor dem Flugzeugabsturz hatte ich, wie gesagt, eine Pechsträhne. Ich könnte gar nicht genau sagen, wann das angefangen hat, aber ich glaube, ein guter Anfang wäre dort, wo ich meine Freundin mit einem anderen Kerl bei uns im Bett erwischte.

Ich weiß, es klingt wie ein Klischee aus einer dieser romantischen Komödien, in der am Anfang die Hauptperson von ihrem Partner hintergangen wird, um sie uns sympathischer zu machen. Aber wenn einem so etwas wirklich widerfährt, findet man es ganz und gar nicht lustig. Und ich bin auch nicht sicher, ob es mich sympathischer macht, dass meine Freundin … aber nun greife ich schon selbst vor.

Ich arbeitete als Datenbank-Entwickler und kam früher von der Arbeit, weil dort der Strom ausgefallen war und uns Mitarbeitern gesagt wurde, dass das Problem wohl länger dauern würde. Mir blieb also die Wahl, meinen Arbeitstag damit zu verschwenden, Däumchen zu drehen, oder nach Hause zu gehen. Ich entschied mich für Letzteres, nicht ahnend, dass meine Freundin ihren freien Nachmittag damit verbrachte, mit ihrem Pilates-Trainer ein erweitertes Trainingsprogramm durchzuziehen.

Als ich also ins Schlafzimmer kam, stieß er gerade lustig von hinten in sie hinein. Ich schaute überrascht, sie verwirrt, und er machte ein Gesicht wie ein Delfin, der gerade erfolgreich durch den Ring gesprungen war und nun seinen Fisch bekommen sollte. Zumindest bis er bemerkte, dass eine dritte Person im Raum war. Dann sah er eher aus wie Bambi, nachdem seine Mutter gestorben war.

Von ihr kamen Worte wie: »Warte, ich kann das erklären!« Noch so ein Klischee. Als ob es dabei was zu erklären gäbe. Was hätte sie mir schon sagen können? Dass ihr ein Stift im Schlafzimmer heruntergefallen war, sie sich danach gebückt, all ihre Klamotten dabei kaputtgegangen waren und ihr Trainer unglücklich gestolpert und dabei so gelandet war, dass sich zufällig sein Penis in ihrer Vagina verfing? Jede Erklärung hätte nur meine Intelligenz infrage gestellt. Oder ihre.

Ich lief jedenfalls einmal die Straße rauf und runter, um einen klaren Kopf zu bekommen. Hat natürlich nichts gebracht. Wenn man sieht, wie die Frau, die man liebt und der man in absehbarer Zeit einen Heiratsantrag machen wollte, von einem anderen Kerl wie Jolly Jumper bestiegen wird, dann fragt man sich zunächst, ob man Frauen jemals wieder vertrauen kann oder sein restliches Dasein vielleicht lieber in einem einsamen Bergkloster im Himalaja fristen sollte.

Als ich in die Wohnung zurückkehrte, saß sie im Wohnzimmer und wartete auf mich. Sie machte den halbherzigen Versuch, irgendwas zu retten, aber ich sagte, dass es aus sei. Natürlich hätte es dem dramatischen Beziehungsende geholfen, wenn ich bei ihr nicht zur Untermiete gewohnt hätte. So war ich es, der aus der Wohnung flog und plötzlich auf der Straße stand.

***

»Ich bin mir nicht sicher, wie relevant das Ganze ist«, sagte Smith.

Jones beugte sich vor. »Bitte kommen Sie einfach zu dem wichtigen Teil. Das Alien.«

»Sie wollen mir also sagen, dass meine Lebensgeschichte nicht wichtig ist? Ist es das? All die Dinge, die dazu geführt haben, dass ich dort gelandet bin, wo ich war? Um zu verstehen, wie das mit dem Alien war, müssen Sie verstehen, in was für einer Verfassung ich mich zum Zeitpunkt unseres Treffens befand.«

»Ich bin mir sicher, dass die Geschichte, wie Ihre Freundin Sie rausgeschmissen hat, dafür völlig ohne Bedeutung ist«, sagte Jones.

»Aber ganz ehrlich, die hat Sie rausgeschmissen?«, fragte Smith interessiert.

»Die Wohnung gehörte ihr«, erwiderte ich.

»Ah«, machte Smith. »Und wer ist Jolly Jumper?«

»Können wir dann weitermachen?«, unterbrach Jones, bevor ich antworten konnte.

***

Für ein paar Tage kam ich bei einem Freund unter, aber auch das ging nur so lange gut, bis seine Freundin meinte, dass sie etwas Privatsphäre brauchten. Vermutlich half es auch nicht, dass ich sie einmal unter der Dusche überraschte, weil sie vergessen hatte, die Tür abzuschließen. Ein paar Tage leistete ich mir sogar ein billiges

Hotel, aber ich hörte mein Konto bereits stöhnen. Ich fand schließlich eine kleine Wohnung, in der sich dann mein Kram, den ich von meiner Exfreundin geholt hatte, buchstäblich stapelte. Und ich schlief auf dem Boden, um ein paar Kisten gewickelt.

Der Stromausfall in der Firma? Der hatte dazu geführt, dass ein Projekt, an dem ich gerade arbeitete, ins Hintertreffen geriet. Tatsächlich hatte es die Festplatte meines Rechners in Mitleidenschaft gezogen, und da ich keine Sicherungskopie hatte, bekam ich nun den geballten Ärger meines Chefs ab. Was sich darin äußerte, dass er mich in sein Büro rief und mich anbrüllte. Faszinierenderweise war seine Bürotür aus Glas, und zwischen mir und meinen Arbeitskollegen wurden immer Wetten abgeschlossen, wann er durch sein Gebrüll die Tür zum Splittern bringen würde. Dabei war die Wahrscheinlichkeit viel höher, dass entweder er einem Herzanfall erliegen oder mein Trommelfell aufgrund des Geschreis die weiße Fahne schwenken würde.

Er schmiss mich zwar nicht direkt raus, aber er machte mir die nächsten Monate zur Hölle, und es gelang ihm zum Teil sogar, meine Kollegen gegen mich aufzubringen. Also saß ich, wenn ich nach Hause kam, in meiner kleinen, vollgemüllten Bude, aß billige Supermarktkost, weil ich mir nicht mehr leisten konnte, und hatte genug Zeit, darüber in absolute Existenzangst zu verfallen. Und diese Momente, in denen man denkt, dass man weder Geld noch Freunde hat noch jemanden, der einen liebt, führen bei manchen dazu, sich zweifelhaften Gruppierungen anzuschließen. Wie Religionen, Terror-Organisationen, politischen Parteien oder einem Fitnessstudio, was – wenn man es genau überlegt – alles irgendwie dasselbe ist. Andere verfallen in Depressionen, kleiden sich schwarz und hören nur noch The Cure, aber ich konnte mir weder dunkle Kleidung leisten noch irgendwelche pessimistischen CDs auflegen, da die noch im Keller bei meiner Ex lagerten. Alles, was ich hatte, waren Hawaiihemden und eine Single von Pharrells »Happy«, die eigentlich meiner Ex gehörte, aber irgendwie ihren Weg in meine

Sachen gefunden hatte. Versuchen Sie mal, damit auf schwermütige Gedanken zu kommen. Selbstmord wäre noch eine Option gewesen, aber da meine einzige Rasierklinge das stumpfe Ding in meinem Apparat im Bad war, das nicht einmal zum Butterstreichen taugte, landete ich eben beim Glücksspiel.

Hätte mir letztes Jahr jemand gesagt, dass ich dieses Jahr im Lotto gewinnen würde, hätte ich ihm gesagt: »Cool, ich hoffe, es sind mehr als fünf Euro.«

Hätte mir letztes Jahr jemand gesagt, dass ich dieses Jahr in ein Flugzeugunglück verwickelt würde, hätte ich ihm gesagt, dass ich das wenig witzig fände. Hätte mir letztes Jahr jemand gesagt, dass ich das Unglück überleben würde und wie Tom Hanks in *Castaway* oder Robinson Crusoe auf einer einsamen Insel stranden würde, wo mir dann auch noch ein Außerirdischer über den Weg läuft, hätte ich ihm einen Vogel gezeigt.

Na ja, wenn man es genau nimmt, hätte ich ihn schon bei der ersten Aussage stehen lassen und nur genervt den Kopf geschüttelt, denn ich glaube nicht an diesen ganzen Vorhersehungsquatsch. Mal ehrlich, immer wenn irgendeiner ankommt und etwas von sich gibt, das wie »Ich sage dir, was dann und dann passiert« klingt, kann man davon ausgehen, dass es totaler Bullshit ist. Besonders dann, wenn es sich dabei um jemanden handelt, der das Wetter vorhersagt.

Man stellt sich ja immer vor, wie das Leben ist, wenn man einmal groß im Lotto gewonnen hat. Also zumindest ich habe mir das immer vorgestellt. Zum Chef gehen und sagen, dass er ein Arschloch ist, während man mit zwei erhobenen Mittelfingern rückwärts aus seinem Büro geht. Allen Kollegen, denen man schon immer mal sagen wollte, dass sie inkompetent sind, genau das um die Ohren hauen. Die letzte eMail an den gesamten Firmenverteiler, in der man schreibt, dass sie einem die Kimme knutschen können. Nur in Wahrheit tut man nichts von alledem.

***

»Relevanz?«, sagte Jones.

»Nun sagen Sie bloß, dass Ihnen noch nie solche Gedanken durch den Kopf gegangen sind. Einfach alles hinschmeißen und dem Chef sagen, dass er Sie mal kann.«

»Mein Chef ist der Präsident der Vereinigten Staaten von Amerika.«

»Man könnte argumentieren, dass das umso mehr ein Grund wäre, genau das zu tun.«

Jones und Smith schauten ausdruckslos zu mir herüber.

»Humor ist nicht Ihre Stärke, oder?«, fragte ich eher rhetorisch.

»Bitte beschränken Sie sich auf die für uns relevanten Fakten«, sagte Jones.

»Ach, ich fand das eigentlich recht spannend«, sagte Smith.

Jones seufzte und deutete mir mit einem Drehen seines Handgelenks an, dass ich fortfahren sollte.

***

Ich kam am Montagmittag vom Essen zurück zur Arbeit, als mein Handy brummte. Eine eMail-Nachricht. »Herzlichen Glückwunsch, Sie haben im Lotto gewonnen!« So weit, so gut. Ich dachte mir zunächst nichts dabei, weil es wie der übliche Spam klang, den man so per eMail bekommt:

1. Herzlichen Glückwunsch, Sie sind ein Gewinner!

2. Ich schreibe Sie an in Vertretung des Königs von Nigeria, der aus irgendwelchen fadenscheinigen Gründen nicht selbst seine 10 Millionen Dollar von der Bank abholen kann, weswegen Sie 50.000 Euro als Gebühr überweisen sollen, damit Sie später mit einem Eimer von 100 Millionen Simbabwe-Dollar-Scheinen Ihren Keller tapezieren können.

3. Mandy, die 20 Jahre jünger ist als du und Hupen hat, die ganze Landstriche verdunkeln können, hat dein Profil auf der Seite besucht, die du selbst noch nie gesehen hast, findet dich aber total toll und will mit dir stundenlang Sex haben, während ihr gemeinsam sämtliche Staffeln von Doctor Who *bingewatcht.*

Meine Skepsis war also größer als meine Neugier. Ich schaute trotzdem mal herein, und die Nachricht war von der offiziellen Lotteriegesellschaft.

Bei den wenigen Lottospielen, die ich bisher in meinem Leben gemacht hatte, war mein höchster Gewinn mal 70 Euro oder etwas in dem Dreh. Nicht schlecht, aber damit kauft man sich nicht unbedingt sein erstes Privatflugzeug.

Ich loggte mich online bei der Lottogesellschaft ein und ging auf meine Konto-Übersichtsseite. Und dort sah ich eine drei. Und sieben Nullen, die ihr folgten.

Ich glaube, ich hatte die Augen so weit aufgerissen, dass meine Kollegen dachten, sie würden mir gleich herausfallen. Ich sah mich um, der Kollege neben mir fragte nur, was denn mit mir los sei und ob ich einen Geist gesehen hätte.

Ich wechselte schnell das Tab auf dem Bildschirm, bevor er einen Blick erhaschen konnte. »Ich hab nur gerade ein Bild im Internet gesehen, was ich lieber nicht gesehen hätte.«

»Vielleicht solltest du mal andere Webseiten besuchen. Oder deine Arbeit machen«, sagte er, und im Geiste zeigte ich ihm bereits den Mittelfinger.

Ich schloss das Browserfenster und sicherte den Rechner, bevor ich auf die Toilette ging, um mir etwas kaltes Wasser ins Gesicht zu schütten. 30 Millionen! Ich überlegte, was ich alles damit machen könnte. Buchstäblich alles. Reisen. Teure Autos. Ein Haus kaufen. Leute dazu überreden, dass sie irgendwelche dummen Sachen machten. Selbst ein Opernbesuch stände nicht außer Frage. Nicht, dass ich großer Opernfan wäre, aber wenn mich mal was interessierte, waren die Karten für ordentliche Plätze exorbitant teuer. Darüber müsste ich mir keine Gedanken mehr machen. Ich könnte es mir sogar mal leisten, die Rolling Stones live zu sehen, bevor sie durch mumifizierte Doppelgänger ersetzt würden. Genau genommen könnte ich mir für 30 Millionen die Rolling Stones kommen lassen, auf dass sie mir in der Oper den Schwanensee tanzten.

Ich lief den Gang zurück zu meinem Platz. Mein Gehirn arbeitete auf Hochtouren, um zu entscheiden, was ich jetzt tun sollte. Weswegen ich auch keinen klaren Gedanken an meine Arbeit mehr fassen konnte. Also meldete ich mich krank.

Es dauerte noch zehn Tage, bis das Geld endlich auf mein Konto überwiesen war. Zehn Tage, in denen ich nicht zur Arbeit gehen konnte. Gehen wollte. Nicht, dass ich überhaupt zur Arbeit gehen wollte, bei dem Idioten, der sich Chef nannte. Zehn Tage, die ich Nägel kauend daheimsaß und versuchte, mir klar zu werden, wie sich mein Leben verändern würde.

In diesen zehn Tagen hatte ich einen Termin bei der Lottogesellschaft, wo sie mir in einem Gespräch darlegten, wie ich am besten mit meinem Gewinn umgehen sollte. Sie gaben mir keine Finanz- oder Steuertipps, sondern mehr allgemeine Ratschläge. Ich sollte nur einen kleinen Personenkreis einweihen. Nicht mit der Presse oder den Medien sprechen. Jede Geldanlage in Ruhe überschlafen und -denken. Immer vor Augen behalten, dass es ein einmaliger Geldfluss war. Und so weiter und so weiter.

Im Grunde wurde mir gesagt, dass ich all die Dinge, die ich mir schon immer vorgenommen hatte, lieber lassen sollte. Und wer wollte schon Mick Jagger in einem Tutu sehen?

***

»Leute, die ausschweifend über nicht relevante Dinge reden, während andere dringend Informationen über ein Alien brauchen?«, sagte Jones.

Smith schaute ihn stirnrunzelnd an.

»Darf ich Sie daran erinnern, dass nicht *ich* es war, der auf der Insel verrücktgespielt hat?«, sagte ich, aber Jones machte nur eine Handbewegung, die andeutete, dass ich fortfahren sollte.

***

Wie schnell kann man 30 Millionen ausgeben? In Anbetracht der Tatsache, dass ich vorher mit knapp 17.000 Euro nach Steuern im Jahr ausgekommen war, kam mir die Summe absolut utopisch vor. Zumal ich keinerlei Verpflichtungen hatte. Keine Frau, kein Kind. Und ein Haus wollte ich für mich allein auch nicht kaufen. Ein neues Auto, ja, das wäre was, aber auch da blieb ich realistisch. Hatte ich schon mal darüber nachgedacht, einen teuren Sportwagen zu fahren? Sicher. Aber was sollte ich mit so einem italienischen Renngefährt, das ich doch nicht ausfahren konnte? Oder bei dem ich Gefahr lief, dass irgendein Idiot, der mir mein Glück nicht gönnte, das Teil zerkratzen würde? Was sollte ich mit einem großen Geländewagen, wenn ich mit dem in der Stadt ohnehin keinen Parkplatz finden würde? Oder einem Rolls-Royce? Der wäre vielleicht sinnvoll gewesen, wenn ich auch einen Fahrer hätte, der mich durch die Gegend kutschiert. Aber dann hätte ich einen Angestellten gehabt und hätte mich um ordentliche Bezahlung, Steuern und dergleichen kümmern müssen. Mit genau so etwas wollte ich mich ja nicht mehr abgeben. Außerdem machte ein Auto zu dem Zeitpunkt überhaupt keinen Sinn, denn für das, was ich vorhatte, brauchte ich ohnehin keinen Wagen.

Nein, mein Plan war simpel. Ich würde das Geld dazu benutzen, um ordentlich zu reisen. Mit Stil. Nicht mehr in irgendwelchen fragwürdigen Hotels übernachten, bei denen man den Eindruck hatte, die Leute liefen nicht über den Gang, sondern einem mitten durch den Kopf. Hotelzimmer, die einen Ausblick auf das Meer oder einen schönen See hätten und nicht auf eine kahle Wand. Ich hatte da einschlägige Erfahrung. Bei meiner Reise nach Barcelona – eine Stadt, die wirklich sehr schön ist – hatte ich ein Hotelzimmer, das zum Innenhof rausging. Schräg unter mir war eine 24-Stunden-Flamenco-Schule, deren offenes Fenster ebenfalls auf diesen Innenhof ging. Ich schaute also nicht nur auf eine Wand, ich hatte auch die ganze Nacht das Gefühl, jemand würde in meinem Zimmer steppen. Außerdem war die Toilette so angebracht, dass ich, um darauf gerade zu sitzen, mit einem Bein in der Duschtasse hing. Dafür sorgte die Klospülung auch gleich dafür, dass es in der Dusche tropfte.

***

»Das erinnert mich an das Hotel in Ecuador, wo unser Fenster direkt in die Küche ging, weißt du noch?«, sagte Smith und boxte Jones in die Seite. Der warf ihm einen Blick zu, als würde er gleich einen Atomschlag auf sein Elternhaus befehlen.

»Du weißt schon, Ecuador. Da, wo wir wegen der Überreste des …«

Jones hob den Finger und sah ihn eindringlich an. »Ich weiß schon, warum wir in Ecuador waren. Ich war dabei.«

»Was war denn in Ecuador?«, fragte ich.

»Das ist geheim«, sagte Jones, und Smith verzog das Gesicht, weil er sich fast verplappert hatte.

»Ich schätze, es hatte etwas mit dem Umsturz einer demokratisch gewählten Regierung zu tun. Oder Öl. Und ich meine nicht Sonnenöl. Obwohl, hat Ecuador überhaupt Ölreserven?«

»Wollen Sie uns jetzt weiter von Barcelona erzählen oder endlich etwas über das Alien sagen?«

***

Nachdem das Geld endlich auf meinem Konto eingegangen war, unterrichtete ich meinen Chef von meiner Kündigung. Ganz ruhig. Sein Gesicht allerdings hatte etwas von einem Hühnchen im Backofen, das ganz langsam die Farbe wechselte. Der Wechsel der Farbtemperatur nahm noch zu, als ich ihm sagte, dass ich das laufende Projekt nicht abschließen würde, weil ich jetzt meine Sachen zusammenpacken und dann das Büro nie mehr betreten würde.

Den Adern auf seiner Stirn nach zu urteilen, die wie eine abstrakte Landkarte aussahen, stand er kurz davor, zu platzen. Also verabschiedete ich mich und sagte meinen Kollegen noch Tschüss. Sie sahen mir zum Teil mit neidischen Blicken nach, obwohl sie nicht wussten, wie neidisch sie wirklich auf mich sein sollten. Denen, die mich fragten, was ich denn jetzt machen würde, sagte ich, dass ich erst einmal für ein Jahr reisen wollte, um dann einen neuen Job anzutreten. Das war nicht wirklich gelogen. Ich wollte ja reisen, nur das mit dem Job … nun, es war unwahrscheinlich, dass ich mir je wieder einen suchen würde.

Der Abgang war zwar nicht so, wie ich ihn mir über Jahre hinweg vorgestellt hatte, aber trotzdem fühlte ich mich irgendwie von einer Last befreit.

***

»Kommen Sie doch bitte endlich zum Punkt«, sagte Jones. »Wie lange sollen wir uns das denn noch anhören?«

»Mir war so, als hätten Sie gesagt, dass der nächste Hafen mehrere Tage entfernt wäre.«

»Das ist korrekt«, sagte Jones.

»Also warum die Hetze?«

Jones seufzte, während sein jüngerer Kollege wesentlich interessierter zu sein schien.

»Also haben Sie eine Weltreise gemacht?«, fragte Smith aufgeregt.

»Na ja, ich habe zumindest eine begonnen«, sagte ich.

»Was bist du denn so aufgeregt deswegen? Du fährst doch die ganze Zeit um die Welt«, sagte Jones zu Smith.

»Ja, aber wir haben ja nie Zeit, uns mal etwas anzusehen. Ständig befragt man nur irgendwelche Personen.«

»Zumindest lernen Sie offenbar immer neue Leute kennen«, sagte ich amüsiert, und Jones warf mir einen skeptischen Blick zu. »Oder immer neue Aliens.«

Die beiden horchten auf.

»Wie meinen Sie das?«, fragte Jones.

»Die Uniformen, die Sie da anhaben, sind nicht wirklich von der Navy, oder? Ich meine, Sie haben nicht mal Rangabzeichen.«

Jones und Smith sahen sich an.

»Weiter, bitte«, sagte Jones.

»Ja, was haben Sie denn alles gesehen?«, fragte Smith, und Jones verdrehte die Augen.

»Keine Antwort auf meine Frage? Also darf ich davon ausgehen, dass ich nicht falschliege?«

»Weiter, bitte«, sagte Jones, diesmal mit deutlich mehr Nachdruck.

***

Es war an der Zeit, meine erste Reise zu planen. Und irgendwie dachte ich, warum klein anfangen? Also wollte ich gleich eine Weltreise machen.

Bei meinen bisherigen Reisen hatte ich völlig auf die Nutzung eines Reisebüros verzichtet. Für einen Flug und ein Hotel brauchte man nicht noch einen Zwischenhändler, dachte ich mir immer. Aber die Planung einer Reise um die ganze Welt ist etwas völlig anderes. So viele Länder, so viele Fallstricke, über die man stolpern könnte. Im Grunde wollte ich erst einmal ein halbes Jahr geplant durch die Gegend ziehen, um mich darauf einstellen zu können, wie es mit mir in Zukunft weiterging. Hätte ich erst einmal Erfahrung gesammelt, könnte ich vielleicht auch alles selbst arrangieren. Aber nicht beim ersten Mal.

Ich ging also zu dem kleinen Reisebüro in der Einkaufspassage, die etwa einen Kilometer von meiner Wohnung entfernt lag. Die gesamte Glasfront war voll mit Angeboten, größtenteils zu den üblichen Touristengebieten wie Mallorca, den Kanarischen Inseln oder für Städtetouren, wie ich sie früher oft gemacht hatte. Andererseits hingen dort auch Angebote, die eher einer Kaffeefahrt entsprachen. Schau auf die Angebote eines Reisebüros in deiner Nähe, und du weißt, ob du in einem überalterten Gebiet wohnst.

Die Frau Mitte 40, die hinter ihrem Schreibtisch saß und konzentriert auf den Bildschirm starrte, bemerkte mich erst gar nicht. Mit der einen Hand bewegte sie die Maus ihres Computers, auf der anderen balancierte sie ihr Gesicht. Als ich näher trat, schreckte sie hoch, lächelte aber sogleich.

»Hallo, wie kann ich Ihnen helfen? Möchten Sie sich vielleicht setzen?«, fragte sie und zeigte auf den stoffbezogenen Stuhl vor ihrem Tisch. Ich sah, wie sie schnell mit der Maus versuchte, das Fenster von Solitaire zu schließen, das sie offenbar gerade gespielt hatte.

»Ich hätte gerne eine Weltreise gebucht«, sagte ich.

Die Augen der Frau weiteten sich. »Okay, das ist großartig.«

»Aber ich will nicht so eine Standardreise. Ich habe bestimmte Ziele im Kopf und würde dort gerne in den besten Hotels übernachten.«

Die Augen der Frau blieben starr. Sie sagte lediglich: »Hm-mh.«

»Und ich denke, ich würde auch am liebsten überall first class hinfliegen.«

»Hm-mh.«

Dann sah sie mich genauer an und musterte mich von oben bis unten. Ich muss gestehen, dass mir das etwas unangenehm war.

»Ist Ihnen klar, was First-Class-Flüge und die besten Hotels kosten? Generell ist eine Weltreise nicht ganz billig.«

»Ja?«

»Vermutlich reden wir hier von einigen 10.000 Euro. Wenn nicht sogar einigen 100.000 Euro.«

»Ja?«

»Das ist jetzt kein Scherz oder so? Sie wollen wirklich eine superteure Weltreise machen und können das wirklich bezahlen? Sie sind nicht von *Versteckte Kamera* oder so?«

Ich schüttelte den Kopf.

»Sie hat auch nicht irgendein Freund von mir geschickt, oder? Ich meine, wenn ich jetzt die ganze Arbeit da reinstecke, dann lassen Sie mich nicht hinterher damit sitzen, oder?«

»Haben Sie so viel zu tun, dass Sie die Zeit dafür nicht erübrigen können?«, fragte ich.

»Äh«, machte sie.

»Gehen Sie eigentlich mit allen Kunden so um?«

Sie beugte sich vor. »Ganz ehrlich, so viele Kunden gibt es hier nicht, aber wenn, dann wollen sie keine Weltreise buchen. Und, ohne Ihnen zu nahe treten zu wollen, Sie sehen nicht wie ein Millionär aus.«

»Wie sehen Millionäre denn aus?«

»Na, so mit Anzug und so.«

»Wenn ich also mit Anzug hier reingekommen wäre, hätten Sie sich nicht gefragt, ob ich wirklich eine Weltreise buchen will?«

»Doch, auch.«

»Aha«, sagte ich.

»Wie, aha?«, fragte sie.

»Sie wollen also sagen, dass es an mir liegt, dass Sie mir nicht zutrauen, das Geld dafür zu haben?«

»So war das jetzt auch nicht gemeint.«

»Wie denn dann?«

»Sind Sie denn Millionär?«

»Was hat das denn damit zu tun?«

»Na, vielleicht muss ich mein Bild von Millionären einfach ändern, weil ich eine ganz falsche Vorstellung von denen habe.«

Ich dachte kurz nach. »Ja, ich bin Millionär. Wenn auch noch nicht lange.«

»Was genau soll das denn heißen?«

Ich dachte kurz darüber nach, ob ich sagen sollte, woher das Geld kam. Da ich bereits klargestellt hatte, dass ich so viel Geld hatte, glaubte ich, dass es nicht wirklich darauf ankam, es geheim zu halten. »Ich habe das Geld im Lotto gewonnen.«

»Herzlichen Glückwunsch!«

»Danke!«

»Also deswegen sehen Sie nicht wie ein Millionär aus.«

»Fangen Sie schon wieder damit an? Vielleicht sollte ich einfach in ein anderes Reisebüro gehen.«

Die Frau erschrak. »Nein, ich meine ja nur, dass Sie wahrscheinlich, wenn Sie etwas länger Millionär sind, mehr auf Ihre Kleidung achten.«

»Was stimmt denn jetzt mit meiner Kleidung nicht?«

»Na, die sieht so normal aus.«

»Und Millionäre tragen keine normale Kleidung?«

»Wie ich schon sagte, eher Anzüge und so.«

Ich runzelte die Stirn. »Okay, folgendes Szenario. Stellen Sie sich vor, dass irgendein berühmter Fernsehmensch hier reinkommt.«

»Helene Fischer?«

»Vielleicht bleiben wir lieber bei Männern. Also, sagen wir … Günther Jauch.«

»Ja, der ist bestimmt Millionär.«

»In der Tat. Also stellen Sie sich vor, der kommt hier in Trainingshosen und in einem alten, ausgewaschenen Pullover an.«

»Das hätte ich aber nicht von dem gedacht.«

»Ja, aber es ist doch durchaus vorstellbar, dass er in seiner Freizeit nicht mit Anzug und Krawatte rumläuft, oder? Er will es doch bestimmt mal bequem haben.«

»Also, ich habe ja gehört, dass so ein ordentlich geschneiderter Anzug sehr bequem sein soll.«

»Ja, aber doch nicht auf-der-Couch-rumliegen-bequem!«

»Der Jauch sitzt nur ordentlich auf Stühlen.«

»Auch in seiner Freizeit? Kennen Sie ihn persönlich, um das beurteilen zu können?«

»Kennen Sie ihn persönlich, um das Gegenteil zu behaupten?«

Langsam wurde ich ärgerlich. »Sie laufen ja auch nicht den ganzen Tag im Ballkleid herum, oder? Ich meine, selbst jetzt haben Sie ja nicht Ausgeh-Chic an, oder?«

»Wollen Sie etwa sagen, dass ich nicht ordentlich gekleidet bin?«

Um es abzukürzen: Es war für mich an der Zeit, ein anderes Reisebüro aufzusuchen. Eigentlich wollte ich nicht lange dafür durch die Gegend rennen, aber nun musste es eben sein.

Die Frau im nächsten Büro, die ich auf Anfang 30 schätzte, war gerade dabei, ihren offenbar frisch erworbenen Verlobungsring ihrem Kollegen zu zeigen, als ich eintrat. Sie ließen mich einen Moment warten, bis sich die Frischverlobte Zeit für mich nahm. Auch sie musterte mich von oben bis unten, als ich ihr sagte, dass ich eine Weltreise mit Flügen in der ersten Klasse und den besten Hotels buchen wollte. Als ich ihr preisgab, dass ich Millionär war, fragte sie mich lediglich, ob ich schon eine Freundin hätte, und zog an dem Ring, den sie ein paar Minuten vorher noch so schön präsentiert hatte. Als dann ihr Kollege anbot, dass er die Beratung für mich übernehmen könnte, und andeutete, dass er Single sei, lehnte ich dankend ab. Trotzdem kam es zu einem Handgemenge der beiden Mitarbeiter, und ich suchte schnell das Weite.

Beim dritten Reisebüro war ich vorsichtiger. Die Beraterin stand kurz vor der Rente, war kompetent und antwortete auf meine Versicherung, dass ich mir die Reise leisten könnte, lediglich, dass wir das spätestens bei der Bezahlung bemerkt hätten. Natürlich stimmte ich ihr zu.

»Sagen Sie mir einfach erst mal, was Sie denn eigentlich sehen wollen. Dann schauen wir mal, wie wir Sie von A nach B bekommen.«

Namibia war mein erstes Ziel. Ich wollte schon immer mal die toten Bäume und riesigen Dünen in der Sossusvlei sehen. Daraufhin fragte mich die Beraterin, ob ich, wenn ich schon mal in der Gegend wäre, auch gleich Südafrika besuchen wollte.

»Ja, sicher«, sagte ich.

Madagaskar war das nächste Ziel. Es folgte Indien, der Taj Mahal in Agra. Angkor in Kambodscha. Neuseeland. Los Angeles, New York und dann der Flug nach Hause.

Alles in allem veranschlagte ich zweieinhalb Monate für die Reise. Ich dachte, dass das erst mal genügen müsste. Danach wollte ich mich etwas erholen und sehen, wie es weitergehen würde.

Als die Frau nach der Planung den Preis nannte, den mich die Reise kosten würde, musste ich doch erst mal schlucken. Früher hätte ich davon mehrere Jahre leben können, und jetzt wollte ich so viel Geld für eine einzige Reise ausgeben? Aber dann ging mir durch den Kopf, dass ich mir darüber nie wieder Sorgen würde machen müssen. Ich sagte die Buchung zu.

Zwei Wochen später war ich unterwegs.

Natürlich hatte ich anfangs eine großartige Zeit. Nicht nur waren die Orte, die ich sah, atemberaubend, auch das Reisen und Übernachten in Flugzeugen und Hotels war ganz anders, als ich es von früher gewohnt war. Es ist faszinierend, wie anders man behandelt wird, wenn die Leute wissen, dass man Geld hat. Und es war faszinierend, wie schnell ich mich an all die Aufmerksamkeiten und die Bequemlichkeit, die sich ergeben, wenn man reich ist, gewöhnte.

***

»Was denn zum Beispiel?«, fragte Smith.

»Interessiert uns nicht. Machen Sie einfach weiter«, sagte Jones und schaute seinen Kollegen mürrisch an.

»Nun lass doch mal«, sagte Smith.

»Ich meine damit einfach nur Dinge wie ein ruhiges Zimmer. Oder jemand, der einem das Gepäck trägt.«

»Das ist doch Standard«, sagte Smith.

»Nicht in den Hotels, in denen ich früher übernachtet habe.«

Smith und Jones wechselten einen Blick.

»Dazu kommen vor allem die Badezimmer. Ich war in Marmorbädern, in denen eine Blaskapelle Platz gehabt hätte. Aber wissen Sie, was das Allergrößte war?«

Jones rollte mit den Augen, aber Smith schüttelte euphorisch den Kopf, als könnte er es nicht abwarten.

»Ich habe auf einem Flug eine eigene Suite gehabt. Mit Doppelbett. Für mich allein. Während andere in der Economy Class mit Öl beträufelt wurden, damit sie in die Sitze passen, habe ich dort breitbeinig gelegen und von Porzellantellern Steak gegessen.«

»Und was hat das gekostet?«, fragte Smith.

»23.000 Dollar.«

Smith fielen fast die Augen aus dem Gesicht. Selbst Jones blies die Backen auf.

»Im Nachhinein fällt es einem schwer, wieder auf normale Art und Weise zu fliegen. Wobei ich aber vom Fliegen in nächster Zeit vielleicht ohnehin absehen werde.«

***

Natürlich war nicht alles super. Ich hatte in Namibia, Südafrika und Madagaskar eine tolle Zeit, aber nach all der Reiserei war ich fast schon so weit, dass ich einen Urlaub von meinem Urlaub brauchte. Und dann kam Indien. Und irgendwas, was mein Magen nicht vertrug. Mehrere Tage habe ich im Hotelzimmer auf der Toilette verbracht. Allerdings muss ich auch gestehen, dass es wesentlich angenehmer ist, wenn man in einem hochklassigen Hotel Diarrhö hat als in einem, in dem einem der Nachbar durch die Wand Tipps gibt, welche Medikamente dabei helfen.

Wie auch immer. In Neuseeland machte ich eine Rundreise durch das Land. Die Herr-der-Ringe-Tour, wenn man so will. Auf dieser Rundreise lernte ich John kennen. Ich erwähne John speziell deswegen, weil die Bekanntschaft zu ihm im Grunde zu meiner unglücklichen Situation führte, auch wenn er selbst keine Schuld daran trug.

John war vermutlich alt genug, um mein Vater zu sein. Er hatte in Vietnam gekämpft und hier und da Narben sowie das ein oder andere schlechte Tattoo, das an seine Zeit dort erinnerte. Er trug stets Hemden und hatte, wenn es die Umstände erlaubten, immer eine Zigarre im Mund. Als wäre seine Kriegsvergangenheit nicht schon faszinierend genug, war John auch das Paradebeispiel des amerikanischen Traums. In seiner Jugend war er mal Tellerwäscher, hatte Jobs als Reinigungskraft und in Fast-Food-Läden. Dann hatte er irgendwann selbst einen Fast-Food-Laden eröffnet, aus dem eine kleinere Kette wurde, die so viel Geld abwarf, dass er sich bei anderen Firmen einkaufte. So hatte er irgendwann seine Finger in so unterschiedlichen Geschäftsbereichen wie Ölförderung, Haarpflege, Sportteams und eben Restaurants. Ein paar Jahre, bevor wir uns trafen, landete er auf der Forbes-Liste der reichsten Leute. Mit anderen Worten: John war mehrfacher Milliardär.

Milliardär zu sein, ist gleich noch einmal eine ganz andere Hausnummer, als Millionär zu sein. Nur mal, um das ungefähr auf den Punkt zu bringen: Ich hatte mir ausgerechnet, dass ich mit meinem Lottogewinn, wenn ich mein bisheriges doppeltes Jahresbruttogehalt als Basis nahm, über 600 Jahre davon würde leben können. Und da waren noch nicht mal Zinsen eingerechnet. Mit dem Geld, das John besaß, hätte ich 120.000 Jahre leben können. Mit meinem Lottogewinn hätte ich ein Jahr lang jeden Tag 82.000 Euro ausgeben können, bis es alle gewesen wäre. Mit Johns Geld waren es 16 Millionen pro Tag. So weit zum Unterschied zwischen 30 Millionen und 6 Milliarden.

Wir lernten uns kennen, als ich gerade im Hotel in Auckland eingecheckt hatte. Wie üblich hatte ich die Suite gebucht, aber dummerweise kam John unangemeldet ins Hotel und verlangte das Zimmer, das er immer hatte, wenn er in der Gegend war. Und das war die Suite, in die ich gerade wollte.

Der Concierge stand etwas hilflos an der Rezeption und erklärte John, dass ich die Suite vorbestellt hatte und gerade dabei war, einzuchecken. Sein Chef allerdings, der John unter keinen Umständen als Gast verlieren wollte, versuchte, mich zu überreden, eine kleinere Suite zu nehmen. Finanziell wollte man mir auch entgegenkommen. Ich gebe zu, dass ich etwas sturköpfig war. Jetzt hatte ich endlich mal Geld, um mir wirklich alles leisten zu können, aber trotzdem wurde ich genötigt, mich zu verschlechtern, weil jemand mit noch mehr Geld kam? Im Grunde hatte ich das Gefühl, dass noch einmal zwischen den Reichen und Superreichen unterschieden wurde. Der Chef des Hotels war zwar freundlich, ging aber einfach davon aus, dass ich auf sein Angebot eingehen oder mir ein anderes Hotel suchen würde. Also bestand ich auf meinem Zimmer, was zu allerlei Schweißperlen beim Personal führte.

John, der nur ein paar Meter neben mir stand, bemerkte, was vor sich ging. Er kam schließlich zu mir herüber und fragte mich ganz persönlich, ob ich auf meine Suite verzichten würde, da er sie gerne hätte und dort außerdem seine Bodyguards unterbringen könnte.

Es war nicht so, dass das Hotelpersonal unhöflich gewesen wäre. In der Tat war ich noch nie so freundlich darum gebeten worden, mich aus dem Staub zu machen, wie an diesem Tag. Selbst Geld bot man mir an, aber ich hatte mich noch nicht daran gewöhnt, als reicher Mensch noch mehr Geld anzuhäufen.

John war nicht nur freundlich, er war aufrichtig höflich. Er begegnete mir auf Augenhöhe und versuchte, mir klarzumachen, warum es ein netter Zug von mir sei, wenn ich ihm das Zimmer überlassen würde. Alle anderen waren einfach davon ausgegangen, dass ich sofort springen würde, wenn man mir nur Geld anböte.

John lächelte mich freundlich an, und ich tat dasselbe. Dann schüttelte ich ihm die Hand und sagte ihm, dass er selbstverständlich mein Zimmer haben könnte. Dafür bestand er darauf, mich am Abend zum Essen einzuladen.

***

Smith zog eine Seite aus der Mappe, die vor ihm auf dem Tisch lag, und hielt sie Jones hin, der einen kurzen Blick darauf warf und dann nickte.

»Was ist das?«, fragte ich.

»Unterlagen«, sagte Jones.

»Ja, toll. Und was für Unterlagen?«

»Informationen über Ihren Freund John, die sich mit dem decken, was Sie uns gerade erzählt haben«, sagte Smith.

»Glauben Sie mir jetzt, was ich erzähle?«

»Es geht nicht darum, ob wir Ihnen glauben. Es geht darum, dass wir endlich relevante Informationen von Ihnen bekommen«, sagte Jones.

»Sie zweifeln also gar nicht daran, dass dort tatsächlich ein Alien war?«

»Wir werden sehen«, sagte Jones.

Smith hingegen nickte so halb, als er den Zettel wieder wegsteckte und danach den Kopf auf seine verschränkten Finger legte, wofür Jones ihm in die Seite stieß, bis er sich wieder aufrecht hinsetzte und leise murrte.

***

Es ist merkwürdig zu sehen, wie Leute in Ehrfurcht erstarren vor solchen, die viel Geld besitzen. Als ob sie damit Macht über alle anderen hätten. Das Personal des Restaurants war bei John besonders nervös, um es ihm nur ja recht zu machen. Umso lustiger fand er es, als ich in Cargohose und einem Holzfällerhemd erschien, einer Kombination, die so gar nicht zum Ambiente des Restaurants passte. Mir war es aber vollkommen wurst. Ich wollte es einfach nur bequem haben, und Anzüge konnte ich noch nie wirklich leiden.

»Ich glaube, damit«, John musterte mich von oben bis unten, während er mir die Hand gab, »kommt man hier normalerweise gar nicht rein.«

»Ja, ich glaube, die haben hier eine Anzugregel. Aber wie sich herausstellt, sind sie bei 500 Dollar Trinkgeld flexibel.«

John lachte. Ein tiefes, kehliges Lachen, das irgendwie zu seinem Aussehen passte. Sein vom Wetter gegerbtes Gesicht und der Bart, der um seine schmunzelnden Mundwinkel lief, hätten ihn zu einem perfekten Cowboy gemacht, wenn er nicht im Anzug herumgelaufen wäre.

Ein Kellner brachte uns die Karte, und John bestellte schon einmal einen Wein für uns, dessen Preis so hoch war wie das Bruttosozialprodukt eines kleinen afrikanischen Landes.

»Sind Sie Weinkenner?«, fragte ich ihn.

Er zuckte mit den Schultern. »Weinkenner wäre wohl zu viel gesagt. Aber ich genieße gute Tropfen, wenn sie mir über den Weg laufen.«

»Ich gebe zu, dass ich davon gar keine Ahnung habe. Vermutlich könnten Sie mir Wein aus einem Getränkekarton eingießen, und ich würde den Unterschied nicht merken.«

John lachte. »Vermutlich geht das den meisten Leuten so.«

Ich studierte die Karte und fragte mich, was die ganzen französischen Bezeichnungen eigentlich bedeuteten. Es war mir ein Rätsel, weswegen man nicht klar und deutlich schreiben konnte, was man auf dem Teller vorfinden würde.

»Ich hab keine Ahnung, was ich hier nehmen soll. Klingt für mich alles wie Dörfer in der Südprovence.«

John lachte erneut.

»Ist das hier so ein Restaurant, wo man drei Stunden mit dem Essen beschäftigt ist, weil es 23 Gänge gibt und man von Teller zu Teller hungriger wird?«

»Ja, ich fürchte, das ist so ein Restaurant.«

»Nehmen Sie es mir bitte nicht übel, ich weiß, dass Sie es gut meinen, aber mir wäre eigentlich viel mehr nach einem ordentlichen Steak mit Pommes. Oder etwas in der Art.«

John lachte erneut.

Kurz darauf ließ er den Kellner wissen, dass wir den Wein mitnehmen würden. Dann ließen wir die Limousine, die er besorgt hatte, vor dem Restaurant stehen und gingen die Straße hinunter zum nächsten Steakhouse, wo wir uns ordentlich satt aßen und den sündhaft teuren Wein tranken. Nachdem wir damit durch waren, zogen wir noch in eine Bar und vernichteten ein paar Gehirnzellen mit Drinks und Cocktails.

Wir unterhielten uns über alles Mögliche. Ich fragte ihn, ob er keine Familie hätte, mit der er reisen konnte. Er antwortete, dass er die zwar hatte, aber seine Kinder über die Welt verteilt studierten und seine Frau daheim mit seinem Jüngsten die Stellung hielt. Er fragte mich, was ich so tat, woraufhin ich ihm die ganze Geschichte mit meiner Weltreise erklärte. Wie sich herausstellte, war er neidisch. Er flog zwar alle paar Wochen quer über den Erdball, aber wirklich etwas von der Welt gesehen hatte er noch nicht, weil er immer mit irgendwelchen Geschäften zu tun hatte.

»Und einfach mal eine Auszeit nehmen?«, fragte ich. »Hier und da mal ein paar Tage etwas tun, worauf man Lust hat, kann doch nicht schaden.«

Daraufhin erklärte er mir, dass er durchaus das tue, worauf er Lust habe. Natürlich liebte er seine Familie und hätte gerne auch mal die ein oder andere Sehenswürdigkeit gesehen, aber er sei nun mal am glücklichsten, wenn er arbeiten könnte. »Außerdem sind eine ganze Menge Leute davon abhängig. Tausende Arbeitsplätze hängen von mir ab.«

Ich gab zu, dass ich das so noch nie betrachtet hatte. Aber für mich selbst fand ich, dass ich ohne Arbeit viel glücklicher war.

Daraufhin fragte er mich, ob ich denn keinerlei Karriere anstrebe. Und er war allen Ernstes überrascht, als ich ihm sagte, dass mich das nie interessiert hatte. Der Job war nur dazu da, um die Rechnungen zu bezahlen. Er war der Meinung, dass mir dann irgendwann total langweilig sein müsste, aber ich argumentierte, dass es so viele Bücher, die ich lesen, Filme, die ich sehen, Plätze, die ich besuchen könnte, auf der Welt gab, dass ich mir partout nicht vorstellen konnte, wie mir langweilig werden sollte.

John konnte das nicht nachvollziehen, war aber fasziniert von meiner komplett anderen Sicht der Dinge.

»Habe ich Sie jetzt vollkommen verschreckt? Mit den Ansichten eines armen Schluckers, der nur 30 Millionen Euro hat?« Ich grinste.

»Ich bin einfach nur erfreut, mal mit jemandem zu sprechen, der nicht nur irgendwelche Finanztipps von mir haben will.«

»Und dabei wollte ich gerade fragen.«

»Wirklich alle Leute wollen wissen, wie man reich wird. Besonders, wie man schnell reich wird. Aber da kann ich auch nicht helfen. Ich habe klein angefangen und meine Firmen lange aufgebaut. Normale Leute wollen nicht hören, dass man Blut, Schweiß und Tränen investieren muss.«

»Normale Leute?«

»Na ja, Leute wie Sie.«

»Leute mit 30 Millionen Euro auf dem Konto?«

»Sie wissen, was ich meine.«

»Ich denke, ich weiß, was Sie meinen, aber ich habe den Eindruck, Sie sollten sich vielleicht mal öfter mit Ihren Bodyguards unterhalten.«

Aus Johns Hals kam erneut dieses kehlige Lachen. »Nein, ehrlich, Sie haben den ganzen Abend nicht eine Frage zum Thema Geld gestellt. Das war mal etwas Neues für mich. Dabei könnten Sie mit Ihrem Geld richtig reich werden, wenn Sie es anlegen.«

»Ach, wissen Sie«, sagte ich, »wie es so schön heißt: Wie macht man ein kleines Vermögen? Man nimmt ein großes Vermögen und legt es in Aktien an.«

John lachte.

»Ich hab so viel Geld im Lotto gewonnen, dass es für mehrere Leben reicht. Weshalb sollte ich noch mehr wollen? Jetzt, wo ich so viel habe, ermöglicht es mir doch einiges. Aber der ewige Drang, immer mehr und mehr anzuhäufen, erschließt sich mir nicht.«

»Man könnte meinen, Sie sind ein glücklicher Mann.«

»Na ja, zumindest das eine Mal habe ich wohl Glück gehabt.«

Wir nahmen noch ein paar Drinks, und als wir schon mächtig einen sitzen hatten, stiegen wir in die Limousine, die uns zum Hotel zurückfuhr. Als wir uns auf dem Gang trennten, gab John mir seine Nummer und bestand darauf, dass er mich in seinem Privatflugzeug mit nach L. A. nehmen würde. So schön ich auch die erste Klasse in den Linienflügen fand: Ein Privatflugzeug hatte ich nie auch nur gesehen. Insofern war ich gespannt und sagte zu.

✳✳✳

»Hätten Sie den Linienflug genommen, wären Sie vermutlich nicht abgestürzt«, sagte Smith.

»Das ist richtig«, erwiderte ich.

»Sie haben wirklich nicht viel Glück, was?«

»Was Sie nicht sagen.«

✳✳✳

Johns Privatmaschine war eines von diesen kleinen röhrenförmigen Dingern, bei denen man bereits beim Einsteigen den Kopf einziehen muss. Leonardos vitruvianischer Mann hätte seine Arme einklappen müssen, nicht mal dafür wäre Platz gewesen. Dafür war drinnen alles ausgestattet wie in einem Wohnzimmer. Einem Wohnzimmer mit einer überdurchschnittlichen Anzahl von Sesseln einer Qualität, von der ich in meiner alten Wohnung nur träumen konnte.

Mir ist noch nie ganz klar gewesen, weshalb irgendwer auf die Idee kommt, sich Möbel mit weißem oder zumindest hellem Bezug zu kaufen. Auch das Mobiliar in Johns Maschine war hell. Ein Albtraum für die Reinigungskräfte, zumal John, der Weintrinker, sicherlich schon den ein oder anderen Tropfen verschüttet hatte. Ich hatte arge Bedenken, es mir wirklich bequem zu machen, bis John explizit fragte, warum ich mich nicht hinlegte.

»Ich komme mir vor wie im Krankenhaus. Ich will bloß nichts dreckig machen.«

»So ein Quatsch. Das wird ja gesäubert. Und wenn es zu dreckig ist, dann wird es eben neu gekauft.«

Ich musste wohl noch lernen, wie ein mehrfacher Millionär zu denken.

Während John also auf seinem Sessel saß, um noch etwas zu arbeiten, machte ich es mir auf einer Couch bequem, und die Stewardess, wenn man sie denn so bezeichnen möchte, schaltete den Fernseher ein. Es dauerte nicht lange, bis ich eingenickt war. Ich wurde erst wieder wach, als die Turbulenzen anfingen.

Es gab eine Durchsage des Captains, dass wir uns alle zu den Sitzen begeben und uns anschnallen sollten. Ich ging zum letzten Platz im Heck, wobei ich Schwierigkeiten hatte, nicht quer durch das Flugzeug geschleudert zu werden. Dort ließ ich mich fallen und legte die Gurte an. Die Stewardess versuchte, die letzten Sachen wegzuräumen, die sonst vielleicht durch die Kabine geschleudert worden wären, und hatte sichtlich Mühe, sich auf den Beinen zu halten.

Hinten, wo ich nun saß, lief ein anderer Fernseher. Irgendein Film, aber ich hatte, wie bereits eingangs erwähnt, weder die Zeit noch den Kopf, mich darauf zu konzentrieren. Stattdessen sah ich aus dem Fenster.

Und da konnte ich es zum ersten Mal sehen.

Grelles Licht trat aus nicht erkennbaren Öffnungen aus dem Metallkörper hervor, der neben dem Flugzeug schwebte. Zunächst hielt ich es für ein Flugzeug, aber ich konnte keinerlei Düsen oder Propeller erkennen, mit denen das Ding in der Luft gehalten wurde. Es war einfach fremdartig. Tatsächlich brauchte ich einen Moment, um zu realisieren, was ich da überhaupt sah. Ein echtes UFO. Ein Raumschiff. Etwas Außerirdisches. Etwas, das nicht von dieser Welt war.

Ich wollte gerade John darauf aufmerksam machen, als das Ding urplötzlich näher an das Flugzeug herankam und es streifte.

Das Geräusch, als das Raumschiff auf den Flügel traf, hatte etwas vom Kreischen von zwei Millionen Kleinkindern, denen man gerade ihren Lieblingsstoffhasen weggenommen hat. Der Flügel gab nach, und ich sah noch, wie am Raumschiff ein großer Riss entstand. Dann fing das Flugzeug an zu trudeln.

Die Stewardess wirbelte einmal im Kreis herum, und John saß verkrampft auf seinem Sessel, schaute mich mit entsetzten Augen an, bevor er sie verdrehte und ohnmächtig zu werden schien. Mein Gesicht wurde in den Rand des Sessels gepresst, und mein Brustkorb fühlte sich an, als würde jemand auf ihm sitzen. Die Maschinen röhrten noch. Langsam schwoll das dumpfe Geräusch der Turbinen an, bis es laut grollte. Ich hörte noch, wie das Flugzeug brach, und dann verlor ich ebenfalls das Bewusstsein.

***

»Also hat das Raumschiff das Flugzeug angegriffen?«, fragte Jones.

»Angegriffen? Nein, so weit würde ich nicht gehen. Für mich sah es so aus, als hätte es die gleichen Probleme wie wir, wenn nicht mehr.«

»Aber man könnte es als feindlichen Akt bezeichnen.«

»Eine Frage. Wenn Ihr Kollege hier über seine Schnürsenkel stolpern würde und Sie, um sich festzuhalten, aus Versehen mit umschubst, würden Sie das auch als feindlichen Akt bezeichnen? Oder einfach nur als dumm gelaufen?«

Jones verengte seine Augen zu Schlitzen.

»Keine Ahnung, was mit dem Schiff war, aber ich schätze, es wollte sicher nicht abstürzen. Und Pfingstmontag nach zu urteilen, hatte er auch keinen Angriff im Sinn.«

Smith und Jones sahen sich an.

»Äh, wie war das bitte?«, fragte Smith.

»Ich meine das Alien. Pfingstmontag war das Alien.«

»Das Alien hieß Pfingstmontag?«, fragte Smith weiter.

»Ich habe es so genannt.«

»Also heißt das, dass Sie mit dem Alien kommuniziert haben?«, fragte Jones.

»Selbstverständlich habe ich das. Soweit es eben ging.«

»Was hat es denn gesagt?«, fragte Jones.

Smith runzelte noch immer die Stirn. »Pfingstmontag? Warum haben Sie es Pfingstmontag genannt?«

»Weil ich es am Pfingstmontag zum ersten Mal gesehen habe. Wissen Sie, ich habe Robinson Crusoe gelesen, und darin …«

Jones verzog das Gesicht. »Er nennt seinen Diener Freitag, weil er ihn an einem Freitag befreit hat. Ja, auch wir lesen manchmal Bücher oder sehen einen Film.«

»Er hat gefragt. Ich wollte nur antworten.«

»Also was war mit dem Alien?«, fragte Jones.

Ich schüttelte den Kopf. »Ist das so Ihre Art bei den *Men in Black*? Lassen Sie mich doch einfach weitererzählen.«

»*Men in Black?*«, fragte Jones.

»Du weißt nicht, wer die *Men in Black* sind?«, fragte Smith.

Jones zuckte mit den Schultern.

»Und du behauptest, ab und an Filme zu schauen? Das sind Typen, die auf der Erde dafür sorgen, dass Aliens keinen Mist anstellen«, erklärte ihm Smith. »Das war ein ganz bekannter Film. Es gibt sogar mehrere Teile davon.«

»Die haben einen Film darüber gemacht?«, fragte Jones.

»Wir sollten öfter ins Kino gehen«, sagte Smith.

»Die haben wirklich einen Film über eine geheime Behörde gemacht, die sich um Aliens auf der Erde kümmert?«, fragte Jones erneut.

»Haben Sie nichts von dem Dokumentarfilm-Team gewusst, das bei Ihnen unterwegs war?«, sagte ich scherzhaft, aber Jones sah mich mit einem Blick an, der andeutete, dass er kurz davorstand, mir wehzutun.

»Sie denken also, wir wären Leute, die sich um die Bedrohung durch Aliens auf der Erde kümmern, habe ich Sie da richtig verstanden?«, fragte mich Jones.

»Ich fand den Gedanken irgendwie naheliegend.«

»Wir sind nicht die *Men in Black*. Wir sind von der Navy.«

»Über die Echtheit Ihrer Uniformen haben wir schon gesprochen.«

Die beiden Kollegen sahen sich an.

»Nun kommt schon«, sagte ich. »Vielleicht nennt ihr euch nicht *Men in Black,* aber ihr seid nicht von der Navy. Keine Ahnung, wie eure Behörde heißt, vielleicht I. I. U., aber bitte verkauft mich nicht für dumm, ja?«

»I. I. U.?«, fragte Smith.

»Idioten in Uniformen«, sagte ich.

»Das ist nicht sehr nett«, sagte Smith, während mich Jones, ohne eine Miene zu verziehen, anstarrte. Vermutlich überlegte er sich gerade verschiedene Möglichkeiten, wie er meinen Tod arrangieren konnte.

»Tut mir leid, dass ich Sie Idioten genannt habe, aber in Anbetracht der Tatsache, was alles passiert ist, können Sie vielleicht meinen Standpunkt nachvollziehen.«

»Weiter«, sagte Jones.

»Fahren Sie einfach fort«, sagte Smith.

***

Ich wurde wach, als ich plötzlich im kalten Wasser landete. Ich war noch immer an den Sessel geschnallt, aber aus irgendwelchen Gründen war alles darum herum – sprich: das Flugzeug – verschwunden. Der Schock der Kälte und die Tatsache, dass ich unter Wasser war und sank, ließen mich in Panik ausbrechen. Ich machte mich los und schaffte es mit dem letzten bisschen Restluft zur Oberfläche.

Es regnete und war dunkel, aber hier und dort konnte ich Dinge aus dem Flugzeug im Wasser treiben sehen. Meine Rufe nach John oder anderen Überlebenden blieben unbeantwortet. Die Sitzfläche eines der Sessel trieb an mir vorbei, und ich konnte mich daran festhalten. Hier und dort griff ich nach anderen schwimmenden Dingen. Wie sich herausstellte, hatten helle Möbel zumindest den Vorteil, bei Nacht gut sichtbar auf dem Wasser zu treiben. Das würde mich vielleicht nicht dazu veranlassen, meine nächste Wohnung mit einer weißen Ledercouch einzurichten, aber in dem Moment war ich dankbar, dass John sich so wenig Gedanken um die Zweckmäßigkeit der Sitzmöbel in seinem Flugzeug gemacht hatte.

Nach einer Weile hatte ich genug Teile zusammen, dass so etwas wie ein loses Floß entstand, auf dem ich liegen konnte. Da das allerdings nur von meinem Körper zusammengehalten wurde, war es etwas schwierig, sich darauf auszuruhen. Ich klammerte mich an das größte schwimmende Stück, das ich gefunden hatte, und versuchte, den Rest mit den Füßen zu halten, aber der Seegang war unbarmherzig. Nach und nach verschwanden die Teile, die ich nicht unmittelbar festhalten konnte.

Als der Morgen anbrach, ließ der Sturm nach. Die Strömung trieb mich auf eine Insel zu, und ich hätte am liebsten wie der Papst den Boden geküsst, als ich endlich festen Halt unter den Füßen spürte. Dann fiel ich erschöpft um und schlief ein.

Ich wurde wach, weil mein Kopf tierisch dröhnte. Den ganzen Morgen und halben Mittag hatte die Sonne mir auf den Kopf geschienen, und nun fühlte es sich an, als wäre mir ein Kipplaster drübergefahren. Also stolperte ich in die Büsche, um etwas Schatten zu suchen. Außerdem brauchte ich Wasser, weil mein Mund einem ausgetrockneten Flussbett gleichkam. Klares, methodisches Denken war in dem Moment nicht auf meiner Agenda. Ich lief durch die Büsche, ohne eine konkrete Vorstellung davon zu haben, nach was ich eigentlich Ausschau halten sollte. Trotzdem – ob es nach einigen Minuten oder Stunden war, kann ich nicht mehr sagen – fand ich schließlich einen kleinen Tümpel, an dem ich mich auf alle viere begab. Dann hielt ich meinen Kopf hinein.

Während das Wasser mich kühlte, nahm ich ein paar Schlucke. Zu meinem Glück handelte es sich um Süßwasser. Ich kam wieder hoch, um Luft zu holen, und ließ mich auf den Rücken fallen. Erst in diesem Moment kam mir wirklich in den Sinn, was mir widerfahren war. Ich hatte einen Flugzeugabsturz überlebt. Und wahrscheinlich waren alle anderen tot. Die Stewardess, die Bodyguards ... John. Mein neuer Kumpel John war tot. All das Geld, das er besessen hatte, hatte ihm letztendlich nicht geholfen. Und dann fiel mir ein, dass ich ja selbst über dieses ganze Geld verfügte, was mir in der jetzigen Situation überhaupt nicht half. Da hatte ich 30 Millionen auf dem Konto und würde wahrscheinlich auf irgendeiner Insel am Ende der Welt, irgendwo im Nirgendwo, sterben. Wie viel Pech konnte man eigentlich haben?

Ich hockte verzweifelt vor dem Tümpel und sinnierte vor mich hin, als es auf der anderen Seite des Wassers plötzlich in den Büschen raschelte.

***

»Das Alien«, sagte Jones unvermittelt.

Ich verzog das Gesicht. »Ernsthaft? Jetzt unterbrechen Sie? Gerade wenn es spannend wird?«

»Das muss ich aber auch sagen«, unterstützte mich Smith.

»Was willst du denn?«, wandte sich Jones an seinen Kollegen.

»Lass ihn doch mal weitererzählen. Ich war gerade so schön drin in der Geschichte.«

»Du weißt aber schon, dass wir nicht hier sind, um uns eine Gutenachtgeschichte anzuhören, sondern um etwas über das Alien herauszufinden, oder?«

»Aber er wollte doch gerade dazu kommen, oder etwa nicht?«
Ich nickte.

»Siehst du? Wenn du nicht dauernd unterbrechen würdest ...«

»Als ob ich der Einzige wäre, der ihn unterbricht!«

»Ach ja, wann habe ich denn mal was gesagt? Du bist doch immer der, der sofort nach dem Alien fragt, sobald es mal spannend wird.«

»›Hätten Sie den anderen Flug genommen, wären Sie nicht abgestürzt‹«, äffte Jones Smith nach. »›So ein Pech aber auch‹«, fügte er hinzu.

»Das ist verletzend«, sagte Smith und schaute eingeschnappt zur Seite.

Jones seufzte. »Dann erzählen Sie doch jetzt einfach weiter, was es mit dem Alien auf sich hatte. Bitte.«

»Alien, Alien, Alien. Ich kann es nicht mehr hören«, sagte Smith.

»Ist ja gut jetzt!«, entgegnete Jones.

**

Ich hockte also immer noch vor dem Tümpel, als es auf der gegenüberliegenden Seite raschelte. Ein paar der Äste schwankten, und ich konnte sehen, dass sich darin etwas bewegte. Dann brach die Gestalt durch das Dickicht.

Im ersten Moment dachte ich, dass da ein wirklich riesiger grüner Papagei aus dem Urwald kam. Erst beim zweiten Blick fiel mir der Overall auf und die Tatsache, dass das Ding so etwas Ähnliches wie Hände hatte. Es zuckte ruckartig mit dem Kopf, und das Auge auf der mir zugewandten Seite schien mich zu fokussieren. Dann machte das Wesen ein merkwürdiges, pfeifendes Geräusch und spreizte die Hände. Zumindest das, was ich erst für Hände hielt. Es waren vielmehr Klauen. Dann kam es auf mich zugehoppelt.

**

»Zugehoppelt?«, fragte Smith.

»Ach, ich bin immer derjenige, der unterbricht, ja?«, sagte Jones.

»Nun sei schon still.«

»Es sprang so komisch in meine Richtung. Das meinte ich damit«, sagte ich, obwohl ich zugeben musste, dass die Bezeichnung vielleicht wirklich unglücklich gewählt war. Ich wollte weitererzählen, stutzte aber einen Moment. »Sie stören sich an der Bezeichnung, die ich für die Fortbewegung benutzt habe, aber nicht daran, dass das Ding wie ein Papagei aussah?«

Die beiden verzogen keine Miene.

»*Here come the Men in Black*«, sang ich.

»Das Alien kam auf Sie zugehoppelt«, sagte Jones barsch. »Und weiter?«

***

Die gespreizten Klauen sahen nicht freundlich aus. Ich musste an die Dinosaurier aus *Jurassic Park* denken, die mit ihren Klauen jemanden von oben bis unten aufschlitzen konnten. Insofern bekam ich Panik, sprang auf die Beine und rannte auf meiner Seite des Tümpels in den Busch. Allerdings hatte das Vieh da schon einen Satz über das Wasser gemacht und kam mir hinterher.

***

»Jurassic Park?«, fragte Jones.

»Ernsthaft jetzt?«, sagte Smith.

***

Die Erschöpfung, die ich vorher verspürt hatte, war nun dem absoluten Überlebenswillen gewichen. Ich rannte so schnell, wie ich es noch niemals vorher getan hatte, unter Ästen hindurch und über Steine hinweg, nicht wissend, wohin es mich überhaupt verschlagen würde. Noch immer konnte ich das komische Pfeifen des Wesens hinter mir hören, ebenso wie das Rascheln, das es verursachte, während es mir durch den Busch folgte. Nun war ich nicht nur abgestürzt und auf irgendeiner Insel im Pazifischen Ozean gelandet, ich wurde auch noch von etwas gejagt, das nicht irdischen Ursprungs zu sein schien. Das war ein resignierender Gedanke, der mir durch den Kopf schoss. Außerdem war ich völlig außer Atem.

Ich stolperte über eine kleine Lichtung und drehte mich um, weil ich noch einen Blick auf meinen Verfolger werfen wollte. Tatsächlich war das Wesen mittlerweile näher gekommen und kurz davor, mich einzuholen, als ich durch ein paar Blätter lief und plötzlich ein Schmerz durch meinen Körper schoss, als hätte man mich mit Messern attackiert, die vorher in Jalapeños gebadet hatten. Der Schmerz war so stark, dass sämtliche anderen Gedanken aus meinem Kopf verschwanden und ich nur noch gekrümmt am Boden liegen konnte. Ob das merkwürdige Wesen mich erwischen würde oder nicht, war mir absolut egal, denn vermutlich wäre es eine Erlösung gewesen, wenn es mich zerfleischt hätte. Hätte ich ein Messer gehabt, hätte ich mir vermutlich selbst den Arm abgeschnitten.

***

»Gympie«, sagte Jones.

»Wie bitte?«, fragte ich.

»Auf der Insel, auf der wir Sie gefunden haben, haben wir eine Abart der australischen Brennnessel entdeckt. Umgangssprachlich wird sie Gympie genannt. Leute, die damit in Kontakt gekommen sind, beschreiben den Schmerz, den sie verursacht, eindeutig als das Schlimmste, was es auf der Welt gibt.«

Ich nickte. »Nun, ich denke, das kommt hin.«

»Es soll sogar schon vorgekommen sein, dass sich Leute umbrachten, weil sie den Schmerz nicht ausgehalten haben. Selbst Pferde, die mit der Pflanze in Kontakt gekommen waren, sollen über Klippen gesprungen sein«, sagte Jones. »Momentan haben ein paar unserer Soldaten damit Probleme«, gab er kleinlaut zu.

Ich verzog das Gesicht. »Ja, das kann ich mir vorstellen. Das kommt davon, wenn man nicht versucht zu kommunizieren, sondern gleich drauflosmarschiert.«

Jones starrte mich erneut an.

»Wieder unterbrochen«, sagte Smith.

»Ich wollte ihm doch lediglich erklären, was es mit der Pflanze auf sich hat«, verteidigte sich Jones und legte die Stirn in Falten.

Smith machte eine Bewegung mit der Hand, die einen Reißverschluss über dem Mund andeuten sollte, und sagte: »Aber bitte, erzählen Sie weiter.«

***

Ich lag gekrümmt auf dem Boden und schrie vor Schmerzen. In der Tat war das bisher der größte physische Schmerz, den ich jemals im Leben empfunden hatte. Und obwohl meine Augen voller Tränen waren, konnte ich sehen, wie sich das merkwürdige Papageienwesen vorsichtig näherte. Es streckte eine seiner Klauen nach mir aus, packte mich damit am Arm und zog mich aus dem Gebüsch. Neugierig starrte es mich an, während ich so schmerzgekrümmt am Boden lag, dass mir völlig egal war, was mit mir geschah.

Zu meiner Verwunderung holte das Papageienwesen aus seinem Overall ein Gerät hervor, hob vorsichtig mit seinen Krallen mein T-Shirt an der Stelle hoch, wo mich die Pflanze erwischt hatte, und fuhr mit dem Ding über meine Haut. Der Schmerz ließ fast sofort nach. Dann piepte das Gerät, und irgendeine Anzeige darauf veränderte sich, wobei ich nicht sagen konnte, was das war, denn die Zeichen waren völlig fremdartig. Dann wiederholte es das Ganze an meinem Arm, der auch betroffen war. Wieder änderte sich die Anzeige. Diesmal auch die Farbe. Vorher waren die Zeichen grün, nun waren sie gelb.

***

»Können Sie uns etwas Genaueres über das Gerät sagen?«, fragte Jones aufgeregt. Er hatte sich vorgebeugt und schaute mich neugierig an.

»Unterbrochen!«, rief Smith.

»Halt doch mal die Klappe«, schnauzte Jones.

»Das Ding war etwas größer als ein Handy, rechteckig, aber dicker. Ich würde sagen, größer als ein Handy, kleiner als ein Taschenbuch trifft es ziemlich genau. Aber es war irgendwie metallisch und hatte ein paar Ritzen an den Seiten. Ich könnte aber beim besten Willen nicht sagen, wie das Ding funktionierte. Tut mir leid.«

Offenbar hatte ich damit Jones' Frage vorweggenommen, denn der schaute zerknirscht und runzelte die Stirn.

***

Nachdem mir klar war, dass das Wesen mir keinen Schaden zufügen wollte, sondern mir im Gegenteil geholfen hatte, war meine Angst ihm gegenüber verflogen. Trotzdem war ich natürlich skeptisch. Es war ganz offensichtlich intelligent und hatte sogar Technik, die zumindest der mir bekannten weit überlegen war. Der Schluss, dass es sich bei dem Wesen um einen Außerirdischen handelte, war ziemlich offensichtlich.

Ich nickte dem Wesen zu und bedankte mich in ein paar Sprachen, die mir gerade so einfielen. Nicht, dass ich wirklich in der Lage wäre, mehrere Sprachen zu sprechen, aber »Bitte«, »Danke« und diverse Schimpfwörter hatte ich schon hier und da mal aufgeschnappt. Überraschenderweise konnte ich mich an die Schimpfwörter besser erinnern als an die anderen Wörter, aber das Gehirn funktioniert eben auf merkwürdige Weise.

Das Wesen schien verstanden zu haben, dass ich mich bedankt hatte. Es machte ein pfeifendes Geräusch und nickte ebenfalls. Dann streckte es eine Klaue aus, als würde es mir eine Hand reichen, um mir aufzuhelfen. Also ergriff ich seine Hand, um es mal so aus-

zudrücken, und zog mich hoch. Als wir dann so nebeneinander-
standen, merkte ich, dass es etwas kleiner war als ich. Ich schätzte, es
war ungefähr 1,70 m hoch, obwohl es leicht gebückt ging. Vielleicht
wäre es voll aufgerichtet etwas größer gewesen, aber ich weiß nicht,
ob es sich überhaupt weiter hätte aufrichten können. Auf jeden Fall
beäugte es mich neugierig und klapperte mit seinem Schnabel.

»Ich bin Peter«, sagte ich und zeigte mit dem Finger auf mich.

Das Wesen zuckte mit dem Kopf hin und her und beobachtete
mich mit beiden Augen.

»Pe-ter«, sagte ich langsam und zeigte erneut auf mich.

Als Antwort pfiff das Wesen einen Laut, der wohl meinem
Namen entsprechen sollte. Für mich klang es eher nach dem Geräusch, das ein PC macht, wenn man einen USB-Stick abzieht oder
eine externe Festplatte auswirft. Nur melodischer.

»Pe-ter«, sagte ich erneut und zeigte auf mich. Dann zeigte ich
auf das Wesen.

Es wiegte den Kopf hin und her und pfiff dann eine lang ge-
zogene Folge von Tönen, die zwischendrin eine Sequenz hatten,
als würde eine Nadel über eine Schallplatte kratzen. Dabei zeigte
es mit den Krallen auf sich. Es machte wieder dieses Geräusch und
wiederholte es noch mal.

Ich nickte, und auch das Wesen nickte. Es pfiff noch einmal
seinen Namen und schaute mich erwartungsvoll an. Ich schürz-
te die Lippen und versuchte, die Geräusche nachzumachen, war
aber natürlich weit davon entfernt, es richtig hinzubekommen. Und
offensichtlich war ich so weit davon entfernt, dass das Wesen seinen
Kamm aufstellte und sich aufplusterte. Ich kann nur annehmen,
dass ich irgendwas Beleidigendes gesagt hatte.

Reflexartig hob ich die Hände, um anzuzeigen, dass ich ihm
nichts tun würde und vor allem keine Ahnung hatte, was ich gerade gesagt hatte. Kurz darauf beruhigte es sich auch schon wieder
und stieß ein paar kurze Pfiffe aus, von denen ich nur annehmen
konnte, dass es so etwas wie ein Lachen war.

»Da ich ganz offensichtlich deinen Namen nicht richtig aussprechen kann«, sagte ich, während das Wesen mich neugierig ansah, »werde ich dich einfach … Pfingstmontag nennen.« Ich zeigte auf das Wesen und sagte »Pfingstmontag«, dann zeigte ich auf mich und sagte »Peter«.

Das Wesen zuckte mit dem Kopf hin und her. Dann deutete es auf sich, machte wieder diese lange Tonfolge, die ich nicht nachstellen konnte, um dann auf mich zu zeigen und die beiden Töne von sich zu geben, mit denen es mich eben schon bezeichnet hatte.

Ich nickte, das Wesen nickte, und damit hatten wir das mit den Namen geklärt.

Pfingstmontag forderte mich mit den Klauen auf, ihm zu folgen. Dann stakste er durch das Gebüsch in die Richtung, aus der wir gekommen waren. Ich folgte ihm mit etwas Abstand und tastete noch einmal die Stellen ab, an denen es so gebrannt hatte. Das Gerät, das Pfingstmontag benutzt hatte, schien also Verletzungen zu heilen oder zumindest Schmerzen zu lindern. Ich nahm an, dass es Ersteres war, denn es war keinerlei Rötung oder sonst irgendeine Spur zu sehen. Plötzlich hörte ich ihn meinen Namen pfeifen. Er stand ein paar Meter vor mir und zeigte auf einen Busch, der sich etwas abseits befand. Er trillerte noch irgendetwas und zeigte mit einer Kralle zuerst auf meinen Arm und dann auf den Busch. Dann machte er ein lautes Geräusch. Anscheinend war das der Strauch, der diese Schmerzen verursachte.

Ich nickte und sagte »Danke«, obwohl mir klar war, dass Pfingstmontag das nicht verstehen konnte. Aber er machte fast die gleiche Tonfolge, die er bei meinem Namen von sich gab, allerdings in einer anderen Tonhöhe. Vermutlich wollte er damit das »Danke« imitieren. Dann ging er weiter.

Wir liefen ungefähr zehn Minuten, als ich den merkwürdigen Geruch in der Luft wahrnahm. Ich konnte zwar keinen Qualm erkennen, aber es roch so, als hätte es vor Kurzem gebrannt. Die Baumreihen lichteten sich, und wir traten auf einen Strandabschnitt, an dessen Ende das metallische Raumschiff meines Papageienfreundes steckte. Es hatte offenbar schon bessere Tage gesehen.

Natürlich erkannte ich gleich, dass es sich dabei um dasselbe Ding handelte, das ich bereits aus dem Flugzeugfenster gesehen hatte. Das Ding, welches unser Flugzeug gestreift und somit zum Absturz gebracht hatte. Im Grunde konnte ich also Pfingstmontag dafür danken, dass ich nun auf dieser Insel festsaß. Ich starrte das Raumschiff an, das nun zwischen ein paar verkohlten Palmen und einem großen Felsen eingekeilt war.

Das war der Moment, in dem mir richtig klar wurde, was gerade passierte. Vorher hatte ich zu viel Angst um mein Leben gehabt, oder die Schmerzen hatten mir die Sinne benebelt. Ich kommunizierte mit einem Außerirdischen. Es gab tatsächlich Leben auf anderen Planeten. Wir waren nicht allein im Universum.

***

»Aber auf dieser Insel«, sagte Jones, und Smith sah ihn mit geweiteten Augen von der Seite an. »Können Sie das Raumschiff näher beschreiben? Vielleicht das Innere? War irgendwelche Technik zu erkennen?«

»Aber Sie haben doch bestimmt die Überreste gefunden, richtig? Vermutlich wissen Sie mehr darüber als ich. Ich war nie im Raumschiff. Ich hab es nur von außen gesehen.«

»Sie wissen doch ganz genau, was mit dem Raumschiff passiert ist.« Jones schaute grimmig.

»Ja, schon, aber ich dachte, irgendwas muss doch übrig geblieben sein.«

Jones grummelte irgendwas vor sich hin.

»Und was ist weiter passiert?«, fragte Smith und stützte seinen Kopf auf die Hände.

»Tja, eigentlich ... nicht viel.«

»Was soll das heißen?«, fragte Smith.

»Also, im Grunde haben wir versucht, das Raumschiff frei zu bekommen, bis dann plötzlich Ihre Leute auf der Insel einfielen.«

»Aber, aber«, stotterte Smith, »irgendwas muss doch noch passiert sein. Das kann doch nicht die ganze Geschichte gewesen sein.«

»Tut mir ja schrecklich leid, dass Sie einen großen Spannungsbogen, interessante Charaktere, eine romantische Nebenhandlung und den Sieg über das Böse erwartet haben, aber irgendwie ist das nicht diese Art Geschichte.«

»Sie waren zwei Tage allein mit dem Alien auf der Insel. Wollen Sie mir da sagen, dass Sie sich nicht weiter unterhalten haben als darüber, wie das Raumschiff zu befreien wäre?«

Ich stutzte. »Sie haben schon mitbekommen, dass die Kommunikation mit Pfingstmontag etwas schwierig war, oder? Ich meine, keine Ahnung, wie Ihre Pfeifkünste sind, aber ich kriege nur ein paar Töne raus. Und zwei Tage sind meines Erachtens nicht genug, um gleich eine ganze Sprache zu lernen. Schon gar keine, die der unseren in irgendeiner Form ähnelt.«

»Sie konnten also gar nicht richtig miteinander kommunizieren?«

»Das meinte ich so nicht. Ich sagte bloß, dass es schwierig war. Da war dieser komische Übersetzer, den Pfingstmontag hatte. Aber der hat fast mehr Probleme gemacht, als dass er geholfen hätte, insofern …«

Jones beugte sich vor. »Auch wenn es Ihrer Meinung nach vielleicht nicht interessant war, erzählen Sie uns davon.«

Ich stöhnte. »Na schön.«

***

Pfingstmontag kletterte am Schiff hinauf ins Cockpit und wurschtelte darin herum. Als er wieder hinunterkam, hatte er ein Gerät in der Hand, das deutlich größer war als das Heilungsding. Vermutlich hatte er es im Schiff gelassen, weil es einfach unhandlich war. Dummerweise wies es einige Kratzer und Dellen auf, die wohl beim

Absturz entstanden waren. Er legte es sorgfältig auf einen Stein neben dem Raumschiff und drückte auf irgendwelche nicht sichtbaren Knöpfe, bis das Ding kurz ringförmig aufblitzte und dann eine kleine Leuchte in einer Ecke erschien. Er trillerte etwas, und plötzlich sagte das Gerät »Ni hau« oder so etwas.

***

»Das Gerät sprach Chinesisch?«, fragte Jones.

»War es das? Ich hab keine Ahnung. Ich meine, es wurde mir schnell klar, dass es eine Art Übersetzer sein musste, aber das Ding wollte eben nicht so, wie Pfingstmontag und ich es gerne gewollt hätten.«

»Und weiter?«, sagte Smith mit freudigem Lächeln.

***

Pfingstmontag trillerte in das Gerät, und das Gerät antwortete. Er schaute mich an und hob die Klaue, so als ob er mich grüßen wollte. Dummerweise verstand ich nicht so recht, was er von mir wollte, und sagte: »Ich habe keine Ahnung, was hier gerade passiert.« Kurz darauf trillerte das Gerät irgendetwas, was Pfingstmontag dazu bewegte, seine Klaue zu senken und alle Federn anzulegen. Er trillerte erneut, und diesmal verstand ich zumindest die Wörter »por qué«, die ich aus dem Spanischen kannte. Allerdings beschränken sich meine Spanischkenntnisse größtenteils auf die Namen von ein paar Schauspielerinnen, also half mir das auch nicht weiter.

Ich fragte, ob Pfingstmontag dachte, ich sei Spanier oder Südamerikaner, aber die Übersetzung schien ihn nur noch mehr zu verwirren. Jedenfalls antwortete das Gerät, nachdem Pfingstmontag erneut hineingesprochen hatte, plötzlich auf Französisch.

Nun muss ich gestehen, dass ich in der Schule Französisch hatte. Allerdings sind die Brocken, die hängen geblieben sind, bestenfalls als übersichtlich zu bezeichnen. Richtungsangaben, Schimpfwörter, guten Tag, guten Abend und dergleichen waren mir ein Begriff. Und aus irgendwelchen Gründen das Wort für Zentralheizung. Was das Gerät allerdings an Französisch ausgab, hätte auch die Frage sein können, warum mein Luftkissenboot voller Aale ist.

»Ich schätze nicht, dass deine Leute das Ding auf Englisch oder Deutsch programmiert haben«, sagte ich mehr zu mir selbst als zu Pfingstmontag. Der schaute mich mit schief gelegtem Kopf an, als das Gerät meinen Kommentar übersetzte. Dann pfiff er etwas, und das Gerät sagte plötzlich in deutscher Sprache: »Ich einbilden, der Translator flutschen nicht en vérité.«

***

»Bitte was?«, unterbrach diesmal Smith.

»Beschwere du dich noch mal, dass ich immer unterbreche. Es ist doch ganz offensichtlich, was passiert ist«, grummelte Jones.

»Ach ja? Du erkennst also in dem Mix aus Sprachen etwas? Ausgerechnet du, der du nicht mal das Wort ›Centaurianer‹ richtig schreiben kannst.«

Jones rutschte im Stuhl herum und ballte die Fäuste. »Hast du wieder in meinen Berichten rumgelesen? Du weißt doch, dass du dich da raushalten sollst.«

»Brolin hat mich darum gebeten, denn immerhin war ich ja ebenfalls anwesend und sollte deinen Bericht bestätigen.«

»Wer oder was soll ein ›Centaurianer‹ sein?«, fragte ich.

Die beiden Interviewer drehten sich zu mir um. Dann schauten sie sich wieder gegenseitig an und fingen an, aufeinander einzureden, dass sie irgendwelche Geheimhaltungsklauseln gebrochen hätten.

»Stopp!«, rief ich, und tatsächlich hörten sie auf, sich anzubrüllen. »Ich kann nur annehmen, dass es sich bei einem Centaurianer um irgendein Alien handelt. Aber vielleicht können Sie mir das ja genauer erklären.«

»Dazu gibt es nichts weiter zu sagen«, presste Jones hervor und warf seinem Kollegen einen scharfen Blick zu.

Ich winkte den beiden zu. »Sie haben hier jemanden vor sich, der gerade zwei Tage lang mit einem Außerirdischen auf einer einsamen Insel verbracht hat. Mit anderen Worten: Ich weiß längst, dass es Außerirdische gibt. Sie können also mit mir darüber reden.«

Jones schüttelte den Kopf. »So einfach ist das leider nicht. Die Unkenntnis über die Vielfalt der Alien-Spezies bedeutet Sicherheit für Milliarden von Menschen.«

Smith hob eine Braue. »Hey!«

»Was?«, fragte Jones.

»Also gibt es mehrere Spezies von Aliens, und Sie kennen sie«, sagte ich.

Smith haute mit der flachen Hand auf den Tisch. »Mir Indiskretion vorwerfen, aber selber nicht die Klappe halten können.«

Jones kaute auf seiner Unterlippe herum. Eine seiner Hände lag auf dem Tisch und war ganz ruhig, die andere hielt die Armlehne seines Stuhls fest umklammert. »Jedenfalls ging der verfluchte Translatco nicht.«

»Wie haben Sie das genannt? Translatco? Sie kennen so etwas also und haben schon einen Namen dafür?«

Jones schaute kurz an die Decke und schloss dann die Augen.

Smith verschränkte die Arme vor der Brust und schüttelte den Kopf. »Erzählen Sie einfach weiter. Mein Kollege kriegt sich schon wieder ein.«

»Also Pfingstmontag …«

Jones stöhnte.

»… sagte im Grunde genommen, dass das Ding, also der oder das Translatco …«

Jones stöhnte erneut.

»… nicht richtig funktionierte. Beim Absturz hatte es wohl Schaden genommen. Wir konnten zwar reden, aber die Sprachen liefen durcheinander, und zum Teil benutzte es merkwürdige Wörter, die zwar als Übersetzung in bestimmten Situationen Sinn ergeben hätten, aber meistens nicht in den Sätzen, die ich oder Pfingstmontag sagen wollten. Deswegen war es etwas schwierig, ihn zu verstehen.«

***

Pfingstmontag gab eine weitere Folge von Pfeiflauten von sich, und das Übersetzungsgerät machte gar kein Geräusch. Daraufhin ballte er seine Klauen und schlug darauf ein, bis endlich ein wenig Sprache herauskam.

»Wir müssen kosten den Ozeanriesen zu säubern«, kam es metallisch aus dem Kasten.

»Moderne Technik, was?«, sagte ich und nickte mitfühlend.

Als die Übersetzung aus dem Gerät piepte, schaute Pfingstmontag auf seine Krallen und kratzte sich dann am Kopf. Schließlich fiepte er kurz, und das Gerät übersetzte: »Ausscheidung.«

Ich kicherte. »Ja, ich finde das auch Scheiße.«

Wieder fiepte das Gerät. Diesmal schien es richtig übersetzt zu haben, denn Pfingstmontag gab etwas von sich, das man am ehesten als Kichern interpretieren konnte. Offensichtlich war es doch am einfachsten, wenn man versuchte, in Schimpfwörtern zu kommunizieren.

Das Alien fiepte erneut in den Translatco, und diesmal übersetzte das Gerät: »Meine Kapsel ist zusammengepresst. Kannst du mich anfassen, die Kapsel aus der Schachfigur zu blättern?«

Ich stand immer noch verwirrt da. Aber ich hatte zumindest eine Ahnung, was er wohl versuchte zu sagen. Ich zeigte mit den Fingern auf das Raumschiff und sagte: »Kapsel?«

Das Gerät fiepte, und Pfingstmontag bewegte seinen Kopf verwirrt nach hinten, ebenfalls eine Antwort fiepend, die das Gerät sofort mit »Tablette?« übersetzte.

Ich schüttelte den Kopf. Ganz deutlich zeigte ich auf das vom Fels eingeschlossene Gefährt und sagte: »Raumschiff.« Das Gerät fiepte, und Pfingstmontag brauchte einen Moment, aber seine Augen öffneten sich ein Stück weit, und er fiepte etwas, das zurückübersetzt »Kapsel« ergab.

Ich vermutete, dass der Translatco zwar die Wörter richtig verstand, aber falsche Synonyme beim Übersetzen verwendete. Ein Raumschiff konnte eben auch eine Kapsel sein, eine Kapsel aber auch eine Tablette. Ein Schiff konnte eben ein Raumschiff oder ein Ozeanriese sein. Das machte die Kommunikation mit Pfingstmontag nicht unmöglich, aber doch sehr schwierig, denn ich konnte ja nicht wissen, welche Worte tatsächlich falsch übersetzt wurden. Also zeigte ich auf das Raumschiff und sagte erneut: »Raumschiff.« Der Translatco übersetzte, und Pfingstmontag wippte mit dem Kopf hin und her. Dann ging ich zu den Felsen, in denen das Raumschiff steckte, legte eine Hand darauf und sagte: »Felsen oder Stein.« Der Translatco übersetzte erneut. Pfingstmontag zuckte mit dem Kopf und fiepte dann ebenfalls.

»Berg oder Schachfigur«, kam es aus dem Translatco, der offenbar bei Steinen nur an Spielsteine dachte. Immerhin hatten wir angefangen, uns gegenseitig zu verstehen.

Pfingstmontag signalisierte mir mit seinen Krallen, dass er das Raumschiff von den Palmen und Steinen befreien wollte. »Erlösen«, sagte der Translatco. Ich muss ihn wohl angesehen haben, als wäre mir gerade eine Sicherung durchgebrannt, jedenfalls hampelte Pfingstmontag herum und zeigte aufgeregt auf sein Schiff.

»Ich hab keine Ahnung, wie wir das Ding da rauskriegen sollen«, sagte ich, ohne groß darüber nachzudenken, was der Translatco wohl daraus machen würde.

Das Alien pfiff fragend. »Welches?«, kam es aus dem Gerät.

Ich warf die Arme fragend in die Luft und schüttelte den Kopf.

Das Alien zeigte mir, dass ich mich gegen das Schiff stemmen sollte, vermutlich um es ein wenig zu rollen, damit es auf der anderen Seite herunterfallen konnte. Also stellte ich mich in Position, aber Pfingstmontag schaute einfach nur ans obere Ende des Schiffs, um zu sehen, ob es sich bewegen würde. Ich hatte natürlich keinerlei Lust, allein wie ein Idiot gegen einen großen Metallbrocken zu drücken, der ganz offensichtlich niemals nachgeben würde. Also starrte ich ihn an, bis er endlich zurückschaute und ein paar ärgerliche Piepgeräusche machte.

»Modelliere lediglich!«, schallte es aus dem Translatco.

Ich hatte keine Ahnung, was er mir damit sagen wollte, signalisierte ihm aber, dass er sich zu mir gesellen sollte, damit wir gemeinsam gegen das Schiff drücken könnten, aber er plusterte sich nur auf. Also drückte ich kurz gegen den Rumpf, um zu zeigen, dass sich da nichts rührte, und setzte mich dann an den Strand, wo ich mich an einen Stein lehnte und aufs Meer hinaussah.

Pfingstmontag kam nach kurzer Zeit hinzu und sah mich schräg von oben an, als ob er irgendwas erwarten würde. Ich war aber einfach nur erschöpft, und mein Magen knurrte vor Hunger. Selbst er konnte das hören und plusterte sich wieder auf, vermutlich weil er dachte, ich würde ihm grollen oder etwas in der Art. Ich versuchte, ihm verständlich zu machen, dass ich Hunger hatte. Plötzlich sprang er auf und verschwand. Kurze Zeit später kam er zurück und reichte mir eine Kokosnuss.

Mein erster Gedanke war: Toll, das Frühstück der Champions. Allerdings hatte ich keine Ahnung, wie ich das Ding aufkriegen sollte. Leider fehlt ja der Schraubverschluss. Also versuchte ich, es gegen den Stein zu schlagen, an dem ich vorher gelehnt hatte. Dabei sah mich Pfingstmontag an und zuckte bei jedem Schlag ein wenig zusammen. Ich vermute, er hielt mich für absolut bescheuert. Zumindest verstand er, dass ich nicht über die Mittel verfügte, die er hatte, nämlich einen Schnabel. Er nahm mir die Kokosnuss wieder weg, öffnete seinen Schnabel und quetschte sie, bis sie in zwei Hälften brach. Der größte Teil der Milch ging dabei leider verloren, aber zumindest konnte ich mit einem Stein etwas von dem Fruchtfleisch lösen und essen.

Nachdem ich so viel herausgekratzt hatte, wie nur ging, stand Pfingstmontag neben mir und machte ein fragendes Geräusch. Der Translatco stand beim Schiff und außer Reichweite, also musste ich zumindest nicht raten, was die Übersetzung für ein sinnloses Zeug ergeben würde. Ich sah ihn wohl weiter hungrig an, jedenfalls verschwand er und kam kurz darauf mit einer zweiten Kokosnuss zurück, die er ebenfalls mit dem Schnabel knackte. Als ich sah, wie er das tat, kam mir ein Gedanke. Ich sprang auf, als er mir die Kokosnuss geben wollte, und lief zur nächsten Palme.

Ich zeigte auf seinen Schnabel und den Baum und machte dabei Nagegeräusche. Dann griff ich mir die Kokosnusshälften, setzte sie wieder zusammen und tat so, als würde ich sie wieder auseinanderbrechen. Pfingstmontag beäugte mich von oben bis unten, nickte dann aber und machte sich ans Werk, die Palme umzulegen. Während ich die Kokosnuss aß, arbeitete er an dem Baum, und tatsächlich schaffte er es nach einiger Zeit, den Stamm umzulegen.

***

»Hatte er keinen Laser oder so etwas?«, fragte Jones.

»Muss das wirklich sein? Immer diese Unterbrechungen? Offensichtlich hatte er keinen Laser«, sagte Smith und sprach das Wort »Laser« abfällig aus. »Wenn er einen Laser gehabt hätte, hätte er ihn doch wohl benutzt.«

Ich schaute Jones an und zeigte auf Smith, denn ich fand, dass er einen validen Punkt ansprach, aber Jones verzog sein Gesicht nur noch mehr.

»Fliegt durchs Weltall und legt einen Baum mit dem Schnabel um«, murmelte Jones.

»Wahrscheinlich hatte er vergessen, Säge oder Axt mitzubringen, weil er die sonst ja andauernd braucht«, maulte Smith.

»Es ist ja wohl nicht zu viel erwartet, dass eine Zivilisation, die den interstellaren Raumflug gemeistert hat, bessere Möglichkeiten hat, einen Baum umzulegen, als das eigene Beißwerkzeug. Die haben einen verdammten Übersetzungsapparat, aber keinen Laser?«

»Einen Übersetzungsapparat, der nicht richtig funktionierte«, fügte ich hinzu.

»Aber einen Übersetzungsapparat, der zumindest zwei einander völlig unbekannte Sprachen irgendwie zusammenbrachte«, sagte Jones. »Wahrscheinlich war der sogar lernfähig.«

»So etwas ist mir zumindest nicht aufgefallen«, sagte ich.

Smith lachte und sagte zu Jones: »Stell dir mal vor, die hätten das Ding auf der Konferenz benutzt. Vielleicht hätte das einen Krieg ausgelöst.«

»Schlimmer als der Tod ihres Diplomaten kann es ja kaum sein«, sagte Jones. Smith verzog nur wieder das Gesicht.

»Konferenz? Diplomat?«, sagte ich und bemerkte, wie Jones und Smith sich gegenseitig ansahen. »Streng geheim, ja?«, fragte ich, und Jones nickte, während Smith sich die Stirn abtupfte. »Ich schätze, ich soll nicht nachfragen und einfach weitererzählen?«

Jones nickte vor sich hin, während Smith mich erwartungsvoll anstarrte.

***

Wir trugen die Palme zum Raumschiff und schoben den Stamm so darunter, dass sie als Hebel fungieren konnte, aber nachdem wir eine gefühlte Ewigkeit darauf rumgesprungen waren und sich das Raumschiff keinen Zentimeter bewegt hatte, brach die Palme, und wir gaben das Unterfangen auf.

Pfingstmontag verfiel darauf wohl in eine Art Depression, jedenfalls saß er auf einem Stein in der Nähe und pfiff in einem jammernden Ton vor sich hin.

»Ich gerate derzeitig überhaupt nicht los«, tönte es aus dem Übersetzungsgerät.

Ohne eine Ahnung, was das bedeuten sollte, legte ich ihm einen Arm um die Schulter und sprach ein paar mitleidige Worte, obwohl mir natürlich klar war, dass er sie nicht verstand. Er schob mich weg. Und da die Sonne schnell unterging, suchte ich mir ein paar Blätter zusammen, um mir ein Nachtlager zu machen. Ich achtete allerdings sehr genau darauf, keinem der Büsche zu nahe zu kommen, vor denen Pfingstmontag mich gewarnt hatte. Während er da saß und traurig vor sich hinfiepte, legte ich mich hin und schlief bald ein.

Am nächsten Morgen wurde ich durch einen blechernen Lärm geweckt. Als ich die Augen aufschlug und mich herumdrehte, sah ich, wie Pfingstmontag Steine auf das Raumschiff warf. Die Federn an seinem Kopf waren aufgestellt, und er wirkte verzweifelt. Langsam richtete ich mich auf, aber sämtliche Muskeln und Knochen in meinem Körper schienen auf mich sauer zu sein. Zum einen schmerzten sie, weil ich mich so angestrengt hatte, zum anderen waren sie steif, da es nachts offenbar kälter auf der Insel war, als ich angenommen hatte.

Pfingstmontag hatte sich auf einem Felsvorsprung festgekrallt, von dem er die Steine nahm, und ging nun dazu über, bei jedem Wurf zu kreischen. Ironischerweise übersetzte der Translatco sein Kreischen mit »Aaaaaah«. Ich kletterte zum Vorsprung hinauf, stellte mich neben ihn und hielt seinen Arm fest, als er zum nächsten Wurf ausholen wollte.

Er sah mich an und pfiff kurz traurig. »Es ist unnütz.«

Vielleicht hatte der Computer wieder nicht richtig übersetzt, aber es schien zu passen. Und ich stimmte ihm zu. Dann erklärte ich ihm, dass wir etwas zu essen finden mussten. Außerdem versuchte ich, ihm klarzumachen, dass wir vielleicht ein Feuer machen sollten. Ich dachte, dass vielleicht der Rauch des Feuers in der Ferne gesehen werden könnte, falls ein Schiff vorbeifuhr. Allerdings hatte ich keine Ahnung, ob wir überhaupt in der Nähe irgendeiner Schifffahrtsroute waren.

Der Übersetzer schien meine Worte wohl gut genug übersetzt zu haben, sodass Pfingstmontag mir gramgebeugt in den Wald folgte, wo ich ihm kleine Stücke Holz und alte Blätter zeigte, die ich für das Feuer aufschichten wollte. Wir liefen einige Male hin und her und hatten schon einen guten Haufen zusammengetragen, als Pfingstmontag ausglitt und einen Abhang hinunterrutschte. Er fiel über eine Kante und landete direkt in einer großen Ansammlung von Büschen dieser Brennnesselart. Sofort fing er an zu schreien wie ein einjähriges Kind, das in einen Topf Lava gefallen ist. Wild um sich schlagend, kam er aus dem Gebüsch gerannt, bevor er ohnmächtig neben mir zu Boden fiel.

Meine botanischen und ärztlichen Kenntnisse haben ungefähr den Umfang eines Werbeprospekts, insofern wusste ich zunächst nicht, wie ich ihm helfen konnte. Ich schob ein paar seiner Federn beiseite und sah, wie sich seine Haut rötete. Und plötzlich spürte ich selbst den Schmerz in meinen Händen. Diese blöde Pflanze hatte also ihr Gift, ihre Härchen oder was auch immer auf ihm verteilt, sodass ich nun auch etwas abbekam. Bei dem unmenschlichen Schmerz, der sich langsam meinen Arm hochfraß, fiel mir Pfingstmontags Gerät ein, mit dem er mich geheilt hatte. Unter Tränen, die mir mittlerweile in die Augen schossen, tastete ich meinen außerirdischen Leidensgenossen ab, um das metallische Kästchen zu finden. Es war in seiner linken Beintasche, und mir ist es fast peinlich, es zuzugeben, aber erst einmal probierte ich es an mir selbst. Zwar hatte ich keinerlei Ahnung, wie es funktionierte, aber die eine Seite, die leicht geöffnet war, hielt ich an meine Hand, und dann versuchte ich, mit dem Daumen auf beiden Seiten den Knopf zu finden, der nicht zu sehen war. Nachdem ich das Gerät gedreht hatte, leuchtete plötzlich eine Anzeige gelb auf, und der Schmerz an meiner Hand ließ nach. Erst dann wandte ich mich Pfingstmontag zu und heilte seinen Kopf, dann seine Arme und schließlich seine Beine.

Ich musste gut zwei Minuten seinen ganzen Körper mit dem Gerät umkreist haben, als das Ding plötzlich zu blinken und zu fiepen anfing. Daraufhin wurde Pfingstmontag wach, sah das Gerät in meiner Hand und riss es weg. Er schaute es sich genau an und pfiff dabei wild vor sich hin. Ich schätze, wenn man das auf uns Menschen übertragen würde, hätte man es »vor sich hinbrabbeln« nennen können. Das Fiepen hörte nach kurzer Zeit auf, aber ein Licht an dem Heilgerät blinkte weiter.

Zunächst schien Pfingstmontag aufgebracht zu sein. Er hielt das Gerät in der Hand, als wäre es ihm das Heiligste auf der Welt. Er schaute ein paarmal zu mir, und seine Kopffedern waren hochgestellt, also nahm ich an, dass er sauer war. Nach ein paar Augenblicken hatte er allerdings seine Fassung wiedergewonnen und fiepte die Tonfolge, die ich als »Danke« zu interpretieren gelernt hatte. Ich erwiderte: »Gern geschehen.«

Danach schienen wir beide irgendwie die Lust verloren zu haben, weiteres Holz zu suchen. Ich griff das, was wir hatten fallen lassen, und nahm es mit zu unserem Lager. Dann versuchte ich mich daran, ein Feuer zu machen.

Irgendwann hatte ich mal in einem Film gesehen, wie man ein Feuer dadurch entfacht, dass man einen Stock zwischen den Fingern reibt, während er mit der Spitze auf einem anderen Stück Holz steht. Genau das probierte ich, und nach fünf Minuten war ich drauf und dran, zu glauben, dass mich irgendwer mit einer versteckten Kamera beobachtete und ich in Kürze als der dämlichste Gestrandete der Menschheitsgeschichte im Fernsehen zu beobachten wäre. Als dann auch Pfingstmontag kein Feuer zustande brachte, hatte ich zumindest ein etwas besseres Gefühl. Seine Spezies hatte Raumschiffe gebaut und ein Gerät hergestellt, das Leute heilen konnte, aber Feuer schien auch für ihn ein unüberwindbares Problem zu sein. Vielleicht war ich der dämlichste Gestrandete der Menschheitsgeschichte, aber er hatte dann den Titel des intergalaktischen Trottels.

***

»Und was hätte geholfen? Ein verfluchter Laser!«, sagte Jones.

»Hör doch auf mit deinem verdammten Laser. Nur weil das Alien quer durchs Weltall geflogen ist, heißt das doch nicht, dass es Laserwaffen oder so etwas Futuristisches haben muss«, regte sich Smith auf und sah ihn verärgert von der Seite an.

»Futuristisch? Du weißt schon, dass es Laser wirklich gibt, oder? Damit werden DVDs gelesen, du weißt schon, diese Scheiben, auf denen die ganzen Filme gespeichert werden, von denen du immer sprichst.«

»Natürlich weiß ich, dass es Laser gibt.« Er schaute zur Seite und machte einen grübelnden Gesichtsausdruck, den er aber gleich wieder ablegte, als Jones fortfuhr: »Und wir mussten doch auch davon ausgehen, dass die Aliens uns eventuell unfreundlich gesinnt sind. Da wäre es doch denkbar, dass sie Laserwaffen haben.«

»Aber wenn sie uns unfreundlich gesinnt wären, warum hätten sie dann einen Diplomaten geschickt?«

»Was weiß ich?«, schrie Jones. »Vielleicht nur, um uns zu sagen, dass wir uns ergeben sollen. Ich bin kein Diplomat.«

»Na, jetzt jedenfalls nicht mehr«, sagte Smith.

Jones wurde immer aufgebrachter. »Willst du mir jetzt die Schuld geben, dass wir degradiert wurden?«

»Na, wem soll ich denn sonst die Schuld geben?«

»Dir vielleicht.«

»Wieso? Was habe ich denn gemacht?«

»Hättest du dich darum gekümmert, dass der Luftraum leer ist, wäre gar nichts davon passiert, oder etwa nicht?«

»Woher sollte ich denn wissen, dass so ein blödes Privatflugzeug vom Weg abkommt und noch dazu so ein Sturm …«

Jones unterbrach ihn. »Siehst du, da hast du es.«

Smith blähte seine Nase, als würden gleich kleine Rauchwolken herausschießen, wie im Comic. »Ich hab wenigstens keine Soldaten geschickt, die das Ganze versaut haben.«

»Was fällt dir eigentlich ein?«

Jones wollte gerade handgreiflich werden, als ich einschritt und laut »Jungs! Jungs!« schrie.

»Was?«, sagten beide unisono.

»Habe ich euch beiden zu verdanken, dass ich abgestürzt bin und der Mist auf der Insel passiert ist?«

Sie schauten sich an und richteten dann ihre Uniformen.

»Nun ja«, sagte Smith.

»Und ausgerechnet ihr müsst mit mir dieses Interview führen? Sind eigentlich alle bescheuert?«, fragte ich mehr rhetorisch, aber Smith war schon drauf und dran, zu antworten, bevor Jones ihn per Fingerzeig stoppte.

»Ich möchte mich hiermit entschuldigen, dass es für Sie suboptimal verlaufen ist, aber ich versichere Ihnen, dass wir zu jedem Zeitpunkt alles unter Kontrolle hatten.«

Ich schaute die beiden uniformierten Typen an, die mir gegenübersaßen. »Alles unter Kontrolle?«, platzte es aus mir heraus. »Leute sind gestorben! Und wenn ich das alles richtig zusammengepuzzelt habe, haben Sie einen außerirdischen Diplomaten umgebracht.«

»Umbringen lassen«, korrigierte Smith, aber Jones hieb mit der Faust auf den Tisch.

»Fahren Sie einfach fort«, sagte er.

»Au ja!«, sagte Smith, und sowohl Jones als auch ich fanden seinen Enthusiasmus irgendwie deplatziert.

»Ich fahre nicht einfach fort. Ich möchte gerne mit jemand anderem sprechen.«

»Das ist derzeit leider nicht möglich.«

Ich wartete auf eine Erläuterung, aber die schienen sie nicht geben zu wollen. »Und warum nicht?«

»Weil alle unsere Kollegen …«

»Vorgesetzten, muss man jetzt wohl sagen«, schob Smith ein.

»Weil alle unsere Kollegen«, wiederholte Jones, »derzeit gerade versuchen, die Wogen zu glätten.«

»Es gibt also noch mehr Leute wie Sie?«

Jones knirschte mit den Zähnen. »Ja, doch.«

»Ich hoffe, die sind etwas umgänglicher.«

»Können wir einfach weitermachen?«

Ich holte tief Luft. »Gut. Von mir aus.«

***

Nach kurzer Zeit übernahm ich wieder die Stöckchen von Pfingst-montag und rieb gedankenverloren an ihnen herum, als plötzlich die kleinen vertrockneten Blätter, die danebenlagen, Feuer fin-gen. Vor Freude wäre ich am liebsten über den Strand gemoon-walkt, aber vermutlich hätte Pfingstmontag nicht verstanden, was daran wieder so besonders war. Trotzdem jubelte ich natürlich und sprang triumphierend auf, was sofort die Kopffedern meines außer-irdischen Freundes hochschnellen ließ, bis er plötzlich ebenfalls aufstand und mithüpfte.

Also sprangen wir für einige Minuten wie ein paar Verrückte durch die Gegend, bis ich mir dämlich vorkam und mich lieber um das Feuer kümmerte, das wieder auszugehen drohte. Ich legte ein paar Scheite nach, und irgendwann war das Feuer dann groß genug.

Pfingstmontag war, nachdem ich mit dem Hüpfen aufgehört hatte, verschwunden und kam kurz darauf mit einer Sammlung verschiedener Pflanzen und Früchte wieder. Immer wieder nahm er eine davon und zeigte damit auf das Feuer. Offensichtlich woll-te er alles grillen, aber bei den meisten Sachen, die er mir zeigte, schüttelte ich den Kopf. Keine Ahnung, ob man Kokosnuss grillen kann, aber ich hielt es für recht unwahrscheinlich. Und auch das andere Grünzeug machte eher den Eindruck, als würde es lediglich etwas zur Glut und nichts zu unseren Mägen beitragen. Zwar war es mir gelungen, das Feuer zu entfachen, aber ich war trotzdem der weltschlechteste Gestrandete, da ich keine Ahnung hatte, was ich eigentlich essen konnte. Pfingstmontag war entschuldigt, immerhin wuchsen Vogelfuttertüten nicht auf Bäumen. Vielleicht taten sie es auf seinem Heimatplaneten. Während wir so am Feuer saßen und unsere Mägen brummten, wünschte ich mir, er könnte mir etwas darüber erzählen. Also fragte ich ihn, was es bei ihm auf dem Planeten zu essen gab.

Der Translatco machte ein paar Geräusche, die in etwas endeten, das sich anhörte, als würde jemand mit einer Dampfwalze in Knackfolie eingewickelte Schalentiere überfahren. Pfingstmontag sprang auf, hämmerte mit der Klaue auf dem Gerät herum, bis das Ding plötzlich dreimal hintereinander »Apfelmus« sagte und dann den Geist aufgab. Daraufhin nahm er das Gerät mit ans Feuer und versuchte, es zu öffnen.

Ich fragte ihn, ob er kein Werkzeug im Schiff hätte. Zumindest deutete ich mit Gesten an, was ich meinte. Pfingstmontag schien verstanden zu haben, wackelte aber verneinend mit dem Kopf. Dank seiner Klauen konnte er die Dinger, die Schrauben sehr ähnlich sahen, entfernen.

***

»Wie war das Gerät aufgebaut? Gab es irgendwelche Bauteile, die Ihnen aufgefallen sind?«, fragte Jones.

»Für mich sah es aus, wie ein Computer eben so von innen aussieht.«

Die beiden Uniformierten sagten nichts.

»Platinen. Kabel. So was halt«, sagte ich.

***

Nachdem Pfingstmontag das Ding geöffnet und hineingeschaut hatte, kratzte er sich erst mal am Kopf. Für mich sah es so aus, als wüsste er gar nicht so recht, was er dort eigentlich vor sich hatte. Ein paar Kabel schienen lose zu sein, und er befestigte sie an den Stellen, die offenbar dafür vorgesehen waren. Dann rüttelte er an anderen Kabeln und drückte sie, wo nötig, wieder fest, aber das war auch schon alles.

Als er einen unsichtbaren Knopf am Translatco drückte, leuchtete es kurz auf. Er fiepte hinein, und das Gerät sagte: »Na super.«

Tatsächlich hatten wir es geschafft, mit dem Blödsinn den ganzen Tag zu vertun. Die Sonne ging unter, und mit dem Essen waren wir nicht weitergekommen. Auch nicht mit dem Raumschiff. Stattdessen wärmten wir uns am Feuer und machten es uns gemütlich, nachdem Pfingstmontag die Schrauben wieder hineingedreht hatte.

Als die Sterne herauskamen, deutete ich auf Pfingstmontag und den Himmel und machte ein fragendes Gesicht. Ich wollte wissen, wo er herkam. Er schien zu verstehen, was ich von ihm wollte, und blickte auf den Übersetzer.

»Wo kommst du her?«, fragte ich.

Das Gerät gab ein paar merkwürdige Töne von sich. Sein Kopf zuckte, er stand auf und betrachtete den Himmel in alle Richtungen. Mit der Klaue schien er kleine Bilder zu malen. Aber nach einer Weile gab er auf. Ich konnte nur annehmen, dass dort, wo er herkam, der Nachthimmel völlig anders aussah und er somit keinen Anhaltspunkt hatte. Er deutete auf sein Schiff, seinen Kopf und den Himmel, dann löste sich ein Laut aus seiner Kehle, der irgendwie nach Bedauern klang.

»Was weiß ich, ey«, kam es aus dem Übersetzer.

Ich ahnte, dass mir Pfingstmontag keine Auskunft würde geben können, trotzdem wollte ich etwas mehr über sein Zuhause erfahren.

»Wie ist es bei dir daheim?«

Der Übersetzer piepte. Nachdem Pfingstmontag geantwortet hatte, sagte die Stimme aus dem Gerät: »Warum sollte ich meine Alte auslöffeln?«

Ich muss wohl besonders überrascht ausgesehen haben, jedenfalls gab Pfingstmontag etwas von sich, das man am ehesten als Kichern bezeichnen konnte. Auch ich lachte. Schließlich nahm er das Gerät und schmiss es im hohen Bogen gegen das Raumschiff.

Offenbar war damit unser Übersetzungsexperiment gescheitert. Vielleicht hätte er das Gerät am nächsten Tag noch einmal hervorgeholt, aber wie sich herausstellen sollte, war das nicht mehr möglich, da in der Nacht die inkompetenteste Landungstruppe der amerikanischen Streitkräfte auf der Insel ankommen sollte.

***

»Das mit der Inkompetenz war jetzt nicht wirklich nötig, oder?«, sagte Jones. Smith schien diesmal nicht protestieren zu wollen.

»Na, wie würden Sie es denn nennen, was die angestellt haben? Wären die nicht so bescheuert gewesen, gleich zu schießen, müsste ich nicht hier sitzen und die Geschichte erzählen, weil Sie dann mit dem Raumschiff beschäftigt wären.«

Jones sah mich aus Augenschlitzen an. »Unsere Truppen wurden von einem außerirdischen Wesen angegriffen. Natürlich mussten sie sich verteidigen.«

»Ihre Leute wurden erst angegriffen, nachdem die ersten Schüsse schon gefallen waren. Pfingstmontag hatte gar keine andere Wahl.«

»Können Sie das näher erläutern?«

»Ich hatte mir erneut ein Lager gebaut, diesmal direkt neben dem Feuer. Ich hoffte, dass das Feuer zumindest so lange weiterbrennen würde, dass ich es nicht neu entfachen müsste. Außerdem hoffte ich, etwas weniger steif vor Kälte aufzuwachen. Auch Pfingstmontag hatte es sich mir gegenüber gemütlich gemacht. Ich habe keine Ahnung, wie spät es war, als ich das Knacken hörte, das mich aufschrecken ließ. Irgendeiner Ihrer gut ausgebildeten Soldaten war offensichtlich in der Nähe auf etwas getreten.«

Jones stöhnte ein wenig und rieb sich die Stirn. Offenbar war er auch kein Fan von Inkompetenz. Smith verzog ebenfalls das Gesicht.

»Jedenfalls sprang ich erschrocken auf, und irgendeiner der Typen, die offenbar nicht wussten, dass man auf Unbewaffnete nicht schießt, jagte mir eine Kugel in den Bauch.«

»Wenn man nicht alles selber macht«, sagte Jones und starrte wütend an die Decke.

»Ich nehme an«, sagte Smith, »dass Pfingstmontag das zum Anlass nahm, unsere Truppen anzugreifen.«

»Hör auf, das Alien so zu nennen«, sagte Jones zu Smith.

»Aber …« Smith zeigte auf mich.

»Wir können nicht in unseren Bericht schreiben, dass das Ding Pfingstmontag hieß.«

»Warum nicht?«

»Weil es albern klingt!«

»Aber er hat es doch nun mal so genannt!«

Jones stöhnte. »Zumindest sollten wir beide professionell bleiben und es weiter einfach nur als Alien bezeichnen.«

»Ich finde, Pfingstmontag klingt irgendwie süß«, sagte Smith.

Jones schaute ihn von der Seite an, als würde er ihm gleich aus Gnade ein Kopfkissen aufs Gesicht drücken wollen. »Das Alien wird als Alien bezeichnet. Ende der Diskussion.«

»Ich werde nicht so tun, als hätte er dem Alien keinen Namen gegeben.«

Jones sah mich an. »Hätten Sie das Alien nicht einfach James oder so nennen können?«

»So etwas Abwegiges ist mir in dem Moment einfach nicht eingefallen«, sagte ich, woraufhin mich wieder diese Augenschlitze anstarrten.

»Das Alien griff also unsere Leute an.«

»Es war faszinierend zu sehen, wie schnell sich Pfingstmontag auf einmal bewegen konnte. Er entwaffnete zwei weitere Soldaten und machte sie kampfunfähig, bevor ihn die erste Kugel traf.«

»Aber er kämpfte weiter?«

»Zunächst schon.«

* * *

Während ich in einer Lache meines eigenen Blutes lag, hielt sich der Schmerz noch zurück. Offenbar hatte mein Gehirn noch nicht hundertprozentig registriert, dass ich getroffen war. Ich wollte zu Pfingstmontag kriechen, der gerade quer vor mir durch die Büsche rannte und einen weiteren Soldaten durch die Gegend warf, obwohl sein linker Arm herunterhing. Da er aber so schnell durch die Gegend rannte, wusste ich nicht richtig, wohin mit mir. Kurz darauf hörte ich eine weitere Salve von Schüssen und das verschreckte Piepen von Pfingstmontag, gefolgt von ein paar menschlichen Schreien und einer unkomfortablen Stille.

Einer der Soldaten, die Pfingstmontag am Anfang angegriffen hatte, lag auf dem Boden, ein paar Meter entfernt von mir. Er war bei Bewusstsein, blutete aber stark und konnte sich offenbar nicht mehr bewegen. Ich kroch zu ihm hin, obwohl mein Gehirn mittlerweile zum Zustand meines Körpers aufgeholt hatte und mir alles wehtat.

Als ich den Mann erreicht hatte, sah er mich erschrocken an und wollte nach seiner Pistole greifen. Es gelang mir, ihn zu beruhigen und ihn zu fragen, was sie auf der Insel wollten und warum sie uns angegriffen hatten. Er sagte mir, dass sie einen Außerirdischen stellen sollten. Von einem Menschen war bei ihrem Briefing gar keine Rede gewesen. Er meinte, dass es ihm leidtäte, dass ich angeschossen wurde, aber dass das Alien offenbar gefährlich sei. Ich versuchte, ihm zu erklären, dass Pfingstmontag sich nur verteidigte und ansonsten freundlich war, aber sein Gesichtsausdruck verwandelte sich plötzlich in Entsetzen. Er zog seine Pistole und schoss direkt neben meinem Kopf an mir vorbei.

Ich hörte eine ganze Weile nur noch Klingeln in meinem Ohr, bevor ich sah, dass er Pfingstmontag getroffen hatte. Dann stürzte ich mich auf die Waffe in seiner Hand, bevor er erneut schießen konnte, rang sie ihm aus den Fingern und warf sie irgendwo ins Gebüsch. Der Mann stöhnte und spuckte plötzlich Blut. Bei meinem Versuch, an die Waffe zu kommen, hatte ich seine Wunden weiter aufgerissen, und nun verblutete er. Mit aufgerissenen Augen starrte er mich an, bis er seinen Verletzungen erlag. Dann robbte ich zu Pfingstmontag, der auf der anderen Seite des Feuers lag und leise fiepte.

Soweit ich das auf den ersten Blick sagen konnte, hatten ihn fünf Kugeln getroffen. Sein linker Arm war in der Nähe der Schulter getroffen und offenbar unbeweglich. Auch seinen rechten Arm hatte eine Kugel durchbohrt, aber zumindest konnte er den noch bewegen. Zwei weitere Kugeln schienen im rechten Bein zu stecken und eine im Bauch. Der feuchte Fleck, der sich auf dem Overall über der Bauchwunde befand, breitete sich mit jedem Atemzug weiter aus.

Ich signalisierte Pfingstmontag, dass er mir das Gerät geben sollte, das ihn schon einmal gerettet hatte. Mit seinem rechten Arm griff er in eine Tasche und holte es hervor, aber als ich es ihm abnehmen wollte, hielt er es fest und schaute mich an. Er zeigte auf mich und meine Bauchwunde.

»Nein«, sagte ich. »Du bist schwerer verletzt.«

Natürlich konnte er mich nicht verstehen. Worte waren in dem Moment blödsinnig. Trotzdem schien er begriffen zu haben, was ich meinte. Er zeigte auf sich und schüttelte den Kopf. Dann zeigte er wieder auf mich und fiepte etwas. Das Gerät in seiner Hand war auf meinen Bauch gerichtet und leuchtete rot blinkend, während der Schmerz in meinem Inneren abebbte. Aber das Gerät piepte nun laut, und Pfingstmontag drückte ein letztes Mal darauf, als er es neben meinen Kopf hielt und das Klingeln in meinem Ohr endlich verstummte.

Auch das Gerät gab nun keine Geräusche mehr von sich. Und es leuchtete nicht mehr. Pfingstmontag ließ es einfach fallen, und ich griff es, um vielleicht doch noch ein Quäntchen Gesundheit für ihn daraus abzweigen zu können, aber es brachte nichts. Seine Klauen packten meine Hand ganz ruhig und zogen mich zu sich. Er fiepte ein »Danke«. Dann schloss er die Augen.

Einen Moment war nur das Knacken des Feuers zu hören, aber als Pfingstmontag seinen letzten Atemzug getan hatte, machte plötzlich das Raumschiff Geräusche. Ein blechernes Fiepen kam aus dem Inneren – wie das seines Piloten. Es schien ein längerer Satz zu sein. Als der zu Ende war, ertönten in kurzen Abständen mehrere Pieplaute hintereinander. Und ich hatte eine Ahnung, dass das nichts Gutes bedeutete.

Ich sprang auf und rannte in Richtung Strand. Der Weg durch das Gebüsch wäre sicherlich einfacher gewesen, aber jetzt, da das Heilungsgerät leer war, hatte ich keine Lust, erneut in einen dieser Schmerz verursachenden Büsche zu laufen. Mit jedem Fiepen, das aus dem Raumschiff kam, wirkte der Ton drohender, und ich konzentrierte mich darauf, so weit wie möglich wegzukommen. Dann rannte ich plötzlich einen weiteren Soldaten um und hörte das charakteristische Klackern von mehreren Waffen, die mit einem Mal auf mich gerichtet waren.

»Keine Bewegung!«, hörte ich jemanden sagen.

»Ich würde lieber in Deckung gehen«, erwiderte ich.

Und dann explodierte das Raumschiff.

***

»Die verfluchte halbe Insel ist in die Luft geflogen«, sagte Jones.

Ich zuckte mit den Schultern.

»Es ist nichts übrig geblieben. Das ganze Raumschiff ist weg. Und wir haben auch keine Reste des Aliens entdeckt.«

Erneut zuckte ich mit den Schultern.

»Viele gute Leute haben ihr Leben verloren«, sagte Jones mit einem drohenden Ton in der Stimme.

»Viele gute Leute, die erst schießen statt fragen. Pfingstmontag ist dabei draufgegangen, verdammt noch mal. Zum Glück haben Sie keine Überreste von ihm entdeckt. Wer weiß, was Sie damit angestellt hätten. So hat er unsere Welt zwar mit großem Getöse verlassen, aber wenigstens können Sie ihm nicht noch mehr antun.«

»Es sollte ihm ja gar nichts angetan werden!«, protestierte Jones.

»Wenn Ihre Leute weniger Actionfilme aus den Achtzigern gesehen hätten, dann wären sie jetzt noch am Leben, und Sie hätten das Raumschiff samt Piloten.«

»Also waren die Lebenszeichen des Aliens mit dem Raumschiff verknüpft«, sagte Jones.

»Sie sind ja ein echter Kriminologe, was?«, sagte ich, aber Jones' Augen warfen mir Dolche zu, also hob ich die Hände und deutete an, dass das mein letzter Kommentar gewesen war.

»Haben Sie noch etwas hinzuzufügen?«

»Nein, damit habe ich Ihnen so ziemlich alles Wesentliche erzählt«, sagte ich. »Abgesehen davon, dass Ihr gruseliger Bordarzt mir alle möglichen Fragen bezüglich Sex mit einem Außerirdischen gestellt hat. Der sollte mal psychologisch untersucht werden.«

Einen Moment lang sahen sich Smith und Jones an, dann brach Smith die Stille. »Tolle Geschichte«, freute er sich, und Jones verdrehte die Augen.

»Also können Sie uns nichts weiter zu dem Alien und der Technik sagen?«, fragte Smith.

»Ich rede mir hier den Mund fusselig, und Sie glauben immer noch nicht, dass ich nichts darüber weiß? Wann sollte ich denn mehr darüber erfahren? Der Flugzeugabsturz ist drei Tage her. Und eine vulkanische Gehirnverschmelzung gab es nicht.«

»Eine was?«, fragte Jones.

»Das ist aus *Star Trek*«, sagte Smith.

»Ist ja klar, dass du das wieder weißt.«

»Was soll denn das heißen?«

»Nichts«, sagte Jones und nuschelte dann kleinlaut: »Nerd.«

Smith schaute ihn grimmig an. »Immerhin weiß ich, von was er spricht, im Gegensatz zu dir. Und es ist doch ganz offensichtlich, dass er nichts wissen kann.«

Jones schaute ihn ausdruckslos an. »Aber vielleicht hat er uns auch einfach nur eine Geschichte erzählt und wichtiges Wissen zurückgehalten.«

Ich war genervt. »Geht jetzt diese Guter-Cop-böser-Cop-Nummer los? Ich hätte eine Idee, wer wer ist.«

Jones versicherte, dass das ganz und gar nicht ihre Absicht sei, aber man eben sicherstellen müsse, dass ich alles berichtet hatte.

»Ich kann die Geschichte noch einmal erzählen, falls das hilft.«

Ich meinte das eigentlich als Witz, aber Smith klatschte plötzlich in die Hände und rief »Au ja!«, was seinen Kollegen den Kopf schütteln ließ. Trotzdem forderte auch er mich auf, von vorn anzufangen.

Also erzählte ich die ganze Geschichte noch einmal. Diesmal gab es weniger Unterbrechungen. Jedes Mal, wenn Jones im Ansatz versuchte nachzuhaken, machte Smith eine Handbewegung und sagte: »Bsss!«

Hinterher meinte Jones, dass ich beim zweiten Mal ein paar Details mehr hätte einfließen lassen. Ich antwortete, dass mir hier und da eben noch Kleinigkeiten eingefallen seien, aber ich die gewünschten Informationen nicht liefern konnte, weil ich zum Beispiel das Innere des Raumschiffs nie gesehen hatte.

»Aber bei meinem Glück wollen Sie sicher, dass ich die Geschichte noch 50 Mal erzähle«, fügte ich hinzu, doch Jones winkte ab. Smith machte daraufhin ein etwas enttäuschtes Gesicht.

»Mein Kollege und ich müssen uns einen kurzen Moment beraten«, sagte Jones. Dann standen beide auf und gingen aus dem Raum.

Ich drehte etwa zehn Minuten lang Däumchen, bis die Tür wieder geöffnet wurde und sich beide erneut mir gegenüber hinsetzten.

»Wir möchten Sie lediglich bitten, dieses Dokument zu unterzeichnen«, sagte Jones. »Darin verpflichten Sie sich, niemandem sonst davon zu erzählen und die Existenz des Aliens oder des Alien-Raumschiffs zu leugnen.«

»Also wenn ich nach meiner Rückkehr von Reportern gefragt werde, was passiert ist …«

»Dann lügen Sie«, sagte Jones.

»Sonst?«

»Gibt es rechtliche Konsequenzen.«

»Sie würden einen öffentlichen Rechtsstreit in Kauf nehmen, bei dem es darum geht, dass Sie mir untersagt haben, von einem Alien und seinem Raumschiff zu erzählen?«

»Wir haben mehrere Gefängnisse, in denen Sie Ihre Haltung dahin gehend ohne entsprechenden Prozess noch einmal überdenken könnten.«

»Ah, dachte ich mir doch, dass mein Pech mir da wieder einen Strich durch die Rechnung macht. Kann ich zumindest darauf warten, bis mich ein Anwalt berät?«

»Wie gesagt, wir hätten mehrere Plätze, wo Sie das noch einmal überdenken können.«

»Ich sehe schon, dass die Zusammenarbeit mit der amerikanischen Regierung vermutlich immer zu gegenseitigem Einverständnis führt.«

Ich griff das Papier und las es mir durch. Tatsächlich schien darin nichts Ungewöhnliches zu stehen, zumindest soweit ich das ohne Rechtsanwalt sagen konnte. Dann, gerade als ich den Stift greifen wollte, ging die Tür des Raumes auf, und eine Frau trat ein, die ein strenges Business-Outfit trug und die ich auf Mitte 50 schätzte. Jones und Smith versteiften sich sofort und grüßten sie, wobei sie sie mit »Thompson« ansprachen.

»Ist das der Überlebende?«

»Ja, Sir … äh, Ma'am«, sagte Smith.

»Sind Sie mit der Befragung fertig?«

»Wir waren gerade beim Klären der Formalitäten.«

»Ist das ein Ja?«

Smith und Jones wechselten einen Blick, wobei Smith ein wenig die Schultern hob, als wüsste er nicht, was er sagen sollte.

»War das ein Ja?«, wiederholte die Frau.

»Ja, ich denke schon«, sagte Jones.

»Mitkommen«, sagte die Frau, tippte mir auf die Schulter, drehte sich um und ging hinaus auf den Flur.

Ich ließ den Stift und den Zettel fallen und folgte ihr, wie sie mathematisch präzise den Gang entlangschritt. »Könnten Sie mir vielleicht sagen, was los ist? Ich hatte den Eindruck, ich sei gleich fertig gewesen.«

Zwei Soldaten hatten sich hinter uns beiden zu einer kleinen Kolonne eingereiht.

Die Frau sah weiter stur geradeaus. »Wir brauchen Ihre Hilfe, und deswegen muss ich Sie zurück zur Insel bringen.«

»Na toll. Ich schätze, es ist leichter, mich da zu verscharren.«

»Seien Sie nicht albern. Wenn wir Sie umbringen wollten, würden wir Sie einfach über Bord werfen«, sagte Thompson ohne jedwede Ironie in der Stimme. Sie lief weiter den Gang hinunter, ohne aus dem Takt zu kommen.

Als wir ins Freie traten, stand schon ein Hubschrauber auf dem Deck startbereit. Sie ging vor und duckte sich unter den Rotorblättern. Ich tat es ihr nach. Sie setzte sich auf einen freien Platz hinter dem Kopilotensitz, während ich auf der Bank gegenüber Platz nahm. Als ich etwas näher rücken wollte, um sie zu fragen, warum genau ich wieder zur Insel sollte, schob mich einer der Soldaten, der uns gefolgt war, zurück, während der zweite mich von der anderen Seite einkeilte und dann anschnallte. Ich kam mir ein wenig vor wie ein kleines Kind, das im Auto die Gurte noch nicht selbst benutzen darf. Ich fragte Thompson laut, warum ich wieder zur Insel sollte, aber bei dem Rotorenlärm verstand selbst ich meine Worte nicht. Kurz darauf sah ich, wie Thompson Kopfhörer aufsetzte, bevor mir selbst welche gereicht wurden. Dann erklärte sie mir, dass wir in diplomatischer Mission unterwegs seien und ich wahrscheinlich meine Geschichte noch einmal erzählen müsste. Es ginge darum, einen Krieg zu verhindern.

***

Nach einem Flug, der irgendwas zwischen einer halben und einer ganzen Stunde gedauert hatte, landeten wir auf der Insel, die bessere Tage gesehen hatte. Von oben war das Ausmaß der Zerstörung deutlich zu erkennen. Jones hatte nicht übertrieben, als er sagte, dass die halbe Insel weggesprengt worden sei. Die eine Hälfte bestand aus einem großen Krater. Interessant war, dass auf der intakten Seite etwas stand, das wie eine größere Version von Pfingstmontags Raumschiff aussah.

Als der Helikopter landete, stieg ich aus und stand plötzlich einem weiteren Papageien-Alien gegenüber, dessen Gefieder eine andere Färbung aufwies als das von Pfingstmontag. Rot. Außerdem trug er bessere Kleidung. Eher ein Gewand als eine Robe. Dafür hatten die drei Papageien-Aliens, die hinter dem ersten standen, alle Overalls an und hielten Gegenstände in den Klauen, die wohl ihr Äquivalent zu unseren Maschinenpistolen darstellten.

Das rote Alien in der Robe piepte, und aus einem Translatco, der neben ihm auf dem Boden lag, ertönte: »Guten Tag, Peter von der Erde.«

Ich war erstaunt, dass das Übersetzungsgerät so gut funktionierte. Und darüber, dass dem Alien mein Name bekannt war.

»Äh, hi«, sagte ich. »Ich weiß leider nicht, wie Sie heißen, also ... hi.«

Der Übersetzer fiepte wieder vor sich hin, und das Alien antwortete. Mittendrin war etwas, das sich wie ein langes zusammenhängendes Wort anhörte, aber Teile enthielt, die nach dem Kratzen einer Nadel auf einer Schallplatte klangen. Mir war klar, dass das sein Name sein musste. Schon Pfingstmontag hatte seinen ähnlich ausgesprochen.

»Mein Name ist Axiorythosimanopirothanoturphanongwelotaplatorgus.«

Ich drehte mich zu den Soldaten und Thompson um, ob das irgendwie ein Scherz sein sollte, aber ihre Gesichter waren wie versteinert. Also wandte ich mich wieder an den Botschafter der Aliens. »Haben Sie vielleicht einen Spitznamen?«

Die Maschine übersetzte, aber das Alien schüttelte daraufhin nur den Kopf.

»In Anbetracht der Tatsache, dass ich Ihren Kollegen Pfingstmontag genannt habe, sollte ich Sie vielleicht einfach nach dem nächsten Feiertag nennen. Was kommt denn gleich danach, Fronleichnam?«

»Sie werden den Botschafter nicht Fronleichnam nennen«, sagte Thompson streng.

»Na, haben Sie eine bessere Idee?«, fragte ich, während das Gerät weiter munter übersetzte.

»Nehmen Sie meinetwegen irgendeinen Namen, aber nicht den eines Feiertags.«

»Okay.« Ich wandte mich wieder dem Botschafter zu. »Ich denke mal, ich nenne Sie einfach … Heinz. Ist das okay für Sie? Ich hoffe, Sie verstehen, dass Ihr Name für uns kaum aussprechbar ist.«

Der Übersetzer piepte. Und schließlich sagte das Alien: »Heinz ist okay.«

»Gut. Das macht die Sache einfacher.«

Einen Moment lang herrschte Stille. Ich drehte mich zu Thompson um, die mir mit einer Geste andeutete, dass ich weiterreden sollte.

»Ja, schönes Wetter ist heute«, sagte ich und wollte mir am liebsten selbst mit der Hand an die Stirn schlagen.

»Es ist angenehm, nicht im Niederschlag sprechen zu müssen«, sagte der Botschafter. »Aber vielleicht sollten wir über meinen Freund reden, mit dem Sie offenbar Verkehr hatten.«

Ich winkte ab. »Um das klarzustellen: Ich hatte keinen Verkehr mit Ihrem Freund. Wir haben uns einfach nur unterhalten. Warum fragen das alle?«

Der Botschafter schien zu kichern. »Ich meinte, Sie hatten Kontakt zu meinem Freund Pfingstsonntag.«

»Pfingstmontag«, korrigierte ich ihn.

»Das ist ein merkwürdiger Ruf.«

»War das Erste, was mir einfiel«, sagte ich. »War nicht böse gemeint.«

»Ich möchte wissen, was hier geschehen ist und warum mein Freund verlöscht ist.«

Der Übersetzer funktionierte wesentlich besser als der, den Pfingstmontag dabeihatte, aber irgendwie machte auch dieser Fehler. Trotzdem erzählte ich meine Geschichte erneut. Als ich zum Ende gekommen war, schaute der Botschafter nachdenklich.

»Ihre Leute haben unseren Freund ausgelöscht.«

Ich dachte kurz nach. Thompson warf mir einen leicht nervösen Blick zu, sagte aber nichts. Sie hatte wohl verstanden, dass mir durchaus klar war, wie kurz wir vor einem Krieg mit einer außerirdischen Macht standen, wenn ich nicht eine gute Erklärung finden würde. Ich hingegen dachte daran, dass mir das Glück in letzter Zeit nicht sonderlich hold gewesen war. Das wiederum ließ *mich* nervös werden.

»Ich möchte gleich klarstellen, dass die Soldaten auf der Insel nicht meine Leute waren«, sagte ich, »aber natürlich verstehe ich, dass Sie uns Menschen alle über einen Kamm scheren.«

Heinz schaute verwundert, nachdem das Gerät übersetzt hatte, und fragte, was das Ganze mit Haarpflegemitteln zu tun hatte.

»Memo an mich: Weniger geflügelte Worte benutzen«, murmelte ich vor mich hin, aber der Übersetzer hatte auch das mitbekommen und fiepte es dem Botschafter vor.

»Was ich sagen wollte«, fuhr ich fort, »ist, dass wir Menschen nicht alle gleich sind. Es gibt Soldaten, es gibt Zivilisten. Es gibt unterschiedliche Länder. Ich bin kein Soldat, und die Soldaten, die auf Pfingstmontag geschossen haben, gehören zum Beispiel zu einem ganz anderen Land als dem, aus dem ich komme.«

Ich wartete, bis die Maschine alles übersetzt hatte.

»Tatsächlich war das Ganze ein Missverständnis«, sagte ich. »Die Soldaten haben aus Versehen auf mich geschossen. Und weil Pfingstmontag mein Freund war, hat er die Soldaten angegriffen.«

Die Maschine übersetzte weiter, und der Botschafter schien nachdenklich zu werden.

»Und weil die Soldaten von Pfingstmontag angegriffen wurden, haben sie zurückgeschossen. Und am Ende waren alle tot, nur ich nicht, weil Pfingstmontag mir geholfen hatte. Und wenn wir beide auf der Insel zusammenarbeiten und uns in kürzester Zeit anfreunden konnten, warum dann nicht wir alle?«

Der Botschafter lauschte aufmerksam der Übersetzung und wackelte für ein paar Sekunden mit dem Kopf, bevor er antwortete.

»Peter von der Erde, mein Freund hat dir geholfen, weil er seine Mission ernst genommen hat. Wir kommen in Stille.«

Ich überlegte, was er damit sagen wollte, aber er meinte wohl Frieden.

»Peter von der Erde, sage den anderen, dass wir mit ihrem Botschafter reden werden.«

»Vielen Dank«, sagte ich und streckte instinktiv meine Hand für den Handschlag aus. Die Geste erschien ihm wohl merkwürdig, aber schließlich reichte mir Heinz seine Klaue, und wir schüttelten unsere Arme in Freundschaft. Ich blickte kurz zu Thompson, der die Erleichterung ins Gesicht geschrieben stand. Aber eine Frage hatte ich dann doch noch.

»Wenn ich noch etwas fragen dürfte, Heinz«, sagte ich, und der Botschafter nickte. »Darf ich fragen, wie die Waffen dort funktionieren?«

Der Botschafter sah zu seinen Begleitern, die ihre Waffen mittlerweile entspannt an der Seite baumeln ließen.

»Diese funktionieren so ähnlich wie das, was ihr Laser nennt«, sagte Heinz. »Warum?«

»Ach, ich wollte nur einen Streit zwischen zwei Bekannten schlichten.«

***

Der Botschafter und seine Leute stiegen in ihr Raumschiff und flogen davon. Wir stiegen in den Hubschrauber und kehrten zum Schiff zurück.

»Gut gemacht«, sagte Thompson kurz angebunden auf dem Rückweg.

»Danke«, erwiderte ich. »Was passiert jetzt?«

»Jetzt haben wir ein offizielles Treffen mit hochrangigen Personen, und dann werden wir sehen, wie es sich weiterentwickelt.«

»Wird irgendwer auf der Welt davon etwas mitbekommen?«, fragte ich schließlich, aber Thompson sah nur beiläufig zu mir herüber und lächelte ein winziges bisschen.

Als wir wieder auf dem Schiff landeten, warteten Smith und Jones schon. Thompson hüpfte kurz nach mir aus der Maschine und brachte die beiden auf den neuesten Stand, dann sprang sie wieder in den Hubschrauber und hob gleich wieder ab.

»Und was jetzt?«, fragte ich. »Kann ich gehen?«

Jones antwortete: »Sie können sich in gewissem Rahmen frei auf dem Schiff bewegen. Ansonsten sind wir vermutlich übermorgen in Hawaii, von wo aus Sie nach Hause, oder wohin auch immer Sie gerne möchten, fliegen können.«

»Es geht von da kein Zug nach Europa, oder?«, scherzte ich, aber Jones verzog keine Miene. Smith stand schon die ganze Zeit grübelnd da.

»Ein Offizier wird Ihnen erklären, wo Sie sich aufhalten können und wo nicht. Selbstverständlich gilt die Verschwiegenheitserklärung, die Sie unterzeichnet haben, auch für alles, was Sie sonst auf dem Schiff sehen sollten.«

»Na, da bin ich ja gespannt, was das noch sein könnte. Haben Sie Galeerensträflinge, die unter Wasser das Boot antreiben? Oder magische Einhörner unter Deck?«

Beide Offiziere schauten ausdruckslos.

»Eine Freude, sich mit Ihnen zu unterhalten«, sagte ich und wandte mich zum Gehen.

»Eine Sache noch«, sagte Smith.

Ich drehte mich zu ihm um, und auch Jones schaute neugierig, was sein Kollege zu sagen hatte.

»Die ganze Zeit haben Sie davon geredet, wie viel Pech Sie haben.«

»Richtig. Ich meine, abgesehen vom Lottogewinn ist mir nicht viel Gutes widerfahren, oder sehen Sie das anders?«

Smith schaute nachdenklich. »Ehrlich gesagt, denke ich, dass Sie vielleicht der glücklichste Mensch auf Erden sind.«

»Wie das?«

»Sie sagten, dass Sie Ihre Freundin mit einem anderen Kerl erwischt haben. Und Sie haben vorher überlegt, sie zu heiraten?«

»Korrekt.«

»Also haben Sie doch eigentlich Glück gehabt, dass Sie sie mit jemandem erwischt haben, bevor Sie sie geheiratet haben, oder?«

Ich grübelte. »So kann man das natürlich auch sehen.«

»Sie sagten, dass Ihr Job Ihnen nicht gefallen hat und Ihr Chef blöd gewesen ist.«

Ich sagte ihm, dass mein Chef nicht unbedingt dumm war, nur dass er sich verhielt wie eine bestimmte menschliche Körperöffnung.

»Aber Sie konnten wegen des Lottogewinns weg von der Firma und Ihrem Chef. Mal ganz abgesehen davon, dass der Lottogewinn natürlich selbst schon Glück war. Also im Grunde doch gut für Sie, dass Sie den Mann nicht mehr ertragen mussten, richtig?«

Ich wiegte unschlüssig den Kopf, musste dann aber zugeben, dass der Gedanke vielleicht nicht ganz falsch war.

»Und dann haben Sie einen Flugzeugabsturz überlebt.«

»Ja, schon, aber immerhin war ich in einen Flugzeugabsturz verwickelt.«

»Aber so glücklich waren die anderen Leute nicht, oder? Und dann wären Sie auch noch fast von einer Pflanze getötet worden, aber zufällig ist jemand mit auf der Insel, der das einzige Heilmittel dafür bei sich trägt.«

»Nun …«

»Und Sie werden von der amerikanischen Navy weniger als drei Tage nach dem Absturz gerettet. Und im Anschluss verhindern Sie, dass eine außerirdische Macht Krieg mit der Erde beginnt. Da sprechen Sie davon, dass Sie ein Pechvogel sind? Mir kommt es so vor, als wären Sie der Mann mit dem meisten Glück auf der Welt.«

»Die Tatsache, dass mich die amerikanische Navy angeschossen hat, soll ich wohl auch als Glück empfinden, sehe ich das richtig?«

»Sie stehen doch unverletzt vor mir. Einige Soldaten sind auf der Insel geblieben.«

Zugegeben, ich stand für einen Moment da und ließ mir das durch den Kopf gehen. Aber mir fiel nichts ein, was ich dagegen sagen konnte. In der Tat hatte ich in letzter Zeit vermutlich mehr Glück als Verstand gehabt.

»So habe ich das noch nie betrachtet«, sagte ich und musste lächeln. »Vielleicht haben Sie recht. Vielleicht sollte ich doch mal über Glücksspiel nachdenken.«

»Sie haben doch schon im Lotto gewonnen«, sagte Jones.

»Auch wieder wahr. Schätze, ich muss mit meinen Millionen einfach weiter das Leben genießen.«

Jones gab einer jungen Offizierin einen Wink. Sie stand in ihrer weißen Uniform bereits eine Weile im Hintergrund, stellte sich vor und sagte, dass sie mir meine Unterkunft zeigen würde.

Jones und Smith waren dabei, zu gehen, als ich ihnen hinterherrief: »Übrigens, die anderen hatten Laserwaffen.«

Jones schaute zu Smith: »Siehst du, ich hab's doch gesagt. Verdammte Laserwaffen.«

»Das heißt nicht, dass Pfingstmontag welche dabeihatte, denn immerhin war er ja auf einer Friedensmission.«

Jones stöhnte.

»Was?«, fragte Smith.

»Nenn das Alien nicht so.«

Sie stritten noch, als sie in einer der Türen des Schiffs verschwanden. Ich lächelte die wartende Offizierin an und bat sie um einen Moment Zeit, damit ich noch einmal vom Heck übers Meer schauen konnte. Ich sah in die Richtung, aus der wir mit dem Helikopter gekommen waren. Vielleicht bildete ich es mir ein, aber ich meinte, ein paar Palmen zu sehen. Im Geiste nahm ich noch einmal Abschied von Pfingstmontag, dann wandte ich mich um.

»Dann zeigen Sie mir mal alles, was Sie haben«, sagte ich lächelnd.

Sie wurde leicht rot. »Ich bin im Dienst.«

Ich stutzte einen Moment, dann wurde mir klar, wie sie das verstanden haben musste. »Ich, äh, Entschuldigung, ich meinte einfach nur, dass Sie mir das Schiff zeigen können.«

»Oh!«, machte sie und wurde noch ein wenig röter. »Ich … folgen Sie mir bitte einfach.«

Wir gingen in den Bauch des Schiffs, und sie zeigte mir die kleine Kabine, in der ich bis Hawaii untergebracht werden sollte. Ich bedankte mich, und dann standen wir etwas unbeholfen herum.

»Haben Sie wirklich einen Flugzeugabsturz überlebt?«, fragte sie.

Ich nickte. »War nicht so lustig, wie man sich das vielleicht vorstellt.«

»Darüber würde ich gerne irgendwann mal mehr hören«, sagte sie, und ich bekam auf einmal so ein komisches Kribbeln im Bauch. Abgesehen davon, dass ich sie attraktiv fand, fiel mir ein, dass ich die Unterlassungserklärung ja gar nicht unterzeichnet hatte, weil Thompson dazwischengefunkt hatte. Technisch gesehen konnte ich also von meinen Erlebnissen berichten. Zumindest so lange, bis sie es merkten.

»Geht es Ihnen gut, kann ich Ihnen noch irgendwas bringen?«, fragte sie mich.

Ich verneinte. Aber ich dachte noch einmal darüber nach, was Smith mir kurz vor unserem Abschied gesagt hatte. Also war ich forsch.

»Mir geht es erst mal gut. Aber falls Sie mal nicht im Dienst sind, könnten Sie mich ja noch mal besuchen und mir dann zeigen, was Sie alles haben.« Ich lächelte nervös.

Sie wurde wieder etwas rot. »Meine Schicht endet heute sehr spät, und eigentlich muss ich schlafen. Soll ich trotzdem noch einmal kurz vorbeikommen?«

Ich nickte und dachte, dass Smith vielleicht nicht so sehr danebenlag.

Der Mann mit dem meisten Glück auf der Welt.

Wer hätte das gedacht?

LIEBESKUMMER

Es ist seit jeher sehr beliebt,
wenn man die große Liebe findet.
Doch ist man erst einmal verliebt,
ist's schwer, wenn sie beim Partner schwindet.

Doch das Allerschlimmste ist,
wenn der Partner jemanden findet
und dir zu sagen dann vergisst,
dass dich mit ihm nichts mehr verbindet.

So sah schon manche Ehefrau,
und ich kann hier nur zitieren,
ihren Mann, die alte Sau,
beim Beischlaf mit 'ner Jüngeren.

Der Mann versucht noch zu erklären,
doch klar, er ist ein Weiberheld,
er will sich nicht mehr um sie scheren,
für sie ist dies das End' der Welt.

Er lässt sie sitzen, ohne Scham,
kommt bei der Neuen unter,
seine Frau sich nun benahm
Tag für Tag nur ungesunder.

Erst kann sie gar nichts zu sich nehmen,
der Kummer lässt das gar nicht zu,
»Bleib doch!«, will sie ihn anflehen,
doch er bleibt bei der jungen Kuh.

Als sie dann endlich akzeptiert,
es ist vorbei der Ehebund,
dicke Brote sie sich schmiert
und frisst sich langsam kugelrund.

So fett mag sie sich gar nicht leiden,
der Selbsthass macht sie noch ganz toll,
und beschließt, sie lässt sich scheiden,
und sucht sich irgendeinen Proll.

Ein toller Typ, ein echter Hecht,
den will sie diesmal haben,
möglichst mit Riesengeschlecht
und nicht wie eins vom Knaben.

Ein Feingeist muss er gar nicht sein,
Hauptsache, er ist gut bestückt,
zu sprechen braucht er nicht Latein,
wenn er sie nur richtig beglückt.

Nun macht sie Zumba, isst vegetarisch,
die Pfunde purzeln, sie wird fit,
setzt sich abends an den Schreibtisch,
sucht Dating-Sites im Internet.

Sie muss auch gar nicht lange warten
als Frau mit Dating-Site-Profil,
Männer melden sich, aller Arten,
sie klickt nur an, wer ihr gefiel.

Doch trotz all der Möglichkeiten,
das Dating ist nicht so ihr Dingen,

wütend wird sie dann beizeiten
und will doch ihren Mann umbringen.

Der alte Schuft hat es verdient,
denkt sie sich oft daheim im Stillen.
»Wenn er denkt, ich hab ausgedient,
kriegt er was auf die Pupillen.«

Und so nimmt der Racheplan,
wie sie ihn leiden lässt,
in ihrem Kopf Gestalt an,
bis er endlich steht fest.

Am liebsten wär ihr, beide,
der Mann und auch sein Liebchen,
werden zur Zielscheibe
und blöd im Oberstübchen.

Die Bremsen eines Autos
sind schnell manipuliert.
Da ist sie jetzt rigoros,
und es läuft wie geschmiert.

Das Auto mit dem Gatten
fliegt runter von der Klippe.
Sie denkt: »Holen dich die Ratten!«,
ein Schmunzeln auf der Lippe.

Die junge Nebenbuhlerin,
wird durch des Freundes Mord,
gezogen in den Wahnsinn
und tötet sich vor Ort.

Am Ende kommt die Polizei
und findet die Frau schuldig.
Der Richter sagt: »Es ist vorbei,
Sie kriegen lebenslänglich.«

Trotz dieses Endes, glaubet mir,
wird nicht bei jedem Liebeskummer
die Betrogene gleich zum Tier
und zum Insassen mit Nummer.

Auch wenn die Liebe Ärger macht,
am Boden sie zerschellt,
so schlimm ist es meist nicht wie gedacht
und auch nicht das End' der Welt.

SEBASTIAN NIEDLICH, 1975 in Berlin-Span-
dau geboren, ist Autor aus Überzeugung und
schrieb zahlreiche Graphic Novels und Dreh-
bücher. Er lebt in Potsdam. Bei Schwarzkopf &
Schwarzkopf veröffentlichte Sebastian Niedlich
bereits die Romane »Und Gott sprach: Es werde
Jonas« und »Der Tod und andere Höhepunkte
meines Lebens«.

Sebastian Niedlich
AM ENDE DER WELT GIBT ES KAFFEE UND KUCHEN
Und andere Storys

Genehmigte Lizenzausgabe | © der Printausgabe
Schwarzkopf & Schwarzkopf Verlag GmbH, Berlin 2017
ISBN 978-3-86265-657-8
Die Originalausgabe erschien als E-Book bei dotbooks (www.dotbooks.de)
© 2017 dotbooks GmbH, München | Alle Rechte vorbehalten. Dieses Werk
ist urheberrechtlich geschützt. Jede Verwendung, die über den Rahmen des
Zitatrechtes bei korrekter und vollständiger Quellenangabe hinausgeht, ist
honorarpflichtig und bedarf der schriftlichen Genehmigung des Verlages.
Redaktion: Christina Seitz, Ralf Reiter | Titelbildgestaltung: Nele Schütz
Design, München, unter Verwendung von Bildmotiven von shutterstock/
Pushkin (Skelett), shutterstock/suns07butterfly (Schmetterling), shutterstock/
Matthew Cole (Kescher), shutterstock/Anna Bogatirewa (Einhornskelett)

KATALOG
Wir senden Ihnen gern kostenlos unseren Katalog.
Schwarzkopf & Schwarzkopf Verlag GmbH
Kastanienallee 32, 10435 Berlin
Telefon: 030 – 44 33 63 00
Fax: 030 – 44 33 63 044

INTERNET | E-MAIL
www.schwarzkopf-schwarzkopf.de
www.facebook.com/schwarzkopfverlag
info@schwarzkopf-schwarzkopf.de